Nina Blazon

Im Labyrinth der alten Könige

W0212632

Zu diesem Buch

Im ersten Roman der fesselnden Woran-Saga, »Im Bann des Fluchträgers«, wurde aus dem untalentierten Lehrling Darian ein erfahrener Zauberer. Nun reisen die dreißig größten Magier aller Herren Länder nach Lom, um einem Wunder beizuwohnen: der Verwandlung von Stein in Gold. Auch der Schüler Julin folgt seinem Lehrmeister Darian in das sagenumwobene Bergland. Die Magierversammlung indes entwickelt sich zu einem Albtraum, den Darian nicht überlebt. Aber war es wirklich ein Unfall? Ist der Tote vielleicht gar nicht der Zaubermeister? Sein Jünger Julin reist zu den Silberminen von Lom – Quelle des Reichtums und steinernes Grab der Woranherrscher von einst. Dort hofft er Antworten auf seine Fragen zu finden. Doch tief unter der Erde, im Labyrinth der alten Könige, wartet eine Welt voller Magie und Zauberei – und ein uraltes, dunkles Geheimnis …

Nina Blazon, geboren 1969, ist in Neu-Ulm aufgewachsen und hat Slawistik und Germanistik studiert. Danach arbeitete sie als Werbetexterin in Stuttgart und schrieb Theaterstücke, Kurzgeschichten und Prosa. Ihr preisgekröntes Debüt »Im Bann des Fluchträgers« machte sie über Nacht zur vielversprechenden Hoffnungsträgerin der neuen deutschen Fantasy. Sie lebt mit ihrem Mann in Stuttgart.

Nina Blazon

Im Labyrinth der ALTEN KÖNIGE

DIE WORAN-SAGA 2

Piper München Zürich

Von Nina Blazon liegen in der Serie Piper vor:
Im Bann des Fluchträgers. Die Woran-Saga 1
Im Labyrinth der alten Könige. Die Woran-Saga 2

Ungekürzte Taschenbuchausgabe
Dezember 2007
© 2007 Piper Verlag GmbH, München
Erstausgabe: Verlag Ueberreuter, Wien 2004
Umschlagkonzeption: Zero, München
Umschlaggestaltung: HildenDesign, München – www.hildendesign.de
Autorenfoto: Verlag Carl Ueberreuter, Wien
Druck und Bindung: Clausen & Bosse, Leck
Printed in Germany ISBN 978-3-492-29168-2

www.piper.de

Die Rebellen

Sie hörten die Ranjögs lange, bevor sie hinter den Bäumen in ihr Sichtfeld kamen. Schwere Hufe pflügten den Boden. Grausam und unaufhaltsam wie ein Steinschlag, dem niemand mehr ausweichen konnte, näherte sich das Schnauben und Stampfen. Gleich würden sie schwarze Hörner sehen und riesige, zum Angriff gesenkte Köpfe.

Julins Hände, die verkrampft die Zügel hielten, begannen zu zittern. Nombur blieb ruckartig stehen. Selbst wenn das Pferd nicht schon vom Temperament her viel zu träge gewesen wäre, in Panik zu steigen und durchzugehen, hätte ihm sein Alter einen Strich durch die Rechnung gemacht. So stand der alte Graue nur da und wartete mit zitternden Flanken und angelegten Ohren auf die Befehle seines Herrn. Julin kniff die Augen zusammen und versuchte im Unterholz etwas zu erkennen, doch alles, was er sah, war das Schattenspiel der Äste im Frühwinterlicht und ein paar der blauen Äpfel, die nur im Winter und nur in Lom wuchsen. Darian, sein Lehrmeister, spähte ebenfalls zu den Bäumen. Weiß wie die Vorahnung des Todes zitterte sein Atem in der klirrenden Winterluft.

»Ich dachte, in Lom gibt es keine Ranjögs«, flüsterte Julin. Sein Herz raste, er fühlte die Schläge seines Pulses bis in die Fingerspitzen.

Darian deutete ein Kopfschütteln an. »Sie sind nur seltener als bei uns. Vielleicht haben wir Glück und sie haben uns nicht gewittert und laufen vorbei. Los, zu den Bäumen.«

Mit einem federnden Schwung fiel Darians Pferd in Galopp. Vom Alter her konnte das Tier es mit Julins greisem Kutschpferd aufnehmen, allerdings war Dondolo ein Regenbogenpferd, ein magisches, weißes Pferd aus dem Land Tjärg, das dem Meer entstammte und niemals fiel. Dondo sah aus wie aus Perlmutt geschnitzt. Obwohl er so alt war, schimmerte sein weißes Fell noch in allen Farben des Regenbogens.

Sie galoppierten auf eine Gruppe von Bäumen zu, die ihnen Sichtschutz geben würde. Nombur keuchte bei jedem Sprung. Mit einem mulmigen Gefühl im Magen sah Julin, wie Darian während des Rittes den Bändel löste, der sein Schwert in der Lederscheide fixierte. Im selben Moment machte Nombur einen erschrockenen Satz zur Seite. Julin verlor vor Überraschung beinahe das Gleichgewicht und griff nach dem Sattelknauf. Irritiert sah er sich um – und hatte das Gefühl, dass der Boden schwankte. Angst explodierte in seinem Magen und nahm ihm die Luft, doch er brachte kein Wort heraus.

»Verdammt!«, zischte Darian.

Was er und Darian wegen der schweren, donnernden Schritte für Ranjögs gehalten hatten, waren Schneepferde mit gewaltigen, gelbschwarz gefleckten Hufen. Die Mähnen waren dick wie Teppiche, die Muskeln an den Schultern warfen in der Wintersonne Schatten auf die hellen Felle. Kehlbärte hingen ihnen bis fast zu den knotigen Kniegelenken. Das Schlimme aber war, dass sie Reiter trugen – nicht irgendwelche Reiter, nicht Reisende oder Wegelagerer. Nein, selbst die schlimmsten Wegelagerer sahen nicht so aus, als würden sie das Fleisch aus den Körpern ihrer Opfer reißen. Spitze kalkweiße Reißzähne schimmerten wie ein Versprechen von Schmerz und unermesslichem Leid. Die Fratzen tanzten im Nebel auf sie zu. Hufschläge hallten in Julins Ohren, doch er war zu erstarrt um zu begreifen, was geschah. Sie werden uns töten!, schrie es in seinem Kopf.

»Sie versuchen uns einzukreisen – los, da rüber, halt mir die rechte Seite frei!«, befahl ihm Darian.

Julin spürte, wie zwei kalte Hände der Angst ihm die Kehle zuzudrücken begannen. Dennoch riss er hektisch sein Schwert aus der Scheide. Ungewohnt fühlte sich der Griff in seiner rechten Hand an, die ansonsten nur das glatte Holz der Stabharfe kannte. Dondolo tänzelte und schlug aus, dann schoss er an Julin vorbei auf das Unterholz zu. Julin begriff: Die Schneepferde waren groß, viel zu groß, als dass sie durch den dichten Wald laufen konnten. Mit aller Kraft stieß er Nombur die Fersen in die Rippen und das alte Pferd brach aus und keuchte mit Schaum vor dem Maul hinterher. Donnernde Tritte und Gebrüll folgten ihnen, das Julin das Gefühl gab, seine Knochen wären Gelee. Kein einziger Zauber fiel ihm ein in diesem Augenblick, aber der Nebel war mit einem Mal dichter geworden. Also versuchte Darian bereits, den Angreifern mit einem Schleierzauber die Sicht zu nehmen. Schon konnte er die raue Rinde der Tanistannen erkennen, auf die sie zugaloppierten. Wilde Hoffnung loderte in seiner Brust auf. Sie würden es schaffen!

Ein Pfiff zerriss ihm die Ohren. Fratzen tauchten zwischen den Bäumen auf – auf kleineren, wendigeren Pferden saßen weitere Dämonen und stürzten ihnen mit einem grauenhaften Kampfschrei entgegen. Eisklumpen flogen, als Dondo sich im vollen Lauf in den Boden stemmte und stieg. Schlangen sirrten durch die Luft, bogen sich vor dem Winterhimmel, bevor sie herabstießen. Julin schrie vor Entsetzen auf, als eine davon ihn in die Wange biss – doch im nächsten Moment erkannte er, dass es nur ein Seil war. Wollten die Dämonen sie fangen wie Hasen? Er holte aus und schlug mit dem Schwert eines der Seile durch.

Der Dämon, der es geworfen hatte, verlor das Gleichgewicht, sein Schneepferd stolperte. Mit grimmiger Freude sah Julin, wie das Seil aus seiner Hand schnellte. Der Dämon fluchte – und sein Maul verschob sich. In dem Bruchteil des Augenblicks, in dem der Reiter blitzschnell an seinem Kinn ruckte, erkannte Julin, dass die Dämonenfratzen nur Masken aus Stoff waren, auf denen weiße, spitze Zähne aufgemalt waren.

»Halt dich im Hintergrund«, flüsterte Darian ihm zu. »Und keinen Spiegelzauber, hast du verstanden?«

Julin nickte und schluckte. Darian würde sie retten, er war ein Zauberer. Nicht nur irgendeiner, sondern der wichtigste und bekannteste Zauberer in Skaris.

Im Kreis galoppierten die Dämonenreiter um die beiden Wanderer herum. Instinktiv drängte sich Nombur an das Regenbogenpferd heran, bis Julin spürte, wie sein Knie das seines Lehrmeisters berührte. Der Nebel zwischen ihnen und ihren Verfolgern verwehte. Darians Schwert, das er lange, sehr lange nicht mehr benutzt hatte, spiegelte den Schnee und die tiefen Hufabdrücke. »Was wollt ihr?«, schrie er die Dämonen an.

Statt einer Antwort stießen die Reiter ihren Pferden die Fersen in die Flanken. Aus dem Stand donnerten die Tiere los. Es war, als stünden Julin und Darian vor einer Felswand, die auf sie zuraste, mit ebenso viel Aussicht, ihr zu entkommen.

»Gerr Kalahaaan!«, brüllte Darian. Die Magie seiner Worte ließ den Schnee hochwirbeln. Ein Reiter wurde von einer unsichtbaren Hand aus dem Sattel geschlagen. Sein Schneepferd bockte und brach aus dem Kreis aus.

»Da durch!«, rief Darian Julin zu. Sie rissen ihre Pferde herum und nutzten die Lücke. Nombur ächzte, aber er lief so schnell, wie er noch nie gelaufen war. Der Wald schien an ihnen vorbeizufliegen. Dennoch – die Schneepferde waren größer, rasch holten sie auf. Ein Reiter schob sich mit einem getrillerten Schrei zwischen Darian und Julin. Darian fluchte und versuchte ihn mit einem Spiegelzauber abzulenken. Ein Schatten löste sich von seinem Körper und formte sich zu einer Gestalt, die Darian bis aufs Haar glich. Seite an Seite galoppierten der Magier und sein Spiegelbild weiter. Noch ein weiteres Ebenbild und noch eins erschienen und drängten die verwirrten Reiter ab. Doch Julins Verfolger ließ sich nicht abschütteln. Er spürte, wie Nombur zusammenzuckte, als der Reiter ihm mit der flachen Klinge eins über die Kruppe zog. Reflexartig holte Julin mit seinem Schwert aus. Die Luft brannte in seinen Lungen, er keuchte. Der Reiter stieß einen Ruf aus, den Julin nicht verstand, und tauchte unter der Klinge weg. Schmerz fraß sich in Julins Knöchel, als ein Stein seine Hand traf. Das Schwert blitzte und fiel. Der Reiter war schlanker als Julin, dazu viel geschickter und kampferfahrener – und er konnte reiten wie ein Waldmensch und musste sich nicht mit einer Hand am Sattel festhalten. Verzweifelt biss Julin die Zähne zusammen und sammelte sich. Seine Magie würde noch nicht ausreichen, um sich so gut zu wehren wie sein Lehrmeister, aber er stieß einen magischen Pfiff aus und sang ein paar Zeilen eines Trinkliedes. Das Schneepferd begann zu tänzeln und zu buckeln, doch der Reiter fiel nicht, sondern lachte unter der Maske ein spöttisches Lachen.

Darian kämpfte verbissen. Immer wieder stieg sein weißes Pferd und drehte sich auf der Stelle. Ein Seil, das um Dondos Hals geworfen wurde, schnitt Darian mit zwei geflüsterten Worten durch. Schwerter begannen in den Händen der Kämpfer zu glühen und fielen zischend in den Schnee. Dennoch – es waren zu viele.

Ein Messer blitzte vor Julins Augen auf. »He, Rothaar, gib auf und ich lass dir dein Gesicht!«, zischte die Stimme des Kriegers an seinem Ohr. Es war eine hohe, junge Stimme.

Julin starrte in die Fratze, dann geschah etwas, was er nie für möglich gehalten hatte: Wut kochte jäh in ihm hoch. Er sammelte seine ganze Kraft und schickte sie mit einem Pfiff gegen seinen Gegner los. Der unsichtbare Schlag riss den Reiter nach hinten, um ein Haar wäre er aus dem Sattel gekippt. Julin leckte sich über die Lippen, pfiff ein zweites Mal und sang sein Lied, obwohl er kaum Luft bekam. Angst und Wut machten es ihm fast unmöglich, die Melodie zu halten.

Zwei weitere Schneepferde begannen auszukeilen. Verwirrung entstand für kurze Zeit, doch dann spürte Julin schon ein Seil um seinen Arm. Wie eine Schlange biss es sich fest und riss ihn aus dem Sattel. Der Aufprall im Schneematsch presste ihm alle Luft aus den Lungen. Das Grauen schüttelte ihn, als er einen dumpfen Laut wie von einem Aufprall hörte und Darians abgehackten Schrei. Wir schaffen es nicht!, echote eine gemeine, schrille Stimme in seinem Kopf. Wir kommen als Gäste nach Lom und sterben im Schnee – das geht nicht. Es war verkehrt.

Ein grausamer Ruck, der ihm beinahe die Schulter auskugelte, schleifte ihn ein ganzes Stück über den Boden. Eiswasser begann seinen Ärmel zu durchweichen. Die Kälte riss ihn aus seinem Schock. Er versuchte zu pfeifen, aber ihm fehlte die Luft. Zwischen den behaarten Säulen der Schneepferdbeine erkannte er Nomburs Hufe. Dann, plötzlich, versetzte ein gellender Kampfschrei aus vielen Kehlen den Beinwald in Aufruhr. Knapp wirbelte an seinem Kopf ein Huf vorbei. Eis und Kies trafen seine Wange. Der matschige Boden vibrierte unter ihm, dann sah Julin auf einmal andere Pferdebeine – schlank waren sie und glänzend rotbraun. Die Pferde von Lom! Erleichterung überschwemmte ihn wie eine heiße Woge. Er saugte Luft in seine Lungen und pfiff noch einmal kurz und scharf durch die Zähne. Der Reiter, der ihn am Seil hielt, schrie auf und fiel endlich wie von einer unsichtbaren Faust gefällt vom Pferd. Hastig setzte Julin sich auf und zerrte an seiner Fessel, summte ein schnelles Tanzlied, bis der Knoten ruckte und sich lockerte, bis er – endlich! – die Schlinge abstreifen konnte.

»Julin Fer?«

Er blickte auf und sah das Gesicht einer Frau. Sie war weder alt noch jung, nur ihr verblasstes Haar ließ darauf schließen, dass sie weit älter war als ihre lebhaften, lächelnden Augen vermuten ließen. Ihr langer roter Flügelmantel, die Tracht der Zauberer von Lom, stach wie Blut vom Schnee ab. Ein seltsamer Kontrast zu ihren eisblauen Augen.

»Ja«, brachte er heraus.

»Komm!«, sagte sie sanft.

Er rappelte sich auf und ergriff die Hand, die ihm mit erstaunlicher Kraft in den Sattel half. Das riesige rote Lompferd wartete geduldig, bis er hinter der Magierin saß, dann schoss es mit federnden Sätzen los. Als Julin sich umdrehte, sah er, wie sich der Reiter, der ihn gefesselt hatte, mühsam aus dem Schneematsch erhob.

Schwerterklirren hallte durch den Winterwald, doch nach wenigen Augenblicken vernahm Julin nur noch die Hufschläge des Pferdes. Verwirrt blinzelte er und fand sich in einer Gruppe von Menschen wieder, die mit ihren prächtigen Gewändern eher in einen Thronsaal gepasst hätten als mitten in einen verwilderten Winterwald.

»Wir grüßen dich, Julin Fer aus Skaris!«, sagte ein älterer Mann mit einem weißen Bart, der so geschnitten war, dass er in zwei Zacken vom Kinn abstand. Er war stämmig, eine mächtige Goldkette hielt seinen Umhang vor der Brust zusammen. »Ich bin Yannvar, oberster Stadtrat von Lom«, fuhr der Mann fort. »Und das ...« – er deutete auf zwei jüngere Würdenträger, die ähnlich gekleidet waren, jedoch keinen

Bart trugen – »sind die Stadträte Nort und Igred. Es tut mir Leid, dass ihr auf eurer Reise Unannehmlichkeiten hattet.«

Julin war überrumpelt, die Würdenträger der Stadt, in die Darian und er unterwegs waren, vor sich zu haben. Noch mehr wunderte er sich, dass Yannvar offensichtlich vergessen hatte ihm die Magierin vorzustellen, auf deren Pferd er saß. Vorsichtig ließ er sich vom Pferderücken gleiten. »Ich grüße Euch, Yannvar«, erwiderte er höflich. Der Schock des Überfalls saß so tief, dass er fast mechanisch reagierte. »Die Unannehmlichkeiten sind keine, geben sie mir doch die Gelegenheit, mit einer Meisterin des Magierzirkels von Lom einen Ausritt zu machen.«

Der letzte Satz war eine Vermutung, doch offensichtlich lag er richtig, denn die Frau, die Julin aus dem Kampfgetümmel gezogen hatte, lächelte ihm zu. »Du bist sehr höflich, Julin. Ich danke dir.«

»Stadtrat Yannvar!«, rief Darian. Schneeklumpen flogen hoch, als das Regenbogenpferd aus vollem Galopp zum Stehen kam. Nombur, den Darian am Zügel mitführte, ächzte und blieb stolpernd stehen.

Im Hintergrund sah Julin einige Wächter auf Lompferden auftauchen, die Darian offensichtlich aus dem Kampf gerettet hatten. Erleichtert stellte Julin fest, dass sein Lehrer nur leicht verletzt war. Lediglich auf dem Kragen seines Fellmantels war ein wenig Blut und in seinem blonden Haar erkannte er eine Platzwunde. Vermutlich war das dumpfe Geräusch ein Schlag mit dem Schwertgriff gewesen, den Darian abbekommen hatte.

»Julin, alles in Ordnung mit dir?« Besorgnis schwang in der Stimme seines Lehrmeisters.

Julin schluckte. Der Schock betäubte ihn immer noch, aber endlich kam ihm endgültig zu Bewusstsein, dass die Gefahr vorüber war. Er nickte nur.

»Elis sei Dank«, sagte Darian aus tiefster Seele. »Werden Gäste in Eurem Land immer so nett empfangen?«, wandte er sich daraufhin an Yannvar. Nicht nur Julin hörte den scharfen Vorwurf, der in seinen Worten lag, nur allzu deutlich heraus.

»Darian Danalonn!« Das Gesicht des Stadtrats erstrahlte in einem Lächeln. »Wir wollten euch mit der Stadtwache entgegenreiten, um euch vor einem möglichen Überfall von … Wegelagerern … zu schützen. Nun, leider waren wir nicht schnell genug. Wir bedauern, was euch zugestoßen ist. Offensichtlich hielten sie euch für reiche Händler.«

Darian warf Julin Nomburs zerrissene Zügel zu und klopfte sich den Schnee vom Mantel. »Es sah eher so aus, als wären sie nicht an unseren Reichtümern, sondern an uns interessiert«, sagte er. »Zauberer bringen hier wohl ein gutes Lösegeld?«

Yannvar und seine Männer lachten wie auf einen Befehl hin – ein etwas zu herzliches Lachen.

»Mitnichten«, erwiderte die Magierin mit dem blassen Haar trocken. »Ihr seid nun in Lom. Hier sind Händler weitaus mehr wert als Zauberer.« Sie lächelte und reichte Darian die Hand. Von ihrem hohen roten Pferd musste sie sich ein wenig hinunterbeugen. »Ich bin Avia. Ich gehöre zum Lomer Zirkel und heiße Euch und Euren Schüler willkommen. Ihr habt einen langen Weg hinter euch.«

Julin erkannte, dass die abenteuerliche Begegnung die Form einer formellen Gastbegrüßung annahm. Er beeilte sich, auf Nomburs Rücken zu klettern um nicht zurückzubleiben. Immer noch raste sein Herz. Seine Hände zitterten, als er den Beutel mit der Stabharfe hinter sich auf dem Sattel zurechtrückte. Verstohlen schaute er sich noch einmal um und sah die letzten Mitglieder der Stadtwache um die Wegbiegung galoppieren. Sie schienen unverletzt zu sein, lediglich dem Anführer hing der Ärmel seiner bestickten Uniform zerschnitten vom Arm. Blut leuchtete auf heller Haut. Sie hatten keine Gefangenen genommen. Offensichtlich waren die Dämonenreiter geflüchtet oder – Julin schauderte – getötet worden.

Wie ein großer Seestern mit fünf wulstigen Fingern lag die Stadt Runa am Fuß der Südberge, die sich links von ihnen erstreckten. Mahnend wie ein erhobener Zeigefinger ragte aus der Felskette der Berg Dreikopf hervor. Ihm verdankte das Land seinen Reichtum, weshalb er auch gerne »der Reiche Mann« genannt wurde. Von dem steilen Waldpfad aus, der sich ins Tal schlängelte, erkannte Julin von der Stadt nur flache Dächer und ein Gewirr von Straßen, auf denen sich ein Strom von bunt gekleideten Ameisen bewegte. Im Zentrum der Stadt erhob sich der berühmte Handelspalast von Lom. Hoch ragten die Pfeiler aus purpurn gemasertem Skalitstein in den Himmel. Bunte Lichtstrahlen blitzten auf dem kuppelartigen Dach. Das mussten die Edelsteine sein, die in den grauen Schiefer eingearbeitet waren und die, wie es in der Sage hieß, den Morgenglanz der Sonne einfingen, was die neugierigen Wildlichter manchmal bis vor die Stadttore lockte. Julin dachte an sein Heimatdorf in den Bergen von Skaris. Die einfachen Holzdächer dort lockten bestenfalls vergnügungssüchtige Feuernymphen an, denen es bei den Schmiedeseen zu langweilig wurde.

So karg und unwirtlich das Gebirgsland Lom erschien, so reich waren die Bewohner. Und – Julin hatte in vielen Erzählungen davon gehört – in jedem Gasthaus gab es so viel Salz, wie man wollte. Mit der Geburtsinschrift auf einem geschliffenen Mondsteinplättchen bekam jeder Bewohner sein lebenslanges Recht auf Salz. Bezahlen mussten für das Salz die Bewohner anderer Länder, die von Lom ihre Vorräte kauften. Gewaltige Salzbergwerke schlummerten unter der unscheinbaren Oberfläche des Dreikopfs. Unvorstellbar große Minen, Kristallgruben und Silberschmelzen befanden sich tief in den Eingeweiden des Reichen Mannes. Angeblich arbeiteten in den Schlünden dieser Steinwelt ganze Heere von Arbeitern aus den Steppen von Fiorin, aus den Wäldern von Tana, aus Tjärg und anderen Ländern. Glaubte man den Gerüchten, waren nicht nur bezahlte Arbeiter darunter. In Runa gab es keine Verliese und Steinfelder, denn die Verurteilten büßten ihre Strafe in den Bergwerken ab. Julin schauderte, als er die stillen Berge ansah und die Stadt, die so friedlich vor ihm lag.

Immer steiler führte der Pfad bergab. Schaukelnd setzte Nombur seine breiten Hufe voreinander und versuchte das Gleichgewicht zu halten. Verärgert bemerkte Julin, dass der Hauptmann der Stadtwache ihm einen belustigten Blick zuwarf, als er an ihm vorbeigaloppierte. Zum ersten Mal sah Julin sich Anander genauer an. Er war nicht groß, aber drahtig und strahlte eine ungeheure Energie aus. Sein dunkles Haar war glatt und in Höhe der Ohren abgeschnitten. Buschige schwarze Brauen und schräg geschnittene, wache Augen gaben ihm den Ausdruck einer Martiskatze. Am auffälligsten waren zwei schräge gerade Narben auf seinen Wangen, die so regelmäßig waren und sich in ihrer Anordnung so sehr glichen, dass Julin annahm, es handelte sich um ein Zeichen. Mühelos und elegant setzte Ananders fuchsfarbenes Pferd die Hufe auf und stolperte nicht einmal, als der Weg eine scharfe Biegung machte und in einen steinigen Steilhang überging. Zum Glück ritten der Rat und die Zauberin weiterhin im Schritt auf eines der fünf Stadttore zu. Inzwischen klapperten Julins Zähne. Sein vom Schneematsch durchweichter Ärmel war gefroren und schabte über seine Haut.

Avia drehte sich zu ihm um und lächelte beruhigt, als sie

sah, dass er aufholte. »Du bist selbst für einen Zauberschüler sehr jung. Ist es deine erste Reise?«, fragte sie leise.

Er nickte. »Die erste in meinem Leben – in das friedliche Land Lom.«

Sie seufzte. »Es tut mir Leid, dass sie so begonnen hat. Vielleicht entschädigt dich das Versammlungsfest der Magier im Handelspalast ein wenig. Wir sind alle begierig zu sehen, ob der Goldmacher hält, was er verspricht.«

Neugier flammte in Julin auf. Plötzlich freute er sich wieder auf Runa und auf die Tage, die vor ihm lagen. Auf dem langen Weg von Skaris nach Lom hatte Darian oft genug über den Goldmacher gesprochen. »Kennst du ihn? Hast du gesehen, dass er Stein in Gold verwandelt?«, fragte er.

Avia betrachtete mit unergründlichen Augen das glitzernde Dach des Handelspalastes. »Nun, ich kenne seinen Namen und bin ihm einmal begegnet – er lebt nicht in Runa, sondern weitab in einem Bergdorf. Und nein – ich habe nicht gesehen, dass er das vermag, was er behauptet. Aber die Räte glauben ihm, sonst würden sie keine so große Versammlung der Zauberer dulden.«

Plötzlich hatte Julin das Gefühl, dass er schon zu viel gefragt hatte. Obwohl er gerne noch mehr erfahren hätte, riss er sich zusammen und betrachtete Yannvar und Darian. Er konnte das Gespräch nicht hören, aber er sah, wie sein Lehrmeister mit den Händen fuchtelte und etwas erklärte. Yannvar nickte mehrmals und deutete auf verschiedene Punkte in den Bergen, die immer höher zu werden schienen, je tiefer sie in das verschneite Tal ritten. Schließlich wurden aus den Ameisen kleine Menschen, und dann, als sie fast das schmale Stadttor erreicht hatten, verwandelten sich die kleinen Menschen in sehr große, ungemütlich aussehende Zollwächter.

Eine zahnlose Mundruine grinste Julin an und er nickte

und grüßte höflich genug, wie er hoffte, zurück. Der Zahnlose schien der Einzige zu sein, der ihn bemerkte, die allgemeine Aufmerksamkeit richtete sich sofort auf Darian und sein Regenbogenpferd. Leute liefen in den Straßen zusammen, Mütter hoben ihre Kinder hoch, damit sie das Pferd mit der Perlmuttmähne und den gespaltenen Hufen besser sehen konnten.

»Schau, da ist ein Pferd aus Anilas Herde«, erklärte eine Mutter ihrer kleinen Tochter. »Wenn es stirbt, kehrt seine Seele in das Meer zurück.«

»Hier verehren wir die Salzprinzessin Anila«, sagte Avia zu Julin. »Hast du schon einmal von ihr gehört?«

Julin räusperte sich. »Nun, ich kenne die Sage um Anila. Als sie im Meer zu ertrinken drohte, trugen die Wellen sie an Land. Zum Dank verwandelte sie sie in Regenbogenpferde.«

Fältchen spielten um die Augen der Magierin, als sie lächelte. Er stellte fest, dass er sie mochte. »Nun, dann weißt du schon sehr viel über Runa. Leider gibt es in Lom nur wenige Regenbogenpferde. Darian hat Glück, dass er eins zum Freund hat.«

Nachdenklich betrachtete Julin die Gesichter der Menschen, die im Takt der Pferdeschritte an ihm vorbeitrieben. Nicht einmal am Königshof in Skaris hatte er so viele prächtig und verschwenderisch gekleidete Menschen gesehen. Die Stoffe ihrer Kleider glänzten in allen Farben des Sonnenuntergangs, schwarze, seidige Pelze verbrämten die Kragen und die Mäntel, die aus feinem, glattem Stoff gemacht waren. Die Frauen trugen Pelzkappen und schwere Ketten aus Silber und Edelsteinen. Ihr weißer Atem, der in der kalten Winterluft ihre Gesichter umwehte, gab einigen von ihnen das frostig-schöne Aussehen von Wildlichtern. Julin lächelte einem Mädchen zu, das ihn erstaunt musterte und dann höflich zurücklächelte. Nun, diese Art von Lächeln kannte er.

Ebenso gut hätte sie ihm mit ihrem Blick ein Mal auf die Stirn brennen können: Betrachtet und für hässlich befunden, würde das Siegel bedeuten. Ärgerlich trieb er Nombur an, bis er in einen ruckligen, kurzatmigen Trab verfiel. Er schloss gerade rechtzeitig zu Yannvar und den anderen auf, um an einer Wegkreuzung eine Auseinandersetzung zwischen seinem Meister und dem Stadtrat zu verfolgen.

Darians Stimme klang freundlich wie immer, aber Julin hörte den bestimmten und keinen Widerspruch duldenden Tonfall nur zu deutlich heraus. »Nein, Yannvar«, sagte er. »Ich danke Euch für das Angebot, im Handelspalast zu Gast zu sein, aber wir sind einfache Reisende und werden uns sehr wohl fühlen in einer Herberge.«

Der Stadtrat wechselte einen beunruhigten Blick mit der Magierin. Zu Julins Überraschung lächelte sie. »Yannvar hat Recht, Darian!«, sagte Avia ohne großen Nachdruck. »Im Haus der Räte wärt Ihr in Sicherheit.«

»Ich danke Euch für Eure Gastfreundschaft und Rücksicht«, erklärte Darian, dessen Stimme bereits vor Ungeduld vibrierte. »Aber immerhin bin ich in Runa. Und außerdem gehöre ich zum Zirkel der Magier von Skaris – ich denke, das ist zumindest innerhalb der Stadtmauern Schutz genug.«

»Nun, hoffen wir es«, brummte Yannvar und sah mit unglücklichem Gesicht auf seinen Sattelknauf.

»Wie Ihr meint, Darian«, sagte Avia mit gespieltem Bedauern. Sie sah, dass Julin sie durchschaute, und blinzelte ihm zu. »Dann trennen sich hier unsere Wege – wir erwarten euch morgen im Handelspalast.«

»Dreh dich nicht um, er schaut uns nach«, murmelte Darian, als sie schon ein ganzes Stück weitergeritten waren.

»Ich weiß«, sagte Julin. »Sind sie hier immer so besorgt um das Wohl der Gäste?«

Darian lächelte müde. »Jede Stadt hat ihre Gesetze. Hier

in Lom sind die Menschen zwar auf den ersten Blick alle gleich – reich und sorglos, aber dennoch ist dieser Palast voller Treppen und Podeste. Die Abstufungen zwischen den Einzelnen sind fein wie Spinnweben und doch hart wie Eisen. Eine dieser Stufen haben wir soeben unbefugt überschritten, als wir Yannvars Einladung ausgeschlagen haben.« Er gähnte. »Aber das ist mir lieber, als heute Nacht unendlich viele kluge Gespräche mit den anderen Magiern führen zu müssen. Mein Kopf tut mir weh und ich freue mich auf eine Herberge und ein ruhiges Zimmer. Frierst du?«

Julin nickte und zog seinen Mantel enger um die Schultern. Er mochte es nicht zugeben, aber auf unbestimmte Weise war er enttäuscht. Gerne hätte er im Handelspalast übernachtet. Das war eines der Dinge, an die er sich kaum gewöhnen konnte: Als Lehrling eines Magiers musste er seinem Lehrer folgen, bis die Lehrzeit vorbei war.

»Möchtest du meinen Mantel haben?«, fragte Darian.

»Nein!«, erwiderte Julin etwas zu schroff.

In den Seitengassen war es ruhiger. Gärtchen mit niedrigen Obstbäumen erstreckten sich zu ihrer Linken und Rechten. An manchen von ihnen leuchteten – natternblau vor dem Schnee – die berühmten Winteräpfel von Lom. Julins Großvater hatte früher steif und fest behauptet, er hätte schon einmal einen solchen Apfel gegessen. »Wie die Sonne hat er geschmeckt«, hatte er jedem, der es hören oder nicht hören wollte, versichert. Nun, das Gegenteil hatte ihm niemand beweisen können. Hinter manchen Häuschen sahen sie die Stadtmauer zwischen den Immergrüngewächsen aufleuchten.

Julin bemerkte das Zupfen an seinem Hosenbein erst, als er auch die leise Stimme vernahm. »Herr?« Im ersten Moment glaubte er in das Gesicht eines Wiesels zu blicken und stutzte, dann erkannte er, dass es nur ein kleiner Junge mit vorstehenden Zähnen und einer spitzen Nase war. Um seinen Hals hing ein hübscher kleiner Grallkristall. Eine rote Sonne drehte sich darin und erweckte den Eindruck, als würde eine magische Flamme im rund geschliffenen Stein unermüdlich nach einem Ausgang suchen. »Schaut ihr nach einem Gasthaus?«

»Ja«, erwiderte Julin.

»Meine Mutter führt eins«, erklärte der Wieseljunge eifrig und deutete auf eine schmale Gasse. »Jeder hier kennt die Herberge, sie heißt ›Zum Alten König‹.«

»Darian? Der Junge will uns zu einer Herberge bringen.«

Sein Meister sah sich um und musterte den Jungen. »So, wie heißt du denn?«

»Arp.«

»Arp?« Darian verkniff sich ein Lächeln. »Na gut, Arp. Zeig uns, wo die Herberge ist, dann sehen wir weiter.«

Der Junge grinste schief und schlug den Weg in die Gasse ein.

Julin und Darian folgten ihm an mehreren Gärten vorbei, bis die Häuser weniger wurden. Ganz am Ende, umgeben vom bogenförmigen Endpunkt der Stadtmauer, lag ein großes Gehöft, an das sich mehrere altersschwache Stallungen lehnten. Dicke graue Vögel mit Stummelflügeln und bauschigen Bäuchen flüchteten in alle Richtungen, als Nombur in den Hof stampfte.

»Ich sehe kein Gasthausschild«, sagte Julin zu dem Jungen.

Arp hob die Schultern. »Brauchen wir nicht. Alle kennen den Hof. Als meine Mutter noch klein war, hat ihr Vater das Schild bei einem Spiel verloren.«

Julin grinste. Aus Gewohnheit tastete er nach seinem Beutel, den er stets am Gürtel trug. Gute Skilmaler Spielsteine. Leider traf er nur sehr selten Menschen, die das komplizierte Steinspiel beherrschten, und so hatte er für den

Notfall auch noch die einfachen Karten dabei. Zeitvertreib für Kinder, zugegeben, aber besser als nichts, um die Finger in Bewegung zu halten. Mühsam stieg er ab. Sein Arm, in den das Seil eingeschnitten hatte, schmerzte bei jeder Bewegung. Andächtig strich Arp über Nomburs lange graue Mähne. Für das Regenbogenpferd hatte er seltsamerweise keinen Blick übrig.

»Gefällt dir Nombur?«, fragte Julin.

Arp nickte heftig. »Darf ich ihn absatteln?«

»Gern«, sagte Julin erstaunt. »Aber natürlich – wenn es dich glücklich macht ...«

Arp nahm ihm die Zügel aus der Hand und führte Nombur zu einer der Stallungen. Darian war ebenfalls vom Pferderücken gesprungen und ging mit Dondo hinterher. Julin seufzte. Sein Pferd versorgte Darian immer selbst, eine Angewohnheit, die Julin nicht nachvollziehen konnte, obwohl er Pferde durchaus mochte – vorausgesetzt, sie standen möglichst weit entfernt von ihm auf einer Wiese und kümmerten sich um ihre eigenen Angelegenheiten.

Fröstelnd betrachtete er die niedrigen Fenster des Hofes. Licht schimmerte nur in einem von ihnen, und ein Haken über der Tür erinnerte daran, dass einst tatsächlich ein Gasthausschild dort gehangen haben musste. Ein seltsamer Hof, aber kam ihm nicht alles in Lom seltsam vor?

Arps Mutter war eine ernste, ruhige Frau, deren rundes Gesicht von nussbraunen Locken umrahmt war. Trotz ihres Alters wirkte sie auf den ersten Blick wie ein Mädchen. Eine ganze Traube Kinder hing an ihr – und alle hatten sie wie Arp eine Wieselnase und wache Augen und schauten Darian und Julin mit offenen Mündern an.

»Ich grüße euch! Ich bin Abelina«, sagte die Frau und bat sie herein. Offenbar hatte ihr ein kurzer Blick genügt, um ihre Gäste als vertrauenswürdig zu befinden. Ihr Lächeln strahlte so viel Würde aus, dass Julin sich unwillkürlich wie ein gaunerischer Taschenspieler vorkam. Mochte Arps Großvater auch das Wirtshausschild verspielt haben – Abelina hätte es zurückgekauft, wenn es wirklich wichtig gewesen wäre.

»Ich bin Darian Danalonn«, sagte sein Lehrmeister nun. »Und dies ist mein Schüler. Sein Name ist Julin Kalamas Fer. Wir kommen aus Skaris.«

Ihre Augenbrauen zuckten in die Höhe. Mit einer Geste, die keinen Widerspruch duldete, scheuchte sie die Kinder weg. »Ihr seid Darian Danalonn?«, fragte sie. »Ich habe gehört, dass Ihr zu der Versammlung der Magier kommen wolltet. Warum seid Ihr nicht im Haus der Räte?«

»Weil wir keine Räte sind«, antwortete Darian leichthin. »Wir sind Reisende, die ein Bett für die nächsten fünf Nächte suchen.«

Die Antwort schien ihr zu gefallen. »Für jedes Zimmer und jede Nacht bekomme ich einen halben Lomar«, sagte sie.

»Ein guter Preis«, meinte Darian, bevor Julin zu handeln beginnen konnte. Verärgert biss sich der Lehrling auf die Lippen.

Die Stufen knarzten bedenklich und die Dielen auf dem schmalen Gang waren vom Alter verzogen. Vor den letzten beiden Türen blieb Abelina stehen. »Ein Zimmer für den Zauberer«, sagte sie und deutete nach rechts. »Und hier ist dein Zimmer, Julin Kalamas Fer. Seht euch um, ich richte unten derweil etwas zu essen her. Wenn es dunkel wird, kommen die Gäste. Ich hoffe, es stört euch nicht, wenn gesungen wird.«

Darian lachte. »Julin ist in einer Schänke aufgewachsen«, sagte er. »Wie ich ihn kenne, wird er sich sehr wohl fühlen.«

Das Zimmer war weitaus schöner, als Julin erwartet hatte.

Über das Bett war ein Stoffhimmel gespannt, der mit polierten Mondsteinen bestickt war, die die Sterne darstellten. Auf dem Tisch neben dem Fenster stand eine ovale Schale aus grünem Kristall. Randvoll war sie mit kostbarem Salz gefüllt. Hinter der Schale erhob sich ein gemaltes Holzbild. Ein strenges, schönes Frauengesicht sah Julin entgegen. Als Augen waren blaue, geschliffene Tamarissteine eingesetzt und das Haar war aus reinstem Blattsilber geritzt. Auf der Stirn trug die Frau einen weißen Stern und in der hohlen Hand etwas, das aussah wie heller Staub – Salz. Julin begriff, dass er Anila, die Salzprinzessin, vor sich hatte, die Schutzgöttin von Runa. Er leckte an seinem Zeigefinger, strich über den kostbaren, sandigen Hügel in der Schale und betrachtete die kleinen Kristalle, die an seinem Finger hafteten. Eine Bewegung in seinen Augenwinkeln ließ ihn zusammenzucken.

Ein Junge starrte ihn durch die Fensterscheibe an. Rot schimmerte sein Haar im Licht des Feuers, das in dem schmalen, gemauerten Kamin träge vor sich hin flappte. Julin atmete auf, als ihm bewusst wurde, dass er sein eigenes Spiegelbild sah. Immer noch saß ihm der Schreck des Überfalls in den Knochen. Er schluckte und atmete tief durch. Mit erhobenem Zeigefinger wie ein Lehrmeister betrachtete er sich selbst. Zum Glück konnte er sich nur bis zur Brust sehen, aber das genügte ihm, um sich wieder auf unbestimmte Weise gekränkt zu fühlen. Der Junge, der vor ihm stand, war keine Schönheit. Rotes lockiges Haar gab ihm das Aussehen einer missratenen Feuernymphe, ein Eindruck, der von den unzähligen Feuersprossen, die seine Nase und seine Wangen verunstalteten, noch verstärkt wurde. Und zu allem Überfluss war er stämmig und, wie er fand, viel zu klein. Wenigstens hatte er keine fischblauen Augen, die den Gegensatz zu seinem Haar noch mehr betont hätten. Wenn irgendetwas an ihm nicht hässlich war, dann waren es seine Augen, bernsteinbraun wie die seines Vaters. Julin seufzte und leckte das Salz ab.

Noch bevor es klopfte, wusste er, dass Darian vor seinem Zimmer stand, und riss die Tür auf. Sein Lehrmeister lächelte anerkennend, senkte die zum Klopfen erhobene Faust und trat ein. Die kleine magische Flamme, die ihn stets begleitete, huschte aus seinem Ärmel und ließ sich im Kaminfeuer nieder. »Ah, du hast ebenfalls einen Mondsteinhimmel«, stellte Darian fest. »So viel Pracht sieht man der Herberge gar nicht an, nicht wahr? Hier!«

Julin musste schnell reagieren um den blauen Apfel, der durch die Luft flog, aufzufangen. »Du hast Winteräpfel gestohlen?«

Darian zwinkerte ihm zu und biss in einen Apfel. »Merk dir, Julin«, sagte er mit vollem Mund. »Zauberer stehlen nicht, Zauberer borgen.«

Julin lachte und polierte den Apfel an seinem Ärmel. Kalt und sehr glatt fühlte sich die Oberfläche an, und wenn er die Frucht im Licht drehte, zeichnete sich ein dunkelblaues Fleckenmuster auf der Oberfläche ab. Er zuckte zusammen, als er hineinbiss, so kalt war das Fruchtfleisch. Falls die Sonne so schmeckte, dann war sie ein eigenartiges Gewächs. Der Apfel war nicht süß, wie Julin erwartet hatte, sondern hatte einen vollen, schweren Geschmack, der an Harzwein und zerriebenes Grasgewürz erinnerte. Sonderbar, aber nicht schlecht.

»Schmerzt die Wunde?«, fragte er, als er sah, wie Darian vorsichtig über den Schorf seiner Platzwunde am Hinterkopf strich.

Sein Lehrer zog eine Grimasse. »Ein wenig«, gab er zu. »Was mir viel mehr Kopfweh bereitet, ist die Versammlung morgen. Irgendetwas ist im Argen in Runa, wenn die Gäste schon auf dem Weg zur Stadt überfallen werden. Yannvar wollte nichts verraten und die anderen Räte haben immer nur vom Goldmacher gesprochen. Ich werde nicht schlau daraus, ob die Räte diese neue Kunst begrüßen würden oder nicht.«

»Glaubst du daran, was die Gesandten dir gesagt haben? Dass dieser Goldmacher eine neue Art der Magie entdeckt hat?«

Darian zuckte die Schultern und betrachtete Anilas Bildnis. Die Salzprinzessin erwiderte seinen Blick aus unergründlichen Tamarisaugen. »Wir sind im Auftrag von Skaris hier, um zu sehen, ob es so ist«, begann Darian zögernd. »Glauben kann ich es – ich habe gelernt an alles und nichts zu glauben. Aber vorstellen? Kannst du es dir vorstellen, Julin? Mit Magie etwas erschaffen, ohne es von einem anderen Ort nehmen zu müssen?«

»Nein«, erwiderte Julin. »Kann ich nicht. Nimm Steine und bau ein Haus. Die Steine fehlen an anderer Stelle – dort, wo du sie hergenommen hast. Dieses Gesetz gilt in der Magie und es gilt im Steinbruch von Skilmal.«

Darian lachte. »Gut, dass du mein Schüler bist, Julin«, rief er. »Sollte der Goldmacher ein Betrüger sein und den Magierzirkel blenden – deinen scharfen Blick wird er nicht vernebeln können.«

Nachdenklich betrachtete Julin seinen Lehrmeister. Er musste zu ihm aufschauen, denn Darian war einen guten Kopf größer als er. Und natürlich war er drahtig und strahlte eine unbekümmerte Macht aus, die ihm alle Türen öffnete. Er war nicht alt, obwohl erste weiße Strähnen sich in seinem hellen Haar zeigten. Darian wirkte eher wie ein Wanderer als wie Darian Danalonn, der Meister im Zirkel der mächtigen Skaris-Zauberer. Ihm eilte der Ruf voraus, dass er der Hüter der lichten Grenze war, der Einzige, dem es jemals gelungen war, aus einem Mittel gegen Zahnschmerzen eine

Hand voll Heilwasser zu machen, das den Tod besiegen konnte. Julin bewunderte ihn für seine Weisheit, seine Macht und – ja – auch für seinen Humor, doch in Momenten wie diesen war er sich nicht sicher, ob sein Lehrer ihn nicht auf eine leise und gutmütige Art verspottete.

»Ich weiß nicht, wie es dir geht«, begann Darian wieder. »Aber mir kommt es immer mehr so vor, als ob wir die Augen wirklich offen halten sollten. Diese … Reiter zum Beispiel. Yannvar hat sich gewunden wie ein Fisch in der nassen Hand, als ich etwas über sie erfahren wollte.« Durch das Fenster warf er einen Blick auf den verschneiten, dunklen Hinterhof, der an der Stadtmauer endete. Klettergewächse mit nadeligen Blättern verbargen einen Teil der Steine und gaben dem Grundstück ein etwas freundlicheres Aussehen.

Julin streifte endlich seinen feuchten Mantel ab. »Sie scheinen ein ernstes Problem zu sein, wenn Yannvar uns schon mit der Stadtwache abgeholt hat«, bemerkte er.

»Eben«, meinte Darian. »Es sind keine Wegelagerer, da ist noch etwas anderes. Sie hätten uns töten können. Aber sie hatten Seile, um uns zu fangen und zu fesseln. Das war kein Zufall.«

Julin erinnerte sich an die Stimme des verkleideten Reiters dicht neben seinem Ohr. »Deshalb wolltest du also ins Gasthaus«, stellte er fest. »Weil man uns im Handelspalast mehr abgeschottet hätte und wir uns nicht so gut umhören könnten.«

Darians Schweigen war Antwort genug. Mit einem Mal fror Julin trotz des Feuers, das hoch aufloderte. Die Sicherheit, die er eben wieder zurückgewonnen hatte, begann fadenscheinig zu werden wie alter Stoff und dahinter schimmerte sie hell und Unheil verkündend hervor – die Fratze des Dämons.

»Julin, kein Grund, so ein Gesicht zu machen. Noch leben

wir!«, meinte Darian und ein verschmitztes Lächeln stahl sich auf sein Gesicht. »Und deshalb werden wir etwas essen. Ich habe gehört, geröstete Grottenolme sind eine Lomer Spezialität.«

Lediglich einige Händler saßen jeder an einem kleinen Tisch und aßen etwas, was zum Glück wie Hafergrütze aussah. Keiner von ihnen beachtete die beiden Reisenden länger als einen Löffelschlag. Offensichtlich hatte Abelina mit keinem Wort erwähnt, was für wichtige Gäste sie beherbergte. Einer der Händler saß mit einem Mädchen am Tisch, das seine Tochter sein mochte. Mit einem Rußstift in der Rechten beugte sie sich über einen Bogen Papier und rechnete etwas aus. Sie hatte langes, lohfarbenes Haar und eine Haut, die an hellen Wein erinnerte. Als hätte sie Julins Blick bemerkt, sah sie kurz auf. Julin lächelte sie an, doch sie runzelte nur die Stirn und versenkte sich wieder in die Rechnung.

Darian ging voraus zu einem Tisch neben einem Fenster, auf dem eine flache Kristallflasche stand. Öliger, transparenter Wein schwappte darin, als Abelina sie nahm und zwei Steinbecher füllte. »Winterapfelwein«, sagte sie zu Darian. »Trinkt nicht zu viel davon.« Wenige Augenblicke später standen zwei Teller auf dem Tisch – gegartes Silberlammfleisch mit Bubawurzeln, wie Julin erleichtert feststellte.

»Danke, Abelina«, sagte Darian. »Setz dich zu uns, wenn du möchtest.«

»Später vielleicht«, antwortete sie. »Gleich kommen die Bergleute.«

Als wäre ihr Satz eine Ankündigung gewesen, flog die Tür auf. Kalter Winterwind zog unter den Tischen hindurch und ließ das Kaminfeuer flackern, dann stapfte eine Gruppe von zehn verkrusteten Gestalten ins Wirtshaus. Ruß bedeckte die Gesichter und die Kleidung, die aus grob gewebten Schürzen, Hosen und Mänteln bestand. Die Augen der Männer waren gerötet, vermutlich eine Reizung durch Staub und Steinmehl. Mit einem Nicken grüßten sie Abelina und besetzten die Tische entlang der Wand. Interessiert und mit einem pochenden Gefühl der Vorfreude in der Kehle beobachtete Julin, dass einige von ihnen Spielsteine auspackten und auf dem Tisch zurechtlegten, bevor sie nach den Steinbechern mit Wein griffen. Plötzlich war es im Wirtshaus laut. Abelinas Kinder umflatterten die Bergleute wie Schmetterlinge die Sahnetassen. Eine von Abelinas Töchtern holte sogar eine Taschentamba mit elf Saiten hervor und spielte ein schnelles Lied. Die Händlertochter blickte kaum auf, als die Melodie erklang. Verärgert darüber, dass sie die Musik offenbar nicht schätzte, griff Julin zum Wein. Er schmeckte erstaunlich süß und leicht – ganz anders als der Winterapfel.

Das Lied, das Abelinas Tochter anstimmte, erzählte von einem jungen Mann, der eine Bergnymphe für sich gewinnen wollte.

»Lass für mich die Fische tanzen,
lass für mich die Blumen fliegen,
bringe mir die Atneswurzel,
dann erst werde ich dich lieben«,

sang das Mädchen den Refrain und zwei der Bergleute fielen ein, stießen sich an und deuteten auf die Händlertochter, die sie hartnäckig ignorierte.

»Guten Abend«, sagte eine ältere Frau in einer gefleckten Pelzjacke. »Ist der Platz noch frei?«

»Natürlich«, antwortete Darian.

Schnaufend ließ sie sich auf die Bank fallen und wischte sich mit dem Ärmel über die Stirn. »Ich habe euch noch nie hier gesehen. Ich bin Lil. Komme aus dem Dorf Gulir bei den Silberminen.«

»Händlerin?«

Sie nickte und goss sich den Becher randvoll. »Ich verkaufe Münzsilber und Ziersteine für die Siegelringe. Und ihr?« Ungeniert musterte sie Julins Hemd und die hellbraune Hose aus Schleichziegenleder. »Ihr seht aus, als ob ihr von ziemlich weit her kommt. Gehst du morgen zum Salzfest, Feuerkopf?«

Julin wurde rot und funkelte sie an. Bevor er antworten konnte, nickte Darian und stieß mit Lil an. »Ganz richtig. Julin und ich sind erst heute in die Stadt gekommen. Wir sind so etwas wie Gesandte – aus Skaris.«

»Gesandte?«

Sie zwinkerte Julin zu und deutete mit dem Kinn auf den Beutel mit der Stabharfe, den er neben den Stuhl gestellt hatte. »Wohl eher Spielleute, oder? Das ist keine Schande, Junge. In Lom lieben wir Tanz und Gesang.«

»Du hast uns ertappt«, rief Darian und deutete eine Verbeugung an. »Ich bin Darian, der Meister des tanzenden Pferdes, und Julin ist der beste Stabharfenspieler und Sänger, den du zwischen Skaris, Lom und den Steppen von Fiorin finden kannst.«

Lil zeigte ein goldlückiges Lächeln und nickte anerkennend. »Wenn es so ist, wie du sagst, werdet ihr gut verdienen. Das Salzfest wird die größte Feier seit dem Richtfest des Handelspalastes. Mehr als dreißig Zauberer sind in die Stadt gekommen.« Sie beugte sich vor. »Auch der, der das Lebenswasser erschaffen kann.«

Darian zog die Augenbrauen hoch. »So? Ich habe gehört, er soll ein Scharlatan sein.«

Julin verschluckte sich. Lil starrte Darian verblüfft an, dann brach sie in Gelächter aus und schlug ihm in grober

Vertraulichkeit auf die Schulter. »Sag das nicht zu laut«, meinte sie. »Die Räte verstehen keinen Spaß. Eins, zwei, drei landest du im Bergwerk – und dann hilft dir auch dein tanzendes Pferd nicht weiter.« Sie nickte mit Nachdruck und prostete Darian zu.

»Wie viele Bergarbeiter gibt es denn in Runa?«, fragte Julin.

»Frage lieber, wie viele Menschen über Tage leben. Die ehrliche Antwort ist: Ich weiß es nicht. Aber wenn man die Gefangenen mitzählt, leben im Dreikopf wahrscheinlich zehnmal so viele Menschen wie in Runa.«

»Wenn man es leben nennen will, unter Tage zu schuften«, warf Julin mürrisch ein.

Lil zuckte die Schultern und lächelte ihn herablassend an. »Du bist jung, Feuerkopf ...«

»Julin Kalamas Fer heiße ich, wenn es recht ist!«

»Also gut, Spielmann Julin. Werde so alt, wie ich es bin, und du wirst sehen, dass sich nicht alles so ohne weiteres beurteilen lässt. Und vor allem – halte hier in Runa deine Zunge im Zaum.«

Julin kniff die Lippen zusammen und schwieg. Die Überheblichkeit der Händlerin ärgerte ihn. Immer noch würdigte die Händlertochter ihn keines Blickes und auch die Tochter von Abelina, die gerade ihr Lied über die Bergnymphe beendet hatte, ließ ihren Blick nur kurz über ihn schweifen. Die Bergleute applaudierten mit Händen aus Steinstaub und husteten beim Lachen.

»Reiten deswegen die Wegelagerer durch die Wälder? Wegen der Gefangenen?« Darians Frage klang leicht dahingesagt, beinahe gleichgültig, aber Julin entging nicht, dass sie Lil traf wie ein Peitschenhieb. Etwas zu betont bemühte sie sich darum, ihre Stimme ebenso unbeteiligt und beiläufig klingen zu lassen. »Oh – die Rebellen meinst du. Habt ihr sie gesehen?«

Darian beugte sich vor. »Sollten wir?«

Die Maske der Gleichgültigkeit zerbröckelte, Furcht huschte über ihr Gesicht. »Betet zu Anila, dass ihr ihnen nie begegnet. Es wäre euer Tod.«

»Was wollen sie?«

Sie leckte sich über die Lippen und schien zu überlegen. »Nun, ich habe sie nicht gesehen, aber manche sagen, sie sind die dämonischen Seelen der rachsüchtigen Gefangenen, die in den Minen starben. Sie werden so lange Angst und Schrecken verbreiten, bis der letzte Tod gerächt ist.«

»Aha, und warum überfallen sie dann harmlose Reisende?«

Lil nahm einen tiefen Schluck und knallte den Becher auf den Tisch. Röte schoss in ihre Wangen, als sie eifrig fortfuhr. »Nun, es gibt noch eine andere Theorie: Demnach sind sie Ausgestoßene und rachsüchtige Verwandte von Minensklaven, deren Familien durch die Verurteilung ins Unglück gestürzt wurden. Man munkelt, dass auch Geflohene und Aufrührer darunter sind, die sich für den Kampf gegen Runas Räte rüsten. Deshalb überfallen sie Reisende – ein Krieg kostet Geld. Es heißt sogar, dass sie bereits mehrmals Lösegeld für entführte Würdenträger bekommen haben.«

Sie holte Luft und schien sich bewusst zu werden, dass sie zu viel gesagt hatte. Misstrauen schlich sich in ihre Züge, was sie falkengesichtig und alt aussehen ließ. »Warum fragst du mich das überhaupt?«, flüsterte sie. »Ihr seid doch nicht etwa Augen aus dem Handelspalast?«

Ein Windstoß fegte durch den Raum, Schneeflocken verirrten sich bis zu Julins Wein, wo sie sofort eintauchten und verloschen. Die Bergleute drehten sich zur Tür und brüllten, man solle die Tür wieder schließen.

Abelina eilte zu dem Gast, der eingetreten war. »Wie oft muss ich dir sagen, dass deine Bestien mir nicht ins Haus kommen!«, rief sie.

Die schmale, hohe Gestalt streifte den langen Jägermantel ab und schüttelte sich die Schneeflocken aus dem Haar. Kurz geschoren und hell war es und erinnerte an das struppige Fell von Schneepferden. Die Augen der jungen Frau waren grau wie heller Skalitstein. Zwei Hunde, so riesig wie Ranjögkälber, schnupperten in Richtung Küche und sahen ohne jede Mühe dem Kaufmann, mit dem sie Auge in Auge standen, auf den Teller.

»Weg!«, schimpfte der Mann, aber er wagte nicht sich zu bewegen. Zum ersten Mal sah seine Tochter mit Interesse von ihren Berechnungen auf und runzelte die Stirn.

»Jug! Jolni!«, sagte die Besucherin ohne viel Nachdruck. Sofort setzten sich die riesigen Hunde neben sie und warteten. Sie hatten ein dichtes, graues Fell, das zwischen den Vorderbeinen in einem v-förmigen schwarzen Büschel endete.

»Fenja, bist du taub? Raus mit den Bestien!«, befahl Abelina. Zu Julins Entsetzen packte die Wirtin das kleinere Ungetüm am Nackenfell und machte Anstalten, es zur Tür zu zerren. Der Hund sah ratlos erst sie und dann seine Herrin an, bewegte sich aber nicht von der Stelle.

»Ist gut, Abelina«, sagte die Frau, die Abelina als Fenja angesprochen hatte. »Nur ein paar Minuten am Feuer. Den ganzen Tag waren sie heute im Schnee.« So höflich ihre Stimme klang, so gefährlich war der Unterton, der darin mitschwang. Unwillkürlich schloss Julin die Hände fester um seinen Weinbecher. Erstaunt bemerkte er, dass auch die Bergleute verstummt waren. Die ferne Drohung eines Gewitters lag in der Luft. Der größere Hund knurrte.

Die Einzige, die sich nicht aus der Ruhe bringen ließ, war Abelina. »Und das nächste Mal schleppst du auch noch deinen Gaul mit in die Gaststube?«, rief sie. »Auf keinen Fall!«

Die Bergleute lachten zögernd.

»Mach die Tür endlich zu!«, schrie einer, verstummte aber, als Fenja ihm einen düsteren Blick zuwarf.

»Fenja, fang keinen Streit an! Du hast noch nicht einmal die zwei zerbrochenen Krüge bezahlt«, rief Abelina.

Die große Frau verzog das Gesicht zu einem ironischen Lächeln. Julin hielt unwillkürlich die Luft an. »In Ordnung«, sagte Fenja erstaunlich friedlich. Ohne ein weiteres Wort deutete sie auf die Tür. Die Hunde winselten und knurrten, aber sie trollten sich anstandslos zurück in den Schnee. Fenja klappte die Tür hinter ihnen zu und zog den Umhang von ihren Schultern. Feuerschein leckte über ihren bloßen Hals.

Jetzt erst bemerkte Julin die Ornamente, die mit dunkler Farbe in die Haut ihres Halses gestochen waren. Soviel er erkennen konnte, stellten sie den Fußabdruck eines dreihufigen Tieres dar, außerdem ein geschlossenes Auge, umrahmt von geflügelten Pfeilen. »Eine Jägerin aus Tana«, flüsterte er Darian zu.

Lil grinste. »Am besten, ihr lasst sie in Ruhe. Auf Tana ist sie gar nicht gut zu sprechen.« Die alte Händlerin schien ihre Furcht bereits vergessen zu haben, denn sie beugte sich wieder über ihren Wein und flüsterte: »Vielleicht war sie eine Jägerin. Aber heute ist sie Kurierin und reitet zu den entfernten Dörfern in den Südbergen. Keine schöne Arbeit.«

Den Bergleuten war der Wein zu Kopf gestiegen, ihre Scherze wurden grob. Der Händler und seine Tochter packten ihre Unterlagen zusammen. Julin versuchte es noch einmal mit einem Lächeln, aber das Mädchen sah weg – voller Absicht, wie ihm schien. Im ersten Impuls der Kränkung wollte er ihr Papier mit einem Wirbelzauber ein wenig durcheinander bringen, aber nach einem Blick von Darian beherrschte er sich und griff nur nach seiner Stabharfe. Er hatte plötzlich unbändige Lust, die Händlerstochter zu zwingen ihm Aufmerksamkeit zu schenken, und er hatte ein sehr gutes Mittel dafür. Mit wenigen geübten Griffen hatte er das Instrument von der Lederhülle befreit und stand auf.

»Es ist ein wenig langweilig geworden«, sagte er laut. Die Bergleute verstummten. Die Händlerstochter hob den Blick und sah ihn nun mit echtem Entsetzen an. Julin grinste und räusperte sich. »Aber bevor die Traumfalter eure Seelen endgültig in das Land Narman entführen, möchte ich noch ein Lied singen.«

»Sing und stirb!«, brüllte ein Bergmann und die anderen brachen in Gelächter aus.

Julin ließ sich nicht aus der Ruhe bringen. So mochte er das, damit kannte er sich aus. »Eins nach dem anderen!«, rief er zurück. Dann schlug er die Saiten der Stabharfe an – jede von ihnen war aus dem Haar eines Naj gemacht und mit der Harmonie eines flüsternden Flusses durchwoben. Haarfeine, schneidende Töne zogen durch den Raum. Das Lachen wurde leiser. Abelinas Tochter zog kritisch eine Augenbraue hoch. »Es ist ein Lied, das man in einem kleinen Bergdorf singt«, erzählte Julin. »Es handelt von zwei Brüdern, die dieselbe Frau lieben. Lange leben sie zu dritt, bis die verliebten Brüder entdecken, wie oft die Schöne zum Schmied geht, um sich ein neues Messer machen zu lassen.« Er zog seine Stabharfe hoch und ließ seine Finger in einem dramatischen Wirbel über die Saiten tanzen. »Die Geschichte nimmt ihren Lauf, als einer der Brüder die Frau ertappt, wie sie ein neues Messer zerbricht, um wieder zum Schmied gehen zu können …«

Dann begann er zu singen. Es passierte das, was immer geschah. Und wenn er noch so oft darüber nachdachte, was genau seine Verwandlung bewirkte, nie würde er es ergründen können. Und niemals würde er einem Menschen erklären können, was für ein Gefühl es war, von einem Moment auf den anderen plötzlich sichtbar zu werden. Es schien, als ginge der rothaarige, feuersprossige Julin aus der Tür und Julin, der Schöne, der strahlende Harfenspieler, beträte den Raum. Wenn er sang, sahen ihn alle Mädchen an, alle Männer saßen mit offenem Mund da und ließen sich von ihm führen, wohin er wollte. Abelinas Tochter vergaß kritisch und beleidigt zu schauen, die Bergleute schwiegen mit ernsten Gesichtern und die Händlerstochter sah ihn – endlich! – mit großen Augen an. Selbst in Lils Gesicht entdeckte er zu seiner Verblüffung einen erstaunten Respekt.

Julin erzählte von der List der Brüder, die den Schmied vor Gericht brachten, weil seine Messer zerbrochen werden konnten, und er sang von der Liebe der Frau, die den Schmied mit bloßen Händen befreite, indem sie die Gitter aus Eisen mit einem Griff ihrer liebesstarken Hände verbog.

Für die Dauer der vierzehn Liedstrophen gehörte die Händlerstochter nur ihm. Sie lächelte, als er die langen weißen Finger der Frau beschrieb, die aus Liebe so stark wurden, dass sie Eisen biegen und brechen konnten, und ihr Haar, das vom Schmiedefeuer ganz bleich geworden war. Sie zwinkerte eine Träne weg, als der Schmied in seinem Verlies saß, und sie lachte mit strahlenden, verträumten Augen, als die beiden Liebenden sich wiedersahen und flohen.

Doch die letzte Strophe kam, wie immer. Der letzte Ton entfloh aus der Harfe, schwebte einen Moment noch im Raum und verging dann in einem samtschweren Schweigen. Julin verbeugte sich. Nach einer kurzen Pause trommelten die Bergleute begeistert auf die Tische, Abelina nickte anerkennend, die Händlerstochter lächelte ihm zu.

Aber dann musterte sie ihn von oben nach unten. Wie einer Schlafwandlerin, die erkennt, dass das, was sie für wirklich hielt, nur ein Traumbild war, schien ihr aufzufallen, dass sie den anderen Julin vor sich hatte. Den mit dem Feuernymphengesicht. Ihr Lächeln wurde höflich. Aus, vorbei. Wie immer.

»Bravo!«, rief Lil ihm zu, als er niedergeschlagen an den Tisch zurückkehrte. »Du bist wirklich ein sehr guter Spielmann. Du siehst nicht so aus, aber …«

»Danke«, erwiderte Julin grob und packte die Harfe wieder ein. Darian schwieg und schob ihm den Weinbecher hin. Für einen Augenblick berührten tröstende Finger seine Hand und ihm wurde leichter ums Herz. In Augenblicken wie diesen glaubte Julin, dass sein Lehrmeister ihn besser kannte, als ihm lieb war. Über den Becherrand hinweg entdeckte er Fenja. Sie sah ihn immer noch an. Nicht mit dem höflichen Lächeln der Händlerstochter oder dem mitleidigen Blick von Lil. Nein, sie sah ihn an, als würde sie sich jede einzelne Feuersprosse genau einprägen.

Über Nacht war Schnee gefallen. Kein Hufabdruck störte das Bild eines weißen Tuches, das über den Hofmatsch gebreitet war wie ein Tischdecke. Der Atem fror in der dämmrigen Morgenluft. Julin spürte immer noch die Nachwirkungen des Winterapfelweins, als er durch den Schnee zum Stall stapfte. Ein Schneehaufen, an dem er vorbeiging, bewegte sich. Grüne Augen sahen ihn an, dann hob der Jägerhund den Kopf und richtete sich auf. Jaulend gähnte er und schüttelte sich den Schnee aus dem Fell. Julin zwang sich, langsam weiterzugehen und sich seine Nervosität nicht anmerken zu lassen. Aus den Augenwinkeln sah er, wie sich auch der zweite Schneeberg erhob. Erleichtert erreichte er die Stalltür und stieß sie auf. Der Stall war dunkel, lediglich ein winziges Fenster am Ende des Ganges ließ etwas Licht herein. Wie eine blasse Nachtblume leuchtete Darians Regenbogenpferd zwischen den dunklen Pferdeleibern. Neben ihm döste der dicke Nombur.

Als Julin zu ihm gehen wollte, fiel ihm auf, dass ein graues Jägerpferd neben ihm stand. Zierlich und langbeinig war es, mit dünnem Hals und grauem Fell. Die Mähne war kurz und struppig, ein Bart wuchs ihm von den Nüstern und den Lippen – ein Zeichen, dass sich Jägerpferde in ihrer Heimat seit Generationen von scharfrandigem Tjulgras und Disteln ernährten, vor deren Dornen sie dieser Bart schützte. Um die Augen hatte das Pferd zwei schwarze Tupfen, was ihm den verschlagenen Gesichtsausdruck eines geschminkten Gauklers gab. Als das Tier Julin kommen sah, legte es die Ohren an und brachte einen Hinterhuf in die richtige Position für einen wohlgezielten Tritt. Julin trat sofort den Rückzug an und schlängelte sich von der anderen Seite unter den Köpfen der Pferde hindurch. Mit Bergleuten legte er sich gerne an – aber mit niederträchtigen Pferden?

Ein Rascheln ließ ihn aufblicken. Erst jetzt fiel ihm auf, dass das Jägerpferd sechs Beine hatte. Zwei bewegten sich in Richtung Kopf. Dann erschien Fenjas Gesicht über der Mähne. Julin stutzte. Gestern im Wirtshaus hatte sie viel älter gewirkt, jetzt, im diesigen Tageslicht, erkannte er, dass sie höchstens vier oder fünf Winter älter als er selbst war. »Guten Morgen, Sänger!«, sagte sie. »Vor Tolin brauchst du keine Angst zu haben. Er gibt gerne an.«

»Ich gebe auch gern an – aber mir gelingt das, ohne dass ich den Leuten einen Tritt versetzen muss«, erwiderte Julin und streifte Nombur das Zaumzeug über die Nüstern. Dabei überlegte er, warum Fenjas Fußabdrücke nicht im Hof zu sehen waren. »Bist du schon lange wach?«, fragte er.

Sie verzog das Gesicht. »Der Dienst eines Kuriers beginnt früh. Ich reite heute mit einem Packen von Verträgen zum Rabenhafen.«

»Hast du keine Angst vor den Rebellen?«

Fenja lächelte, was sie beinahe hübsch aussehen ließ,

dann pfiff sie leise. Augenblicklich erschienen die Hunde an der Stalltür. »Bisher ging es gut. Und Tolin ...« – sie klopfte ihrem Grauen auf den Widerrist – »... ist schneller als die plumpen Schneepferde.« Mit geübten Griffen zurrte sie den steilen Sattel fest und rückte die ledernen Satteltaschen so zurecht, dass sie Tolin nicht drückten. Julin fiel auf, wie behutsam und liebevoll sie mit ihrem Pferd umging. »Julin Kalamas Fer heißt du, nicht wahr?«

Er zuckte zusammen, so überrascht war er. »Ja, du hast ein erstaunliches Gedächtnis, wenn du dich an einen Namen erinnerst, noch bevor er dir genannt wurde.«

Sie lachte leise auf. »Nun, je später der Abend, desto gesprächiger wird Lil. Bist du wirklich ein Spielmann?«

Jetzt klang ihre Stimme ein wenig spöttisch. Zu seiner Verärgerung spürte Julin, wie er rot wurde. »Warum zweifelst du daran?«

»Oh, ich zweifle nicht«, antwortete sie ungerührt und führte Tolin aus der Box. »Ich mache mir nur meine Gedanken. Aus Skaris anreisen, nur um ein tanzendes Pferd vorzuführen und ein paar Lieder zu singen? Versteh mich nicht falsch – du singst besser als alle Spielleute, die ich in meinem Leben gehört habe. Aber ich habe Ohren und Augen und glaube deshalb eher, dein Herr ist einer der Zauberer, die zur großen Versammlung in der Halle der Könige angereist sind, habe ich Recht?« Sie zwinkerte ihm zu und strich Tolins widerspenstige Stirnfransen glatt.

Julin schwieg. Die Hunde betrachteten ihn eine Spur zu interessiert. Dem größeren troff unentwegt Geifer aus dem Maul.

»Gut, du brauchst mir nicht zu antworten«, fuhr sie fort. »Vielleicht hat dein Herr dich zum Schweigen verpflichtet. Es kann mir auch gleichgültig sein. Ich wünsche dir viel Glück in Runa, was auch immer du hier tust!« Mit diesen

Worten führte sie Tolin hinaus in den Hof. Die Hunde erhoben ihre Schnauzen, standen auf und folgten ihr.

»Auch dir viel Glück!«, rief Julin, doch sie war schon aufgestiegen. Aus dem Stand galoppierte Tolin los. Die Hunde jagten lautlos hinterher, dann war die Kurierin schon verschwunden wie ein Spuk.

Darian wirkte verschlafen, aber gut gelaunt, obwohl sein Kopf schmerzte und eine Zerrung im Schwertarm ihm zu schaffen machte. Vor dem Schnee war der perlmuttfarbene Schimmer von Dondos Fell noch auffälliger. Die lange Mähne strich dünne Streifen in die Schneedecke, als das Regenbogenpferd mit der Nase durch den Hofschnee schnoberte. Aus den Augenwinkeln sah Julin, wie sich Abelinas Kinder die Nasen an den Scheiben platt drückten. Darian winkte ihnen zu und gab Dondo ein Zeichen. Das alte Pferd zog ein Vorderbein hoch und senkte den Kopf, als würde es sich verbeugen. Die Wieselgesichter begannen zu grinsen.

»Wir sind früh dran, das ist gut«, bemerkte Darian und schwang sich in den Sattel. Sein Wintermantel rutschte über Dondos glattes Fell. »So können wir uns noch im Handelspalast umschauen.«

Julin hatte mehr Mühe, sich auf Nomburs breiten Rücken zu ziehen, aber er schaffte es, ohne sich zu sehr zu blamieren, wie er hoffte. Ein letztes Mal winkte er den Gesichtern am Fenster zu und ritt auf Fenjas Spuren die Straße entlang.

Der Himmel wechselte bereits von einem kraftlosen Hellgrau in ein Morgenrosa. Erste Sonnenstrahlen leckten über die Dächer, die gestern noch dunkel und edelsteingesäumt gewesen waren und nun unter dem Schnee schliefen. Weit vor ihnen ragte aus dem Labyrinth der Stadt die Kuppel des Handelspalasts empor. Wie ein magischer Stein schien er alles Leben an sich zu ziehen, denn je näher sie ihm kamen, desto breiter wurden die Straßen, desto mehr Menschen gingen in den Häusern und Höfen ein und aus. Alle hatten sie es eilig und führten Lastpferde, Karrenponys und Packesel durch die Gassen, die nicht mehr verschneit, sondern matschig und zertrampelt waren.

Aus der Nähe wirkten die Mauern des Handelspalasts, als würden sie in den Himmel wachsen und an die Wolken stoßen. Ehrfürchtig betrachtete Julin die bunten Glasscheiben der zahllosen Fenster, hinter denen Fackellicht flackerte. Im offenen Stall standen unzählige Pferde. Nicht nur die roten Pferde aus Lom, auch Esel, gefleckte Pferde aus Fiorin, Bergpferde und Reittiere, die mit Pferden nur die Anzahl der Beine gemeinsam hatten. Ein Stallbursche zeigte Julin, wo er Dondo und Nombur unterstellen konnte, dann gingen sie zu Fuß weiter.

Avia entdeckten sie als Erstes. Sie erkannte sie und winkte sie lächelnd zu sich. »Wie schön, dass ihr da seid«, rief sie. »Habt ihr schon gegessen?«

Darian nickte. »Mehr als gut sogar. Sind die Magier bereits vollzählig?«

»Nicht alle sind da, zwei Gäste aus Fiorin werden heute noch erwartet. Yannvar ist ihnen entgegengeritten.«

»Aha«, bemerkte Darian. »Die Rebellen schlafen nicht.«

Julin sah den Hauch einer Unsicherheit in ihrem Lächeln, doch sie fasste sich schnell wieder und lachte mit. »Von Rebellen weiß ich nichts«, erwiderte sie spitz. »Aber was die Wegelagerer betrifft, habt Ihr Recht. Wir wollen nicht, dass unsere Gäste den falschen Eindruck von Lom bekommen. Ansonsten sind wir nämlich sehr friedlich, was Euch auch die Gesandten aus Tjärg und Fiorin bestätigen werden, die schon seit dem Sommer hier sind.«

Darian horchte auf. »Aus Tjärg? Welche Gesandten sind hier?«

»Nun, Ihr werdet sie nicht kennen. Gallinos aus Fiorin und Haliz va Lagar aus Tjärg.«

»Haliz! Und ob ich sie kenne!«, rief Darian. »Sie ist die Tochter meines besten Freundes Ravin va Lagar. Seit zehn Sommern habe ich sie nicht mehr gesehen. Wo ist sie?«

Avia runzelte die Stirn. Julin war nicht sicher, ob sie solche Vertraulichkeiten billigte. Dennoch wahrte sie die Höflichkeit und lächelte. »In diesem Augenblick ist sie im Haus der Räte und bespricht mit den Händlern aus den Südminen die neuen Verträge. Tjärg hat in den vergangenen Sommern viel Salz und Magranerz bei uns gekauft. Ihr werdet Haliz heute beim Festmahl sehen. Zunächst einmal ...« – ihr Blick schweifte über Julins Mantel, der noch Flecken vom gestrigen Sturz in den Matsch trug – »... schlage ich jedoch vor, dass du dich umkleidest, Julin.«

Kurze Zeit später stand er missmutig auf einem wackligen Hocker und versuchte das Gleichgewicht zu halten. Die Ärmel der roten Lehrlingsrobe waren ihm zu lang und auch der Saum fiel ein ganzes Stück über den Hockerrand. Das Schlimmste aber war ein riesiger schmaler Spiegel direkt vor ihm, in dem er sich in voller Länge betrachten konnte. Er sah aus wie eine rote Vogelscheuche, die die Flügel hängen ließ. Um ihn herum kroch eine dünne Schneiderin, der zwei Dutzend Silbernadeln aus den Mundwinkeln ragten. Der Raum war so hoch, dass jedes Geräusch zu klirren schien. Unbarmherzig steckte die Schneiderin Handbreit um Handbreit des Saumstoffes hoch, bis Julin sich vorkam wie eine Wassertonne. In Falten fiel der weite Stoff über seinen Körper und ließ ihn noch stämmiger aussehen. Schließlich zog die Schneiderin ihm die Ärmel zurecht und steckte auch sie fest. Seine Arme taten weh, aber er wagte nicht sich zu bewegen. Gespenstisch allein stand er im Raum und fror. Waren keine anderen Schüler da? Oder passten ihnen die Roben einfach und er war der einzige, der diese Prozedur über sich ergehen lassen musste? Er seufzte und versuchte an etwas anderes zu denken.

Die Botschafterin aus Tjärg fiel ihm wieder ein. Er suchte zusammen, was er über Darians besten Freund wusste. Ravin hieß er, richtig. Und er war ein Jäger aus Tjärg. Legenden rankten sich um die Reise, die Darian und er vor vielen Sommern angetreten hatten. Gemeinsam hatten sie einen Krieg zwischen Tjärg und Skaris verhindert. Und Gerüchten zufolge war es Darian damals gelungen, das Wasser des Lebens zu erschaffen, mit dem er Ravins Bruder Jolon das Leben rettete. Heute gehörte Ravin zu den älteren Räten im Königreich Tjärg und stand den Lagern der Waldmenschen vor.

Julin vermutete, dass Ravin groß war, größer als Darian. Bestimmt war er mächtig und trug einen wilden Bart. Ein stämmiger Waldkrieger, dessen Schwert vom häufigen Gebrauch ganz schartig war, mit Armen wie knotige Jalazweige und einer dröhnenden Stimme. In Skaris erzählte man sich, dass er mit einer Halbworan namens Amina in einer Steinburg lebte. Die Halbworan stellte sich Julin natürlich mit glühenden Augen, schwarzen Händen wie Klauen und einem Gesicht wie ein Dämon vor. Wie mochte dann erst die Tochter der beiden aussehen? Julin erschauerte in einer morbiden Faszination. Dunkel und geheimnisvoll erstand sie vor ihm. Wenn diese Haliz die Tochter von Ravin und Amina war, hatte sie Woranblut. Das ließ den Schluss zu, dass sie Furcht erregend und schwarzhändig war und dunkle Magie übte.

»Zieh dir das Gewand vorsichtig über den Kopf!«, nuschelte die Schneiderin. Bis auf »Zieh das Gewand an« bei seinem Eintreten waren das die einzigen Worte, die sie bisher zu ihm gesagt hatte. Er stieg vom Hocker, verrenkte sich in quälend langsamen Bewegungen und reichte ihr das nadelgespickte Stoffbündel. Sie deutete auf die Tür. »Nach dem Mittagsmahl kannst du die Robe abholen. Rechts geht es zu den Gasthallen.«

Innen sah der Handelspalast noch größer aus als von außen. Gewaltige Deckenbögen spannten sich wie die Rippen eines Riesenwals über seinem Kopf und vereinten sich zu einem steinernen Himmel. Er fühlte sich wie ein Holzspielzeugmann, der sich im Zimmer eines Riesen umsah. Wahrscheinlich wollten die Baumeister genau dieses Ziel erreichen: Ehrfurcht vor Loms Größe. Je näher er den Gasträumen kam, desto mehr Menschen begegneten ihm auf den Fluren. Einige Mitglieder des Rates und der Stadtwache nickten ihm zum Gruß zu. Er sah auch Zauberer, die ihn interessiert musterten. Darian war nirgends zu sehen und so beschloss er, die Zeit für seine eigenen Nachforschungen zu nutzen.

»Ich grüße dich«, sagte er zu einem Diener. »Ich suche die Botschafterin aus Tjärg. Sie heißt Haliz va Lagar.«

Ein Lächeln breitete sich über das skeptische narbige Gesicht. »Haliz? Eben habe ich sie noch im Raum der Opale gesehen.«

Julin bedankte sich und ging in die angegebene Richtung. Die Neugier ließ ihn vergessen, dass er bald in einem lächerlichen Kostüm am Tisch sitzen würde. Der Saal der Opale war nicht groß, mehrere bernsteinbehängte Höflinge saßen an einem runden, schwarz lackierten Tisch. Einige wogen mit filigran aussehenden Waagen ungeschliffene Steine, andere trugen Notizen auf langen, schmalen Papierbögen ein. Rechts von der Tür stand Haliz und unterhielt sich mit einem jungen Mann. Es musste Haliz sein, denn sie hatte schwarzes Haar und blaue, schräg geschnittene Woranaugen. Ihre Hände waren sehnig wie Klauen und ihre Nase scharf und schmal wie der Schnabel eines Adlers.

»Haliz va Lagar?«, fragte Julin und deutete eine Verbeugung an. Er musste aufblicken, um der großen Frau ins Gesicht sehen zu können. »Ich bin Julin Fer, ich begleite Darian Danalonn – Ihr werdet ihn kennen.«

Ihre blauen Augen schienen zu flackern wie Flammen. Einen Moment sah sie ihn ungehalten an, dann verzogen sich ihre schmalen Lippen zu einem Lachen. »Sehe ich aus wie eine Woran? Du verwechselst mich, Julin.«

Irritiert bemühte er sich seine Verblüffung nicht zu zeigen. Es gelang ihm nicht. Sie sah aus wie eine Woran. »Nun ja, ich dachte …«

Sie wurde ernst und schüttelte den Kopf. »Geh, Junge. Haliz findest du im Marmorsaal. Frag einen Diener.«

Der ungehaltene Unterton in ihrer Stimme ließ keinen Zweifel daran, dass sie ihn entlassen hatte. So würdevoll wie möglich zog er sich zurück und ignorierte den amüsierten Blick ihres Gesprächspartners. Im Marmorsaal sagte man ihm, Haliz sei im Raum der Räte; beim Raum der Räte ließ man ihn warten um ihm dann mitzuteilen, dass sie soeben zu den Ställen gegangen sei. Gerade wollte er sich auf den Weg dorthin machen, da hielt ihn ein Diener zurück. »Julin Fer!«, rief er atemlos. »Dem Gnoklon sei Dank! Holt Eure Robe und begebt Euch zum Festsaal, das Mahl beginnt in Kürze.« Siedend heiß wurde Julin bewusst, wie viel Zeit vergangen war. Im Inneren schalt er seine Neugier und die ruhelose Haliz. Wenig später stand er atemlos vor der hohen Tür, die in den Saal führte. Stimmen drangen auf den Gang heraus, es schien, als wären schon alle Zauberer versammelt. Der Türmeister warf ihm einen tadelnden Blick zu, bevor er die Tür würdevoll aufzog. Hektisch zupfte Julin seine lächerliche Robe zurecht, holte noch einmal tief Luft und trat ein.

Das Murmeln verstummte auf der Stelle. Hunderte von Augen sahen ihn an. Missbilligende Stille umfing ihn auf seinem

Weg von der Tür bis zum Tisch, an dem er Darian entdeckt hatte. Avia und Yannvar standen bei ihm. Was selten vorkam – Darian lächelte nicht. Julin biss sich auf die Lippen.

»Entschuldigt«, flüsterte er. »Ich habe mich im Palast umgesehen und wohl die Zeit vergessen.«

»Ja, wie es sich für einen richtigen Zauberer gehört, experimentiert mein Schüler gerne mit der Zeit«, sagte Darian zu den anderen. Ein paar zaghafte Räusperer antworteten ihm. Ein anderer Lehrling in roter Robe kicherte. »Dies ist Julin Kalamas Fer«, fuhr Darian fort. »Mein Schüler seit einem Winter. Er beherrscht bereits mehrere Spiegelzauber und hat die besondere Gabe, selbst eine wild gewordene Martiskatze mit Musik zu besänftigen.«

»Dann soll er mal singen um uns zu besänftigen«, warf ein alter Magier ungehalten ein.

Julin spürte, wie er errötete. »Ich entschuldige mich in aller Form.«

Die Zauberer brummten und wandten sich ihren Tischen zu.

»Nun, dann können wir ja endlich beginnen«, sagte Yannvar.

»Nicht ganz«, berichtigte ihn Avia leise. »Haliz va Lagar ist noch nicht da.«

»Haliz? Die Botschafterin?« Seine Augenbrauen zogen sich zu einer Gewitterfurche zusammen. »Wenn sie zu spät kommt, wird sie eben draußen warten müssen.« Mit einem herrischen Wink befahl er die Tür zu schließen.

Julin setzte sich – erleichtert, dass die Aufmerksamkeit nun auf Yannvar gerichtet war, der mit einer langen Begrüßungsrede begann. Möglichst unauffällig zupfte er an den Falten seines Gewandes und beugte sich zu Darian. »Wo ist der Goldmacher?«, fragte er.

»Er ist aufgehalten worden«, flüsterte ihm Darian zu. »Es

würde mich nicht wundern, wenn die Rebellen ihm ebenfalls einen Besuch abgestattet hätten. Es gab wieder einen Kampf. Fünf Mitglieder der Stadtwache sind verwundet.«

Unter den Zauberern auf der anderen Seite des Saales erkannte Julin zu seiner Verblüffung die Frau mit der Adlernase, die er für Haliz gehalten hatte. Es stellte sich heraus, dass sie die berühmte Magierin Marwan aus dem Zirkel von Lom war. Und er hatte sie erstens mit einer Woran verwechselt und zweitens mit einer Botschafterin!

Gerade als er sich nach vorne beugte, um seine Stabharfe neben dem Stuhl abzustellen, sah er eine Bewegung an der Tür. Eine Hand erschien im Türspalt, dann schob sich eine junge Frau in den Saal. Haliz musste beliebt sein, wenn der Türmeister sie trotz Yannvars Anweisung einließ. Doch Julin war sicher: Wer Haliz sah, würde sie in jeden Raum einlassen, in den sie zu gehen wünschte. Ihr Haar war lang und wellig und von einem so tiefen Dunkelbraun, dass es beinahe schwarz schimmerte. Erstaunlich zierlich war sie und hatte eine helle Haut – nicht das, was er von einem Worankind erwartet hätte. Ihre Augen waren hellgrün. Sie sieht aus wie ein Waldmensch, dachte Julin mit offenem Mund.

Ein Strahlen ging über ihr Gesicht, als sie Darian entdeckte.

Paradoxerweise fühlte sich Julin plötzlich an den Moment erinnert, als er zum ersten Mal in seinem Leben die Saiten einer Stabharfe berührt hatte. Der ungelenke Ton, den er dem Instrument entlockt hatte, war aufgestiegen und hatte mit magischer Hand an seine Seele geklopft. Und Julin hatte diesem Ton jede Tür, jede Festung in seinem Innersten geöffnet und ihn wie einen lang vermissten und heiß erwarteten Wanderer begrüßt. Marwan und die Zauberer, selbst die Rebellen schrumpften neben Haliz zu Käfern und zerfielen zum Staub der Bedeutungslosigkeit.

»Und nun esst und lasst euch all die Köstlichkeiten schmecken, die Lom seinen Gästen bietet!«, schloss Yannvar seine Tischrede. »Möge Anilas Segen uns begleiten und der Dreikopf uns noch lange ernähren!«

Die Gäste brummelten und klopften auf die Tische, dann setzte von einem Moment zum anderen ein Gemurmel, Gelächter und Gläserklirren ein.

Im Schutz dieser Geräuschwand huschte Haliz auf Julins Tisch zu. »Darian!«, rief sie und fiel ihm um den Hals. »Gestern habe ich dich in jedem Gästequartier gesucht, bis ich herausgefunden habe, dass du eine Herberge der Pracht des Gästehauses vorziehst.«

»Haliz!« Darian sprang auf und überragte das Mädchen mit einem Mal um zwei ganze Köpfe. »Wie schön, dich hier zu sehen! Du bist sehr groß geworden, seit ich dich das letzte Mal gesehen habe!«

Julin verkniff sich mühsam ein Grinsen.

»Ja, es ist viel passiert seitdem«, erwiderte sie.

Darian strich ihr eine Strähne aus der Stirn und nickte. »Setz dich. Ach ja – das ist Julin aus Skaris. Er ist mein Schüler. Julin, das ist Haliz, Ravins Tochter!«

Die kristallgrünen Augen wandten sich ihm zu. »Es freut mich, dich zu sehen, Julin!«, sagte sie höflich.

Julin bemerkte die missbilligenden Blicke, die einige Herren vom Nebentisch dem Mädchen zuwarfen und trat näher. »Darf ich?«, fragte er und zog Haliz einen Strohhalm aus dem Haar.

Sie lachte leise und wurde rot. »Oh, ich war noch eben bei den Ställen. Erst im Herbst habe ich mir ein Lomer Pferd gekauft.«

»Ich weiß, wo du warst, ich habe dich gesucht.«

»So?« Ihr Lächeln war ein wenig irritiert.

Diener brachten Wein und fuhren Ranjögfleisch, Bergfisch und geröstete Grottenolme auf, die an langen Taniszweigen aufgespießt waren oder zu Haufen aufgetürmt auf Kupferplatten thronten. Früchte wurden gereicht, außerdem gezuckerte Winteräpfel, die in Wein gekocht worden waren, und ein knisterndes, köstliches Gebäck, das vor Harzhonig triefte. Möglichst unauffällig schob Julin die Grottenolme, die ein wohlmeinender Diener ihm auf den Teller geschaufelt hatte, beiseite und hielt sich an das Ranjögfleisch. Mit Entsetzen beobachtete er, wie Haliz nach einem Olm griff. Begeistert erzählte sie Darian, dass sie seit dem Sommer in Lom war und die Handelsverträge zwischen Tjärg und den Bergwerken in Lom aushandelte. Julin staunte über ihr Wissen und ihr Geschick, mit Zahlen und Berechnungen umzugehen.

Doch kaum hatten sie den letzten Bissen gegessen, kam schon Yannvar mit zwei Zauberern an ihren Tisch. »Unser hoher Rat Epok wünscht Euch kennen zu lernen, Darian«, sagte Yannvar.

Julin spähte zu dem Rätetisch hinüber und sah einen kleinen alten Mann in grüner Robe. Ein schwarzes Muttermal klebte wie eine tote Fliege über seiner Braue.

Darian lächelte Haliz entschuldigend an. »Es ist mir eine Ehre. Haliz, sicher entschuldigst du Julin und mich?«

Yannvar und die Zauberer wechselten einen Blick. »Nun«, begann Yannvar. »Nehmt es nicht übel, Darian, aber der hohe Rat wünscht Euch kennen zu lernen.«

»Das habe ich verstanden, Yannvar«, erwiderte Darian.

Julin sah, wie Haliz sich über die Nase strich um ein Lächeln zu verbergen. Sie zwinkerte ihm zu und schwieg.

Yannvar räusperte sich. »Nur Euch.«

Darian lehnte sich zurück und verschränkte die Arme. »Wie soll mein Schüler lernen, wenn er mich nicht begleiten darf?«

»Ist schon gut, Darian«, sagte Julin und setzte sich wieder. »Ich bleibe bei Haliz und warte.«

Darian sah von ihm zu dem Mädchen, dann stahl sich ein kleines Lächeln in seine Mundwinkel. »Nun gut, ganz wie du willst.«

Yannvar war so erleichtert, dass er beinahe freundlich wirkte. Julin sah der Gruppe nach, die durch den Raum zum Tisch der Stadträte ging, die in ihrem grünen Ornat an einem sichelförmigen Tisch saßen und ihn höflich begrüßten. Dann wandte er sich zu Haliz um. »In Lom gelten strenge Regeln, nicht wahr?«

Haliz machte eine unbestimmte Geste und griff nach einem weiteren Olm. »Die Menschen hier sind sehr empfindlich, was ihre Ehre und Würde angeht«, meinte sie. »Und der ganze Handelspalast ist voll von unsichtbaren Schnüren und Treppen, über die man stolpern kann. Bei dir habe ich das Gefühl, dass du ein paar von ihnen ausprobieren möchtest.«

Er lachte. »Das tust du wohl schon an meiner Stelle. Was hat dich nach Lom geführt?«

»Wenn man sich für den Handel interessiert, wäre es dumm, in einer Waldburg zu bleiben und Ranjögs zu jagen. Aber ich reise schon bald nach Tjärg zurück. Meine Zeit als Handelsbotschafterin ist um – ich habe vor, im Tjärger Norden eine Handelsniederlassung zu gründen. Vor kurzem wurden dort Erdschätze entdeckt. Wenn das stimmt, wären wir, zumindest was das Magran betrifft, nicht länger von Lom abhängig. Weißt du, dass dieses Gewand dir nicht steht? Es lässt dich blass aussehen.«

Der beiläufige Satz traf ihn völlig unvorbereitet. Er reagierte schnell und versuchte sich an einem charmanten Lächeln. »Dafür steht dein Kleid dir weitaus besser.«

Ihre Gesicht zeigte keine Regung. »Das weiß ich, Julin«, antwortete sie und versetzte ihm damit einen neuen Schlag.

Ärger stieg in ihm auf, er hatte Lust, ein Lied zu pfeifen, um ihr den Inhalt ihres Weinbechers auf das Kleid schwappen zu lassen, aber er beherrschte sich und lehnte sich stattdessen zurück. »Nun, dann muss ich dich ja nicht mehr mit höflichen Komplimenten belästigen«, sagte er.

Haliz lächelte ein hintergründiges, schmales Lächeln und betrachtete ganz ungeniert die Feuersprossen in seinem Gesicht. »Sei mir nicht böse, Julin. Seitdem ich hier bin, habe ich schon zu viele Nettigkeiten gehört. Jeden Tag sagen sie einem, wie schön und anmutig man ist, was für außergewöhnliche Augen man hat und wie erstaunlich gut dieses oder jenes Schmuckstück zu diesem oder jenem Kleid passt. Und in Wirklichkeit bedeuten diese Sätze nichts. In Wirklichkeit schauen sie mich an und denken: Das Mädchen ist zu jung für eine Händlerin, für ein Kompliment zahlt sie gerne drei Lomar mehr. Oder sie denken: So sieht also jemand aus, der von den Woran abstammt. Warum ist ihr Gesicht nicht schwarz, warum sind ihre Augen nicht blau glühend? Wird sie mir etwas antun, wenn ich sie um zwei Lomar betrüge?«

Julin fühlte sich ertappt und lachte nervös. »Es muss ein schweres Los sein, schön zu sein.«

Sie lachte und schüttelte den Kopf. Die Ironie in seiner Stimme war ihr entgangen. »Nein, manchmal ist es auch sehr praktisch«, antwortete sie leichthin und überrumpelte ihn damit zum dritten Mal.

»Herr Julin?« Der Diener war so leise neben ihm aufgetaucht, dass Julin unwillkürlich zusammenzuckte. »Euer Lehrmeister möchte bis zur Versammlung beim hohen Rat bleiben. Ich werde Euch den Weg zu den Gasträumen zeigen und Euch heute Abend zu den Ställen bringen. Sobald die Sonne untergeht, werden die Zauberer zu der Halle der Könige reiten.«

Bevor Julin etwas erwidern konnte, fiel ihm Haliz ins Wort. »Guten Tag, Trillas! Sag mir nur, wann du ihn bei den Ställen erwartest – zu den Gasträumen kann ich ihn begleiten.«

Der Diener zögerte, doch dann entzündete Haliz' Lächeln auch in seinem Gesicht eine freundliche Sonne. Er sah sich um, ob ihn jemand beobachtete, dann nickte er. »Na gut, Haliz. Wir reiten, sobald die Sonne den Dreikopf berührt. Aber bitte kommt nicht zu spät.«

»Danke, Trillas! Keine Sorge – Julin wird der Erste bei den Ställen sein!«

Sie sprang auf. Julin tastete nach seiner Harfe und folgte ihr. Irrte er sich oder glaubte er in Trillas' Augen so etwas wie Neid zu sehen? Flüchtig erhaschte er einen Blick auf Darian, der sich mit der Zauberin unterhielt, die er für Haliz gehalten hatte. Mit einem mulmigen Gefühl folgte er Haliz auf den Gang.

»Mir kommt es vor, als sei ich hier unerwünscht«, sagte er draußen zu ihr. »Ständig schickt man mich von Darian weg.«

»Sei froh, dass dir ein bisschen Zeit bleibt. Möchtest du nicht den Handelspalast sehen?«

»Doch, sehr gerne sogar.«

Viele Menschen grüßten Haliz und hin und wieder traf auch ihn ein verwunderter Blick. Haliz führte ihn durch die verschiedenen Kristallhallen – jede von ihnen war nur mit einer einzigen Steinart geschmückt, die Wände passend bemalt. Leuchtend blaue Wände im Zimmer zur ewigen Nacht, dessen runde Bögen mit winzigen, in Goldstrahlen eingefassten Tamarissteinen verziert waren. Weiße Wände, polierte Korallen und Ranjöghorn erwarteten sie im Zimmer des Winterlichts, wo Mimontkristalle in Form von Schneeflocken den Raum in ein unwirkliches gleißendes Glühen tauchten, das alle Gedanken auszulöschen schien.

»Hier bin ich am liebsten«, sagte Haliz schließlich und öffnete eine kleinere Tür. Das Zimmer dahinter war dunkelgrün. Haliz passte hinein wie eine Feuernymphe in einen Vulkan. Vor den gemaserten Magranerzplatten bekamen ihre Augen einen magischen Glanz. Fünf große Silberspiegel warfen sich das Licht zu und machten die Luft im Raum zu einem Tanzsaal für unzählige Stäubchen, die sich schwerelos in der Wintersonne drehten.

»Sieh her«, sagte Haliz ehrfürchtig und fuhr die verschlungenen Adern eines dunkleren Gesteins nach. »Es gibt säuligen, nadeligen und körnigen Magran. Das hier ist glatter Tafelmagran. Sehr selten! Fühl mal, ist das nicht schön?«

Julin streckte die Hand aus und berührte den Stein, der sich wie eiskalter, glatter Samt anfühlte. Ein Schauer rieselte ihm über den Rücken. »Sehr schön«, sagte er. »Ich komme aus den Bergen in Skaris. Dort gibt es nur Skalitstein und Eisenerz.«

Ihr Augen leuchteten auf. »Ich dachte, du seist ein Sänger und Zauberer? Was macht jemand wie du in den Bergen?« Ihre Stimme hallte von den Wänden wider. In der Einsamkeit des Zimmers schien jedes Wort noch mehr Gewicht zu bekommen.

Er räusperte sich. »Ja, das werde ich oft gefragt. Alle meine Verwandten sind Bergleute oder Steinbrecher – Paschun, mein Großvater, ist Steinmetz, mein Vater und meine Mutter haben eine Messerschmiede bei den Feuerseen. Nur meine Tante Nellis ist Wirtin. Sie hat die einzige Kneipe in Skilmal, Skoblins Eck. Man sagt, sie und ihr Gasthaus seien schuld, dass ich anfing zu singen, bevor ich auch nur in die Nähe des Steinbruchs gekommen war.«

»Dann hat Tante Nellis dir das Singen beigebracht?«

Er lachte. »O nein. Was Humor und Musik betrifft, ist Nellis das menschliche Gegenstück zu einem Holzpfosten. Aber sie hinderte mich zumindest nicht daran, zu singen und die Leute zu unterhalten. Und dabei entdeckte ich, dass ich den einen oder anderen Weinkrug tanzen lassen konnte und dass Betrunkene sich am besten mit einem magischen Lied beruhigen lassen.«

Haliz lachte. »Darian ist der Meister der Spiegelzauber – hast du schon etwas gelernt?«

Er seufzte. Viel lieber hätte er ihr etwas vorgesungen. Der Klang in diesem Raum war gut, und wenn sie ihn einmal sehen würde, einmal den anderen Julin …

»Natürlich, den einen oder anderen Trick beherrsche ich. Aber eigentlich ist mein Zauber meine Stabhar…«

»Dann zeig mir etwas!«, rief sie. »Hier sind Spiegel!«

Direkt neben seinem Schlüsselbein spürte Julin ein übermütiges Kribbeln, so wie immer, wenn er dabei war, eine Dummheit zu machen oder ein großartiges Kunststück zu vollführen. Leider wusste er im Voraus selten, was es werden würde. Und wie immer konnte er auch jetzt der Versuchung nicht widerstehen, es auszuprobieren. Echte Spiegelmagie – nicht den Täuschungszauber, der ihm aus irgendeinem Grund schwerer fiel als die wirkliche Magie.

»Also gut«, sagte er. »Sieh in den Spiegel – in wenigen Augenblicken wirst du ein Bild der Vergangenheit darin sehen und einen flüchtigen Blick durch die unendlichen Korridore der Zeit werfen.« Er senkte bedeutungsvoll die Stimme. »Und ich kann nur hoffen, dass dieser Blick dir nichts Schlimmes eröffnen wird.«

Bei den letzten Worten hatte er eine unauffällige Geste gemacht, nun summte er leise einige Worte. Im Takt der kleinen Melodie ruckten die Stäubchen in der Luft, begannen zu wirbeln und zu trudeln. Der Spiegel wurde blind und klarte dann vor ihren Augen auf. Schemenhafte Gestalten erschienen und nahmen immer schärfere Formen an. Fünf waren es – vier saßen am Tisch, eine der Gestalten ging auf und ab und gestikulierte. Obwohl sie sprach, hörte man kein Wort, aber Julin erkannte auch so das schwarze Muttermal.

»Epok, der hohe Rat«, flüsterte Haliz. »Und da am Tisch – die Frau mit dem schwarzweißen Haar, das ist Gulja, die Minenrätin. Sie ist nur sehr selten in Runa. Normalerweise lebt sie in Dengar bei den Minen. Die beiden, die mit dem Rücken zu uns sitzen, kann ich nicht erkennen.«

»Was hat Gulja da?« Die Minenrätin deutete auf einen Brocken, der vor ihr auf dem Tisch lag. Kantig war er und schwarzweiß wie ihr Haar. Es sah aus, als wären zwei Massen – eine dunkle und eine helle, kristalline – zu einem Klumpen verklebt.

»Verschmutztes Salz?«, mutmaßte Haliz

»Da ist Avia«, sagte Julin. »Sie schüttelt den Kopf.«

»Anscheinend streiten sie sich.«

Epoks Spiegelbild schrie stumm auf und schlug mit der flachen Hand auf den Tisch. Fasziniert beobachtete Julin, wie Avia aufsprang. Ihre Augen glühten, ihr Gesicht war verzerrt vor Wut. Julin schauderte. Er fühlte sich, als würde er etwas Verbotenes betrachten, etwas, was das Gespinst der Sicherheit, in dem er gerade wieder Halt gefunden hatte, erneut fadenscheinig und brüchig werden ließ. Er bemerkte kaum, dass Haliz unwillkürlich näher an ihn herangerückt war. »Avia gibt nach, siehst du?«, flüsterte sie atemlos.

Die Magierin war blass geworden. Epok und Gulja starrten nun eine der Personen an, die mit dem Rücken zu ihnen saß. Sie sprang so heftig auf, dass der Stuhl umfiel, und wandte sich um. Es war ein junger Mann in der Robe der Räte.

»Gavinn!«, wisperte Haliz. Julin spürte, wie sie ihn am Arm fasste, als suchte sie Halt.

»Ein Rat?«

»Das war er«, erwiderte sie mit brüchiger Stimme. »Er ist kurz vor dem ersten Schneefall gestorben.«

»Was?«

Sie nickte. »Man fand ihn jenseits des fünften Stadttores.«

»Die Rebellen?«, fragte er mit einem bangen Gefühl der Vorahnung. »Waren es die Rebellen? Haben sie ihn ermordet?«

Entsetzt sah sie ihn an. »Aber nein!«, rief sie und ließ seinen Arm los. »Er ist vom Pferd gestürzt.«

Nachdenklich starrten sie auf die verblassenden Bilder. Immer noch konnten sie nicht erkennen, wer der fünfte Gast am Tisch war. Der junge Rat Gavinn stand auf und stürmte hinaus. Da stimmt etwas nicht, dachte Julin. Nach und nach verblassten Avias besorgtes Gesicht und Epoks versteinerte Miene, bis sich wieder nur die leeren Stühle und Wände im Spiegel erhoben.

»Räte und Zauberer scheinen sich nicht zu mögen«, murmelte Julin.

Zögernd nickte Haliz. »Es gibt sehr häufig Auseinandersetzungen, ja. Einige der Räte versuchen dem Zirkel die Macht zu entziehen. Ich glaube, sie fürchten sich davor, dass ein Zauber ihre Handelsmacht gefährden könnte. Es ist ein großes Zugeständnis an den Zirkel, dass sie die Versammlung der Magier in Lom abhalten dürfen.«

»Wenn es stimmt, was über den Goldmacher gesagt wird, dann wäre Lom bald reicher als alle anderen Länder zusammen. Stell dir vor, er könnte Gold erschaffen – und Silber und Salz.«

Haliz' spöttisches Lachen glitt über die glatten Magranwände. »Glaubst du daran, Julin?«

»Morgen vielleicht«, gab er zur Antwort. »Warum findet die Versammlung der Zauberer außerhalb des Handelspalasts statt? Weil der Rat die Magier verachtet?«

Sie zog überrascht die Brauen hoch. »Du meinst, weil ihr heute in die Halle der Könige reitet? O nein, nein! Im Gegenteil! Es ist eine hohe Ehre. In dieser Halle finden nur sehr selten Versammlungen statt.«

»Die alten Könige waren die Herrscher in Lom, bevor ein Mensch die Berge betreten hat, nicht wahr?«

Sie lächelte, schien froh zu sein, wieder in die Gegenwart und ihre Sicherheit zurückkehren zu können. Es wunderte ihn, dass sie sich durch dieses Bild aus der Vergangenheit, das alles oder nichts bedeuten konnte, verunsichern ließ. »Ich bin keine gute Geschichtenerzählerin«, begann sie. »Und ich kann dir nur sagen, was Anander mir erzählt hat. Er ist in Dengar geboren worden. Das ist die große Minenstadt direkt beim Eingang zu den Bergwerken.«

Julin erinnerte sich an die Narben auf den Wangen des Anführers der Stadtwache. »Erzähl mir, was er gesagt hat«, bat er.

Haliz räusperte sich, strich sich eine Haarsträhne aus der Stirn und begann zu erzählen. »Die Legende sagt, dass die alten Könige ganz Lom beherrschten. Mit Werkzeugen aus gehärtetem Eisen haben sie ihre steinernen Throne in die Felsen geschlagen und die Hallen am Fuße der Berge gebaut. Sie waren die Hüter der Schätze, die der Dreikopf birgt. Lange lebten und herrschten sie in ihren Bergen. Doch Menschen kamen und entdeckten die Schätze. Zauberer und Händler wanderten in die Berge, jeder von ihnen zu einem der Könige. Das Gift, das sie in die Ohren der alten Könige träufelten, zeigte seine Wirkung. Die Herrscher, denen die Welt nichts anhaben konnte, begannen sich zu bekämpfen. Mit dieser List gelang es den Zauberern, die Könige verletzbar zu machen – indem sie so lange Misstrauen säten, bis die Herrscher sich im Bruderkrieg gegenseitig töteten. Noch heute liegen die toten Könige tief im Berg. Ich habe sie mit eigenen Augen gesehen.« Sie lachte, als sie Julins verdutztes Gesicht sah. »Nun, es sind Tropfsteine, die die Form von riesigen liegenden Leibern angenommen haben«, schloss sie. »In Wirklichkeit sind die alten Könige ausgestorben oder weitergezogen, um in anderen Bergen Zuflucht zu suchen. Doch die Halle aus Fels ist immer noch ein Zeugnis einer uralten Zeit.«

»Wer waren die Könige? Gehörten sie zu den Woran?«

Sie zuckte zusammen und sah ihn aufmerksam an. Ganz bewusst hatte er diese Frage gestellt, aber Haliz ließ sich nichts anmerken. »Man weiß es nicht«, erwiderte sie. »Manche sagen, die alten Könige sind das, was die Woran vor Urzeiten gewesen sind. Mächtige Wesen mit Knochenkronen, deren Macht der dunklen, todbringenden Magie der Woran glich. Noch heute wirkt ihr Zauber in vielen Stollen. Manchmal verschwinden Gänge und tauchen an anderer Stelle wieder auf, Metall blinkt und verwandelt sich, sobald es ans Tageslicht kommt, in Staub oder einen Haufen Kürbiskerne. Es gibt Magier, die nur dafür bezahlt werden, den Zauber der alten Könige zu erkennen und diese Gänge zu versiegeln.«

»Nun, dann verstehe ich die Vorsicht der Räte gegenüber den Zauberern«, entgegnete Julin. »Wenn sie so mächtige Herrscher töten konnten, haben die Händler zu Recht Angst vor ihnen.«

»Vielleicht ist es so«, sagte sie. »Aber sieh mich an – meine Mutter ist halb Woran und halb Mensch. Zwar kann sie sehr wütend werden und ihre Augen beginnen zu glühen, wenn sie schwach wird. Ihre Hände werden zu Klauen, solange sie krank ist, aber falls nur ein Fünkchen von dem wahr wäre, was man sich über sie und mich erzählt, dann wären wir beiden die alten Königinnen von Tjärg!« Sie lachte. »Menschen sehen und hören nur das, was sie glauben wollen – und am liebsten sehen sie an jeder Ecke Woranzauber und hören Schauergeschichten.«

Wenn es nur Schauergeschichten wären, dachte Julin. Immer noch ließ ihn das Bild im Spiegel nicht los. Da war etwas

– und vielleicht hatte es sogar etwas mit den Rebellen zu tun. Antworten lauerten in den Winkeln und Schatten des grünen Steins. »Du glaubst nicht an viele Dinge, nicht wahr, Haliz?«, sagte er mit einem Anflug von Ärger in der Stimme.

»Ich glaube an Zahlen«, gab sie zurück. »Und ich glaube, du hast mir noch nicht gezeigt, wie gut du auf der Stabharfe spielen kannst.«

Wieder einmal machte ihn die Überraschung sprachlos, doch dann huschte ein Lächeln über sein Gesicht. Ein Lied nur, lockte eine flüsternde Stimme. Ein einziges Lied, um die Wirklichkeit zurückzuholen und die Gespenster zu vertreiben. Behutsam zog er das Instrument aus dem Beutel und stimmte die Saiten, die sich in der Kälte verzogen hatten. Helle, schräge Töne brachen sich an den Wänden. Zuerst wollte er ein Tanzlied anstimmen, aber plötzlich sah er das harte Gesicht von Tante Nellis vor sich und überlegte es sich anders. »Es ist ein Lied aus Skoblins Eck«, sagte er. »Das einzige Lied übrigens, das Tante Nellis jemals ein Lächeln entlockt hat.«

Er holte Luft und begann mit leiser Stimme zu singen. Aufmerksam betrachtete er Haliz, wartete auf das Spiegelbild des anderen, des schönen, begehrenswerten Julin in ihren Augen, doch alles, was er diesmal sah, war ein tiefes Grün, in dem sich das winzige Spiegelbild eines dicklichen Lehrlings in einer lächerlich weiten Robe abzeichnete. Verunsichert sang er weiter, erzählte vom legendären Steinmetz Bulger, der sich in den Kopf gesetzt hatte, das Gesicht seiner wunderschönen Braut in den Steinbruch zu meißeln. Nach hundert Tagen erstrahlte das Gesicht seiner Liebsten in der Morgensonne. Stolz rief er das ganze Dorf zusammen, doch als die Prozession zum Steinbruch kam, erschütterte ein kurzes Beben das Gebirge. Als Bulger und seine Braut in den Steinbruch blickten, grinste ihnen die Fratze einer alten Frau entgegen – mit zerfallenen Zähnen, verrutschten Gesichtszügen und schartigen Falten verhöhnte es die Schönheit.

Als Julin die letzte Strophe anschlug, sah er wieder Tante Nellis vor sich. Sie hatte immer an der Stelle gelächelt, als die schöne Braut mit der Faust ausholte, Bulger niederschlug und geradewegs nach Skilmal zurückging, wo sie bald darauf Bulgers Cousin Pag heiratete.

In der Halle der alten Könige

Die Sonne berührte schon längst die mittlere und gleichzeitig höchste Spitze des Dreikopfs, als Darian endlich beim Stall erschien. Seit geraumer Zeit wartete Julin im Hof zusammen mit etwa zwanzig anderen Lehrlingen und einigen Zauberern. Aufgezäumt und gesattelt stand Dondo neben ihm und döste mit aufgestütztem Hinterhuf. Rechts von ihm glotzte ihn ein maultierartiges Reittier mit einer nicht nachvollziehbaren Faszination ununterbrochen an.

Darians Lächeln wirkte so müde und angespannt, dass Julin nachfühlen konnte, wie gern er eine Pause in der Herberge eingelegt hätte. Als er seinen Schüler entdeckte, hellte sich sein Gesicht auf und er eilte mit großen Schritten über den Hof. »Endlich, Julin«, rief er ihm schon von weitem zu. »Den ganzen Nachmittag habe ich nach dir Ausschau gehalten. Ich wollte dich bitten, noch meinen Mantel und mein Notizbuch aus der Herberge zu holen.«

Das Bewusstsein, einen Fehler gemacht zu haben, machte Julin auf der Stelle unruhig. »Ein Diener kam und sagte mir, dass du den Nachmittag über beschäftigt bist und ich hier auf dich warten soll.«

Darian runzelte die Stirn. »Dann hat er etwas falsch verstanden. Na ja, macht nichts. Ich werde auch ohne das Buch auskommen. Hast du zumindest Haliz ein wenig besser kennen gelernt?«

Julin nickte vage und beugte sich zu seinem Lehrmeister vor. »Darian, ich habe etwas gesehen, in einem Spiegel. Vielleicht hat es etwas mit den Rebellen zu tun.«

Beunruhigt sah ihn Darian an. »Dann warst du erfolgreicher als ich«, sagte er leise. »Hör zu, erzähl es mir, wenn wir wieder in der Herberge sind.« Mit einer angedeuteten Kopfbewegung wies er zu einigen Wachen, die ihr Gespräch mit grimmigem Interesse verfolgten. Erleichtert nickte Julin. In Abelinas Herberge würde er sich besser fühlen.

Bewundernd beobachteten die anderen Lehrlinge Darian dabei, wie er sich auf Dondos Rücken schwang. Weniger angenehm war der Blick, den sie anschließend Julin zuwarfen. Mit Neid hatte er noch nie gut umgehen können, vielleicht weil er ihm so selten begegnete.

Mit Avia und den anderen Zauberern aus Lom an der Spitze zog die Prozession durch das riesige Tor des Handelspalasts. Etwa hundert Pferde waren es, die zu zweit oder zu dritt nebeneinander durch die Straßen von Runa trotteten. Rechts und links an den Straßen hatten sich wieder Menschen versammelt, die ihnen zuwinkten oder sie einfach nur anstaunten.

Doch die Zauberer waren in diesen Tagen nicht die einzige Attraktion. Das Salzfest begann und würde drei Tage dauern – die ersten Händler bauten ihre Stände auf. Salzschleifer hatten ihre Arbeitstische auf die Straße vor ihre Werkstätten gestellt und formten vor den bewundernden Augen der Passanten grobe Salzklumpen zu schillernden Figuren der Salzprinzessin Anila oder zu winzigen Regenbogenpferden, die aus einer Welle erwuchsen. Musiker stimmten ihre Instrumente. Gebratene Grottenolme, die an dünnen Spießen steckten, wurden wie Süßigkeiten an die Kinder verteilt. Noch war es in der Stadt nicht dunkel, dennoch leuchteten im Zwielicht des frühen Abends schon die ersten Fackellichter an den Straßenecken auf.

Als Julin all die Gesichter sah und die Stadt sich vor ihm auftat, durchströmte ihn trotz allen Unbehagens ein Gefühl von Glück, der Enge seines Bergdorfes entkommen zu sein. Hier war er nun, Julin, der Sohn eines Schmieds! Mit den berühmtesten und bedeutendsten Zauberern aus fünf Ländern ritt er zur Halle der alten Könige um einen Abend der Wunder zu erleben, um zu lernen, um sich alles einzuprägen und es eines Tages seinem Schüler zu erzählen.

Vor der Stadt schien es um ein Vielfaches kälter zu sein. Keine Mauer hinderte den Winterwind hier über die Ebene zu streichen. Julin stopfte den Fellsaum seines Mantels, den er über der Robe trug, zwischen Knie und Sattel fest, um den Wind besser abzuhalten. Nach kurzer Zeit spürte er seine Wangen und Lippen kaum noch. Die Dämmerung verwandelte die Silhouetten der Wälder in lauernde Schatten. Hier und da blinkte das rot glühende Augenpaar eines Hallgespensts auf, das die Prozession verfolgte und ihnen die Worte zuflüsterte, die es irgendwo in Lom gehört hatte. Julin achtete auf jedes Knacken und jeden Nachtvogelschrei, dennoch fühlte er sich geborgen und sicher im langen Zug. Fackeln streckten ihre gierigen gelben Lichtzungen aus und leckten über Pferdehälse und silberverzierte Zügel. Die Zauberer unterhielten sich gedämpft, nur Darian schwieg und schien sich jeden Schritt, jeden Baum genau einzuprägen.

Nach einer Weile wurde der Weg steiler, die Bäume verschwanden und es blieben Geröll und Gebüsche. Wenn man sich im Sattel umdrehte, sah man die festliche Stadt wie die Glut einer Feuerstelle weit unten im Tal leuchten. Sie verschwand erst, als das Geröll einem Wald von nadelartigen Felsen wich, die weit über ihren Köpfen in den Himmel ragten. Hunderte von Hufschlägen brachen sich in diesem bizarren Wald aus Stein und vereinten sich zu einem Echo, das wie Hagelschlag auf einem zugefrorenen See klang. Julin fragte sich, ob die Kurierin Fenja sich fürchtete, wenn sie mit ihren beiden Hunden durch die Nacht und diese Einsamkeit ritt. Durch die Felsnadeln erhaschte er einen Blick auf einen schmalen Weg weit unterhalb im Tal. Fackelpunkte tanzten dort im Schritttempo entlang, bewaffnete Reiter auf hochbeinigen Pferden begleiteten etwas, was aussah wie eine Kolonne von zweibeinigen dunklen Tieren, die sich mit gesenkten Köpfen im schwankenden Gleichschritt bewegten. Julin sah genauer hin und erkannte mit einem kalten Schreckschauer, dass die taumelnden Tiere Menschen waren – Menschen mit gefesselten Händen.

»Das sind Gefangene, die in die Minen geführt werden«, flüsterte Darian ihm zu. »Gestern wurden sie verurteilt, heute werden sie in die Silbermine gebracht.«

»Wieso wandern sie bei Nacht?«

»Weil die Fähre am Rabenhafen nur morgens ablegen kann. Und es wäre gefährlicher, eine Nacht am Hafen zu verbringen, als bei Nacht zu wandern.«

Mitleid erfasste Julin bei dem Gedanken, dass diese Menschen nie wieder das Licht der Sonne sehen würden. »Wie kann es sein, dass es in Lom so viele Verbrecher gibt?« Er sprach so leise, er konnte seine Worte selbst kaum hören.

Darian hob beschwichtigend die Hand. »Julin, wir sind nicht hier, um über Lom und die Beschlüsse des Rates zu richten, hörst du?«

Julin sah sich nach den Wachen um, verstand die Warnung und schluckte jede weitere Frage hinunter.

»Es gibt Handelsverträge«, fuhr Darian leiser fort. »Loms

Reichtum gründet auf seinem Handel. Woher das Land seine Arbeiter nimmt – nun, das ist Sache der Räte und der Botschafter. Ich bin sicher, unter den vermeintlichen Verbrechern sind auch Unschuldige. Manche werden von ihren Ländern freigekauft. Wir werden es nicht ändern, nicht an diesem Abend. Heute sind wir nur Gäste.«

»Ja«, sagte Julin. Er verstand gut, sehr gut sogar, aber an der Art, wie Darian den Kopf wandte und die Gefangenen betrachtete, erkannte er, dass sein Lehrer durchaus nicht der Meinung der Räte war. Gern hätte er weitergefragt, um noch mehr über den Rabenhafen zu erfahren, doch es tauchte bereits eine Schlucht vor ihnen auf.

Nombur keuchte, während er seine breiten Hufe ungeschickt auf dem Stein aufsetzte, und Julin brauchte seine ganze Konzentration, um sich und sein Pferd sicher den steilen Serpentinenpfad hinunterzubringen.

Kaum waren sie in dem steinigen Tal angelangt, hob Avia den Arm und brachte die Prozession zum Stehen. »Ab hier gehen wir zu Fuß«, verkündete sie. »Der Zugang zur Halle der alten Könige ist schon seit Urzeiten verschüttet – wir gehen durch einen Seitengang hinein.«

Ihre Stimme brach sich wie das Echo eines Hallgespensts an den Bergwänden. Die Zauberer murrten und stiegen von ihren Pferden. Taschen schleiften über Sattelleder, als sie ihre Reisebeutel vom Pferd holten. Die Stadtwache pflockte die Tiere an und machte sich für eine lange Rast bereit. Nur wenige Wächter folgten den Zauberern, die im Dunkeln über schartigen Fels balancierten. Der Spalt, auf den Avia zuhielt, war so unauffällig und schmal, dass Julin ihn sicher kein zweites Mal gefunden hätte. Einer nach dem anderen schoben sie sich hindurch. Darian musste den Kopf einziehen um nicht an einen Felszacken zu stoßen.

Einer der Räte stolperte neben Julin und nahm dankbar

seine Hand um sich aufhelfen zu lassen. »Danke«, sagte er. »Meine Augen werden alt. Aber darauf nehmen diese Magier ja keine Rücksicht.«

Julin wartete, bis der Rat den Durchgang passiert hatte, dann hielt er die Luft an und zwängte sich ebenfalls hindurch. Vor unzähligen Jahren mochte der Eingang zur Halle prächtig und riesig gewesen sein, aber ein Erdbeben oder die Zeit hatten ihn zusammenstürzen lassen und nun war es ein kantiger, von Steinquadern verstellter Durchgang.

»Da bist du ja«, sagte Darian und winkte ihm zu. Mit vor Erwartung und Neugier klopfendem Herzen stolperte Julin über Geröll auf einen weiteren Spalt zu, durch den Licht in den Gang fiel, dann betrat er auch schon einen Raum mit glattem Skalitboden und sah sich um. Unwillkürlich hielt er die Luft an, denn er wagte kaum zu atmen aus Angst, ein uraltes Gefüge zu zerstören, das Gespinst aus Legendenstaub, das älter war als alles, was er in seinem Leben jemals sehen würde. Die Härchen in seinem Nacken stellten sich auf. Mit einem Schaudern spürte er den Hauch einer uralten blinden Magie, die sich mit tastenden Klauen an ihn heranpirschte.

Die Halle war größer als der Innenhof des Handelspalasts. Plötzlich hatte Julin eine Ahnung, wie ein winziger Grottenolm sich fühlen musste, den man aus seiner engen, vertrauten Höhle gerissen hatte, um ihn schutzlos in eine unendliche Welt zu setzen. Hunderte von Fackeln säumten die Wände. Auf Avias Zuruf hin entflammte eine nach der anderen und beleuchtete Wände aus Skalitstein, die glänzten wie Kupfer, wenn das Licht in einem bestimmten Winkel auf sie fiel. Das, was Julin jedoch am meisten beeindruckte, waren die riesigen polierten Schilde aus einem goldenen Metall, die die Wände säumten. Julin schätzte, dass jeder der runden Schilde dreimal so groß war wie er selbst. Mächtige Hände hatten sie gehalten, dieselben grausamen Götterhände, die auch diese Halle aus dem Fels geschlagen hatten. Ehrfurcht ließ Julin stumm und klein werden. Langsam ließ er seinen Blick in die Höhe schweifen, bis er den Kopf in den Nacken legen musste und ihm beinahe schwindlig wurde. Der Schreck fuhr ihm jäh in die Knochen, als sein Blick erwidert wurde.

Gesichter starrten zu ihm herunter, die grausamen Münder im steinernen Schrei erstarrt. Sorgfältig gemeißelte, knöchrige Höcker auf Stirn und Schläfen gaben ihnen das Aussehen von Königen, die gewaltige grobe Kronen trugen.

»Willkommen in der Halle der alten Könige!«, sagte Avia. Inzwischen standen alle Zauberer in dem Felsraum, starrten nach oben, bewunderten stumm dieses letzte Zeugnis einer längst vergangenen Zeit. »Ich grüße Nariman und Espiz aus Fiorin!«, begann Avia. Zwei hagere Zauberer mit steingrauer Haut nickten. »Und ich grüße Gaamat, den Shanjaar aus dem Grenzland bei Tamm!«

Ein Waldmensch mit weißem Haar hob die rechte Hand zum Gruß der Freundschaft. So ging die Begrüßung von Zauberer zu Zauberer weiter, die Schamanen aus den Steppen mit ihren Gesichtsmasken aus blauem Echsenleder wurden ebenso höflich begrüßt wie die edel gewandeten Hofmagier aus Tana, Tjärg und anderen Ländern. Julin versuchte, sich so viele Namen wie möglich einzuprägen, doch bald schwirrte ihm der Kopf und er konzentrierte sich darauf, die Zauberer zu beobachten.

»Und schließlich begrüße ich noch einen Zauberer, dessen Ruf ihm seit vielen Jahren vorauseilt: Darian Danalonn. Geboren in Tjärg ist er heute in Skaris beheimatet. Es heißt, er kann das Wasser erschaffen, das die Toten aus dem Land jenseits der lichten Grenze zurückholt.« Julin sah Darian von der Seite an. Sein Lächeln war merkwürdig kühl. »Diese Halle ist älter als alles, was in Lom je war und sein wird«, fuhr Avia fort. »Ein würdiger Ort, eine Versammlung abzuhalten, wie die Länder sie noch nicht gesehen haben. Nehmt Platz und begrüßt Corin aus Lom, den Goldmacher!«

Ein Flüstern und Raunen hob an, als ein unscheinbarer, altersloser Mann in einem grauen Mantel in die Halle trat. Er lächelte nicht und sein Schritt wurde von der dumpfen Stille verschluckt. Der schwarze Bart und die gebogene Nase ließen ihn streng und trocken wie altes Holz wirken. Auf seltsame Weise irritierte Julin sein Anblick, aber er folgte wie die anderen Avias Aufforderung und ging zu den langen Holztischen, die in dem Raum so klein und streichholzschwach aussahen, dass sie bisher noch niemand bemerkt hatte.

»Vielleicht werden wir heute Zeugen einer Entdeckung, die das Leben, wie wir es kannten, von Grund auf verändern wird«, sprach Avia. »Bisher war es uns nur möglich, Dinge herbeizurufen, indem wir anderswo etwas nahmen. Zauberei ist ein Fluss, der an einem von uns bestimmten Ort nur dann anschwellen kann, wenn anderswo das Wasser versiegt. Seit Generationen schon suchen die Goldmacher nach dem Geheimnis, diese Grenzen zu umgehen. Sie wollen aus dem Nichts ein Etwas entstehen lassen, aus Stein Gold machen, aus Wasser Öl – ohne dass das Gefüge von Geben und Nehmen berührt werden muss.«

Der Goldmacher trat in die Mitte des Saales. »Anilas Segen und der Segen der alten Könige sei mit euch«, begann er. Seine Stimme klang, als würden Eidechsen ihre schuppigen Körper aneinander reiben. »Ich weiß, dass viele von euch uns Goldmachern keine große Liebe entgegenbringen, aber wir haben etwas gefunden, was der Magie in allen Ländern ein neues Gesicht geben wird. Der Schlüssel zum Wohlstand. Denn wenn es uns gelingt, Gold und andere Metalle aus Steinstaub zu erschaffen, dann werden wir auch fähig sein, Brot daraus zu machen und Wein aus Wasser.«

»Das würde die Ordnung durcheinander bringen!«, warf ein Zauberer aus Tana ein. Marwan lächelte wie eine listige Händlerin.

»Manchmal müssen Ordnungen weichen, damit andere an ihre Stelle treten können«, antwortete Corins Eidechsenstimme. »Aber ihr habt Recht: Es liegt in unserer Verantwortung, diese Gabe nur dort einzusetzen, wo sie zum Nutzen des Guten ist. Deshalb haben wir euch geladen – Magier aus allen Ländern. Nichts halten wir verborgen.«

»Nun, dann lass mal sehen, wie du Gold machst«, sagte spöttisch der weißhaarige Magier aus dem Grenzland. Andere Zauberer stimmten in das Lachen ein. Julin sah zu Darian, der keine Miene verzog. Ruhig betrachtete er den Sack, den der Goldmacher nun öffnete. Als Corin die Hand wieder hervorzog, rieselte Steinmehl durch seine Finger. Gespannte Stille senkte sich über die Halle. Der Goldmacher kippte den Sack auf dem Boden aus, bis der Kegel sich fast bis zu seinen Knien erhob und murmelte einige Worte. Lichtflecken begannen an den Wänden zu wirbeln. Die Magie im Raum schien Zähne zu bekommen, die Julin sachte über die Haut strichen, als würden sie liebevoll nach der besten Stelle für ihren Biss suchen. Er hatte Angst, gestand er sich ein. Eine unbestimmte, fremde Angst, die er noch nie in seinem Leben gefühlt hatte. Im Licht glaubte er Augen zu sehen, grausame, alte Augen, und obwohl er sich dessen bewusst war, dass die Lichtflecken seinen Augen einen Streich spielten, raste sein Herz. Eine unbestimmte Ahnung ließ ihn wieder zu Darian blicken. Im wirbelnden Licht sah er hart aus und älter, als er war.

»Diesen Stein werde ich nun zu Gold machen«, sagte Corin. »Ohne ihm nur den Anschein von Gold zu geben, ohne etwas anderes dafür seines Goldes berauben zu müssen!«

»Entschuldigt, Corin!«, erhob sich Darians Stimme. »Erst

müssen wir prüfen, ob es sich wirklich um Steinstaub handelt.«

Ein Raunen ging durch die Reihen der Zauberer.

Avia stand auf. »Wir haben es geprüft«, sagte sie laut.

Ohne auf ihre Worte zu achten stand Darian auf und schritt in die Mitte des Saals. Dort bückte er sich zu dem Kegel. Seine Finger beschrieben eine Acht im sandartigen Turm. Immer noch flimmerten die Lichter über die Wände, blitzten in den polierten Schilden auf und gaben Julin das Gefühl, benommen zu sein. Er kam sich vor, als würde er in einem See schwimmen – aber das Wasser war zäh wie Honig. Etwas stimmte nicht. Schläferte der Zauber ihn ein? Langsam stand er auf und kniff die Augen zusammen.

»Stein!«, rief Darian und ließ die letzten Reste aus seiner Hand zu Boden rieseln. »Es ist tatsächlich nur Stein.« Ein Wind strich durch den Raum, der Goldmacher lächelte. Das Frösteln der Vorahnung glitt über Julins Rücken. Es war wie damals, als er zur Seite sprang, kurz bevor der Blasebalg in der Schmiedehütte explodierte.

Avias Stimme war laut und ein wenig zu schrill, als dass sie Julin keine Angst gemacht hätte. »Darian, Ihr habt gesehen, dass es Stein ist, jetzt setzt Euch wieder!«

Ein Stuhl fiel mit hallendem Knall um, als ein Zauberer aufsprang.

»Darian!«, schrie Julin. »Geh weg da!«

Sein Lehrmeister sah sich nach ihm um und lächelte verwirrt.

Für den Bruchteil eines Herzschlags sah Julin einen Schatten, einen gewaltigen Schatten, der die beiden Zauberer ansprang wie ein Hallgespenst, dann fuhr ein Windstoß ihm mit wüster Hand durch die Haare. Im nächsten Moment schien alles in seinem Sichtfeld in Stücke zu zerspringen. Der Boden erzitterte und ließ ihn schwanken, der Aufschrei der Zauberer vermischte sich mit dem ohrenbetäubenden Lärm der Schilde, die von den Wänden fielen und scheppernd auf dem Skalitboden aufschlugen. Die darauf folgende Stille war so schmerzhaft, dass Julin sicher war taub geworden zu sein.

Ein Keuchen entrang sich seiner Kehle, der stechende Schmerz in seinen Knien zeigte ihm, dass er dort zusammengebrochen war, wo er gestanden hatte. Doch erst als seine Ellenbogen auf den Boden schlugen, traf ihn das Entsetzen. Er spürte kaum, wie er zitterte, alles, was er wahrnahm, war, dass er mit trockenen Augen Darian anstarrte – oder das, was von Darian übrig geblieben war.

Tief hatte sich die Wange des steinernen Königs in den Skalitboden gegraben. Ein Spinnwebenmuster aus Rissen verzweigte sich über den ganzen Boden. Der Steinmund mit den gefletschten Zähnen schien zu grinsen. Ein Blutrinnsal suchte sich seinen Weg zwischen den strahlenförmigen Bahnen des verwehten Steinstaubs. Darians Kopf war verschwunden und auch seine rechte Schulter und sein Arm lagen unter dem gewaltigen Königskopf. Seine linke Hand ruhte an seinem Körper, der ausgestreckt auf dem Boden lag und auf schreckliche Weise fremd wirkte. Darian war tot. Den Goldmacher hatte der Steinkopf ganz und gar unter sich begraben. Wie durch einen Schleier sah Julin Avia an ihrem Tisch stehen. In ihrem Gesicht zeichneten sich weder Entsetzen noch Überraschung ab.

»Darian!«, schrie er endlich, doch starke Hände hinderten ihn daran, zu seinem Lehrmeister zu stürzen.

»Nicht!«, klang ihm die Stimme der Magierin Marwan im Ohr. »Wir müssen hier raus!«

Arme versuchten ihn fortzuzerren, Körper schoben sich um ihn herum dem Ausgang zu, aber er wehrte sich mit Händen und Füßen gegen den Sog der Brandung aus Leibern und zum Schrei verzerrten Mündern. Binnen weniger Augenblicke war der Saal voller Soldaten der Stadtwache.

Yannvar und Avia standen sich gegenüber. Unterdrückte Wut ließ den Stadtrat beben. »Nimm sie fest, Anander«, sagte er mit mühsam beherrschter Stimme. Avia sagte nichts, sie bewegte sich nicht einmal, als Anander und zwei weitere Wächter sie umringten und ihr Fesseln anlegten.

Julin spürte Hände, die ihn daran hinderten, das Gleichgewicht zu verlieren. Wie auf glitschigem Sumpfgras ließ er sich nach draußen zerren. Die frische Nachtluft wirkte wie eine Ohrfeige, die ihn zur Besinnung brachte. Dondo trabte auf ihn zu und wieherte. Als Julin zu weinen anfing, wichen die anderen Lehrlinge vor ihm zurück. Bis vor wenigen Augenblicken war er ein Zauberer unter vielen gewesen, nun war er ein fremdes Wesen, etwas, das man anstarrte.

Ausgerechnet Marwan trat zu ihm und legte ihm den Arm um die Schultern. »Komm«, sagte sie mit unvermuteter Sanftheit. »Du kannst hier nichts tun. Lass uns zum Handelspalast zurückreiten. Die Stadtwache bringt deinen Herrn dorthin.«

Avias Unterschrift

Wenn sich Julin später an diese Tage in Runa erinnern sollte, würde ihm diese Zeit stets so vorkommen, als hätte er alles durch einen Nebelschleier gesehen. Es gab viele Hände, die sich ihm entgegenstreckten, viele Gesichter, die ihn voller Mitleid ansahen. Stimmen bekamen einen gedämpften Klang, wenn er sich näherte. Einzig Haliz stand mit ihm auf dieser anderen Seite. Doch nachdem Yannvar ihr die Nachricht überbracht hatte, schloss sie sich in ihrem

Gastzimmer ein, wo sie niemanden empfing, während er, Julin, ständig von Lomer Würdenträgern aufgesucht wurde. Untersuchungen wurden abgehalten, an denen er teilnahm, Protokolle wurden geführt, und alle Diplomaten waren sich einig, dass sie alles tun mussten um zu verhindern, dass es zwischen Lom und Skaris zu einem Bruch kam. Obwohl seit Darians Tod nur zwei Tage vergangen waren, erschien es Julin, als befände er sich bereits eine Ewigkeit in den riesigen Steinhallen des Handelspalasts, der ihm nun wie ein Gefängnis erschien. Um den Goldmacher wurde nicht so viel Aufhebens gemacht, aber schließlich war sein Tod ja auch eine interne Angelegenheit von Lom.

Julin hatte zugestimmt Darian im Hain der Zauberer beizusetzen. In der Nacht, die er in einem Gastraum im Westflügel des Handelspalastes verbrachte, schlief er kaum. Ab und zu schreckte er aus kurzen wirren Traumschemen hoch und fühlte sich morgens krank und einsam. Immer wieder sah er Darian vor sich. Sein helles Haar und seine unbekümmerte Art, die tiefen Furchen um seine Mundwinkel. Und er sah Avia, wie sie sich die Handschellen anlegen ließ. Warum Avia?, echote es in seinen Gedanken. Darians Leichnam wurde im Handelspalast in einer der kühlen Ehrenhallen aufgebahrt. Nach einer weiteren schlaflosen Nacht schlich Julin in die Halle, deren Tür mit Taniszweigen geschmückt war. Man hatte Darians Körper in einen Sarg aus Tanistannenholz gebettet und den Deckel verschlossen, wohl aus Rücksicht auf Julin und Haliz, die den Anblick des verstümmelten Körpers sicher nicht ertragen hätten. In diesem Moment war Julin mehr als dankbar dafür und ließ sich seufzend auf dem Steinboden nieder. Kälte kroch in seine Beine, aber er harrte aus und schloss die Augen zum Totengedenken. Die Machtlosigkeit, die er verspürte, betäubte ihn. Nie im Leben war er so allein gewesen wie jetzt. Allein in einem fremden Land, allein mit dem Grauen im Herzen, das ihn, so kam es ihm vor, nie wieder schlafen lassen würde.

Schließlich nahm er einen langen Alschzweig und zerbrach ihn, wie die Tradition es befahl. Er murmelte die Totenworte, während auf einen Wink von ihm die Flammen aller Kerzen erloschen. Dann griff er zu seiner Stabharfe. Wehmütig und verloren irrten die Töne in der Weite des Raumes umher. Leise erst, dann immer trotziger und leidenschaftlicher sang Julin sein Lied über Darian Danalonn. Er erzählte von seinem Leben in Tjärg, von Laios, seinem ersten Lehrmeister, von der gefährlichen Reise nach Skaris, die er als Zauberschüler angetreten hatte mit Ravin, seinem besten Freund. Er erzählte von der Magierin Skaardja, die Darians zweite Lehrmeisterin gewesen war, und vom Wasser des Lebens, das Darian erschaffen hatte, im Moment größter Hoffnungslosigkeit, um Ravins Bruder Jolon ins Leben zurückzuholen. Schließlich erzählte er auch von Sumal Baji, der Frau, die Darian liebte und die vor zwei Wintern in ihre Heimatstadt am Meer zurückgekehrt war, weil sie die Berge von Skaris nicht mehr ertrug. Als der letzte Ton des Klagegesangs verklungen war, fühlte Julin sich leer, aber ruhig. Die Ahnung eines Schattens in seinen Augenwinkeln ließ ihn zusammenzucken.

»Darian?« Die Frage war ihm herausgerutscht, bevor er überhaupt begriff, was für eine wilde, vage Hoffnung ihn getäuscht hatte.

»Nein«, sagte Haliz leise. Bewegungslos stand sie an der Tür, er wusste nicht wie lange schon. Tränen stiegen ihm in die Augen, am liebsten wäre er aufgesprungen und hätte sie umarmt. Er wollte mit ihr sprechen, er wollte ihr von seinem Schmerz erzählen und dem Entsetzen, der Welt schutzlos ausgeliefert zu sein. »Darian wäre froh gewesen, ein so schönes Klagelied zu hören«, sagte sie. »Yannvar will uns sehen.« Ihre sachlichen Worte trafen ihn wie eine Ohrfeige. Die Hoffnung verlosch und ließ ihn frierend und benommen zurück. Yannvar also. Mit weichen Knien stand er auf und packte die Harfe ein. Auf ein Zeichen von ihm entflammten die Fackeln und Kerzen wieder.

»Avia hat gestanden«, sagte Yannvar statt einer Begrüßung. Gemeinsam mit Anander und einigen Wachen wartete er vor der Totenkammer. »Wir bitten euch, dass ihr uns in den Kerker begleitet.«

»Was?«, rief Haliz. »Ich soll zu einer Mörderin gehen und mir eine gewinselte Entschuldigung anhören? Der beste Freund meines Vaters ist ermordet worden!«

»Es war ein Unfall«, sagte Yannvar. Er legte Haliz die Hand auf den Arm, was sie zu Julins Überraschung duldete. »Ich kam zu spät – zu spät für Corin und zu spät für Darian.«

»Ihr habt davon gewusst?«, fragte Julin.

Bekümmert schüttelte Yannvar den Kopf und seufzte. »Dass der Goldmacher in Gefahr war, das wusste ich, aber Corin hörte nicht auf meine Warnungen und wollte trotzdem in die Halle der Könige reiten. Aber dass es Avia sein musste … ausgerechnet Avia.« Seine Stimme bekam einen heiseren Klang, er räusperte sich und schwieg dann.

»Was passiert mit ihr?«, fragte Julin.

Yannvar und Anander sahen sich bedeutungsvoll an, dann trat der Hauptmann der Stadtwache vor. Müde sah er aus, schlaflose Nächte hatten tiefe Ringe unter seine Augen gegraben. Für einen Moment kam Julin der Gedanke, dass Anander von dem Mord wirklich erschüttert war. Mehr als Yannvar und die anderen Würdenträger, die hier standen und sich bemühten ein teilnahmsvolles Gesicht zu machen.

»Nun«, begann Anander mit brüchiger Stimme. »Es wird weitere Untersuchungen geben. Und dann wird sie … für den Rest ihres Lebens in die Minen verbannt.«

»Gut«, sagte Julin. »Ich werde mir anhören, was sie zu sagen hat.«

Erleichtert atmete Yannvar auf. Der Protokollführer raschelte mit seiner Papierrolle. Julin wusste, dass es für einen Frieden zwischen Skaris und Lom von großer Bedeutung war, dass er der Mörderin gegenüberstand und ihr Geständnis anhörte.

Haliz funkelte ihn an. »Geh ruhig, Julin!«, sagte sie mit kalter Stimme. »Ich gehe auch – in mein Gastzimmer.«

Betreten sahen sie ihr nach, während sie mit schnellen Schritten den Raum durchquerte. Julin seufzte, dann folgte er Yannvar und seiner Gruppe durch Gänge, die weit weniger imposant waren als die Empfangsräume. Schlicht gemauert waren sie und so kalt, dass der Atem fror. Im Lagerkeller blieben sie endlich vor einer Eisentür stehen. Der Protokollführer notierte, dass die Tür geöffnet worden war, dann betraten sie die Kammer.

Avia saß auf einem Holzgestell, das ein Bett sein mochte. Sie trug einen Ranjögpelz, um die Kälte in der Kammer zu ertragen. Als sie Julin sah, senkte sie den Kopf. Wut schäumte in ihm hoch, Enttäuschung und Schmerz, aber er kniff die Lippen zusammen und beherrschte sich.

Feierlich trat Yannvar vor. »Avia Gerlina aus Lom, hier stehst du Julin Kalamas Fer gegenüber, Schüler von Darian Danalonn aus Skaris. Dir wird zur Last gelegt, Darian Danalonn und den Goldmacher Corin aus Lom ermordet zu haben.«

Avia seufzte und stand auf. Unsicherheit blitzte in ihrem Blick auf. Ihre Stimme zitterte, als sie antwortete. »Ermordet habe ich nur den Goldmacher Corin aus Lom.«

»Das gestehst du?«

»Das gestehe ich.«

»Gestehst du Darian Danalonn ermordet zu haben?«

»Das gestehe ich nicht.«

»Warum nicht?«

»Weil ich ihn nicht ermordet habe.« Die Feder des Protokollführers kratzte über das Papier. »Mein Ansinnen war, Corin aus Lom zu töten. Darian Danalonns Tod war ein Unfall. Unglücklicherweise war er am selben Ort, sodass ich seinen Tod verschuldet habe. Es lag jedoch keine Absicht vor.«

»Keine Absicht?«, schrie Julin. Am liebsten hätte er Avia geschlagen. »Wenn du den Goldmacher schon ermorden musstest, was grauenhaft genug ist, warum hast du dann nicht gewartet, bis Darian außer Reichweite war? Einen Augenblick später und er würde noch leben!«

Betretene Stille senkte sich über die Kammer. Nur das Kratzen der Feder war zu hören, bis auch dieses Geräusch verstummte.

Avia hob langsam den Blick und sah Julin in die Augen. »Der Zauber war gesprochen, der Fels bewegte sich. Du hast gehört, dass ich Darian gewarnt habe, aber er blieb stehen. Es war nicht meine Absicht.« Julin ballte die Fäuste und hielt nur mühsam die Tränen zurück. »Ich musste Corin töten«, fuhr sie beinahe flehend fort. Ihre Stimme überschlug sich. »Für Lom! Wenn ein Goldmacher in der Lage ist, etwas zu erschaffen, ohne Arbeit, ohne Magie, einfach so – was würde aus den Händlern, den Minenarbeitern? Wir hätten keine Verwendung mehr für sie. Ein Volk, das von einem solchen Zauber lebt, bleibt nicht lange ohne Neider, nicht lange ohne Krieg – und auch Geheimnisse können erbeutet werden.«

»Das reicht«, sagte Yannvar mit harter Stimme. »Unterschreibe dein Geständnis, Avia!«

Avia zögerte, doch nach einem weiteren drohenden Blick nickte sie, nahm die Feder und setzte eine Unterschrift unter die akkurate winzige Schrift des Protokollführers.

»Wir werden mit Skaris über Entschädigungszahlungen

verhandeln, sobald das Gerichtsverfahren abgeschlossen ist«, sagte Yannvar. »Nun, Julin Kalamas Fer«, wandte er sich mit sanfterer Stimme an Julin. »Unterschreibe du, dass du das Geständnis vernommen hast.«

Julin zögerte. Aus irgendeinem Grund fühlte er sich Avia, obwohl er sie hasste, näher als dem kaltherzigen Stadtrat, der ihm nun die Feder hinhielt. Doch sie hatte gestanden und er hatte es gehört. Darians Tod war ein Unfall gewesen. Mit ungelenker Hand führte er seinen Namenszug über das Papier. Yannvars erleichtertes Gesicht flößte ihm plötzlich Ekel ein. Dich interessiert nur, ob Lom heil aus der Sache rauskommt, dachte er. Darians Tod geht dich nichts an und berührt dich nicht. Angewidert wandte er sich ab und verließ die Kammer. Niemand folgte ihm, niemand hielt ihn zurück. Sein Auftrag war mit seiner Unterschrift zu Ende. Julin wischte sich die Tränen von den Wangen und rannte die Treppen hinauf, bis seine Lungen stachen.

Endlich, endlich stand er im Innenhof des Handelspalasts und atmete die eisige Winterluft ein. Unverändert ging der Handel weiter. Gaukler und Schauspieler hatten sich im quadratischen Innenhof versammelt und spielten eine Szene, in der ein Mann theatralisch mit einem Totenkopf sprach. Julin rannte weiter, bis er endlich bei den Ställen angelangt war. Dondo sah sich erwartungsvoll um und ließ dann enttäuscht den Kopf sinken. Julin wusste, das Regenbogenpferd wartete sehnsüchtig auf Darian, und wieder wurde ihm klar, dass er Darian nie wieder sehen würde. Nombur legte unwillig die Ohren an, als Julin ihn hastig sattelte und aus der Box zog. Die Menschen deuteten auf Julin, aber sie ließen ihn vorbei. Erst als er den Handelspalast weit hinter sich gelassen hatte, atmete er auf und schlug den Weg zu Abelinas Herberge ein.

»Hier, nimm noch einen Weintee!«, sagte Abelina und schob ihm den Becher mit der dampfenden Flüssigkeit hin. Abelina war die Einzige, in deren Stimme er Mitgefühl und Wärme hörte, und endlich konnte er sich in seinen Schmerz fallen lassen und weinen. Sie saßen in der Küche, wo über dem Herd eine rötliche Fischsuppe brodelte. Abelinas ältester Sohn briet Ranjögfleisch und die anderen Kinder und Gehilfen trugen Tassen, Feuerholz und Gewürztöpfe hin und her.

»Wir haben es noch am selben Abend gehört. Die Nachrichten in Lom verbreiten sich schneller, als das schnellste Pferd galoppieren kann.«

Julin antwortete nicht. Arp brachte ihm ein Stück Ranjögfleisch und Julin lächelte ihm zu und fühlte sich mit einem Mal nicht mehr so allein und verzweifelt.

»Soll ich mitkommen, wenn du in sein Zimmer gehst?«, fragte Abelina. »Ich weiß noch, als mein ... Fian starb, da konnte ich mit nichts allein im Raum sein, was mich an ihn erinnerte.«

Julin schüttelte den Kopf. Er staunte selbst, wie teilnahmslos er war, als er Darians persönliche Dinge in sein Zimmer brachte. Ein Mantel war darunter, eine Gepäcktasche, in der allerlei Kräuterbeutel und Essenzen waren – und das dicke, mitgenommene Notizbuch mit einem Einband aus Echsenleder. In Skaris würde Julin es dem Zirkel der Zauberer übergeben. Darians magische Flamme, die immer noch in der Glut im Kamin schlief, wollte Julin allerdings behalten. Schließlich holte er noch den Beutel hervor, den ihm die Stadtwache übergeben hatte – die wenigen persönlichen Gegenstände, die Darian in der Halle bei sich getragen hatte. Viel war es nicht – ein Lederbeutel mit Lomarmünzen, ein Hornkamm, ein fingergroßes Schiff aus Marjulaholz, in dessen Bug der Name »Jontar« eingeritzt war, und ein Anhänger aus einem roten Korallenstein.

Einen Moment überlegte Julin, ob Darian gewollt hätte, dass er einige Erinnerungsstücke Haliz gab, aber dann schüttelte er den Kopf und warf Schiff und Kamm in das Kaminfeuer. Das Schiff fing Feuer und im Rauch erschien für den Bruchteil eines Augenblicks ein schönes Gesicht mit goldener Haut, schrägen Augen und einem energischen Kinn, das sich gleich darauf in Rauch auflöste. Das musste Darians Geliebte sein, Sumal Baji, die in ihr Land am Meer zurückgekehrt war. Dort würde sie die Nachricht bekommen, dass Darian tot war.

Wieder wurde Julin schmerzlich bewusst, dass er keine Ahnung hatte, was in der Halle der alten Könige wirklich geschehen war. Alle Protokolle und Geständnisse schienen ihm nicht realer als das Theaterstück, das er auf dem Markt gesehen hatte. Einen Moment zögerte er, doch dann gab er der Versuchung nach und holte Darians Notizbuch wieder hervor. Mit den Fingern strich er über das von Jahren des Gebrauchs glatt geschliffene Leder, dann überwand er seine Scheu und klappte es auf.

Darians vertraute steile Handschrift schien ihm zuzulächeln. Viel Persönliches war es nicht, was Darian in dem Buch verewigt hatte, hauptsächlich Berechnungen und Rezepte, Zauberworte und die Zeichnungen von Schiffen, Knoten und Gerätschaften, die Julin allesamt fremd und faszinierend erschienen. Eine Skizze von Dondo fand er – und eine zweite von Sumal Bajis Gesicht. Er blätterte weiter und weiter zurück, bis er stutzte. Ganz vorne – die Rußtinte auf diesen Seiten war schon verwischt und so blass, dass man sie kaum lesen konnte – zog sich ein zackiger Riss über eine Seite. Julins Mund wurde trocken, als er über die Papierwunde fuhr. Jemand hatte mehrere Blätter herausgerissen. Darian?

Vergeblich versuchte sich Julin vorzustellen, wie sein Lehrmeister etwas so Kostbares wie Papier zerriss, dann packte er in fliegender Hast das Buch ein, als habe er sich an einer Wahrheit verbrannt, die ihn seine Haut kosten konnte. Atemlos starrte er Anilas Bildnis an. Die Salzprinzessin schien ihm höhnisch und wissend zuzulächeln. Er hatte keine Wahl, wurde ihm bewusst. Er konnte nicht nach Hause gehen und um Darian trauern, nicht mit diesem Notizbuch und nicht mit dieser seltsamen Ahnung, die mit mahnender Hand gegen sein Schlüsselbein klopfte und ihm einredete, dass Darians Tod nicht mit Avias Unterschrift besiegelt sein konnte.

Die Halle, ich muss noch einmal in die Halle, dachte er – um gleich darauf siedend heiß zu erkennen, dass er den Weg nicht mehr finden würde.

An diesem Abend erinnerte die Gaststube an einen Bienenstock. Angelockt von dem Mord waren noch mehr Händler und Gaukler in die Stadt gekommen. Gerüchte schwirrten durch die Luft, Geschichten über die Rebellen wurden bemüht und hervorgezerrt, hitzige Diskussionen flossen mit dem Wein um die Wette. Julin war froh einen kleinen Tisch in einem Winkel gefunden zu haben, wo er seinen Wein trank und mit brennenden Augen darauf wartete, dass Fenja von ihrem Kuriergang zurückkehrte. Abelinas Tochter trug Platten mit Fleisch zu den Tischen. Wieder klappte die Tür auf, aber es war nicht Fenja.

Stattdessen brach eine Gesellschaft in bunten Gewändern ins Gasthaus ein. Es war eine Gruppe von Schauspielern, denn Julin erkannte den Mann, der auf dem Marktplatz mit dem Totenkopf gesprochen hatte. Die Truppe wurde von den Bergleuten mit Applaus begrüßt. Dann entdeckten sie Julin und stießen sich an. Er wandte den Blick ab, doch ein junger Schauspieler kam schon auf ihn zu und setzte sich ungefragt an den Tisch.

»Abend!«, sagte er. Sein langes helles Haar und der sanfte Schwung seiner Wangen ließen ihn fast mädchenhaft hübsch aussehen, aber er war älter, als er auf den ersten Blick wirkte. »Sie suchen dich schon im Handelspalast. Hast dich hierher verkrochen, sehr weise von dir. Ich bin Vilas, der Schauspieler, und spiele mit den Geschwistern Siebentral.« Mit einer nachlässigen Geste deutete er auf den Rest seiner Truppe, die sich inzwischen niedergelassen hatte.

Julin versteifte sich. Die Gegenwart des Schauspielers war ihm unangenehm. Aus irgendeinem Grund zog ihn der Anblick dieses fröhlichen, mondschönen Gesichts noch tiefer in seinen See aus Kummer und Sorge.

»Ich wollte früher auch Zauberer werden«, plauderte Vilas weiter. »Manche Tricks beherrsche ich – aber leider, nun ja, jeder hat seine Bestimmung, nicht wahr? Bist du stumm, Zauberlehrling?« Seine Stimme bekam einen leisen, aber deutlich gemeinen Unterton.

»Was willst du von mir, Vilas?«, erwiderte Julin.

Der junge Schauspieler verzog die Lippen zu einem süffisanten Lächeln und beugte sich vor. »Im Grunde nichts«, sagte er leichthin. »Vielleicht will ich nur in dein Gesicht schauen um für meine Schauspielkunst zu lernen, wie richtiger Kummer aussieht. Allerdings ...« – er zog die rechte Augenbraue hoch – »... finde ich recht wenig von diesem Ausdruck bei dir wieder.«

Julin hatte genug. Er funkelte den aufdringlichen Jungen unwillig an, dann stieß er einen Pfiff aus. Aus den Augenwinkeln sah er, wie Abelinas Sohn Arp ihn mit offenem Mund beobachtete. Der Weinbecher scharrte und ruckelte, dann erhob er sich langsam in die Luft, bis er über Vilas' Kopf schwebte. Julin beugte sich drohend vor. »Ich habe dich nicht an meinen Tisch gebeten, also verschwinde.«

Vilas' Gesicht schien zu verrutschen, hastig zuckte er unter dem schwebenden Becher zurück und stand auf. Kaum glaubte er sich in Sicherheit, breitete sich ein verschlagenes Lächeln über sein Gesicht.

»So, schwer in Trauer, ja?« Seine Stimme wurde lauter. »Aber statt die Totenwache zu halten, gibst du das Geld deines Herrn für Winterwein aus? Oh!« Sein Gesicht drückte maßloses Erstaunen aus, als sei ihm gerade eine unerhörte Erkenntnis gekommen. »Hast du ihn vielleicht selbst umgebracht, Julin Fer?«

Julins Stuhl fiel um, als er aufsprang. Er spürte kaum, wie Abelinas Ältester ihn am Arm fasste. Seine Gedanken wirbelten in einem Sog aus Empörung und Wut. Er schnippte und der Becher schoss hoch und kippte.

Das Nächste, was Julin wahrnahm, war Abelinas wütendes Gesicht. Wie ein rachsüchtiges Hallgespenst stand sie zwischen Vilas und ihm. In der Hand hielt sie den vollen Becher, den sie aus der Luft gefischt hatte. »So, es reicht für heute!«, sagte sie. »Vilas – raus hier! Und Julin – du hast genug Wein getrunken!«

Er musste einen Augenblick eingenickt sein, denn ein lang gezogenes Jaulen riss ihn aus einem wassertiefen Traum von Skalitstein, polierten Schilden und Tante Nellis' misstrauischem Gesicht. Er hob die Wange von der Fensterbank, auf die sein Kopf gesunken war. Durch das Fenster seines Gastzimmers erkannte er einen von Fenjas Hunden, der inbrünstig die Morgensonne herbeiheulte. Julin sprang so schnell auf, dass ihm schwindlig wurde und die magische Flamme vom Kerzendocht sprang und in den Kamin floh.

Als er sich keuchend vom schnellen Lauf über Treppen und Hof im Stall umsah, stand Fenja plötzlich neben ihm. Er ließ sich seinen Schreck über ihr lautloses Auftauchen nicht anmerken.

»He, Zauberer Julin!«, sagte sie. »Ich hatte leider Recht – du bist kein Spielmann.« Es klang nicht triumphierend. »Lieber hätte ich mich getäuscht.«

Er nickte und ertrug ihren sachlichen Tonfall und die Tatsache, dass sie kein Mitgefühl zeigte. »Hör zu, Fenja, ich brauche deine Hilfe.«

»Oh, nach der Sache mit Vilas glaube ich fast, du kommst gut ohne Hilfe aus.« Sie grinste. »Schade, dass Abelina dazwischengegangen ist. Er ist aufdringlicher als eine Feuernymphe und geht mir schon seit langem auf die Nerven. Wann reitest du nach Skaris zurück?«

»Morgen früh, heute findet das Begräbnis statt. Die Stadtwache begleitet mich bis zur Grenze.«

Sie runzelte die Stirn. Die Tätowierung an ihrem Hals glänzte im Morgenlicht. Julin kniff die Augen zusammen und erkannte, dass es das geschlossene Auge war, das ihm bereits bei ihrer ersten Begegnung aufgefallen war. Kein Bild könnte meine Gegenwart besser beschreiben, dachte er. Mit geschlossenen Augen irre ich umher.

»Fenja«, sagte er. »Ich muss zur Halle. Bring mich hin, ich bezahle dich.«

Sie sah ihn erstaunt an. »Zur Halle?«, flüsterte sie.

»Ich weiß, dass Darian tot ist, aber ich muss herausfinden, was wirklich passiert ist.«

Mit zwei großen Schritten war sie bei der Stalltür und machte sie zu. Danach trat sie so nahe an ihn heran, dass er den Waldgeruch ihrer Haare wahrnahm. »Julin, ich weiß nicht, ob ich dich für besonders dumm oder besonders mutig halten soll. Vertraust du Menschen immer so schnell?«

Ihre Frage verwirrte ihn. »Nein«, erwiderte er. »Aber ich vertraue dir.«

Sie musterte ihn so lange, dass er sich schon unbehaglich zu fühlen begann. »Sehr dumm also«, sagte sie schließlich mit leisem Spott. Dennoch hatten ihre Worte keine Schärfe. »Aber um die Wahrheit zu sagen – ich hatte gehofft dich hier zu sehen. Auch ich habe darüber nachgedacht, was mit deinem Lehrmeister passiert ist. Früher war ich eine Jägerin und nun sehe ich eine Fährte, von der ich nicht weiß, was für ein Tier sie gemacht hat.«

»Eine Fährte?« Er hasste es, sich so ratlos zu fühlen.

»Nun, ich wundere mich zum Beispiel, warum sie deinen Lehrer so schnell beerdigen wollen. Hier in Lom gibt es gewisse – Bräuche. Im Winter ist es beinahe unmöglich, eine Grube aus dem Eisboden zu hacken. Gewöhnlich legt man die Toten erst in die Eisgruft im Holanberg vor der Stadt, bis es Sommer wird und die Erde auftaut. Dann erst findet die Beerdigung statt.« Sie holte Luft, sah ihn erwartungsvoll an. Er schwieg. Ungeduldig spann sie den Faden weiter. »Es kann sein, es ist dem Rat so peinlich, was in der Halle geschehen ist, dass er ein möglichst schnelles Begräbnis will. Aber …«, ihre grauen Augen glitzerten wie Bachwasser im Winter, »… es könnte natürlich auch sein, dass hinter dieser Eile etwas anderes steckt.«

Zum ersten Mal fühlte er sich wirklich so, als würde er den Halt verlieren. Und diesmal war sein Sturz unaufhaltsam. Genau das hatte er befürchtet. Er hatte einen leisen Funken des Zweifels in die Luft geblasen und schon traf dieser winzige Funke auf einen sehr großen und sehr trockenen Holzstapel.

»Ich warte hinter dem vierten Stadttor auf dich«, sagte sie. »Reite ein Stück auf das Gebirge zu, bis du einen Grenzstein siehst. Du findest mich am Ende des Waldpfads, der dahinter liegt.«

»Danke«, sagte er verwirrt. »Ich hätte nicht erwartet, dass du …«

»He, Julin!«, zischte sie. Ihre Augen verengten sich, er sah, dass ihre Geduld am Ende war. »Mach es oder lass es. Ich warte auf dich, solange die Sonne hinter dem rechten Gipfel des Dreikopfs steht. Und die Sonne wandert schnell.«

Stein und Spiegel

Über hundert Menschen drängten sich um die Grube, die drei Heizburschen aus dem Handelspalast mit Spitzhacken und Schaufeln, die sie immer wieder an einem Feuer erhitzten, aus dem Eisboden gebrochen und geschmolzen hatten. Selbst Avia hatte man hergeführt. Gut bewacht und mit Eisenringen um die schmalen Handgelenke stand sie zwischen zwei Wächtern. Marwan und zwei andere Magier hatten einen Bannkreis um sie gelegt, sodass sie benommen wirkte. Wieder einmal ertappte Julin sich dabei, dass Avia ihm Leid tat. Die anderen Zauberer waren von ihr abgerückt und sahen sie während der Zeremonie kein einziges Mal an. Nur Haliz, die blass und wütend wirkte, warf ihr feindselige Blicke zu. So, das musste Julin sich eingestehen, erinnerte sie durchaus an eine rachsüchtige Woran. Ein eisiger Wind trug jedes Gefühl mit sich fort und ließ die Gesellschaft frierend und mit tauben Händen und Gesichtern zurück. Jede Träne wäre auf dem Gesicht festgefroren. Nur die magischen Flammen widerstanden dem Wind und tauchten den Friedhof in ein fast zu helles Licht. Darians Sarg stand neben dem Grab. Julin stand es zu, die Grabrede zu halten und den Sarg mit Taniszweigen zu bedecken. Er räusperte sich und trat vor. Der Rat Epok, die Händlerräte und der magische Zirkel sahen ihn erwartungsvoll an. Haliz verschränkte die Arme und zurrte ihren Kragen aus salzweißem Schneepferdefell enger um den Hals. Selbst sie, die die einzige Verbindung zu Darian darstellte, war Julin so fremd, dass er am liebsten sofort umgekehrt wäre um nach Skaris zu reiten. Eiskristalle glitzerten in ihrem Haar. Sie hätte eine der traurigen verbannten Wildlichtfrauen aus dem ewigen Schnee sein können.

Mit belegter Stimme hielt Julin die Rede, die er vorbereitet hatte – es war nur eine Abwandlung des Totenliedes, das er für Darian Danalonn gesungen hatte. Freunde hätten hier sein müssen, um an den richtigen Stellen zu schmunzeln und sich zu erinnern. So blickte er nur in mitfühlende, aber höfliche Gesichter. Avia schwankte. Schließlich nahm Julin den Taniszweig und beendete die Zeremonie. Eine Fackel nach der anderen erlosch bis auf die, die Julin an Darians Grab in den Boden steckte. Bewegung kam in die Menge, Hände streckten sich ihm entgegen, und er sah, wie auch Haliz Beileidsbekundungen entgegennahm. Der kurze Blick, den sie ihm zuwarf, schmerzte ihn in der Seele, so viel Leid spiegelte sich darin. Doch bevor er zu ihr gelangen konnte, war sie schon mit Anander als eine der Ersten vom Friedhof geritten. Gefasst bestieg er Nombur und folgte den anderen. Als er das Tanistor durchritt – zwei Tannen, die mehrere Pferdehöhen über der Erde in einem spitzen Bogen zusammenwuchsen, drehte er sich im Sattel um und warf einen letzten Blick auf Darians Grab. Prächtig, neu und bereits mit einer Kruste aus Eis überzogen funkelte das Grabmal im Licht der letzten Fackel.

An der Tür seines Gastzimmers im Handelspalast prallte Julin mit einem Diener zusammen. »Wo wollt Ihr hin, Herr Julin?«

»Ich reite in die Stadt«, erwiderte Julin und stürmte an ihm vorbei. Drei Gänge später erkannte er, dass die Nachrichten in Lom, wie Abelina schon gesagt hatte, wirklich schneller reisten, als Pferde laufen konnten. Zwei Mitglieder der Stadtwache erwarteten ihn bereits. »Julin, Ihr möchtet in die Stadt reiten? Wir haben den Befehl, Euch zu begleiten.«

Julin blieb stehen und zwang sich zu einem Lächeln. Nichts war dem Zufall überlassen. Glasklar erkannte er, dass die Zeiten, in denen er sich im Handelspalast frei bewegen konnte, vorbei waren. »Nein, ich suche nur Haliz«, sagte er. »Ich dachte, sie wäre bei den Pferdeställen.«

Der ältere Wächter schien zu überlegen. »Ich hörte, sie hat sich in ihr Gastgemach zurückgezogen«, sagte er dann etwas freundlicher.

»Oh, ach so. Dann klopfe ich dort.«

Ehe der Wächter antworten konnte, hatte sich Julin umgedreht und ging in sein Gastgemach zurück und schloss mit zitternden Händen die Tür. Ob er wirklich bei Haliz klopfen sollte? Nein, entschied er dann. Vielleicht würde er sie mit dem, was er vorhatte, in Gefahr bringen. Rückwärts ging er in das Zimmer, bis er an das Bett stieß. Das Fenster dahinter gab den Blick frei auf einen Innenhof. Feuerholz stapelte sich dort und an einem Feuer wärmte sich eine Gruppe von Holzarbeitern, die die riesigen Öfen unterhalb der Verhandlungssäle heizten.

Julin zog seine Robe aus und hängte sie über den Stuhl. Mit schwerem Herzen legte er seine Stabharfe daneben und arrangierte alles so, dass es aussah, als hätte er die Sachen für eine Ruhepause nachlässig zur Seite gelegt. Danach stellte er sich vor den hohen Spiegel neben der Tür. Aufgequollen und bleich sah ihm ein gequältes Gesicht entgegen. Julin versuchte die Feuersprossen zu übersehen und murmelte den Spiegelzauber, den Darian ihm erst vor kurzer Zeit beizubringen versucht hatte. Viel Hoffnung hatte er nicht, dass das Ergebnis gut sein würde, denn ein Spiegelbild zu erschaffen war ein Täuschungszauber – und ausgerechnet der gelang ihm nur sehr selten. Hinter ihm schleifte die Bettdecke über den Boden, während eine Gestalt im Bett wuchs, ein Berg zeichnete sich unter der Decke ab, Stoff raschelte, dann atmete die Gestalt tief durch und drehte sich im Bett auf die andere Seite. Julin fuhr ein Schauder über das Genick, als er sich selbst im Bett liegen sah. Er war erstaunt, dass das Spiegelbild ihm ganz gut gelungen war. Wer ihn nicht kannte, dem würde nicht auffallen, dass das Bild viel zu markante Augenbrauen hatte und einen zu vollen Mund.

Mit weichen Knien ging er zu Julin II und beugte sich über das schlafende Gesicht, das von roten Haaren umrahmt war. »Du schläfst und bist erschöpft«, flüsterte er seinem Ebenbild zu. »Wenn dich jemand weckt, sag, du seist müde, dein Kopf würde schmerzen und sie mögen dich bitte schlafen lassen.«

Zu seinem Schreck schlug das Spiegelbild die Augen auf. Seelenlose, seichte Augen sahen in die seinen, dann nickte die Gestalt und schlief ein. Mit rasendem Herzen wich Julin zum Fenster zurück. Eiskalter Wind fegte ihm ins Gesicht, als er sich hinausbeugte. Die Holzarbeiter hatten ihre Pause beendet und waren wieder in die Heizräume zurückgekehrt. Nur ein einziger Gehilfe schichtete die Scheite auf. Er trug einen schwarzen Schurz und einen langen Pelzmantel. Prüfend betrachtete Julin die Fensterumrahmung, bevor er das Schlaflied anstimmte. Gesichter aus Skalitstein dienten als Wasserspeier, durch die das Schmelzwasser vom Dach abfloss. Sie sahen stabil aus.

Sein zerschrammtes Knie schmerzte unerträglich, als er sich mit rußgeschwärztem Gesicht, um die Feuersprossen zu verbergen, mit einem Scheitkarren durch das Tor des Handelspalasts schob. Das Hinken hatte den Vorteil, dass er dadurch noch besser getarnt war, ständig rutschte ihm die zu große Pelzmütze ins Gesicht. Er hatte keine Ahnung, wie er jemals wieder sein Zimmer finden, geschweige denn wieder zum Fenster gelangen sollte. Trotzdem fühlte er sich erleichtert. Er tat etwas, das Schicksal war in seiner Hand, zumindest in diesem Moment.

Die Sonne stand schon bedenklich tief, als er endlich durch das vierte Stadttor humpelte. Wie Fenja ihm gesagt hatte, hielt er sich auf dem Weg, bis er den Grenzstein erreicht hatte, und bog dann in den Pfad ein. Möglichst unauffällig sah er sich um und prüfte, ob ihm jemand folgte, dann schob er den Scheitwagen hinter einen Busch und humpelte weiter. Das Gefühl, dass sich eine kühle Hand mit langen, dünnen Fingern auf seine Kopfhaut legte, zeigte ihm, wie still es um ihn herum war, und für einen seltsam unwirklichen Moment überlegte er, was er tun sollte, wenn plötzlich ein riesiges Schneepferd vor ihm stünde und der Reiter mit der Maske. Seine Schritte knirschten im Schnee, unter dem sich der Pfad längst verloren hatte. Die Sonne stand beinahe über dem rechten Gipfel des Berges. Ob er zu spät war?

Den Schatten sah er erst, als sich schon scharfe Zähne in die Fellsäume seiner Ärmel bohrten. Mit einem keuchenden Laut der Überraschung ging Julin zu Boden. Hundeatem schlug ihm ins Gesicht. Die Augen von Fenjas größerer Bestie sahen ihn an.

»Jug!« Fenjas geflüstertes Wort genügte, dass der riesige Hund seine schmutzige, schneeverklebte Pfote von Julins Kinn nahm und sich zu einem Baum verzog. Fenja hielt Julin die Hand hin. »Du riechst nach Heizbursche«, sagte sie versöhnlich. »Jug mag keine Heizburschen. Wo ist dein unglaublich altes, dickes Pferd?«

»Im Stall – glaubst du, ich kann mit ihm einfach so durchs Tor spazieren? Die bewachen mich regelrecht.«

Sie grinste. »Dann musst du wohl bei mir aufsteigen. Komm!«

Julin schluckte und folgte ihr zu Tolin. Sobald das Pferd ihn sah, legte es die Ohren an.

»Na!«, sagte Fenja und schob seine Nase weg. Flink schwang sie sich in den Jägersattel und ließ dann den Fuß aus dem Steigbügel gleiten, damit auch Julin aufsteigen konnte. Tolin ächzte und machte einen Seitwärtsschritt, als Julin sich auf seinen Rücken zog. Schmal und zerbrechlich fühlte sich das Jägerpferd an, als Fenja es zu einem Galopp antrieb. Lautlos wie Schatten folgten die Hunde. Fenja ritt einen anderen Weg als die Prozession vor zwei Tagen.

»Ist das der Weg zur Halle der Könige?«, flüsterte Julin ihr zu.

»Was sonst?«, kam ihre Antwort.

»Und die Rebellen?«

Sie lachte verächtlich. »Hast du es nicht gehört? Gestern Nacht gab es ein Gefecht am Pass. Sie sind vor Yannvars Wache in die Berge geflohen.«

»Nun, hoffen wir, dass du Recht hast.«

»Ich bin Kurierin«, antwortete sie. »Und manches Mal schnappe ich was auf. Ich weiß zum Beispiel, dass sie vor dem Winter einen Verbannten aus der Mine geholt haben. Den Befehl habe ich selbst überbracht. Keine Ahnung, ob es was mit dem Tod von deinem Meister zu tun hat. Aber oft sind die Dinge nicht das, was sie zu sein scheinen.«

»Du liest die Befehle, die du überbringst?« Er spürte, dass sie sich versteifte, und fürchtete bereits, er könnte sie beleidigt haben, aber sie antwortete ihm mit ruhiger, ungerührter Stimme.

»Nein, ich warte nur im Vorraum der Wache. Und die Wachen haben zuweilen laute Stimmen.«

»Fenja«, fragte er nach einer Weile. »Warum interessierst

du dich für Darians Tod? Nur weil ich dich bezahle? Du hast nicht einmal einen Preis genannt.«

»Scht!«, sagte sie. »Willst du die Martiskatzen aufscheuchen?«

Verärgert schwieg er und konzentrierte sich auf den Weg.

Kurz bevor sie den steilen Pfad in die Schlucht betraten, drehte sie sich zu Julin um. »Ich sage es dir ganz ehrlich, Julin«, begann sie leise. »Ich bin auf Magier nicht gut zu sprechen. Einer von ihnen wurde dafür bezahlt, meinen kleinen Bruder in die Minen zu bringen. Verrat um des Geldes willen. Mein Bruder wurde verurteilt und leistet seinen Bußdienst in einer der Silberminen im Dreikopf ab. Ich habe ihm geschworen, dass ich in der Nähe bleibe. An dem Tag, an dem sein Name von der Silbertafel getilgt wird, werde ich am Grottentor stehen und ihn erwarten. Das ist der einzige Grund, warum ich noch in Lom bin. Und wenn ich auch nur den Hauch einer Gelegenheit bekomme, diese Verlogenheit und diese Ränkespiele an den Tag zu bringen, dann habe ich schon gewonnen. Ist das Erklärung genug?«

Julin schluckte und nickte. Schweigend betrachtete er ihre harten Schultern. Er verstand nur zu gut. Wie fremd musste sie sich fühlen, wie verzweifelt musste sie sein. Aber, so dachte er mit einem tiefen Gefühl der Trauer, ihr blieb zumindest die Hoffnung, dass ihr Bruder lebte.

»Wie heißt dein Bruder?«, fragte er nach einer Weile.

»Wenn es dich was anginge, hätte ich es dir schon gesagt«, erwiderte sie barsch und schnalzte. Tolin schnaubte und galoppierte los.

Entgegen Julins Befürchtung war es überhaupt nicht schwer, den verborgenen Eingang zur Höhle wiederzufinden. Hallgespenster hingen in Trauben rund um den Spalt und sogen das Leid, dessen Echo noch in der Halle klang, gierig in sich auf, um die Worte, Satzfetzen und Unterhaltungen, die sie gehört hatten, wie besessen bis in die Unendlichkeit zu wiederholen.

»Bringt ihn hierher – mein Gott, sieh dir das Gesicht an«, ahmte ein Hallgespenst die Stimme eines Wächters nach.

»Das ist kein Gesicht mehr, den packen wir am besten gleich in die Kiste und nageln sie zu.«

Julin wurde bewusst, dass er Fetzen jener Gespräche hörte, die die Stadtwache geführt hatte, während sie Darians Leichnam barg. Sein Magen drehte sich um, er taumelte gegen die Wand und musste sich abstützen.

»Ich weiß«, sagte Fenja erstaunlich sanft und legte ihm die Hand auf die Schulter. »Komm, wir gehen gemeinsam an ihnen vorbei. Sing ein Lied, wenn du möchtest, oder versuche sie mit einem Zauber zu vertreiben.«

»Ich kann nicht!«, stammelte er. »Nicht wenn ich höre, wie sie über Darian reden …«

Sie seufzte und überlegte kurz. Dann schien sie einen Entschluss zu fassen, der ihr nicht leicht fiel. »Singen kann ich nicht«, sagte sie. »Aber ich erzähle dir eine Geschichte aus Tana. Hör nur auf meine Worte!«

Sie räusperte sich und begann mit leiser Stimme zu sprechen. Zögernd nahm Julin Fenjas ausgestreckte Hand und folgte ihr Schritt für Schritt an den roten Augen der Hallgespenster vorbei. Es war eine Geschichte von einem Jäger – natürlich. »Mador hieß er und er war so geschickt und stark, dass es ihm gelang, die Sterne vom Himmel zu fangen«, erzählte Fenja. »Eines Tages entdeckte er etwas, das er für eine graue Wolke hielt, die über den Wipfeln der Tanistannen dahinhuschte, und er warf sein Netz aus. Mador hatte Glück – es war der Himmelhund, der sich knurrend in seinem Netz wand. Viele Tage jagte der Hund gut für ihn. Doch eines Tages führte er seinen neuen Herrn zu einem Wild, wie der Jäger es noch nie gesehen hatte. Nachtschattenschwarz war es und jagte lautlos durch den Wald. Seine Stirn war der Glanz eines Sees in mondloser Nacht und seine Augen verloschene Sterne. Der Jäger schoss – und verwundete das Tier. Der Hund folgte der blutigen Fährte. Doch als Mador vor dem vermeintlichen Wild stand, erkannte er, dass er das Pferd der Nacht verwundet hatte. Furcht erfüllte sein Herz und er warf sich klagend auf die Knie. Nie wieder würde die Sonne untergehen, wenn das Pferd starb. Mit Flüchen und Schlägen jagte Mador den Himmelhund davon und pflegte das Pferd gesund. Ganz kräftig wurde es allerdings nie wieder, denn ein Hinken blieb ihm von der Verwundung. Deshalb«, so schloss Fenja, »geht in Tana die Sonne niemals ganz unter. Selbst in der tiefsten Winternacht ist der Himmel nicht schwarz, sondern nur dämmrig.«

»Deshalb geht in Tana die Sonne niemals ganz unter …«, echote ein Hallgespenst mit Fenjas Stimme. Julin riss seinen Blick von den roten Augen los und duckte sich, um durch den Felsspalt in die Halle der alten Könige zu gelangen. Die Knie wurden ihm weich, ihm war, als müsste er jeden Augenblick Darian begegnen, aber er zwang sich, einen Fuß vor den anderen zu setzen und weiterzugehen. Dunkelheit gähnte ihn an, bis er seine magische Flamme aus dem Ärmel entließ. Höhnisch tanzten die Schatten, sein Schritt hallte. Mit einer kleinen Melodie brachte er die erloschenen Fackeln wieder zum Leben. Eine nach der anderen glomm auf und tauchte die herabgefallenen Schilde und den grässlichen Steinkopf, den man noch nicht weggeschafft hatte, in ein gespenstisches Licht. Stühle und Tische lagen umgeworfen kreuz und quer im Raum. Lange Holzstöcke und Eisenhaken neben dem Steinkopf zeugten von den Bemühungen der Stadtwache, ihn hochzustemmen, um Darian und die Reste des Goldmachers darunter hervorzuziehen. Wo der Goldmacher wohl begraben worden ist?, dachte Julin.

»Du gütiges Tilop!«, flüsterte Fenja und sah sich mit offenem Mund um.

»Da oben«, sagte Julin nur. Er fühlte sich so elend und schwach, dass er es nicht einmal schaffte, ruhig stehen zu bleiben, ohne das Gefühl zu haben, jeden Moment von einem Schwindel erfasst zu werden. Fenja legte den Kopf in den Nacken um die Bruchstelle betrachten zu können, die zwischen den anderen Gesichtern gähnte. Vorwurfsvoll sahen die steinernen Könige auf sie herab.

Julin gab sich einen Ruck und ging um den Steinkopf herum, betrachtete die Schilde, die immer noch dort, wo sie herabgefallen waren, an der Wand lehnten. Er wagte es nicht, eine laute Bewegung zu machen. Vor einem Schild blieb er stehen. Er war poliert und mit filigranen Ritzungen verziert, in denen sich der Staub der Zeit bereits zu dunkelgrauen Klumpen zusammengefunden hatte. Doch die runde Mitte glänzte immer noch glatt und golden. Julin erschrak, als er im Spiegel des Schildes sein Gesicht sah und hinter sich die zähnefletschende Fratze des Steingesichts. Das Ding schien ihn anzustarren und höhnisch zu grinsen.

Ich muss es versuchen, dachte Julin. Ich kann nach Skaris reiten und alles vergessen, aber dann würde ich nie wieder ein Lied singen können, ohne mich wie Darians Verräter zu fühlen. »Fenja!«, rief er leise. Die Jägerin drehte sich um und war einen Augenblick später bei ihm. »Schau in den Spiegel«, bat er. »Schau genau hin. Vielleicht entgeht mir etwas.«

Leise sang er den Spiegelzauber. Fenja sagte kein Wort, als sich der Nebel der Vergangenheit hob und sie beide plötzlich Wachen sahen, die sich mit Stöcken und Haken bemühten den Stein zu bewegen.

»Was ist das?«, flüsterte Fenja.

»Die Vergangenheit. Jeder Spiegel bewahrt alle Bilder, die er gefangen hat, man muss sie nur sichtbar machen.«

»Ist das dein Herr?«

Julin nickte und schluckte den Kloß im Hals hinunter. Locker und scheinbar entspannt lag Darians Hand auf dem Boden, der Handrücken zeigte nach oben.

»Also doch!«, zischte Fenja plötzlich und ging vor dem Schild in die Knie. »Hier, siehst du?«

»Was?«

»Da, schau doch hin! Was siehst du auf seiner Hand?«

Das Bild verblasste bereits und Julin beugte sich so weit vor, dass seine Nase beinahe das Gold berührte. Der staubige Geruch von Metall und alten Knochen schlug ihm entgegen. »Eine … eine Zeichnung?« Ihm wurde übel. »Darian hatte keine Zeichnung auf der Hand.«

»Das ist ein Rad«, flüsterte Fenja. »Es steht für die Bergwerkswagen – und daneben, das muss ein Becher sein. Der Becher des Kallim steht für das Silber, das im Dreikopf gewonnen wird.«

Zäh wie Lava flossen seine Gedanken, während er dachte, was Fenja einen Augenblick später triumphierend aussprach.

»Vielleicht ist es gar nicht Darian, der unter dem Stein liegt. Die Zeichnung auf der Hand – das ist die Tätowierung, wie die Minensklaven sie tragen. Und das würde heißen …«

»… dass Darian nicht tot ist!«, rief Julin und sprang auf.

»Langsam, Julin!«, erwiderte Fenja. »Es heißt bisher nur, dass jemand anders unter dem Stein zu Tode kam. Denk nach, hast du Darian auf dem Weg hierher aus den Augen verloren?«

»Im Durchgang!«, flüsterte er. »Er ist allein in die Halle gegangen. Einer der Räte ist gestolpert.«

»Vielleicht hat Darian diesen Moment genutzt um zu verschwinden?«

Julin starrte sie an.

»Sieh mich nicht so an, Julin«, sagte sie verärgert. »Was weißt du schon von seinen Plänen – vielleicht wollte er als tot gelten. Kannst du es wissen?« Ihre Augen sahen aus wie heller Skalit – ebenso unnachgiebig und kühl.

»Nein«, gab Julin widerwillig zu. »Wissen kann ich es nicht, ich kann es nur nicht glauben.«

Fenja stand auf und sah sich in der Halle um. »Zumindest haben wir jetzt die Antwort darauf, warum sie ihn so schnell unter die Erde bringen wollten. Oder vielleicht hat Darian auch das veranlasst? Besser als durch ein Begräbnis kann man seine Spuren nicht beseitigen.«

»Wenn er verschwinden wollte, hätte er sich einfach auf den Weg machen können. Seine eigene Lehrerin, Skaardja, ist vor kurzem verschwunden. Bis heute weiß niemand, wo sie ist.«

»Möglich, Julin. Alles möglich.« Auf einen Wink von ihr erhob sich Jug und trottete zu ihnen herüber. »Hast du etwas von Darian dabei?«

»Nur ein Schmuckstück, das er getragen hat. Eine rote Koralle.«

»Gib sie mir.«

Julin zögerte, aber dann zog er die Schnur, an der das Korallenstück hing, über den Kopf und gab es Fenja. Sie hielt es Jug vor die Nase. Anscheinend wusste der Hund, was er zu tun hatte, denn er schnupperte kurz daran, dann beugte er den Kopf zum Boden und lief los. Stumm beobachteten Julin und Fenja, wie er in den Winkeln suchte, zu den Tischen lief und schließlich ratlos am Eingang stehen blieb.

»Wie ich es mir dachte«, sagte Fenja. »Darian hat diese Halle nie betreten.« Auf Fenjas Wink hin schnürte Jug durch das Tor in den Gang. Ein heiseres Bellen erklang, dann erschien der Hundekopf wieder im Felsspalt. »Vor der Halle war er offensichtlich«, stellte Fenja fest. Jug setzte sich hin und winselte. »Aber weiter geht die Spur nicht. Er muss sich vor dem Eingang in Luft aufgelöst haben.«

»Oder jemand anderes hat seine Spur verwischt.«

Fenja lächelte schwach. »Du willst einfach nicht verstehen, dass du dich in deinem Meister täuschen konntest, nicht wahr? Menschen sind nicht immer das, was sie zu sein scheinen.«

»Ich kenne Darian!«, gab er zurück.

»Gut«, erwiderte sie. »Ich bin auch nicht hier um dich zu bekehren. Ich bin Kurierin und habe heute noch einen Auftrag zu erledigen.«

»Der Tote kommt aus den Minen«, sagte Julin. Auf einmal fühlte er sich, als hätte er Fieber. Er war erleichtert. Endlich hatte er einen Weg. Einen steinigen, dunklen Weg voller Spinnweben, aber immerhin einen Weg. Es schien ihm ausgeschlossen, dass er im Handelspalast etwas erfahren würde, doch vielleicht fand sich die Antwort dort, wo der Gefangene herkam, der an Darians Stelle gestorben war. »Ich muss dorthin – in die Silbermine.«

Ihr Lächeln war pfeilspitz und schnell. »Ein guter Gedanke, Julin. Und nun lass uns gehen. Ich bringe dich jetzt zurück zu den Felsnadeln, von dort aus bist du zu Fuß vor Mitternacht wieder in der Stadt.«

Fassungslos sah Julin sie an. »Du lässt mich allein?«

Sie zupfte ihre Handschuhe zurecht und grinste. »Ich habe nur gesagt, dass ich mit dir zur Halle reite. Von einem Rückweg war nie die Rede. Und alles andere geht mich nichts an.«

Julin fuhr ein Stich des Ärgers in den Magen. »Das ist nicht dein Ernst! Nach dem, was wir herausgefunden haben?«

»Mir genügt es, um zu wissen, dass das Ganze nach viel mehr Schwierigkeiten aussieht, als ich je haben wollte«, konterte sie schroff.

»Aber dein Bruder?«

»Das ist eine andere Geschichte, die dich nichts angeht. Du hast die Spur, nun folge ihr. Oder vergiss, was du gesehen hast, und kehre in deine Heimat zurück.« Ihr Gesicht sah so hart und abweisend aus, dass er begriff, ihre Geduld war am Ende. Ohne ein weiteres Wort stand sie auf und wandte sich zum Gehen.

»Halt!« Julins Ausruf war so laut, dass die Hallgespenster vor dem Höhleneingang zu tuscheln und zu flüstern begannen. Ein Luftzug hauchte über seine Wange. Jug und Jolni sträubten das Nackenfell und knurrten. Langsam drehte sich Fenja um und verschränkte die Arme.

Julin holte Luft und versuchte beherrscht und vernünftig zu klingen. »Hör zu, Fenja. Du weißt, wo die Minen sind. Ich habe Geld und kann dich bezahlen. Du musst nichts anderes tun, als mich zu den Minen bringen ... ohne Rückweg«, fügte er bissig hinzu.

Sie kniff die Lippen zusammen und rief mit einem Wink die Hunde zur Ruhe. Jolni ließ sich nicht beruhigen, sondern hob die Nase und witterte. »Meine Dienste sind nicht billig, Julin«, sagte sie.

»Ich kann dich bezahlen«, beharrte er.

»Zehn Lomar.«

»Drei!«

Sie lächelte. »Wäre ich ein Händler, würde ich jetzt bei acht beginnen. Aber die Zeit habe ich nicht. Sagen wir fünf Lomar, dann hat jeder von uns ein gutes Geschäft gemacht. Einverstanden?« Ihre plötzliche Nachgiebigkeit verblüffte ihn.

»Gut«, sagte er überrumpelt.

Jug und Jolni sprangen auf. Eine feine Ahnung berührte Julin; es war, als würde er Atmen hören, ein Atmen, das es nicht geben konnte. Die Steinmünder klafften immer noch auf, trotzdem bewegte sich etwas im Raum, etwas, das sich nicht durch einen Spiegelzauber vertreiben lassen würde.

»Bist du das?«, flüsterte Fenja. »Ist das Zauberei?«

»Nein«, sagte er.

Es scharrte. Jolnis Knurren wurde zu einem Winseln. Langsam, Schritt für Schritt ging er rückwärts, den Blick auf eine Nische in der schartigen Felswand gerichtet. Fenja zog ihr Messer. Julin stolperte und stieß sich den Ellenbogen an einem Vorsprung. Seine Knie schienen aus nassem Leder zu bestehen, so weich waren sie. Es muss keine Magie sein, sagte er sich. Doch der Gedanke, was es außer Magie sonst sein konnte, beunruhigte ihn noch viel mehr.

»Wenn es die Rebellen sind?«, wisperte er Fenja zu. Mit einer Geste befahl sie ihm zu schweigen und ging auf den Vorsprung zu. Die alten Könige atmeten seufzend aus, dann war Stille.

»Kommt raus!«, rief Fenja. Ihre Stimme klang zu laut um wirklich furchtlos zu sein. Die Hunde wurden vor Julins Augen zu Bestien, ihre Zähne unter den vibrierenden Lefzen glänzten im Licht der Fackeln. Gespenstisch sahen sie aus – wie die tierischen Zwillinge der alten Könige.

Ein Schatten löste sich aus einer der Nischen und wurde zu einer Gestalt. Julin atmete aus und hatte das Gefühl, dass er sich nun endgültig in ein Bündel zitternder Nerven verwandelte. Es war kein Rebell, sondern Haliz, immer noch blass, obwohl ihre Wangen von der Kälte gerötet waren. Mit kleinen, verweinten Augen blinzelte sie in das Fackellicht. Dennoch gelang es ihr beinahe, wie die stolze, unbeeindruckte Botschafterin aufzutreten.

»Haliz!«, flüsterte Julin. »Wie kommst du hierher?«

Sie lächelte nicht, als sie ihn ansah. »Vermutlich bin ich auf Woranschwingen hergeflogen«, sagte sie trocken. »Ich dachte mir, dass du zur Halle reitest. Aber ich habe es vorgezogen, die Halle durch den geheimen Nischengang zu betreten.«

Julin stieß sich von der Wand ab und war bei Haliz, bevor

Fenja etwas erwidern konnte. »Sie ist Handelsbotschafterin aus Tjärg«, sagte er zu der Kurierin. »Sie kannte Darian sehr gut.«

»Das ist rührend«, erwiderte Fenja bissig und steckte endlich ihr Messer ein. »Dann kann sie dich ja mit zum Handelspalast nehmen.« Sie drehte sich um und ging ohne einen Abschiedsgruß auf das Hallentor zu.

Haliz' Stimme war leise, trotzdem hörte man jedes Wort in der Halle. »Glück auf deinem Weg, Fenja«, sagte sie. »Wir sehen uns, wenn wir zu den Minen reiten.« Julins Herz machte einen Satz. Er starrte Haliz an, die ihm ein kühles Lächeln schenkte. »Richtig gehört, Julin«, sagte sie. »Ich komme mit.«

Fenja war ruckartig stehen geblieben und drehte sich um. »Da irrst du dich«, sagte sie mit gefährlicher Ruhe in der Stimme.

Haliz straffte ihre Schultern und stellte sich sehr aufrecht hin. »Entweder wir reiten gemeinsam oder ich werde dafür sorgen, dass keiner geht!«, erwiderte sie. Ihre Mund zitterte ein wenig, Julin hatte das dumpfe Gefühl, dass sie vor Trauer und Schmerz am liebsten angefangen hätte zu weinen. Leiser fuhr sie fort. »Darian war der beste Freund meines Vaters. Meinst du, ich höre mir in Ruhe an, dass er vielleicht noch lebt und irgendwo gefangen gehalten wird, und gehe dann wieder in den Handelspalast ohne etwas zu unternehmen?«

»Ja, das denke ich – es wäre besser für dich, glaube mir!«, gab Fenja zurück.

Haliz bekam wieder ihren hochmütigen Gesichtsausdruck. Ohne Fenja eines weiteren Blickes zu würdigen wandte sie sich an Julin. »Was ist los mit dir?«, sagte sie zu ihm. »Du bezahlst sie dafür, dass sie dich zu den Minen bringt. Seit wann bestimmt der Kurier, wen er führen wird und wen nicht?«

Julin griff zu den Spielsteinen in seiner Tasche. Die vertraute Geste gab ihm ein Stück seiner Sicherheit zurück. Mit einem Mal fühlte er sich, als wäre er zwischen den zwei Flügeln einer Tür festgeklemmt. Egal in welche Richtung er sich bewegte – es würde ihm erst einmal die Luft abdrücken. Ob es möglich war, mit Haliz auch ohne Fenjas Hilfe zu den Minen zu gelangen? Andererseits – er wollte nicht ohne Fenja reiten. Aus irgendeinem Grund erschien sie ihm viel vertrauter als Haliz, als hätte er mit ihr einen Pakt geschlossen. Und dennoch – Haliz kannte Darian besser als er. Er hatte kein Recht, sie daran zu hindern, zu den Minen zu reiten. »Sie kommt mit«, sagte Julin schließlich. »Wenn du willst, gebe ich dir noch weitere drei Lomar.« Er schalt sich dafür, wie bittend seine Stimme klang.

»Bist du verrückt geworden, Spielmann Julin?«, fuhr ihn Fenja an. Mit wenigen Schritten war sie bei ihnen, packte ihn am Arm und zog ihn auf die Seite. »Das, was du jetzt am allerwenigsten gebrauchen kannst, ist eine Gesandte, die jeder Händler auf dem Weg erkennt.« Obwohl sie flüsterte, klangen die Worte scharf. »Und wie wollt ihr ihre Abwesenheit im Haus der Räte erklären?«

»Ich handle nicht mit Silber und Salz!«, antwortete Haliz laut. »Ich bin Magranhändlerin, die Magranminen liegen viel weiter östlich. In Dengar hinter dem Rabenhafen kennt mich niemand. Im Handelspalast habe ich Zugang zu den Minenplänen, ich kenne die Abläufe in den Bergwerken und könnte den einen oder anderen Weg in die Minen öffnen. Außerdem ...«, sie holte tief Luft, »... ist meine Zeit in Lom ohnehin um. Ich hatte vor, mit dir zusammen bis zur Grenze zu reiten, Julin, um dann nach Tjärg zurückzukehren. Gibt es eine bessere Gelegenheit, wie wir beide uns unauffällig aus dem Handelspalast verabschieden können?«

Julin sah sie mit weit aufgerissenen Augen an. »Du wolltest mit mir reiten?«

»Das wollte ich dir mitteilen, als ich heute an deine Tür klopfte, ja. Aber du hast ja … geschlafen.«

Er umschloss einen der Spielsteine fester und kämpfte das aufkeimende Gefühl dumpfer Sorge nieder. Hieß das, dass die Räte oder die Stadtwachen sein Fehlen bereits bemerkt hatten?

In der Halle war es kälter geworden, einige der Fackeln waren heruntergebrannt und erloschen. Das Schweigen klirrte im Raum. Der Atem der Hunde fror in der Luft.

»Ich bin es Darian schuldig!«, sagte Haliz noch einmal. »Nach dem, was ich gehört habe, könnte ich niemals zu meinen Eltern zurückgehen und ihnen erzählen, Darian sei bei einem Unfall getötet worden. Ich komme mit! Und wenn ich nicht mit euch reiten kann, dann gehe ich alleine!«

Julin berührte die Leidenschaft in ihrer Stimme. Selbst Fenja schien beeindruckt, als sie einen schnellen Blick mit ihm wechselte. »Das brauchst du nicht«, sagte Julin. »Wir reiten alle gemeinsam. Morgen soll ich mit der Stadtwache zur Grenze aufbrechen.«

Julin sah Fenja an. In ihren grauen Augen konnte er nicht lesen, ob sie Verachtung empfand oder nur nachdenklich war. Schließlich fuhr sie sich mit einer ärgerlichen Geste durch das Haar. Die Hunde entspannten sich.

»Wie du willst, Julin. Du bist der Auftraggeber«, sagte sie und zog den Mantel zu. »Fünf zusätzliche Lomar.« Julin unterdrückte den Impuls, diesen Preis herunterzuhandeln. Widerwillig nickte er, was der Kurierin ein humorloses Lächeln entlockte. »Zehn Lomar insgesamt also für das sichere Geleit zu den Minen hinter dem Rabenhafen. Julin, du weißt, wo du mich findest.« Mit diesen Worten drehte sie sich um und verließ mit schnellen Schritten die Halle. Das aufgeregte Flüstern der Hallgespenster rauschte herein wie das Flattern eines aufgeschreckten Vogelschwarms.

Julin atmete aus und fühlte sich, als würde ein ganzer Berg von seinen Schultern rutschen. Trotzdem kam er nicht gegen das seltsame Gefühl an, Fenja verraten zu haben. Irgendeine Verbindung, die zwischen ihm und ihr gewachsen war, hatte er zerrissen.

Haliz scharrte mit dem Fuß über den Boden, der mit Gesteinsbröckchen übersät war. »Echter Silberskalit«, sagte sie traurig. »Und völlig zerstört.«

Die Hallgespenster verfolgten sie bis fast zum Fuß des Berges. Viel zu weit unter Julins Füßen stob der Schnee unter den fliegenden Hufen des Lompferdes davon. Das Tier war so hoch, dass Julin sich fühlte wie ein Windgeist, der auf einer schaukelnden roten Wolke saß und auf die Erde hinabblickte. Die lange herbstrote Mähne flog im eisigen Wind und verfing sich zwischen Julins klammen Fingern. Viel zu oft sah er sich um, jeden Moment in der Erwartung, den Reiter mit der Bestienmaske hinter sich zu sehen.

Als sie endlich in die Nähe der Stadt kamen, ließ Haliz das keuchende Pferd im Schritt gehen. Julin entspannte sich und bewegte seine Hände. In dem dicken Leder von Haliz' Mantel, an den er sich während des Rittes geklammert hatte, hatten seine Fingernägel Abdrücke von kleinen Sichelmonden hinterlassen.

»Wie kommen wir nun in die Stadt?«, flüsterte er Haliz zu.

Sie drehte den Kopf und lächelte. Eiskristalle glitzerten an ihren Wimpern und Brauen. »Trillas – der Diener, der uns im Festsaal bedient hat – und der Torwächter lassen uns ein. Die Räte denken, dass du schläfst und ich noch meine letzten Handelsgänge mache. Sobald wir in der Stadt sind, müssen wir uns trennen. Frag bei den Ställen nach Ganid – er wird dich ungesehen wieder in dein Zimmer bringen. Und dann würde ich an deiner Stelle so schnell wie möglich den missglückten Doppelgänger verschwinden lassen.«

»Du warst in meinem Zimmer?«

»Ja«, sagte sie und lachte leise. »Genau wie die Diener, die mich in dein Zimmer gelassen haben, obwohl dein Spiegelbild ihnen immer wieder versicherte, dass es müde sei und schlafen will. Aber im Gegensatz zu ihnen habe ich gesehen, dass nicht du es bist, der dort im Bett liegt.«

»Woher wusstest du ...«

Sie drehte sich im Sattel um und tippte mit eiskaltem Zeigefinger auf seine Wange. »Na, deine Feuersprossen«, sagte sie. »Dein Spiegelbild hatte keine einzige im Gesicht!«

»Ich billige nicht, was du vorhast«, sagte Abelina. Julin saß mit ihr in der Küche, wo Arp im Hintergrund betont langsam das Geschirr für den Abend stapelte. »Ich will nichts gegen Fenja sagen«, fuhr die Wirtin fort. »Sie mag eine gute Kurierin sein, aber sie ist ein unruhiger Geist. Seit zwei Wintern übernachtet sie bei mir, wenn sie nach Runa kommt, doch ich wüsste nichts über ihr Leben zu erzählen.«

Julin lächelte. »Du willst damit sagen, sie gehört nicht zu euch? Weil sie kein rotes Pferd reitet und Ornamente auf der Haut trägt?«

Abelina schüttelte den Kopf. »Ich glaube, sie ist ein ehrliches und gutes Mädchen, aber sie trägt einen Groll in sich. Und wer weiß, welche Pläne sie verfolgt.«

»Ich glaube, zurzeit sieht ihr Plan lediglich vor, zehn Lomar zu verdienen. Und wenn du mir hilfst, Abelina, dann bezahle ich dir ...«

Eine feine Zornesfalte erschien auf Abelinas Stirn. »Julin, was für einen Eindruck macht Runa auf dich, dass du denkst, alles ließe sich mit Geld erkaufen?«

Er zuckte ertappt zusammen. »Entschuldige«, sagte er

leise. »Ich habe nur den Eindruck, dass sich hier alles bloß um Handel und Geld und Macht und Protokolle dreht.«

»Da magst du Recht haben, trotzdem stehen Menschen hinter dem Geld und den Protokollen, Menschen, die durchaus keinen Silberklumpen anstelle eines Herzens haben. Ich mag dich, Julin. Und ich mochte deinen Herrn. Wenn du meinst, du musst sein Schicksal aufklären, dann tu es. Nur um einen Gefallen bitte ich dich.«

Überrascht sah er sie an. Ihr Gesicht hatte sich verdüstert, als würde sie an einen alten Schmerz rühren, und im Hintergrund sah Julin, wie Arp aufhörte Teller zu stapeln und mit riesigen Augen zu ihnen herüberstarrte. »Gerne, ich werde dir jeden Gefallen tun, der in meiner Macht steht«, erwiderte Julin.

»Arp?«

Der Junge nickte hastig und stürzte zur Küche hinaus. Auf der Treppe, die über ihren Köpfen in das erste Stockwerk führte, verhallten seine Schritte. Nur einen Moment später wurden sie wieder lauter. In halsbrecherischem Tempo jagte der Junge die Treppen herunter und stand dann schwer atmend wieder in der Küche.

»Danke«, sagte Abelina. Behutsam nahm sie ihrem Sohn das kleine Holzkästchen ab, das er in den Händen hielt wie einen Schatz. Feierlich stellte sie es auf den Tisch und hob den Deckel.

Auf den ersten Blick sah Julin nur roten Stoff. Er musste alt sein, sehr alt sogar, denn an einigen Stellen schimmerte das flackernde Küchenlicht durch die verschlissenen Webmuster. Erst als Abelina das Tuch hob, erkannte er, was darin lag. Enttäuscht zog er die Brauen zusammen. Er hatte erwartet etwas Besonderes darin zu sehen, ein Schmuckstück vielleicht, stattdessen starrte er auf einen unscheinbaren länglichen Stein, der fast wie ein Finger wirkte. Ein grauer Finger mit einem hauchschmalen rostroten Ring, denn eine Gesteinsschicht hatte eine andere Farbe als der Grundstein.

»Es ist ein Tropfstein«, sagte Abelina. »Der Urgroßvater meines Großvaters hat ihn aus der Mine gestohlen, als Runa noch ein Dorf war, dessen Holzzaun es vor den Windwölfen schützen sollte. Und noch viel früher, als die alten Könige über die Berge herrschten, waren meine Vorfahren ihre Diener. Sie waren es, die die ewigen Wasser im Berg bewachten, aus denen die Könige tranken. Die alten Könige waren ihre Götter.«

»Dann wart ihr so etwas wie Priester?«

»So könnte man es nennen, ja. Doch einer meiner Vorfahren, Estus, nahm eines Tages den Stein und verließ die Berge. Seitdem liegt ein Fluch über unserer Familie. Jeder von uns, der die Schwelle des Berges überschreitet, um den Stein in die Halle des ewigen Wassers zurückzubringen, wurde ertrunken aus dem Berg getragen – den Stein in der Hand.«

»Dein Mann Fian ... ist er ebenfalls ...?«

Sie schüttelte den Kopf. »O nein. Er starb, als er vor einen Karren mit einer Ladung Winteräpfel stolperte.«

»Das tut mir Leid.«

»Nun«, meinte sie. »Er wäre nicht gestolpert, wenn er nicht randvoll mit Tumbeerenwein gewesen wäre.« Müde rieb sie sich die Augen. »Gegen den Fluch des Weins bin ich machtlos, aber der Fluch des Steins lässt sich brechen. Nimm ihn und wirf ihn in einen der Bergseen. Meiner Familie hat er nur Unglück gebracht. Wir sind keine Bergleute und Goldsucher. Unsere Juwelen sind der Schimmer der Winteräpfel und das Silbergemüse, für das wir berühmt sind. Wir sind Gastwirte geworden, und das ist gut so. Nimm den Stein dahin mit, wo er herkommt.«

»Gerne«, antwortete er.

Ein Lächeln breitete sich über ihr rundes, freundliches Gesicht. »Und nun sag mir, wie ich dir helfen kann?«

Er knetete seine Hände und überlegte, wo er beginnen sollte. Schließlich entschied er sich für die kürzeste Geschichte. »Haliz und ich müssen mit der Stadtwache bis zur Grenze von Lom reiten. Sie sollen glauben, dass wir in unsere Länder zurückkehren.«

»Und dann wollt ihr umkehren und zu den Minen reiten?« Mit einem knirschenden Klirren zerschellte ein Teller, der Arp aus der Hand geglitten war. »Gut«, sagte Abelina ohne auf ihren Sohn zu achten und lächelte verschmitzt wie eine übermütige Feuernymphe. »Da habe ich, denke ich, einen guten Plan.«

Der Rabenhafen

Julin fror wie noch nie in seinem Leben. Es mochte daran liegen, dass er nach seiner letzten schlaflosen Nacht im Handelspalast übermüdet und zittrig war. Schweigend zog die Kolonne den breiten Weg durch das Gebirge. Das Packpferd keuchte unter der Last der Unterlagen, Messgeräte und Geschenke. Hinter Nombur trottete Dondolo ohne Sattel und Zaumzeug. Darian hatte Dondo zwar stets lose angebunden, allerdings eher aus Gewohnheit denn aus dem Glauben heraus, dass er wirklich Macht über die Wege seines Pferdes hatte. Ein Regenbogenpferd war ebenso wenig zu halten wie der Ozean. Ab und zu spürte Julin den warmen Atem an seiner Hand und sah den nickenden Kopf und die fließende Mähne, die im Morgenlicht schimmerte wie ein Muschelherz. Immer wieder schweifte Dondos Blick über die Gruppe. Julin wusste, dass er seinen Herrn suchte, den er so viele Winter getragen hatte.

Julin war es nicht schwer gefallen, sich von der Bergstadt zu verabschieden, doch Haliz hatte sich immer wieder umgesehen, bis die Dachjuwelen des Handelspalasts nur noch sternenklein am Horizont funkelten und sich schließlich im Nebel ganz verloren.

Die Abschiedszeremonie im Handelspalast war prunkvoll und ausführlich gewesen. Julin war mit unzähligen Protokollabschriften und Geschenken beladen, die er dem Magierzirkel in Skaris übergeben sollte. Botschafter würden bald aus Lom nach Skaris aufbrechen, mit neuen Geschenken und großen Plänen im Gepäck, um die Beziehungen zwischen den Ländern zu festigen und Darians Tod unter dem Zeichen des Friedens endgültig zu besiegeln.

Julin hatte jedes einzelne Gesicht genau betrachtet, aber Schuld hatte er in keinem von ihnen entdeckt. Wut brodelte in seinen Adern, wenn er daran dachte, dass vielleicht hinter einem dieser unbeteiligten, harmlosen Gesichter das Geheimnis ruhte, was mit Darian wirklich passiert war. Yannvar wirkte unendlich erleichtert, dass die Verhandlungen um Darians Tod scheinbar so glimpflich abliefen. Ihm traute Julin am ehesten zu, etwas mit dem vermeintlichen Tod seines Lehrers zu tun zu haben. Argwöhnisch betrachtete er das Profil des bärtigen Stadtrats, bis dieser seinen Blick spürte und zu ihm herübersah. Ertappt senkte Julin den Kopf.

Von weitem entdeckte Julin die Steinstatuen, die die Grenze zum Nachbarland Tjärg kennzeichneten. Drei Bergnymphen starrten mit ihren harten Gesichtern zu den Südbergen. Ihre geraden Augenbrauen und die knöchernen Münder erinnerten an die strenge Symmetrie von Eidechsengesichtern. Steinernes Haar floss über ihre Rücken bis auf den Boden, wo es sich mit dem Skalitfels am Wegesrand vereinigte. In ihren Händen, die fein gemeißelt und doch härter als alles waren, was in den Bergen zu finden war, hielten sie die

Schätze von Lom: Ein Bergkristall, in dem sich die Mittagssonne brach, stand für das Salz, ein Siegel aus Silber erinnerte an die Bergwerke und ein schwarzer Tropfstein an den Reichtum, den Lom seinen Bergen verdankte. Julin schauderte, als er den Skalitblick der Nymphen auf sich ruhen fühlte.

Die Stadtwachen sprangen von ihren Pferden. Atemwolken trieben in der Luft. Julin stieg ab. Sofort spürte er Dondolos warme Nüstern an seinem Hals. »Ich weiß, Dondo«, raunte er dem Pferd zu. »Ich habe seinen Mantel an, aber er ist nicht hier.« Behutsam schob er den Pferdekopf beiseite und trat zu Yannvar und Anander.

»Julin Kalamas Fer«, wandte sich der Stadtrat an Julin. »Ich wünschte, ich könnte Euch unter glücklicheren Umständen das Geleit in Eure Heimat geben. Im Namen von Runa wünsche ich Euch Glück auf Eurem Weg. Haliz va Lagar ...« Er wandte sich ihr zu und legte ihr die Hand auf die Schulter. »Selten hatten wir eine fähigere Handelsbotschafterin. Ich hoffe dich im nächsten Winter auf dem Händlerfest begrüßen zu können.«

Haliz lächelte. »Ich danke dir, Yannvar. Ich habe ... viel gelernt in Runa.«

Julin sah, dass sie ihre Worte aufrichtig meinte. Sie liebte Runa, erkannte er plötzlich. Anander lächelte, als er sich von Haliz und Julin verabschiedete, und Haliz gab ihm die Hand, die er ergriff und lange festhielt. Mit einem leisen Stich der Eifersucht erkannte Julin, dass Haliz den Anführer der Stadtwache mochte.

Lange sahen sie der Truppe nach und spürten den Hufschlag, der den gefrorenen Boden unter ihren Füßen beben ließ. Bitter erinnerte sich Julin an Yannvars Gesicht. Wie erleichtert und glücklich war er gewesen sie los zu sein! Nun, du wirst dich noch wundern, dachte er grimmig und zog Nomburs Sattelgurt nach. Das Pferd hustete.

»Du weißt, wohin wir jetzt reiten müssen?« Haliz' Stimme klang dumpf und belegt.

»Immer den Grenzweg entlang, bis wir zu einem Fangbaum kommen«, erwiderte er. Nach einer Weile begann Nombur kaum merklich zu lahmen, bis es schließlich so schlimm wurde, dass Julin abstieg und ihn führte.

Der Fangbaum schien zu atmen wie ein schlafendes Tier. Einsam stand er auf einer Lichtung, kein Vogel saß in seinen Zweigen, kein Trampelpfad führte an seinem Stamm vorbei. Auf den ersten Blick hätte man denken können, er sei wirklich ein Baum. Im Moment bewegte er sich nicht, die Äste hingen auf den Boden, wo sie wie Peitschenschnüre zusammengeringelt darauf warteten, zu tödlichem Leben zu erwachen. Julin war beim Anblick der Fangpeitschen mulmig zumute und er versuchte die Länge der Arme abzuschätzen. Ein Schuh lag unter dem Stamm als Zeugnis eines Beutezugs – oder vielleicht auch nur als Zeugnis einer Mutprobe. Julin hatte davon gehört, dass Kinder einen Fangbaum so lange bewarfen, bis seine Zweige wie ein Nest voll Schlangen aussahen, die blind herumsuchten und immer wütender wurden.

Am Rand der Lichtung tauchte ein Wieselgesicht auf. »He, Julin!«, flüsterte Arp und grinste. Über Trampelpfade führte er sie durch das Gehölz zu einem Lagerplatz, wo bereits ein Feuer auf sie wartete. In Abelinas Beutel fanden sie nicht nur eine große Flasche Winterapfelwein, sondern auch köstliches Silberlammfleisch und frisches Brot, das nach Abelinas Gaststube duftete. »Fenja hat gesagt, ihr sollt essen, denn bis morgen Abend werdet ihr nur reiten«, sagte Arp. »Eure Sachen und das Packpferd bringe ich in ein Dorf in der Nähe von Runa. Mein Onkel wird sich darum kümmern, bis ihr wieder da seid.«

Julin lächelte ihm dankbar zu.

»Ich glaube, dein Onkel wird zwei Pferde versorgen müssen«, ließ sich Haliz' Stimme vernehmen, bevor sie wieder in den Feuerschein trat. »Nombur lahmt.«

Julin sprang auf. »Eben ging es wieder. Er hinkt manchmal ein wenig, weil er alt ist …«

»Weil er alt ist?« Spöttisch zog Haliz einen Mundwinkel hoch. »Julin, Nombur ist der Urgroßvater aller Pferde. Wir haben Glück, wenn er nicht an Altersschwäche stirbt, bis wir bei den Minen sind. Versuche auf Dondolo zu reiten.«

»Auf dem Regenbogenpferd? Niemals! Es trägt nur den, den es freiwillig tragen möchte. Von mir aus lass du dich abwerfen.«

Zum ersten Mal sah Haliz ihn mit echter Besorgnis an. Arp blickte zu Nombur und strahlte.

Schräge Augen blinkten im Feuerschein. Jug knurrte, verharrte aber, bis Fenja lautlos wie ein Schatten neben ihm auftauchte. »Zieht euch um«, befahl sie knapp. »Wenn wir bis morgen früh am Rabenhafen sein wollen, müssen wir los!« Ein Kleiderbündel flog durch die Luft und landete direkt neben der knisternden Glut. »Das hier sind Umhänge und Pelzkappen, wie sie die Gehilfen von Minenhändlern tragen. Die müssten euch passen. Den Rest gebt Arp mit.«

Haliz erwiderte nichts, aber Julin sah ihr an, dass sie sich eine scharfe Antwort verbiss. Zum ersten Mal fragte er sich, ob es eine gute Idee gewesen war, zu dritt zu reiten.

Behutsam nahm Haliz Nombur das Zaumzeug ab, verstellte die Riemen, bis sie auf Dondos schlanken Kopf passten und begann damit, ihn aufzuzäumen. Julin staunte, dass er es sich gefallen ließ.

»Willst du etwa auf dem Regenbogenpferd reiten?«, fragte Fenja.

»Wonach sieht es denn aus?«, meinte Haliz. »Mir bleibt wohl nichts anderes übrig als es zu versuchen, oder?«

»Ziemlich auffällig, meinst du nicht?«, fragte Fenja und trat aus dem Fackelschein. »In Tana färben wir das Fell unserer Pferde, wenn wir nachts jagen.« Aus Tolins Satteltasche holte sie eine Hand voll unscheinbarer Blätter, die sie in ein Ledertuch schlug. Dann gab sie eine Hand voll Schnee dazu und zerrieb die Blätter in der geschmolzenen Flüssigkeit. Sofort färbte sich das Tuchleder schwarz. »Das ist Schwarzloss«, erklärte sie. »Arp, hilf mit!«

Eifrig sprang der Junge herbei. Er nahm die Blätter mit bloßen Händen. Beim Anblick seiner verfärbten Finger fühlte Julin sich an schwarze, todbringende Woranklauen erinnert. Bizarr sah es aus, wie der Junge und Fenja im Feuerschein um das Pferd herumsprangen und das weiße, leuchtende Fell nach und nach dunkel und fleckig wurde. Nach kurzer Zeit sah es aus, als sei Dondo ein Schwarzschimmel mit dunklem Kopf und hellen Fesseln, die immer noch perlmuttartig schimmerten. Arp wischte seine Hände am Schnee ab und hinterließ tiefschwarze Spuren, die wie Kratzer von Martiskatzen aussahen. Dondo schnaubte nur kurz, als Haliz aufstieg, aber zu Julins Überraschung duldete er die fremde Reiterin.

»Los, steig schon auf!«, rief Fenja ihm zu.

Langsam trat er an Haliz' riesiges Lompferd heran. Sein Herz klopfte und beschämt musste er sich eingestehen, dass er Angst hatte. »Wie heißt es?«, fragte er unsicher.

»Ein Pferd ist ein Pferd«, antwortete Haliz. »Es hat keinen Namen.«

Fenja sah sie mit schmalen Augen an. Julin glaubte Verachtung darin aufblitzen zu sehen. »Also gut«, sagte er und wandte sich wieder dem Fuchs zu. »Dann einfach nur Pferd.«

Vorsichtig strich er über die schmale, leicht gebogene Stirn und summte ein Beruhigungslied. Bei Nombur hatte es stets geholfen. Das Pferd schnaubte und schüttelte die Mähne. Er brauchte drei Anläufe, bis es ihm gelang, sich an dem baumhohen Sattel hochzuziehen. Augenblicklich wurde ihm übel, als ihm auffiel, wie tief er fallen würde. Das Pferd spürte seine Angst und machte einen kleinen Bocksprung, der Julin beinahe aus dem Sattel befördert hätte. Na, das fängt ja gut an, dachte er, als er die Stabharfe hinter sich auf dem Sattel wieder zurechtschob und Fenja und Haliz folgte.

Mehr als einmal scheute Dondo vor einem Geräusch, das sich anhörte, als würden schwere, plumpe Körper hinter ihnen und seitwärts zwischen den Bäumen und den Felsen entlangtorkeln. Angestrengt horchte Julin auf schleichende Schritte von Martiskatzen und lauschte, ob er nicht eine Ranjögherde in der Nähe hörte. Schließlich hielt er sich daran, Fenjas Hunde zu beobachten. Solange sie sich ruhig verhielten, so dachte er, würde wohl keine Gefahr drohen.

Dondos hell gebliebene Fesseln leuchteten im Licht des abnehmenden Mondes, sodass es vor dem nächtlichen Winterhimmel aussah, als würden sich vier gespenstische Pferdebeine ohne einen Körper fortbewegen. Schneeflocken schmolzen auf Julins Händen. Er beneidete Fenja um ihre ledernen Handschuhe. Im Versuch, etwas Wärme in den klammen Fingern zu bewahren, zog er die Ärmel weit herunter und wickelte sie sich wie Fäustlinge um die Hände. Immer häufiger stolperten die Pferde auf dem felsigen Weg und Julin ertappte sich dabei, wie er mehrmals auf dem Pferderücken einnickte. Traumfetzen trieben vor seinen Augen und vermischten sich mit Bildern der weiten Gebirgslandschaft, die sich vor ihm auftat. Schartige Felsklauen lagen auf den Schneefeldern. Steinbrocken sahen im gelblichen Morgenlicht aus wie zusammengekauerte Gestalten, die nur darauf warteten, sich bei den ersten wärmenden Sonnenstrahlen aufzurichten. Bizarr streckten sich die Schatten nach den Reitern aus, krochen ihnen immer weiter entgegen, bis endlich eine bleiche Wintersonne über den Bergen aufging.

Vor ihnen erhoben sich die gigantischen Spitzen des Dreikopfs. Und ganz am Rand, in westlicher Richtung, erkannte Julin etwas, das aussah wie eine Glasscherbe, die das Kind eines Riesen zwischen seinen Spielfelsen vergessen hatte.

»Dort ist der Seelensee«, sagte Fenja. »Und diese Ansammlung von Ruinen am Ufer – das ist der Rabenhafen.«

Julin kniff die Augen zusammen und beobachtete, wie der See Schritt für Schritt größer und die Wasserfläche nach und nach von langen, weit auslaufenden Wellen durchbrochen wurde. Die weißen Flecken, die auf der Oberfläche trieben, waren Eisschollen. Ob Darian den gleichen Weg geritten war wie sie nun? Gefrorene Spuren von Kufen, die sich tief in den Boden gegraben hatten, zeugten davon, dass schwer beladene Schlitten hier entlanggefahren waren.

Der Rabenhafen war kaum mehr als ein Ankerplatz für die riesige, flache Fähre, die über den See zum gegenüberliegenden Ufer fuhr. Rechts und links erhoben sich schroffe Felsen bis in den Himmel, und am Lagerplatz kauerten sich wenige verängstigte Hütten zusammen, die aussahen, als würde der nächste Hagelschauer sie in den See spülen. Im Gegensatz zur prächtigen Stadt Runa wirkte dieser Handelshafen wie ein erbärmliches, zahnloses Armutsviertel. Julin fühlte sich mehr als unwohl, als sie auf den runden Platz einritten, der von gefrorenem Schneematsch bedeckt war.

»Ihr könnt euch dort im Unterstand einen Tee holen und euch aufwärmen, ich besorge unsere Passierscheine«, sagte Fenja und sprang von Tolins Rücken. Mit wackligen Knien, die beim Ritt festgefroren zu sein schienen, sprang Julin vom Pferd.

Ein großes Küchenfeuer brannte im Unterstand, über dem ein Kupfertopf mit einer dünnen Suppe brodelte. Daneben dampfte Tee in einem kleineren Kessel. Julin erstand zwei Teller Suppe und einen Krug Tee, den sie mit klammen Fingern zu einem der niedrigen Tische trugen. Niemand schenkte ihnen Beachtung, nur ein paar graue Vögel, die auf dem Hüttendach saßen, lugten durch die Ritzen und starrten Haliz an. Wären sie Menschen gewesen, hätten sie mit aufgerissenen Mündern dagehockt. Rabenschreie hallten über den Hafen. Julin war unbehaglich zumute, als er sich an den Tisch setzte. Obwohl die Suppe gut tat und er endlich wieder spürte, wie das Leben in seine Beine und Finger zurückkehrte, war er angespannt und bildete sich ein, dass alle Leute ihn verstohlen betrachteten. Wohlweislich setzte er seine Pelzmütze nicht ab und kehrte der Gesellschaft den Rücken zu. Haliz ließ ihren Blick gleichgültig über die Tische wandern.

»Kennst du den Hafen?«, flüsterte er ihr zu.

»Kennen ist zu viel gesagt. Hier war ich noch nicht – zu den Magranminen reitet man über die andere Seite der Berge. Aber ich kenne die Pläne, in denen der Hafen verzeichnet ist. Obwohl ich mir diesen Ort freundlicher vorgestellt habe.«

»Warum gibt es hier keine Stadt? Keine der Hütten sieht so aus, als würde hier jemand leben.«

Sie lächelte ihm über den Becherrand zu. »Es lebt ja auch niemand hier. Vor Anbruch der Dunkelheit bringen alle einen möglichst großen Abstand zwischen sich und den See.«

»Warum?«

»Es heißt, im See lebt etwas, das nachts an die Oberfläche kommt und umherwandert auf der Suche nach Blut. Niemand, der die Nacht am See verbrachte, wurde jemals wieder gesehen.«

Julin schauderte. »Ein Naj kann es nicht sein«, meinte er. »Sie versuchen einen ins Wasser zu locken, aber gefährlich sind sie nur für die Unvorsichtigen.«

»Nein, kein Naj«, antwortete sie mit einem boshaften Lächeln. »Wenn du mich fragst, ist das Ungeheuer eine gute Geschichte für Dumme, damit die Klugen in Ruhe Schmuggel betreiben können.«

Julin lachte und schüttelte entschieden den Kopf. »Warum so viel Aufwand?«, fragte er. »Die Schmuggler könnten den Hafen umgehen und ihre Waren über Land transportieren.«

»Hast du die Felsen gesehen, von denen der See umgeben ist? Nur die Vögel wissen, wie es oben aussieht. Der einzig mögliche Weg zu den Silber- und Salzminen führt über den See.«

»So?« Ein wenig ärgerte ihn Haliz' trockene Überheblichkeit. Er hätte nicht für fünf Lomar die Nacht in diesem Rabennest verbracht. »Manchmal ist etwas einfach so, wie es ist«, antwortete er etwas zu laut. »Manchmal sind Seen gefährlich und Naj vielleicht sogar blutrünstig. Und die Dummen, wie du sie nennst, sind manchmal Leute wie ich, die gewohnt sind das zu sehen, was wirklich ist – und die nicht jedes Wunder in der Suppe der Vernunft ersäufen.«

Erstaunt sah sie ihn an, dann stahl sich ein hinterhältiges Lächeln auf ihre Lippen. »Und manchmal sterben Zauberer einfach so bei einem Unfall, nicht wahr?«

Er schwieg missmutig und betrachtete verstohlen die Händler und ihre Gehilfen, die sich am Feuer die klammen Hände rieben. Viel gesprochen wurde nicht, eine gedrückte, dumpfe Stimmung lag über dem Hüttendorf, so als würden die Menschen nur darauf warten, endlich den See hinter sich zu lassen.

Um sich abzulenken zog Julin seine Spielsteine hervor. »Kennst du das Spiel Kolp?«, wandte er sich an Haliz. Die Frage war sinnlos, das wusste er. Doch in Augenblicken wie diesen sehnte er sich nach Tante Nellis' Kneipe und ein paar vertrauten Gesichtern, die beim Anblick der Steine aufleuchteten. Wehmütig erinnerte er sich an die Worte, die Darian ihm am Anfang seiner Lehrzeit gesagt hatte: Ein guter Zauberer muss bis zu einem gewissen Grad auch ein guter Spieler sein. Manchmal muss er mit ruhigem Lächeln Geschöpfe überlisten, dessen bloßer Anblick anderen Menschen die Seele rauben würde.

»Nein«, sagte Haliz müde. »Nimm es mir nicht übel, aber ich halte nichts von Spielen.« Sie beugte sich vor und flüsterte. »Außerdem – glaubst du im Ernst, ich lasse mich mit jemandem, der den Spiegelzauber beherrscht, auf ein Spielchen ein?«

»Du traust niemandem, was?«, erwiderte er mürrisch und schob die Steine in eine Reihe. Seltsamerweise traf ihre Ablehnung etwas in der Nähe seiner siebten Rippe. Es mochte Stolz sein. Irgendwie kränkte es ihn, dass er Haliz mit nichts, was er tat und sagte, beeindrucken konnte. Er sehnte sich nach ... einem Lächeln vielleicht. Nach einem Gefühl der Vertrautheit und sei es nur für einen Moment.

»He, du!«, sagte er grob zu dem hageren älteren Mann, der neben ihm Platz genommen hatte und seine Suppe schlürfte. »Spielst du mit mir? Ich erkläre dir, wie es geht.« Er ignorierte den warnenden Tritt, den Haliz ihm unter dem Tisch gab, und bemerkte zufrieden, wie sie blass vor Wut wurde. Betont langsam zog er die Steine aus seiner Tasche. Natürlich war es dumm, sich hier auf ein Spiel einzulassen, aber er konnte nicht anders. Ganz von alleine ordneten seine Finger die Steine zu drei Haufen und schoben sie zum Suppenteller.

Der Händler betrachtete sie aus unergründlichen Augen, dann verästelten sich unzählige Falten um seine Augen. »Alles oder nichts«, antwortete er mit einem breiten Grinsen und schob seinen Suppenteller weg.

»Nichts für dich heute. Du musst das Spiel leider verschieben«, sagte Fenja liebenswürdig, während ihre Finger sich wie Klauen in Julins Schulter gruben. »Wir müssen die Pferde auf die Fähre bringen.«

Haliz sprang auf und rannte an ihnen vorbei aus dem Unterstand. Der Händler sah verblüfft aus, aber er widersprach nicht, als Fenja nach den Steinen griff. »Nun, dann ein andermal«, sagte er versöhnlich. »Deine Herrin sieht es wohl nicht gerne, wenn du spielst.«

»Sie ist nicht meine Herrin«, zischte Julin. »Was fällt dir ein?«, fuhr er Fenja an, als er bei den Pferden angelangt war.

»Noch habe ich meine zehn Lomar nicht«, sagte sie leise. »Und ich werde nicht zusehen, wie du sie verspielst. Außerdem …«, sie kam so nah an ihn heran, dass er den Lederduft ihres Umhangs wahrnehmen konnte, »… gebe ich dir einen guten kostenlosen Rat mit auf den Weg: Fordere nie, nie, nie einen Minenhändler zu einem Spiel auf. In Lom wird nicht gespielt, in Lom wird gehandelt. Ehe du dichs versiehst, hat man hier sein Pferd, seine Kinder oder sogar sich selbst verloren! Leute wie du bringen in den Silberminen gutes Geld.«

»Kinder habe ich nicht – und ob jemand Haliz' Pferd haben will, ist die Frage«, antwortete er.

»Wie du meinst«, antwortete sie und griff zu seiner Überraschung nach seiner Hand. »Aber sag nicht, ich hätte dich nicht gewarnt.« Die Berührung ihrer Finger war überraschend angenehm und verwirrte ihn, bis er plötzlich etwas in seiner Hand spürte. Er öffnete sie und betrachtete die Spielsteine, die Fenja ihm zurückgegeben hatte. Kein einziger fehlte.

Die Raben hatten sich wie eine Reihe von stummen Wächtern auf dem schmalen, lang gezogenen Dach des Unterstandes versammelt. Julin kamen sie vor wie Beerdigungsgäste, die einem Totenschiff das letzte Geleit geben wollten. Das Totenschiff war in diesem Fall die riesige, morsche Fähre, die in den grauen Uferwellen dümpelte. Der See hatte kein sanft abfallendes Ufer, vom Felsen aus ging es steil und unergründlich tief hinunter – zu dem Naj, dem Wasserschläfer oder was sonst auf dem Grunde des Sees auf die Nacht warten mochte. Dondo schnaubte und drängte zum Wasser. Nur mit Mühe hielt Haliz ihn zurück.

Nebel hatte sich erhoben und wehte über die stille Wasseroberfläche. Im frostigen Wind glaubte Julin zu erkennen, wie sich Figuren bildeten, die in geisterhaftem Tanz über den Seespiegel wirbelten. Die Ahnung von Magie, die ihn mit kühlem Kuss berührte, sagte ihm, dass es kein gewöhnlicher Nebel war. Leise pfiff er eine Tanzmelodie und die Gespenster der Ertrunkenen wandten sich ihm zu, drehten sich, blickten mit hohlen, ausdruckslosen Mienen zu ihm und hüllten sich wieder in den Nebelschleier. Julin war unendlich erleichtert, dass er Darians Gesicht nicht unter ihnen erkannte. Verstohlen sah er sich zu Haliz um. Gedankenverloren betrachtete sie die Nebel, die für sie nichts weiter waren als Wasserdunst.

Das Holz hallte dumpf, als die Pferde auf die Fähre geführt wurden. Bedenklich senkte sie sich auf einer Seite ab. Ungerührt band der Fährmann die Tiere an ein dickes Holzgeländer.

Fenja strich Tolin beruhigend über den Hals und ging zu Julin und Haliz zurück, die mit den Hunden am Ufer warteten. »Mit Jug und Jolni wird es schwierig«, sagte sie. »Ihr Geruch macht die Pferde verrückt. Wir werden sie bei den Gefangenen anbinden.«

»Bei den Gefangenen?« Haliz sah sich um.

Nun entdeckte auch Julin sie. Etwa zehn waren es und sie saßen zusammengekauert auf dem Boden der Fähre. Ketten klirrten, sobald sie sich bewegten. Um ihre kurz geschorenen Köpfe vor dem Wind zu schützen, hatten sie sich die Krägen ihrer schäbigen Jacken und Mäntel über den Kopf gezogen. Mitleid überkam Julin. »Gehen sie in die Minen?«, flüsterte er.

Fenja nickte. »Wer weiß, ob der See nicht eine ihrer letzten Erinnerungen an das Tageslicht sein wird«, sagte sie bitter.

Knarzend schob sich die Fähre vom Ufer weg auf den schwarzen Spiegel der Unendlichkeit. Die Rabenschreie hallten über das Wasser und brachen sich an den Felsen. Die Gespenster überließen den Nebel dem Wind und sanken ins Wasser zurück. Ängstlich betrachteten die Gefangenen die Hunde, die dicht neben ihnen saßen. Die Pferde schnaubten und äugten, aber die Fähre glitt ohne Unterbrechung weiter. Niemand sagte ein Wort, bewegungslos saßen und standen die Menschen und schauten auf das gegenüberliegende Ufer, das näher und näher kam.

Julin lehnte sich zurück und nahm sich Zeit, die Gefangenen zu betrachten. Viel erkennen konnte er nicht, sie saßen im Schatten, nur die Hände, mit denen sie ihre Jacken zuhielten, waren deutlich zu erkennen. Julin fiel auf, dass einige von ihnen noch sehr jung waren, kaum älter als er selbst. Mit einem deutlichen Abstand zu ihnen standen die Händler, manche in Roben, manche schäbig gekleidet. Ein schlanker Händler fiel Julin auf. Er trug eine Pelzmütze, die seine Ohren bedeckte, und hatte sich einen Wollschal bis über das Kinn gezogen. Julin glaubte ihn zu kennen – die gebogene Nase und die Augen, die sich ruhelos bewegten, erinnerten ihn vage an ein Gesicht, das er im Handelspalast gesehen hatte. »Haliz«, flüsterte er. »Der Händler da drüben, kennst du ihn?«

Sie warf einen konzentrierten Blick auf das Gesicht und nickte. »Das ist kein Händler«, flüsterte sie. »Obwohl er sich verkleidet hat – es ist einer der Schauspieler von den Geschwistern Siebentral. Sie treten vor dem Handelspalast auf.«

Julins Herz machte einen Satz und raste los. Noch einmal

betrachtete er den Mann. Tatsächlich – der Schleier eines Täuschungszaubers verwehte und da stand Vilas! »Er kennt mich«, flüsterte Julin. »Wenn er uns sieht, wird er uns an die Wache verraten.«

Hastig zogen sie ihre Pelzmützen tiefer ins Gesicht. Julin spürte, wie sein Mund vor Aufregung trocken wurde. Warum verkleidete sich Vilas als Händler? Wohin war er unterwegs? Krampfhaft suchte er nach einer möglichen Verbindung zwischen Darian und ihm, aber er fand keine. Gedankenverloren betrachtete Vilas das Ufer. Julin zwang sich über die wacklige Holzreling ins Wasser zu schauen in der Hoffnung, mit gesenktem Kopf sein Gesicht noch besser zu verbergen. Grauen berührte ihn, als er im Wasser Gesichter entdeckte. Weiß wie Totenmasken waren sie und starrten mit zum Schrei geöffneten Mündern zum ihm herauf. Knochige Augenbrauen schienen in einer Grimasse der Verzweiflung erstarrt. Bedächtig bewegten sie sich neben der Fähre her. Ab und zu, wenn sie zu nahe an die Oberfläche kamen, durchbrach eine höckrige Nase die Wasseroberfläche und wurde sofort wieder von einer Welle umspült.

»Menschenfische«, flüsterte Haliz ihm zu. »Sie sind grauenhaft, nicht wahr? Es sind schon Leute vor Schreck ertrunken, wenn sie beim Schwimmen in einen Schwarm von ihnen gerieten.«

Julin blinzelte und erkannte plötzlich, was die Gesichter so starr und unheimlich wirken ließ – sie bestanden aus Knorpel und Knochen –, ein Muster, das auf dem flachen Rücken von großen schwarzen Welsen prangte. Gemächlich folgten sie der Fähre und zupften mit schartigen Mäulern Algen und pockennarbige Schnecken vom Holz.

Immer kleiner wurde der Rabenhafen, bis die Reisenden zwischen Leben und Tod zu treiben schienen. Schwermut senkte sich über das Floß, selbst die Pferde wurden ruhig und starrten dem Ufer entgegen, das immer deutlicher im Nebel auftauchte. Auch auf der anderen Seite gab es Hütten und ein Felsufer und eine Heuraufe und einen steinigen Weg mit gefrorenem Matsch. Für einen schwebenden Moment fühlte sich Julin wie an der Schwelle eines Spiegelbildes. Ob er nach vorne blickte oder zurückschaute – am Scheitelpunkt des Sees boten Vergangenheit und Zukunft genau das gleiche Bild.

Fenjas Fährte

Julin atmete erst auf, als Vilas und die letzte Erinnerung an den See hinter weiten Felsebenen verschwunden war. Tanistannen und Gestrüpp säumten den schmalen Weg, den sie nur hintereinander betreten konnten. Mit den Nasen am Boden liefen Jug und Jolni voraus. Nachmittagslicht legte sich wie die Schwingen eines goldenen Raben über Bäume und Wege und erweckte die Schatten, die an den Stämmen hochkrochen und sich hier und da zu Hallgespenstern mit roten Laternenaugen verdichteten. Von hier aus sah der Dreikopf aus, als säßen Riesen Rücken an Rücken, die Köpfe nebeneinander auf Luft gebettet. Vielleicht sind es drei alte Könige, die hier zu Stein erstarrt sind, dachte Julin und betrachtete die langen Nachmittagsschatten. Auf Heuschreckenstelzen liefen die Schattenpferde über den schneeverwehten Weg und ließen die spindeldürren Nachmittagsgespenster auf ihren Rücken im Takt ihrer Schritte vor- und zurückwippen. Stimmen summten um sie herum, flüsternde Sätze, Beschwörungen und Alltagsgespräche umbrandeten sie.

Haliz atmete auf, als es Julin erstaunlicherweise gelang,

mit einem magischen Bannkreis die Stimmen der Hallgespenster nach und nach zu einem Wispern in den Baumwipfeln verebben zu lassen. »Ich kann sie nicht ausstehen«, sagte sie. »In solchen Augenblicken wünsche ich mir, ich wäre auch eine Shanjaar und könnte sie mir mit einem Zauber vom Hals halten.«

»Eine was?«, fragte Julin.

»Na, eine Magierin«, sagte Haliz. »Bei mir zu Hause im Tjärgwald heißen die Zauberer Shanjaar. Mein Onkel Jolon ist einer. Er beschäftigt sich mit Heilzauber.«

Er sah Haliz von der Seite an. Ihre Pelzmütze war zurückgerutscht und ein paar Strähnen ihres Haares fielen ihr über die Schulter. »Dein Onkel – ihn hat Darian gerettet, indem er die Quelle der Skaardja erschuf, nicht wahr?«

Sie nickte und lächelte. Ein flatterndes Geräusch in den Wipfeln ließ sie zusammenzucken, aber sie beruhigte sich gleich wieder und fuhr mit leiserer Stimme fort. »Er war tot, sein Herz hatte aufgehört zu schlagen. Ein Zauber hielt ihn gefangen. Er spürte, wie er starb, und ging über die lichte Grenze. Er war tot und Darian hat ihn zurückgeholt.«

»Darian sagte stets, er wüsste nicht, ob es wirklich sein Zauber gewesen sei. Seither ist es ihm nie wieder gelungen, das Wasser zu erschaffen.«

»Ich glaube, er war es«, erwiderte sie. »Mein Vater und meine Mutter sagen es auch – sie waren damals dabei.«

»Warum bist du keine Shanjaar geworden?«

Sie lachte und es klang keine Bitterkeit in ihrer Stimme. »O Julin«, sagte sie. »Es gibt wirklich Schöneres im Leben, als die Magie zu beherrschen. Es ist nicht meine Welt.«

»Was ist deine Welt – Zahlen und Magran?«

Der Blick, den sie ihm zuwarf, war nicht amüsiert, sie sah eher aus wie damals, als er vergeblich versucht hatte ihr ein Kompliment zu machen. »Du hast gerne alles geordnet, Julin, oder? Weiß ist Weiß und Rot ist Rot, die Person ist böse und die andere gut. Wenn du schon über mich so eine eindeutige Meinung haben möchtest, was sagst du dann über Fenja?«

»Über Fenja?«

Er runzelte die Stirn. »Sie ist Kurierin.«

»Warum hilft sie uns?«

»Weil sie dafür bezahlt wird.« Er wunderte sich selbst, dass er bei diesen Worten einen kleinen Stich spürte.

»Dann finde ich eines sehr seltsam«, fuhr Haliz mitleidlos fort. »Sie hat keine Vorauszahlung gefordert, nicht wahr? Wenn sie ein gute Kurierin wäre, würde sie kein Risiko eingehen. Also«, schloss sie leise und mit scharfer Stimme, »hilft sie uns vielleicht gar nicht um des Geldes willen. Vielleicht wird sie sogar schon bezahlt.«

»Von wem?«

»Nun, sie hat oft für Yannvar und Marwan Nachrichten überbracht. Vielleicht gehört sie zu den Augen des Handelspalasts.«

Er schüttelte heftig den Kopf. Wenn du wüsstest, dachte er. Wenn ein Mensch Grund dazu hat, Lom zu hassen, dann ist es Fenja.

Fenja, die ihnen weit vorausritt, hatte den Kopf zwischen die Schultern gezogen, um sich vor dem eisigen Abendwind zu schützen. Sie erschien ihm seltsam zerbrechlich, wie aus einer anderen Welt. Mitleid drückte ihm das Herz zusammen, als er an ihren Bruder dachte, der irgendwo in einem der Bergwerke seine Strafe abarbeitete. Plötzlich sehnte er sich danach, dass irgendjemand aus Skilmal sich ebenso viel Sorgen um ihn machte. Er versuchte sich vorzustellen, was seine Verwandten tun würden, säße er in einem Bergwerk fest. Nun, Tante Nellis würde ihre Kneipe nicht für ihn im Stich lassen, und auch seine Eltern hatten nicht einmal Bedauern gezeigt, als er mit Darian fortzog um ein Zauberer zu werden.

Man würde seine Erinnerung in Ehren halten. Aber in einem unwirtlichen Land ausharren nur um in seiner Nähe zu sein?

»Ich finde, Fenja ist ein sehr anständiger Mensch«, sagte er. »Sie hat ihre Gründe, warum sie uns hilft. Und einer davon ist, dass sie ein gutes Herz hat. Glaub mir einfach.« Im Halbdämmer wirkten ihre grünen, skeptischen Waldmenschenaugen noch transparenter. »Hör auf, Haliz«, sagte er in einer plötzlichen Aufwallung von Ärger. »Nur weil du sie nicht magst …«

Überrascht sah sie ihn an. »Glaubst du immer zu wissen, was andere denken, Julin?«, erwiderte sie scharf um dann leiser fortzufahren: »Ich mag sie! Das ist es ja, was mich beunruhigt.«

Sie rasteten in einem u-förmigen Felsenhain, der ihnen einen guten Windschutz bot. Mit geübten Händen schnallte Fenja die Satteltaschen vom Rücken ihres Pferdes los, holte Haferbeutel für die Tiere hervor und machte sich dann daran, ein Feuer zu entfachen.

Julin legte ihr die Hand auf die Schulter. »Es hat einige Vorteile, ein Zauberer zu sein«, sagte er. Er murmelte ein paar Worte und das Feuer erblühte ganz von selbst. Gierig beobachteten die Hallgespenster aus der Entfernung, wie sie eng zusammenrückten und die noch warmen Satteldecken um ihre Schultern schlangen.

»Ist es nicht zu gefährlich, jetzt Feuer zu machen?«, flüsterte Haliz Fenja zu. »Schließlich könnten die Rebellen auf uns aufmerksam werden …«

Die Kurierin zuckte die Schultern. »Das könnten sie, ja. Aber wenn wir kein Feuer machen, dann erfrieren wir heute Nacht oder kommen morgen mit einer Lungenentzündung zu den Minen.«

»Morgen sind wir schon da?« Haliz' Lippen waren blau, doch sie versuchte sich nicht anmerken zu lassen, wie sehr sie fror. »Die Händler brauchen mindestens drei Tage für den Weg.«

»Sie reiten in einem Bogen um ihre Fracht nicht zu gefährden. Wir dagegen gehen durch die Wälder.« Sie grinste und holte eine Hand voll getrockneter Blätter aus einem kleinen Beutel. »Hört auf mit den Zähnen zu klappern, ich mache uns einen Tee.«

Sie sprang auf und kam nach wenigen Augenblicken mit einem kleinen bauchigen Kessel zurück. Mit beiden Händen schaufelte sie Schnee hinein und stellte ihn in das Feuer. Schließlich holte sie kleine Hornbecher, die ineinandergesteckt und, wie Julin feststellte, aus den Spitzen von Ranjöghörnern geschnitzt waren, und füllte sie mit dem heißen Gebräu. Schnell wurde das Horn angenehm warm. Das Getränk schmeckte dickflüssig und bitter, doch sie tranken aus und eine schläfrige Wärme floss langsam, aber unaufhaltsam wie ein Lavastrom durch ihre Adern.

Im Tal heulte etwas, das sich anhörte wie ein Windwolf. Tausendfach heulten die Hallgespenster und ahmten die rauen Laute aus der Wolfskehle nach. Jug und Jolni spitzten die Ohren, aber sie rührten sich nicht in ihrem Bett aus Schnee. Verstohlen musterte Julin Fenjas Gesicht und beobachtete, wie sie die Hunde liebevoll ans Feuer holte und ihnen durch das struppige Fell strich. Die Geräusche der Nacht durchdrangen ihre Gedanken. Julin tastete unter seinem Umhang und fühlte beruhigt das glatte Holz seiner Stabharfe. Er überlegte kurz, dann zog er das Instrument hervor. Tröstlich leuchtete es im Schein des Feuers.

In der Wärme wurden die Najhaare schnell geschmeidig und verloren ihren harten metallischen Ton. Behutsam schlug er die Saiten an und sang ein leises Abendlied. Er kannte nicht viele Lieder, die sich nicht um Steineklopfen und Schwerterschmieden drehten. Dieses war eines davon.

Es erzählte von einer Feuernymphe, die in Liebe zu einem Jäger entbrannte. Vergeblich versuchte sie ihn zu küssen, doch er wich ihr aus und rief stets das Wasser zu Hilfe, wenn sie in seiner Nähe war. Schließlich richtete sich die Glut des Begehrens gegen das Flammenmädchen, quälte und verzehrte es, bis es schließlich in das Schmiedefeuer sprang und nie wieder zurückkehrte.

Julin baute eine Zaubermelodie ein und ein kleines Feuermädchen erhob sich inmitten der knisternden Funken, drehte sich weinend und klagend in der Nachtluft und streckte ihre Arme sehnsuchtsvoll nach ihrem Geliebten aus. Als der letzte Ton verhallte, spürte Julin verwundert, wie Jolni sich neben ihn legte. Behutsam senkte er die Hand und spürte weiches, langes Fell zwischen den Fingern.

»Was für eine traurige Geschichte«, sagte Haliz. »Aber ein sehr schönes Lied. Ich habe noch nie eine Feuernymphe gesehen – sie würde gut zu dir passen! Eine gewisse Ähnlichkeit habt ihr ja.« Sie lächelte verschmitzt.

Julin fühlte sich, als hätte ihm Haliz eine Ohrfeige gegeben. Am liebsten hätte er sich abgewandt um sein Gesicht zu verbergen, aber er zog stattdessen nur den Kragen seines Mantels hoch. In Fenjas Augen tanzten die Flammen, sodass es aussah, als würde die Feuernymphe in grauem Gebirgswasser schwimmen. Der düstere Ausdruck war aus ihrem Gesicht gewichen. Aufmunternd lächelte sie ihm zu. Aus irgendeinem Grund tröstete ihn das und er fühlte sich ihr so nah wie noch nie. Er mochte sie, musste er gestehen. Er mochte sie sehr. Jolni gähnte mit einem wohligen Jaulen und streckte sich.

»Kommt, ich zeige euch, wie man im Schnee schläft«, sagte Fenja.

Nur wenig später lagen sie zu dritt in einer großen Kuhle, die mit Geäst und Tanistannenzweigen ausgestopft war.

Selbst durch die Satteldecken, in die sie sich gehüllt hatten, spürten sie die Tanisnadeln. Aber Fenja hatte Recht: Es war ein Lager, auf dem sie tatsächlich mitten im Schnee schlafen konnten. Allein die Windstille erzeugte den Eindruck von Wärme. Mit einem seltsamen Gefühl in der Kehle lag Julin am Rand der Grube dicht neben Haliz. Er konnte ihren Atem an seinem Hals spüren. Sein Groll löste sich auf und verwandelte sich in Traurigkeit. Nie würde er Haliz näher sein als jetzt, erkannte er. Sie hatte ja Recht – niemand würde eine Feuernymphe wie ihn küssen wollen. Sie hatte nur das ausgesprochen, was alle wussten und dachten. Beinahe glaubte er zu hören, wie die Schneeflocken mit einem sachten Rascheln auf der Schneedecke auftrafen. Als er die Augen schloss, begannen hinter seinen geschlossenen Lidern Schneestürme und Gestöber zu kreisen. Fast greifbar nah sah er Darian vor sich und der Schmerz des Verlusts traf ihn mit der Wucht eines Fausthiebs. Im wurde bewusst, dass Darian der erste und einzige Mensch war, der ihn respektierte und seine Träume und Sehnsüchte verstand. Der erste, der seine Talente zu schätzen wusste und sie nicht dazu gebrauchte, Betrunkene zu beruhigen oder beim Spiel zu gewinnen.

Eisige Totenfinger strichen über sein Gesicht und hinterließen eine nasse Kälte, die ihn erschrocken hochfahren ließ. Haliz strich ihm die restliche Schneeflaumschicht von seiner rechten Wange und sah ihn besorgt an. »Guten Morgen!«, sagte sie leise. »Wir sind eingeschneit. Und Fenja ist weg.«

»Was?« Auf einmal war er hellwach. Der dritte Platz in der Kuhle war leer. Eine dicke Schneeschicht deutete darauf hin, dass Fenja schon lange fort war. Ihr Jägerpferd war ebenfalls verschwunden. »Wo ist sie?«

Haliz' Augen flackerten in grüner Glut. »Das darfst du mich nicht fragen«, antwortete sie leise. »Wenn ich du wäre, würde ich nachsehen, ob meine Geldbörse noch da ist.«

Julin schnürte es die Kehle zusammen. Das kann nicht sein, schoss es ihm durch den Kopf. Nicht Fenja!

Vögel flatterten keckernd auf. Das Geräusch ließ ihn herumfahren. Die Luft schien zu sirren. Im Hintergrund sah Julin, wie sich sein Pferd dicht an Dondo herandrängte. Die Zügel, mit denen es an eine Tanne gebunden war, waren so straff gespannt wie Harfensaiten. Kein Hallgespenst antwortete als Echo den Vogelrufen. Angst schlich sich wie ein Dieb in sein Herz und öffnete mit geschickter Hand die verborgenste Kammer.

»Was ...?«, flüsterte Haliz.

Ein Pfeil zischte über die Pferde hinweg und blieb zitternd in einer Tanistanne stecken. Im nächsten Moment standen sie Schulter an Schulter, klammerten sich aneinander und starrten in das Schneetreiben.

Fenja erschien so lautlos wie immer. Die Morgensonne fing sich in ihrem kurzen Haar und ließ es wie eine Krone aus Gold aufleuchten. »Auf die Pferde!«, flüsterte sie.

Julins Pferd wieherte und stieg. Mühsam hielt er sich im Sattel und zügelte das Tier, bis es wieder ruhig wurde, doch es war zu spät. Ein anderes Wiehern antwortete, dann hörten sie einen Schrei aus vielen Kehlen. Hufgetrappel wogte ihnen wie Brandung entgegen. Die Rebellen!, kreischte eine Stimme in seinem Inneren.

»Verdammt«, flüsterte Fenja. Sie preschte los und versetzte Julins unwilligem Pferd im Galopp einen klatschenden Hieb mit ihrem Zügel. Der Rote stieg noch einmal, bockte und schoss los. Ein Taniszweig peitschte über Julins Stirn, im nächsten Moment rann ihm brennendes Blut in die Augen. Schwankend raste der Boden unter ihm dahin. Wie ein

Lichtstrahl huschte Dondo an ihm vorbei. Julin nahm seinen ganzen Mut zusammen und sah sich um.

Sie waren weit entfernt, doch selbst durch das Schneegestöber erkannte Julin den Schimmer von rotem Pferdefell und die Uniformen der Lomer Wachen. Die erste Erleichterung wich einem weiteren Schreck, als ein zweiter Pfeil an ihm vorbeischoss und ein Schlag an seiner Schulter ihn beinahe aus dem Sattel riss. Keuchend duckte er sich noch tiefer über den Hals seines Pferdes. Mähnenhaar fing sich in seinem Mund und peitschte über seine Wangen. Warum verfolgen sie uns?, dachte er. Halten sie uns für Rebellen? Oder Wegelagerer?

Fenjas Stimme schlug schmerzhaft an sein Ohr. »Reitet den Weg rechts!«, brüllte sie. »Wartet an der Schlucht vor Dengar auf mich!«

Der Weg machte eine so scharfe Biegung, dass Julins Pferd strauchelte und schlitterte, bevor es sich endlich wieder fing und weiterraste. Haliz' besorgtes Gesicht leuchtete wie ein Gewitterlicht auf und verschwand vor ihm im Schneegestöber. Längst war Tolins Hufschlag verhallt, als Julin wagte sich wieder umzusehen. Hinter ihm war nur der leere weiße Weg. Jetzt erst sah er, dass das Leder seines Mantels an seiner Schulter zerfetzt war. Die Pferde fielen in Trab, wurden langsamer, bis sie keuchend am Ende des Weges standen. Links unter ihnen öffnete sich eine bewaldete Schlucht, in der sich die Morgennebel fingen, sodass die Tanistannen aussahen wie Wasserpflanzen in einem See aus weißem Dunst.

Haliz war blasser als der Winterwald. »Du blutest«, sagte sie und deutete auf seine Stirn. Er nickte benommen und wischte sich mit dem Ärmel über das Gesicht.

Längst hatte sich die Hitze des Schrecks verflüchtigt und sie frierend zurückgelassen, als endlich Fenja erschien – atemlos, lächelnd und unverletzt. Jug und Jolni keuchten vom langen Lauf.

»Wo warst du?«, fragte Haliz.

»Ich habe sie abgehängt«, erwiderte Fenja. »War gar nicht so einfach.«

»Ich will wissen, wo du heute Nacht warst!«, schrie Haliz. Julin zuckte zusammen. »Warum jagen uns die Lomer Wachen? Was spielst du für ein Spiel, Fenja? Gehörst du zu den Schmugglern?«

Die Stille, die plötzlich einsetzte, war bedrückend. Einen gefrorenen Moment musterten Haliz und Fenja sich, beide aufgebracht, beide blass vor Wut und mit funkelnden Augen.

Dann trat ein anderer Ausdruck in Fenjas Augen. Es war Spott. »Ich habe gejagt«, sagte sie gefährlich ruhig und griff in ihre Satteltasche. Im nächsten Moment hielt sie drei tote Hasen mit schlenkernden Gliedmaßen in die Höhe.

»Lüg mich nicht an, Fenja!«, zischte Haliz. »Wie schnell sind die Hasen in Lom, dass du die ganze Nacht dafür brauchst, sie zu fangen?«

»Wie viele Hasen hast du gejagt in deinem Leben, Magranprinzessin?«, fragte Fenja.

»Da, wo ich herkomme, jagen wir Ranjögs«, erwiderte Haliz mit kühlem Stolz. »Ihrer Fährte folgen wir tagelang, aber drei lächerliche Berghasen?«

»Oh, hätte ich gewusst, dass du eine Jägerin bist, Haliz, hätte ich dich gebeten, die halbe Nacht in der Kälte umherzulaufen und das Frühstück aufzuspüren!«

»Wenn du uns in deine Pläne einweihen würdest, bevor du uns alleine lässt, hätte ich dich nur zu gerne auf die Jagd begleitet.«

»Haliz, ich warne dich, hör auf! Ich habe dich und dein Misstrauen satt.«

»Ich habe deine Geheimnisse satt! Was wollten die Wachen von dir?«

»Wir sind auf Yannvars Hoheitsgebiet. Wildern ist hier verboten.«

Fassungslos hatte Julin den Streit beobachtet. Nun hob er die Hand zu einer beruhigenden Geste. »Haliz«, sagte er sanft und legte ihr die Hand auf den Arm.

Ihr Blick wurde kalt. Mit einem schnellen Griff schüttelte sie seine Hand ab. Einen Moment lang war er sicher, dass sie ihn schlagen würde, wenn er ihr noch einmal zu nahe käme. Gekränkt zog er seine Hand zurück und biss die Zähne zusammen. Mühsam beherrschte sie sich und sagte leise: »Ich kann auch allein nach Darian suchen, Julin.«

»Tu das«, erwiderte Fenja scharf. »Dengar liegt da drüben. Glück auf deinem Weg.« Tolin schnaubte, als sie ihm die Fersen in die Rippen drückte, und preschte los.

Jäh erwachte in Julin die Wut. Für einen Moment hätte er am liebsten sein Pferd herumgerissen und sie beide im Stich gelassen. Doch er beherrschte sich und zwang sich zur Vernunft. Es konnte nicht sein, dass sie sich so kurz vor dem Ziel stritten wie die Kinder! »Halt!«, schrie er Fenja hinterher. Ohne nachzudenken trieb er sein Pferd zu einem Galopp an und holte sie rasch ein. Tolin stieg, als Julin in seine Zügel griff. In einer Wolke von Eiskristallen kamen sie zum Stehen. »Seid ihr jetzt beide verrückt geworden?«, rief Julin. »Wir reiten nach Dengar – alle zusammen.«

Dengar schien direkt in den Berg gehauen zu sein. Manche der Häuser klammerten sich an die Bergwand wie Vogelnester. Holztreppen und Leitern führten in die ebenerdige Stadt oder den Berg hinauf zu Vorsprüngen, Seilbahnen und weiteren Wohnhäusern.

»Das ist etwas anderes als Runa, nicht wahr?« Fenjas

Stimme klang spöttisch, als sie neben Julin trat und mit ihm in das Tal hinuntersah. »Wie du siehst, hat Lom zwei Gewänder. Runa trägt das Festgewand, das allen zeigen soll, wie mühelos der Reichtum sein kann. Und Dengar trägt den Arbeitskittel. In vieler Hinsicht ist mir Dengar lieber. Siehst du das?« Sie streckte den Arm aus und deutete auf einen Höhleneingang jenseits der Häuser. Daneben an der Felswand hing etwas, das hell wie ein Spiegel aussah. »Das ist der Eingang in die Minen.«

Julin schluckte. Zum ersten Mal wurde ihm bewusst, wie wahnsinnig das Unterfangen war, hier einen Menschen ausfindig zu machen.

»Die Pferde solltet ihr irgendwo unterbringen«, fuhr Fenja fort. »Ich setze euch bei den Stallungen für die Händler ab.«

Überrascht sah Julin sie an. Ihr Gesicht verriet keine Regung, aber er spürte plötzlich dumpfes, schmerzhaftes Pochen der Enttäuschung in der Rippengegend. Was hast du erwartet?, schalt er sich. Sie ist Kurierin und hat ihren Auftrag erfüllt. Haliz betrachtete mit düsterem Gesicht die Stadt und schwieg.

Wachleute waren vor dem schweren Gittertor postiert, das den Höhleneingang verschloss. Nun erkannte Julin auch, was die Platte war, die er von der Ferne für einen Spiegel gehalten hatte: Rechts neben dem Tor prangte eine Silbertafel, die sicher zweimal so groß war wie er. Mit einiger Mühe lenkte er sein Pferd dorthin.

»Julin!«, rief Haliz. »Wir kommen da nicht ohne weiteres hinein. Wir brauchen einen Passierschein oder einen sehr guten Grund.«

»Ich will nicht zum Tor, ich will mir nur das Schild ansehen.«

»Da sind doch nur Namen drauf.«

Er nickte und drückte seinem Pferd leicht die Fersen in die Flanken. Es reichte, um den Fuchs explodieren zu lassen. Mit einem Quieken stieg er auf die Hinterbeine und brach nach rechts aus. Einige Händler applaudierten und lachten auf ihren Schlitten, als Julin im Schnee landete. Bockend tobte Haliz' Pferd davon. Haliz fluchte, trieb Dondo an und galoppierte hinter dem Tier her. Benommen kam Julin auf die Beine und ging zu Fuß zur Silberplatte.

Tausende von Ritzungen ließen sie aus der Nähe grau und zerkratzt aussehen. Über und über war sie mit Namen bedeckt. Julin musste sich anstrengen, um die obersten Schriftzeichen lesen zu können. Viele der Namen waren durchgestrichen. Das ist eine Seite aus einem grauenhaften Totenbuch, dachte er betrübt. Mit Blut ist es geschrieben – jeder Name ein Leben, jedes Leben vielleicht ein Tod in der Dunkelheit der unterirdischen Gänge. Und dazwischen eine lange Geschichte von Verurteilung, Strafe, Leid und Erschöpfung. War Darian irgendwo unter ihnen?

Tolin stampfte neben ihm auf und verdrehte die Augen, als würde er sich über ihn lustig machen. »Was willst du hier?«, fragte Fenja. »Glaubst du, sie tragen Darians Namen hier ein?«

Ihre Unfreundlichkeit schnitt ihm in die Seele, nicht weil sie ihn getroffen hätte, sondern weil er ihr eigenes Leid dahinter spürte. »Wie heißt er?«, fragte er geradeheraus.

Fenja wurde blass. Ihre Finger krampften sich um die Zügel, die sie mit beiden Händen hielt. »Wen meinst du?«, fragte sie leise.

»Deinen Bruder, Fenja. Du hast gesagt, wenn sein Name von der Silbertafel getilgt wird, wirst du vor dem Eingang zu den Minen auf ihn warten.«

Eine steile Zornesfalte erschien auf ihrer Stirn. »Was geht dich mein Bruder an?«, fragte sie grob. »Du bist hier, um deinen Meister zu suchen, richtig?«

»Richtig«, erwiderte Julin. »Und du hilfst mir, weil dein Bruder irgendwo da unten in der Dunkelheit ist.«

Er deutete auf den schwarzen Schlund mit Gitterzähnen, der etwa fünf Pferdelängen von ihnen entfernt gähnte. Fenja schluckte und schwieg. Dondo schnaubte ihm ins Genick und er griff reflexartig in die weiche Mähne. Die Berührung mit etwas, das er mit Darian verband, beruhigte und tröstete ihn. Haliz war schon abgestiegen und ordnete die Zügel, die sich bei dem roten Lompferd zwischen seinen Beinen verfangen hatten.

»Castus«, sagte Fenja plötzlich mit heiserer Stimme. Und fügte noch einmal leise hinzu, als wollte sie sich selbst den Namen einprägen, als wäre die Hoffnung da, dass ihn die Nennung seines Namens herbeirufen würde: »Er heißt Castus. Sein Name ist hier vermerkt.« Sie deutete auf eine Stelle im unteren Drittel der Silberplatte.

»Wer ist Castus?«, fragte Haliz.

Fenja hatte sich brüsk abgewandt und nestelte an Tolins Sattel. Gleich würde sie wieder aufsteigen und davonreiten.

»Warte, Fenja, bitte!« Mit wenigen Schritten war Julin bei ihr und nahm sie am Arm. Sie zögerte und sah ihn an. Ihr Mundwinkel zuckte. »Komm mit uns!«, bat Julin. Haliz sah ihn überrascht an, aber sie widersprach nicht. »Wir werden Darian finden – und Castus. Warum willst du warten, bis die Mine ihn entlässt?«

Fenjas Augen begannen zu schwimmen. Mit einem Ruck riss sie sich aus Julins Griff los und wischte sich mit dem Ärmel über die Augen. »Gib mir die zehn Lomar!«, sagte sie mit harter Stimme.

»Wie? Aber …«

Plötzlich fühlte er Haliz' Hand auf der Schulter. »Lass sie«, sagte sie sanft. »Sie will nicht, siehst du das nicht? Gib ihr das Geld.«

Zögernd kramte Julin seine Geldbörse hervor und zählte die zehn Münzen ab. Fenja nahm sie und nickte. »Viel Glück«, sagte sie und versuchte ein schiefes Lächeln.

Zu Julins Überraschung trat Haliz vor und umarmte die Kurierin. »Glück auf deinem Weg, Fenja!«, sagte sie leise. »Möge Elis dich beschützen!«

Fenja blieb wie versteinert stehen, doch dann, nach einer Weile, legte sie zögernd die Arme um Haliz und erwiderte die Umarmung für einen kurzen Augenblick. Brüsk machte sie sich gleich darauf wieder los und trat einen Schritt zurück. Ohne ein weiteres Wort schwang sie sich auf Tolins Rücken und galoppierte über das Schneefeld in die Richtung, wo sich die Felshäuser befanden. Völlig verdattert sah Julin ihr nach, im Herzen ein banges Gefühl des Verrats und – schlimmer noch – eines Verlusts.

»Ist Castus ihr Geliebter?«, fragte Haliz leise.

Er schluckte und versuchte seiner Stimme einen festen, normalen Klang zu geben. »Ihr Bruder. Er wurde zum Minendienst verurteilt.«

»Oh«, sagte Haliz mit weicher Stimme. »Jetzt verstehe ich einiges.«

Das zehnte Spiel

In Dengar hing kein Schmuck an den verwitterten Fensterläden, keine Bänke standen an den Hauswänden, keine Gartenzäune, nichts, es gab nur Steinbauten und morsches Holz. Auf einem größeren Platz banden sie die Pferde an und drückten einem zahnlosen Wächter ein paar Münzen in die Hand. Dann gingen sie zu Fuß weiter. Der Geruch von nassem Eisen und Schmiedefeuern hing klamm in den Gassen und die wenigen Menschen, die ihnen begegneten, machten den Eindruck, als hätten sie seit viel zu langer Zeit die Sonne nicht mehr gesehen. In gewisser Weise erinnerten sie Julin an die bleichen Tiere aus den Berghöhlen, die das Tageslicht flohen und sich schnell wieder in ihre Verstecke verkriechen wollten. Niemand achtete auf sie, was Julin schon nach wenigen Augenblicken ein Gefühl der Sicherheit gab.

Mit zusammengekniffenen Augen musterte Haliz die Bauten. »Da drüben ist eine Handelsvertretung«, sagte sie. »Wenn wir dort einen Händlerschein bekommen, gelingt es uns vielleicht, die Minenstadt zu betreten.«

»Den Händlerschein wofür?«

»Für irgendwas – Hauptsache, wir dürfen etwas verkaufen, das in den Minen gebraucht wird. Fleisch vielleicht, Werkzeuge oder Pferde.«

»Pferde in den Minen?«

»Was meinst du, wer die Bergschätze aus den Stollen ans Tageslicht zieht? Schau dort!«

Inzwischen waren sie an einem kleinen ovalen Platz angekommen. Vor jedem Haus standen Pflöcke, die im Halbrund aus dem Boden wuchsen. Eine Kette spannte sich von Pflock zu Pflock. Wie an einer Perlenschnur aufgereiht waren Pferde an der Kette angebunden. Zwanzig oder dreißig mussten es mindestens sein und sie sahen so schäbig aus, dass Julin unmittelbar das Mitleid in die Kehle schnitt. Er sah alte Pferde mit zerrauften Mähnen und erbarmungswürdig verschlammten Beinen. Schwere Kutschpferde waren ebenso darunter wie rote Lompferde mit ausgebleichtem Fell und knochige Lastponys. Ein Falbe mit einem durchhängenden Rücken hatte offensichtlich viel zu lange viel zu schwere Lasten geschleppt. Alle Pferde waren mit dicken

Stricken gefesselt, die ihnen nicht erlaubten mehr als einen kurzen Schritt zu machen.

»Jeder, der sein Pferd nicht mehr braucht, verkauft es in die Minen«, sagte Haliz. »Bei uns in Tjärg dürfen alte Pferde in der Herde mitlaufen, bis sie sterben. In Lom wird kein Pferd in Frieden alt. Die Minen sind für sie das Tor zur lichten Grenze.«

Julin schwieg betroffen. Am Ende der Perlenschnur standen drei riesige Schneepferde, deren Mähnen lieblos gestutzt waren. Kaum verheilte Schwertwunden an Schulter und Hals deuteten darauf hin, dass sie vor kurzem erst in einen Kampf geführt worden waren. Bei jedem Geräusch zuckten sie zusammen. »Das sind Rebellenpferde«, murmelte Julin.

Haliz nickte düster. Sie nahm ihn am Arm und zog ihn auf die Straße. An ihrem schnellen Schritt merkte er, dass auch sie froh war von dem trostlosen Platz wegzukommen. Vielleicht, dachte er, hat Haliz doch ein warmes Herz.

Dort, wo die meisten Fußabdrücke im Schneeschlamm waren, fanden sie eine Schänke. Kein Schild wies darauf hin, aber der Duft von gebratenem Fleisch zog durch die Ritzen der Fensterläden bis auf die Straße. Der Gastraum war so voll wie die Straßen leer. Ein muffiger Geruch von aufgewärmten feuchten Pelzmänteln und Leder schlug ihnen entgegen. Die Tische waren weinverklebt und klein, die Weinbecher niedrig und grob aus Horn geschnitzt. Haliz bewegte sich erstaunlich sicher durch das Gewühl und erstand bei der grobschlächtigen Wirtin eine Flasche mit warmem Wein und ein riesiges Stück Brot mit Brühe. Sie setzten sich so nah wie möglich an das ärmliche Kaminfeuer, das vergeblich, wenn auch tapfer gegen die feuchten Schwaden und die Kälte ankämpfte, die in den Gastraum strömte, sobald die Tür aufklappte. Trotzdem genoss es Julin, zum ersten Mal seit Tagen in einem windstillen Raum zu sitzen. Im Gegensatz zum Schneelager der letzten Nacht erschien ihm die Herberge geradezu heimelig und warm.

»Kennst du hier jemanden?«, raunte er Haliz zu. Immer noch hatte er die Befürchtung, jemand aus dem Handelspalast könnte plötzlich auftauchen und sie erkennen.

Haliz musterte die Leute und schüttelte unmerklich den Kopf. »Aber siehst du dort drüben den Mann mit dem hellen Gürtel? Das ist einer der Eintreiber. Ihn habe ich schon einmal im Handelspalast gesehen.« Im Halbschatten der Nische, in der sie saßen, hatte ihr Lächeln etwas Dämonisches. »Er wird mich nicht erkennen, aber mein Gesicht wird ihm bekannt vorkommen. Das kann unser Vorteil sein. Ich werde versuchen von ihm eine Handelsgenehmigung für uns zu bekommen. Mit etwas Glück sind wir morgen schon im Berg.« Ihre Augen funkelten. Hastig nahm sie einen Schluck Brühe, wischte sich den Mund ab und wollte aufstehen.

Julin hielt sie am Arm zurück. »Langsam, Haliz«, flüsterte er. »Sollten wir uns nicht erst umhören? Außerdem sieht er ziemlich betrunken aus.«

»Eben«, antwortete sie und lachte.

Widerwillig ließ er ihren Arm los und gestand sich ein, dass es bei Haliz keinen Sinn hatte, den Beschützer zu spielen. Aufmerksam beobachtete er, wie sie sich beiläufig zu einer Gruppe Händler gesellte und schon bald in das Gespräch vertieft war. Ihm gefiel der Blick überhaupt nicht, mit dem ein junger, verwegen aussehender Schmied Haliz musterte.

Wehmütig dachte er an Fenja. Wo mochte sie jetzt sein? In Gedanken folgte er ihr auf ihren Kurierwegen durch dichten Schnee. Und er dachte an Castus, der irgendwo unter Tage arbeitete. Er stellte sich einen jungen Mann mit hellem Haar und grauen Augen vor, dessen Hände dafür gemacht waren, Pfeil und Bogen zu halten, und nicht scharfkantige Steine aus der Felswand zu brechen. Der Wein begann in seinem Kopf zu kreisen. Die Lust auf ein Spiel übermannte ihn ohne Vorwarnung. Haliz' Lachen hallte im Raum. Schemenhaft sah er, wie sie mit dem Eintreiber anstieß. Dann schoben sich einige Händler in sein Blickfeld. Gerade wollte er aufstehen um Haliz nicht aus den Augen zu verlieren, als er plötzlich fühlte, wie eine Hand auf seine Schulter schlug.

»Na, Feuerkopf? Dich hat es ja weit nach Süden verschlagen!«

Erschrocken fuhr er herum und starrte in zwei alte Augen, die ihm beängstigend bekannt vorkamen. Im Nischenschatten sah das Falkengesicht aus wie die Fratze eines Hallgespensts. Langsam setzte sich ein Bild zusammen, Abelinas Wirtsraum sah er vor sich und mittendrin …

»Julin heiße ich, Lil!«, sagte er. Sein Herz raste noch vor Schreck. »Was machst du hier?«

Die alte Händlerin kratzte sich an der Nase und grinste. Ihr Goldzahn blitzte im Kerzenlicht auf. »Kaufen und verkaufen, schon vergessen? Ich hole neues Münzsilber. Meine Geschäfte liefen nicht besonders gut in Lom. Seit dem Goldmachermord ist die Stadt wie verstummt.« Sie beugte sich vor. »Aber da erzähle ich dir ja nichts Neues. Viel interessanter ist die Frage, was du hier machst.«

Blitzartig überschlug er alle möglichen Antworten. Sie hielt ihn für einen Spielmann, erinnerte er sich. »Nun«, begann er. »Auch ich hatte keine Lust, in Lom nur Trauerlieder zum Besten zu geben.«

»Und da kommst du ausgerechnet zu den Minen, wo die Trauer zu Hause ist! Junge, du magst ein guter Sänger sein, aber dafür bist du ein miserabler Geschäftsmann.«

Er zuckte die Schultern und goss ihr Wein ein. »Da magst du Recht haben, Lil.«

Sie nippte am Wein und verzog das Gesicht. »Der Wein

hier schmeckt wie Menschenfischspucke«, meinte sie. »Kein Vergleich zu Abelinas Winteräpfeln, was?«

Er nickte stumm und suchte in der Menge nach Haliz. Zu seiner Erleichterung entdeckte er sie nicht weit von der Tür entfernt. Als er sah, wie sie mit dem Eintreiber lachte, fühlte er plötzlich, wie in ihm ein kleines gelbäugiges Tier namens Eifersucht erwachte. Mehrere Händler standen um Haliz herum und waren anscheinend begeistert von ihren Worten. Mit großen Gesten erzählte sie etwas, was ein Scherz sein mochte, den nur Händler und Minenkundige verstanden. Der Eintreiber jedenfalls lachte dröhnend und rückte näher an sie heran. Julin wäre es lieber gewesen, wenn der Mann hässlich, dick und alt gewesen wäre, aber dieser war leider drahtig und dunkelhaarig und hatte ein ungewöhnlich edles Gesicht. Es schien Haliz nicht unangenehm zu sein, sich mit ihm zu unterhalten. Jetzt lachte sie ihn an – so hatte sie Julin noch nie angelächelt.

»Hast du etwas Neues aus Runa gehört?«, vernahm er Lils Stimme wie durch einen Nebel.

»Von Runa? Nein, was sollte ich gehört haben?«

»Aber du hast schon mitbekommen, dass die Zauberin aus dem Lomer Zirkel den Mord am Goldmacher gestanden hat?«

»Ach so, das. Ja, das habe ich gehört.« Er zwang sich seinen Blick von Haliz abzuwenden und wieder in Lils eingefallenes, gutmütiges Gesicht zu schauen.

»Und den anderen Zauberer hat sie ebenfalls umgebracht – den, der aus Skaris kam«, erzählte sie im Verschwörerton weiter.

»Ja, er ist beerdigt worden, als ich die Stadt verließ«, antwortete er. Es kostete ihn einige Mühe, seiner Stimme einen ruhigen und gleichgültigen Klang zu geben. Er nahm noch einen Schluck, um das Bild von Darian, der unter dem Steinkopf lag, aus seinem Gedächtnis zu vertreiben.

Interesse glomm in Lils Blick auf. »Was hast du darüber gehört?«

»Nicht viel – sein Schüler ist nach Skaris zurückgekehrt.«

Nachdenklich nickte sie. »Soll ein hässlicher dicker Gnom sein, halb Feuernymphe, halb Mensch.«

Julin zuckte zusammen wie unter einem Peitschenhieb. »Wer sagt das?«, fuhr er sie an.

»Ich kenne einen Diener aus dem Handelspalast, der hat ihn gesehen. Und er hat auch gehört, was in der Halle der Könige geschehen ist. Er sagt, bevor der Zauberer starb, hat er Lom mit einem Fluch belegt. Im Moment seines Todes heulten alle Hallgespenster auf. Die Steingesichter schrien. Mit lauter Stimme hat er verkündet, dass Lom zugrunde gehen wird. Sein Reichtum wird versiegen, die Schätze werden verschwinden. Tausendfach werden die Menschen in Lom mit ihrem Blut büßen für das Unrecht, das ihm angetan wurde. Unter seiner donnernden Stimme brach eine Steinfigur der alten Könige und fiel zu Boden.« Ihr Lachen klang unsicher. Plötzlich erkannte Julin, dass die alte Händlerin Angst hatte. »Nun, und alles ist die Schuld einer Magierin«, sagte sie bitter. »Sie soll in den Minen umkommen! Im tiefsten Bergsee soll sie verrotten.«

»Ich bezweifle, dass die Naj Gesellschaft dulden würden«, erwiderte er. »Glaubst du das alles, Lil? Der Zauberer wurde von einem Steinkopf erschlagen. Selbst wenn er sich angestrengt hätte, wäre es ihm unmöglich gewesen, in dieser kurzen Zeit noch einen Fluch auszusprechen. Auch Magier sind nur Menschen.«

Verächtlich winkte sie ab. »Ich habe ihnen nie getraut. Man sieht ja, dass sie sich schon gegenseitig umbringen. Und es würde mich nicht wundern, wenn sie mit den Rebellen unter einer Decke stecken.« Sie nestelte an ihrem Kragen und linste über die Schulter. Dann beugte sie sich vor. »Sie denken, für sie gelten andere Gesetze. Sag es nicht weiter, aber sie haben sogar einen Gefangenen aus den Minen geholt um mit ihm Experimente zu machen.«

Julin wurde hellhörig. »Wer hat den Gefangenen gekauft?«

Ihre Pupillen zitterten wie Springwasser. Furcht flackerte in ihnen auf. »Niemand«, sagte sie und nahm einen hastigen Schluck. »Vergiss, was ich gesagt habe. Wo ist eigentlich dein Freund, der Pferdetänzer?«

»Noch in Runa«, log Julin ohne zu zögern. Hastig suchte er nach seinem Geldbeutel. »Hör mal, Lil, die Sache mit dem Gefangenen interessiert mich. Wie viel willst du haben für ...«

»Oh, du bist allein unterwegs«, unterbrach sie ihn und stand so hastig auf, dass ihr Weinbecher umkippte. »Wer allein ist, braucht Gesellschaft. He, Bonter!« Ein schmächtiger Mann mit schwarzem Haar drehte sich zu ihr um und kam zum Tisch. Er war besser gekleidet als die meisten anderen, vielleicht war er ein Händler. »Das ist Julin«, sagte Lil. »Er interessiert sich für den Gefangenen, der vor einem Mond aus der Mine geholt wurde.«

Bonter stutzte, dann lächelte er Julin breit zu und hob den Becher. Julin verstand die Aufforderung und stieß mit ihm an. »Auf das Königswohl!«, sagte der Mann.

»Auf ... das Königswohl, wenn du meinst«, erwiderte Julin. »Du bist ein Händler?«

Bonter nickte und beugte sich vor. »Ich handle mit allem, was aus Eisen ist. Werkzeuge, Schienen – bei Bonter kaufen es die Leute.«

»Angenehm. Bei mir kaufen die Leute nur gute Laune.«

»Du bist allein hier, Spielmann?«

Julin schielte verstohlen zu Haliz, dann nickte er. »Ja«, sagte er und zwang sich dazu, ruhig und überlegen zu wirken.

»Und warum interessiert dich ein Gefangener?«

Mit Unbehagen spürte Julin, wie vier Männer, die offensichtlich zum Händler gehörten, näher rückten. Lil war verschwunden. »Ich habe einen Freund, der wurde von einem Zauberer betrogen«, raunte er Bonter zu. »Und dieser Freund interessiert sich sehr dafür, welcher der Magier so viel Macht hat, dass er Gefangene aus den Minen holen kann.«

»Wie viel ist dir eine kleine Wahrheit wert?«

Julin überschlug den Inhalt seines Geldbeutels und seufzte. »Kommt darauf an – beginnen wir mit zwei Lomar und ... einem Spiel?« Mit der geschmeidigen Bewegung eines Taschenspielers fischte Julin seine Steine aus dem Beutel und ließ sie mit einem Klappern auf dem Tisch landen. »Wie sieht es aus, Bonter – kennst du Kolp?«

Bonter und seine Freunde waren die miserabelsten Mitspieler, mit denen er jemals die Steine getauscht hatte. Der Wein, den Julin bestellte, machte es ihnen schwer, sich zu konzentrieren, sie konnten sich kaum die einfachsten Schritte merken und schrien »Kolp«, obwohl sie nicht gewonnen hatten. Um das Ganze etwas spannender zu machen ließ er sie von Zeit zu Zeit gewinnen, aber es machte keinen Spaß. Schon nach der dritten Runde hatte er so ziemlich alles gewonnen, was die Leute in ihren Taschen hatten.

Bonter spielte mit einem Lächeln. Julin war ungeduldig und der Händler wusste es. Nach der fünften Runde hatte Julin das Gefühl, dass es an der Zeit war, Bonter gewinnen zu lassen. »Kolp!«, sagte der Händler und strich zufrieden fünf Lomar und zwei Perlmuttmesser ein. Bedächtig mischte er die Steine neu und schob Julin eines der Häufchen zu. »Auf diesem Stein hier steht ein Name«, flüsterte er ihm endlich zu. »Es ist der Name eines großen, blonden Diebes – Glann Berlom heißt er.«

»Glann Berlom«, wiederholte Julin. »Und wo steht der Name des Magiers, der den blonden Dieb freigekauft hat?«

Bonter grinste. »Neunte Runde!«, sagte er und spielte weiter.

Julins Mund war trocken, und obwohl das Spiel einfach war, musste er seine ganze Konzentration aufbringen um ruhig zu werfen. Ein blonder Dieb – vermutlich hatte er Darian ähnlich gesehen. Aufgeregt setzte er einen weiteren Lomar, schob den Stapel zur Tischmitte und mogelte die Steine so hin, dass Bonter wieder gewann.

Zufrieden nahm Bonter weitere fünf Lomar entgegen. »Gut«, sagte er leise. »Der Name der Magierin: Avia. Aber wie sie es geschafft hat, die Unterschrift für eine Begnadigung vom Minenrat zu bekommen, ist ein Rätsel, das ich für dich nicht lösen kann.«

»Danke«, sagte Julin. Er war wie vor den Kopf geschlagen. Es passte zu gut zusammen. Avia kaufte einen Sklaven, der Darian ähnlich sah, um ihn an Darians Stelle sterben zu lassen. So weit, so gut.

»Zehnte Runde«, sagte Bonter bedeutungsvoll. Julin nickte. Obwohl er wusste, was er wissen wollte, geziemte es sich, die zehnte Runde zu Ende zu spielen.

»Was machst du hier?«, fragte Haliz. Überrascht sah Julin zu ihr hoch, dann griff er nach dem Krug und stand auf.

»Noch mehr Wein? Gerne!«, sagte er laut und drängte sie zum Schanktisch. Vor Verblüffung wehrte sie sich nicht. »Hör zu, Haliz. Ich habe erfahren, dass Avia einen Gefangenen aus den Minen geschleust hat. Glann Berlom hieß er. Ich glaube, er ist es, der in Darians Grab liegt.«

Ihre Augen leuchteten. »Sehr gut!«, erwiderte sie. »Und ich habe Manx' Zusage für eine Händlererlaubnis. Lass uns gehen.«

»Das geht nicht – auf mich wartet noch die zehnte Runde.«

Entgeistert sah sie ihn an. »Willst du damit sagen, du hast deine Informationen ... erspielt?«

Der Tadel in ihrer Stimme rief eine trotzige Wut in ihm wach. »Mache ich etwas anderes als du?«, antwortete er barscher, als er beabsichtigt hatte. »War das kein Spiel, das du mit dem Eintreiber gespielt hast?« Er hasste sich dafür, dass er so eifersüchtig und kleinlich klang.

»Ich habe das Gefühl, du hast mehr Wein getrunken als der Händler«, erwiderte sie leise. Es tat ihm weh, zu hören, dass er sie verletzt hatte. Nach kurzem Zögern fuhr sie eindringlich fort: »Das, was mich ärgert, ist, dass du dich für solche Schankspielereien hergibst, Julin. Du scheinst es nicht zu wissen, aber du bist kein Schankjunge, du bist … du bist ein Sternensänger und ein sehr guter Shanjaar.«

»Und ein Spieler«, fügte er hinzu. »Vergiss den Spieler nicht, der in Tante Nellis' Kneipe aufgewachsen ist.«

»Und – warst du bei Tante Nellis und ihren Betrunkenen so glücklich?«

Irgendwie machten ihre Worte ihn traurig. Mit einem Schlag war er ernüchtert. »Ist gut, Haliz«, antwortete er sanft. »Aber ich muss die zehnte Runde beenden.«

»Gut«, sagte sie erleichtert. »Ich suche uns eine Unterkunft und warte dann bei den Pferden auf dich.«

Kalter Wind traf ihn, bevor die Tür wieder zuklappte. Lass das Spiel, flüsterte ihm eine vernünftige Stimme in seinem Inneren zu. Aber die andere Stimme, die drängende, ungeduldige Stimme riet ihm das Spiel zu beenden. Es war die Stimme Skilmals, die ihn ermahnte sich wieder an den Tisch zu setzen. Offene Spiele zwangen den Spieler dazu, zurückzukehren. Julin kannte Geschichten von Toten, die in die Kneipen kamen und sich mit klappernden Knochen an den Tisch setzten um die Spiele zu vollenden, die sie im Leben versäumt hatten. Und auf gar keinen Fall wollte er hierher zurückkehren müssen. Schon gar nicht als Toter.

Natürlich hatten sie die Steine vertauscht und sahen ihn

nun mit gespielter Unschuld an. Er war solcher plumpen Mogeleien müde. Mit einem Lächeln spielte er eine halbe Runde und brachte die Steine damit mühelos in ihre ursprüngliche Position, dann machte er zwei Würfe und sah in düstere Gesichter. Jetzt habe ich dich, Bonter, dachte er triumphierend. Zumindest fünf Lomar gibst du mir zurück.

Gerade wollte er »Kolp!« rufen, als ihm der Stein aus den Fingern rutschte. Fünf Augenpaare beobachteten gebannt, wie die Scheibe schlingernd über den Tisch rollte und fiel. Gelächter gluckste in den Kehlen, plötzlich lachten alle am Tisch los. Bonters Zähne blitzten im funzligen Kerzenschein.

Der Raum schien zu schwanken und Julin fragte sich für einen benebelten Moment, ob nicht vielleicht Bonter oder einer der anderen den Tisch ein wenig angehoben hatte, um den Spielstein auf den Boden rollen zu lassen. »Also gut«, sagte er drohend zu Bonter. »Wiederholung der letzten Runde.«

Er beugte sich hinunter und hob den Stein auf. Plötzlich stutzte er. Im Boden fielen ihm einige Unebenheiten auf. Sie sahen aus wie Kratzer, die durch etwas Schweres verursacht worden waren, das jemand über den Fußboden geschleift hatte. Mit einem Mal war er nüchtern. Vorsichtig berührte er eine der Rillen.

In nächsten Moment hörte er einen dumpfen Schlag und trudelte durch ein schwarzes Zimmer. Darian und ein verhärmter blonder Mann in Ketten saßen dort bei einem Kartenspiel. Beide winkten ihm zu, dann erlosch jedes Bild.

Rad und Becher

Das Erste, was er spürte, als er seine Augen aufschlug, waren die glatten Umrisse des Spielsteins in seiner rechten Hand. Seine Finger waren taub, so fest hielt er ihn umklammert. Es tat weh, die Finger aufzubiegen. Noch mehr schmerzte es, die Augen zu öffnen. Trotz aller Anstrengung schaffte er es nur zum Teil, und als er mühsam versuchte die Umrisse, die vor seinen Augen tanzten, festzuhalten und einzuordnen, wollte es ihm nicht gelingen. Der Geschmack, den er im Mund hatte, erinnerte ihn an eine grauenhafte rohe Brühe, die ihn seine Mutter zu trinken zwang, wenn er Fieber hatte. Eine Stechfliege saß auf seiner linken Hand und saugte Blut; doch als er versuchte nach ihr zu schlagen, bemerkte er, dass er gefesselt war. An seinem Hinterkopf pulsierte eine Schwellung – vermutlich eine Beule, die Bonter ihm durch einen Schlag mit etwas Hartem wie dem Weinkrug beigebracht hatte. Immer noch sah Julin Darian vor sich, der ihn vorwurfsvoll anschaute, aber sein Gesicht schien auf wundersame Art mit einer alten bärtigen und sehr hässlichen Fratze zu verschmelzen. Saurer Atem schlug ihm entgegen.

»Schon wieder wach, Feuerfresse?«, sagte das fremde Gesicht.

»Was machst du da?«, wisperte Julin. »Mit … meiner Hand?«

Die Fratze verzog sich auf beängstigende Weise zu etwas, was im besten Fall ein Grinsen sein sollte. »Ich breche dir alle Finger, Spieler. Man hat mir erzählt, du betrügst!«

»Nein!« Die Stricke schnitten so tief in Julins Brustkorb, dass ihm die Luft wegblieb. Meine Stabharfe!, schrie es in seinem Kopf. Ich werde nie wieder meine Stabharfe spielen können! Mühsam kämpfte er gegen die Wirklichkeit, als müsste er durch einen Bottich voll zähem Öl tauchen. »Lass meine Hand!«, sagte er kraftlos, während in seinem Inneren ein Aufstand tobte.

»Ganz bestimmt nicht!«, sagte der Fremde und grinste noch breiter. Triumphierend hielt er ihm die Spitze einer blutigen Nadel vor die Nase. »Ich bekomme Geld dafür.«

Julin holte Luft um zu protestieren, doch dann tauchte die Nadel wieder ab, brennender Schmerz durchzuckte seine Hand. Im nächsten Moment trudelte er aus seinem Bewusstsein und wurde fortgespült.

Als er das nächste Mal erwachte und blinzelte, merkte er, dass er sich diese Mühe hätte sparen können, denn um ihn war nichts als kalte, feuchte Dunkelheit. Nicht weit von sich entfernt hörte er ein Atmen, das ihm einen Angstschauer über den Rücken jagte. Unwillkürlich hatte er den Verdacht, in einer Höhle zu sein, ganz allein mit Kellerkriechern. Ekel schüttelte ihn, als er sich spitze Finger vorstellte und gebogene Zähne, die unter einem Nasenhöcker blitzten. Aber wenn ein Kellerkriecher in dem Raum war, schien er zu schlafen, denn die Atemzüge waren tief und ab und zu von einem kaum hörbaren Röcheln begleitet. Immer noch war Julin gefesselt, immer noch hielt er den Spielstein umklammert, beide Hände pochten unerträglich. Jetzt fielen ihm die Nadel und das Gesicht wieder ein und er stöhnte. Tränen begannen über sein Gesicht zu laufen, Verzweiflung schlug in ihm hoch. Als er die Finger bewegte, schrie er unwillkürlich auf. Ein Stechen zerschnitt seine linke Hand. Er biss die Zähne zusammen und zwang sich die Hand noch einmal zu bewegen. Der Schmerz wurde schlimmer, aber seine Erleichterung war grenzenlos, als er feststellte, dass kein Finger gebrochen war. Auf dem Handrücken schien er eine Brandwunde zu haben, die mit jedem seiner Atemzüge heftiger pulsierte.

War er im Berg? Hatte Bonter ihn irgendwo in eine Höhle schleppen lassen? Julin zweifelte keinen Augenblick daran, dass seine Geldbörse verschwunden war, doch beruhigt spürte er die Wärme seiner magischen Flamme in seinem Ärmel. Leise lockte er sie hervor. Es war nicht viel Licht in der stickigen Dunkelheit, aber immerhin besser als nichts.

Ein winziger Kellerraum wurde sichtbar, an dessen Wänden Moos wuchs. Weinfässer aus morschem, fauligem Holz standen in einer langen Reihe. Säuerlicher Geruch waberte über den festgetretenen Lehmboden. Es musste der Keller der Gastwirtschaft sein, mutmaßte Julin. Ein feiner Plan von Bonter! Er fluchte und hätte sich ohrfeigen können. Warum wurde er blind, wenn es um das Spielen ging?

Hinter den Fässern entdeckte er zwei schlaff hingestreckte Beine, und etwas weiter hinten nackte Füße. Offensichtlich war er nicht der Einzige, der ein Opfer des Händlers geworden war. Die Füße bewegten sich und einen Moment später erschien zwischen den Fässern ein verwüstetes Männergesicht. Die Augen waren rot unterlaufen, und eine Nase, auf der mit roten Strichen eine ganze Landkarte abgebildet zu sein schien, ließ darauf schließen, dass die Person gerne und viel in der Taverne saß. »Du hast wieder Licht mitgebracht, Firlena, was?«, lallte der Mann. »Mach es gefälligst aus, wenn du schlafen gehst!« Er murmelte noch etwas und sank wieder in seine trunkene Ohnmacht.

Mühsam kam Julin auf die Beine und blickte sich um. Einen Moment verlor er beinahe das Gleichgewicht und sah dann erstaunt an sich hinunter. Er trug eine Fußfessel ähnlich der, die die Pferde daran hinderte, davonzulaufen. Vorsichtig pfiff er ein Lied, bis die Fesseln zu rucken begannen, ganz lösen konnte er sie allerdings nicht. Eine Eisenkette mit einem Schloss verhinderte, dass er die Fesseln abstreifen konnte. Gegen Eisen konnte er nichts ausrichten – es sei denn, er wollte sich die Finger brechen und fortan auf der Stabharfe nur noch die einfachsten Kinderlieder spielen.

Der Raum war so niedrig, dass er beinahe mit dem Kopf an die Decke stieß. Die Tür war eine morsche Narbe in der Steinwand. Schrittchen für Schrittchen tappte Julin über den Boden und suchte eine Klinke. Es war keine da. Probehalber pfiff er ein paar Takte, doch nichts rührte sich. Gerade wollte er sich umdrehen, um mit der Hand das Holz zu betasten, als er das Schnappen eines Riegels hörte. Hastig stolperte er in den Raum zurück. Fackellicht zuckte über den Boden, als die Tür aufgedrückt wurde und über den körnigen Lehm schabte. Julin sah zwei Gestalten, die in den Raum kamen. Noch ehe er das breite Grinsen sah, erkannte er an der gespannten, lauernden Körperhaltung Bonter.

»Ah, zumindest einer ist schon wach«, sagte der Eisenhändler. »Ich hoffe, die Nacht in unserer Herberge war angenehm.«

»Bonter, du Mistbock, du Bluthändler!«, schrie Julin und riss an seinen Fesseln. Der Tritt traf ihn so schnell, dass er nicht reagieren konnte. Eine heiße Welle von brüllendem Schmerz raste durch seinen Kiefer. Mühsam japste er nach Luft.

»Na, na«, sagte Bonter. »Erste Lektion: Wir sind höflich zu unseren Herren!«

Mit einem Mal klarte Julins Verstand auf. Er dachte an seine Hand, an die Minen – und erkannte, was für ein Spiel Bonter spielte. Er handelte mit allem, was aus Eisen war. Auch mit Ketten – in denen allerdings Minensklaven steckten.

Ein weiterer Mann betrat den Raum und musste sich ducken um nicht an die Decke zu stoßen. Julin erkannte das Gesicht mit der edlen schmalen Nase und den schönen Augen sofort. Angst jagte durch seine Adern und versetzte seinem Herzen einen Stoß. Haliz! War sie auch hier?

Der Eintreiber ging zwischen den Fässern umher, zerrte hier einen Jungen auf die Beine und dort eine ältere Frau.

»Den da«, sagte er schließlich. »Und die da auch. Die ist mir zu dünn.« Sein Blick fiel auf Julin und er lächelte verächtlich. »Und den Rübenkopf dort nehme ich auch mit«, schloss er.

Die zwei riesigen Gehilfen, die sich in den Raum geschoben hatten, griffen mit schweren Armen nach den Gefangenen und zogen sie hoch. Ehe Julin sich wehren konnte, war einer der Riesen bei ihm und riss an seinen Handfesseln. Der Schmerz ließ blaue Zacken vor seinen Augen tanzen. Reflexartig stieß er einen Pfiff aus und der Riese taumelte zurück und hielt sich das Gesicht. Im selben Moment erkannte Julin, dass das eine schlechte Idee gewesen war. Als der Knecht die Hand herunternahm, sah man den Abdruck des Lederriemens auf der Haut, den der Zauber ihm ins Gesicht geschlagen hatte. Noch viel schlimmer war die Mordlust in seinen Augen. »Bist ein Magischer, was?«, knurrte er.

Julin wollte gerade antworten, als die Hand des Riesen auf ihn heruntersauste. Es gelang ihm zwar, sich zu ducken, aber der Schlag ins Gesicht erwischte ihn trotzdem. Schmerz zerschellte an seinem Mund. Er hörte ein Knirschen und vergaß die Hand völlig.

»Tja, für den hat es sich erst einmal ausgepfiffen«, murmelte eine Stimme, die gar nicht so unfreundlich klang. Die Frau, die ihm besorgt ins Gesicht sah, war die Wirtin, und er saß mit etwa zehn anderen Gefangenen im verriegelten Gastraum, in dem er noch vor wenigen Augenblicken, wie ihm schien, gesessen und gespielt hatte. Die Tische waren an die Wände gerückt worden, diesiges Morgenlicht schimmerte durch die Ritzen der geschlossenen Läden. Benommen sah Julin sich weiter um und entdeckte nach und nach die anderen Gefangenen. Mit angezogenen Knien saßen sie auf dem Holzboden. Einige von ihnen trugen Ketten um die Fußknöchel und an den Handgelenken.

»Hier, trink das – das wird gegen die Schwellung helfen«, sagte die Wirtin. In ihrem Blick spiegelte sich so etwas wie Mitleid. Julin wollte etwas erwidern, aber die Laute, die aus seinem Mund kamen, erschreckten ihn, denn sie klangen wie das Gestammel eines Zungenlosen. Nein, seine Zunge hatte er noch, stellte er erleichtert fest. Aber seine Lippe schien viermal so groß zu sein und die Zunge war ebenfalls geschwollen, da er draufgebissen hatte. Sein Kopf dröhnte wie ein Schwarm Bienen. Als er vorsichtig seine Zunge bewegte, bemerkte er zu seinem Entsetzen, dass sein Schneidezahn wackelte. Noch nie im Leben, gestand er sich ein, war er so geschlagen und gedemütigt worden. Er war eine Ware, wurde ihm bewusst. Wimmernd wollte er sich an die Lippe fassen, bemerkte aber, dass seine Hände immer noch gefesselt waren.

»Trinkst du nun?« Er schüttelte den Kopf und die Miene der verräterischen Wirtin verhärtete sich. »Du brauchst mich gar nicht so anzuglotzen. Hat dich keiner gezwungen mit den Händlern zu spielen.« Wütend drehte sie sich um und ging schimpfend zum nächsten Gefangenen, der den Krug mit Wasser bereitwillig nahm und ihn austrank.

Ein klirrendes Geräusch ließ Julin nachts rechts blicken, wo Bonter und sein Gehilfe ein ganzes Bündel von Ketten aus einem Sack schütteten. Schwere Schellen trafen auf dem Boden auf. Bonter grinste zu den Gefangenen, nahm die Ketten am Halterring, der sie zusammenhielt, und schleifte sie in die Mitte der Stube. Julin sah, wie sich das Eisen in den weichen Holzboden grub, und schloss die Augen. Das, was er gestern unter dem Spielertisch entdeckt hatte, waren also Kettenspuren. Er war nicht der Erste und nicht der Letzte, dem ein solches Schicksal widerfuhr. Diese Gaststube war ein Umschlagplatz für Menschenhändler. Zumindest war Haliz nicht hier, tröstete er sich. Er hoffte, dass ihr Auftreten als Händlerin sie schützen würde. Er war so dumm gew zu behaupten, dass er allein unterwegs war – ein Spielmann, den niemand vermissen würde. Ja, Julin Kalamas Fer – das hast du dir selbst zuzuschreiben. Noch dümmer als das Spiel mit Bonter war es gewesen, der geschwätzigen Lil zu vertrauen.

Der Gehilfe trat hinter ihn. Ein Klicken ertönte und Julin spürte, wie seine Hände frei wurden. Unendlich weh taten ihm die Schultern, als er behutsam seine Hände nach vorne streckte.

Er ächzte auf, als er einen Blick auf seine linke Hand warf. Sie schien doppelt so groß zu sein – die Schwellung hatte sich bläulich verfärbt und pochte schmerzhaft bei jedem Pulsschlag. Noch grauenvoller als die verunstaltete Hand jedoch war das, was sich nun auf der Hand befand. Auf den ersten Blick war es eine blutverkrustete Verletzung. Erst bei näherem Hinsehen erkannte Julin trotz der unförmigen Schwellung eine Regelmäßigkeit. Er sah das Zeichen – das Silberminenzeichen. Ein Rad grinste ihm entgegen. Ein Rad und etwas, das ein Becher werden würde, sobald die Wunde abheilte. Das gleiche Zeichen, das der Tote in der Halle der Könige auf seiner Hand gehabt hatte. Tränen stiegen in ihm hoch. Alles, was ihn je mit Stolz erfüllt hatte, waren seine Hände gewesen. Flinke, schöne Spielmannhände. Nun waren es die Hände eines Minensklaven. Er schluckte die Verzweiflung hinunter und versuchte nachzudenken. Er musste entkommen! Verstohlen nutzte er den Moment, um mit seiner unversehrten Rechten unter seinen Umhang zu tasten. Wie erwartet war seine Geldbörse verschwunden und – was ihn noch viel mehr traf – auch seine Stabharfe war nicht mehr da. Nur die magische Flamme und Darians Notizbuch, das er hinter seinen Gürtel geklemmt hatte, waren noch dort, wo er sie versteckt hatte.

»Die werden ihm zu klein sein«, hörte er Bonters Stimme. Mit Entsetzen sah er, wie der Händler ihn musterte. »Nimm die«, sagte er schließlich und deutete auf zwei Schellen und einen eisernen Ring, die mit einer Kette verbunden waren. Starke Arme packten Julin, bevor er sich wehren konnte, und schleppten ihn zu dem Kettenhaufen. Er fühlte das Frösteln von Magie, das seine Härchen aufstellte, und war entmutigt. Natürlich war es kein gewöhnliches Eisen, das die Gefangenen hielt. Wie Eis schlossen sich die Ringe um seine Handgelenke. Mit einem Kichern rastete auch der Ring um seinen linken Fuß ein. Ohne Schmiedewerkzeug hatte sich das Eisen nahtlos um seinen Knöchel geschlossen – ein perfekter Ring ohne Schraube und Scharnier.

Schließlich wurden sie auf die Beine befohlen und die Tür wurde aufgeriegelt. Rasch schätzte Julin ab, wie schnell er mit dem Eisen würde laufen können. Die Chancen standen mehr als schlecht, denn selbst wenn er nicht gefesselt war, gehörte er nicht zu den Schnellsten. Aus den Augenwinkeln bemerkte er, dass die anderen Gefangenen haargenau den gleichen Gedanken dachten. Ertappt sahen sie sich an. Ein Junge mit kurz geschorenem braunem Haar lächelte ihm flüchtig und verstört zu. Julin musste zweimal hinsehen um zu erkennen, was ihn so irritierte: Der Gefangene hatte zwei unterschiedliche Augen. Eines war grün, das andere braun. Beängstigend fremd sah es aus – als würden zwei Seelen versuchen sich einen Körper zu teilen.

Ketten klirrten. Die Wirtin ging von einem Gefangenen zum nächsten und zog eine dünne, aber sehr stabile Kette durch die Ringe in den Schellen. Bevor Julin wusste, wie ihm geschah, hatte ihn eine Hand am Genick gepackt.

»Lass den Roten ohne Knebel«, sagte Bonter. »Der erstickt uns sonst an seiner Zunge.« Ein stinkendes Tuch wurde um

Julins Mund festgezurrt und schien sich in seine Wund brennen. Tränen schossen ihm in die Augen.

Sobald alle geknebelt waren, führte Bonter sie durch den Schankraum – aber nicht zur Eingangstür, wie Julin gehofft hatte, sondern am hohen Schanktisch vorbei zu einer winzigen Tür hinter einem Vorhang. Sie mussten sich ducken um hintereinander hindurchstolpern zu können. Schneidende Mitternachtsluft wehte Julin ins Gesicht, unwillkürlich zog er die Schultern hoch und krümmte sich in der Kälte. Einige der anderen Gefangenen besaßen nicht einmal Mäntel – und keine Flamme, die zumindest den Ärmel etwas anwärmte. So gesehen konnte er sich glücklich schätzen. Verstohlen sah er sich in dem kleinen Innenhof um. Ein schmales Holztor, das aussah wie ein alter Mann, der sich mit letzer Kraft an die Hauswand lehnte, bewegte sich im Nachtwind. Hinter ihnen war die lang gezogene Steinwand. Warmes Blut rann Julin über den Zeigefinger und tropfte auf den Boden. Nachdenklich sah er zu den schattendunklen Tropfen hinunter, dann wich er möglichst leise zur Hauswand zurück. Bonter warf ihm einen misstrauischen Blick zu, aber als er sah, wie sich Julin scheinbar kraftlos an der Wand abstützte, schweifte sein Blick weiter. Im Flüsterton besprach er etwas mit dem Eintreiber, dann wechselten klingende Lomarmünzen den Besitzer.

Hektisch ertastete Julin die Wand und streckte seinen Zeigefinger aus. Vor Konzentration trat ihm der Schweiß auf die Stirn. So deutlich er konnte ohne hinzusehen, malte er mit seinem Blut eine Stabharfe an die Wand. Dann rückte er einen Schritt zur Seite. Der Junge mit den seltsamen Augen musterte ihn besorgt. Mit einem Klicken glitten mehrere Kettenglieder durch seine Schellen. Rasch drückte er seine Hand, obwohl er vor Schmerz am liebsten aufgeheult hätte, und versuchte sich daran zu erinnern, wie das Minenzeichen aussah.

Seinem Gefühl nach musste es ein eiförmiges Rad geworden sein und ein nicht zu erkennender Becher, aber als Bonter sie durch die schmale Tür trieb, stellte er beim Zurückschauen zufrieden fest, dass man seine Zeichnungen mit etwas gutem Willen durchaus entschlüsseln konnte. Zwar wusste er nicht, wie Haliz jemals auf den Gedanken kommen sollte, im Hinterhof zu suchen, aber es war besser als nichts. Mehr konnte er – ein Zauberer ohne die Magie seiner Stimme – jetzt nicht tun.

Direkt hinter der Tür stand ein Pferdefuhrwerk. Ein mageres Maultier wartete mit hängendem Kopf. Einer nach dem anderen wurden die Gefangenen über eine Planke auf die Ladefläche geführt. Eine Menge Eisen lag dort wie ein Haufen von zusammengeringelten Metallschlangen. In der Mitte des Wagens lagen Schellen, die so groß waren, dass Julin sich mit einem Schaudern fragte, welches Ungetüm damit angekettet werden sollte. Wer oder was mochte noch in den Minen arbeiten? Sobald alle Gefangenen verstaut waren, zurrte Bonter eine Plane aus stinkendem Leinen über ihnen fest. Mühsam rutschte Julin an den Rand des Karrens. Durch einen winzigen Schlitz erkannte er ein Stück Straße.

Der Wagen ruckelte los und warf sie hin und her. Metall kratzte über Haut, Stoff verhakte sich in den Schellen. Das Schlimmste aber war der kalte, grausame Geruch nach Eisen. Mühsam versuchte Julin den Kopf aufrecht zu halten, als der Wagen um die Ecke ruckelte. Für einen Moment erhaschte er einen Blick auf die Vorderseite des Gasthauses und eine Gestalt in einem langen Mantel, die mit wolkenweißem Atem zur Schanktür eilte. Ein Stein auf dem Weg warf den Wagen hoch. Julin fiel auf die Ketten zurück, aber der kurze Anblick hatte ihm genügt um Haliz zu erkennen. Angst flatterte in ihm hoch. Natürlich suchte sie ihn. Natürlich würde die Wirtin öffnen und ihr sagen, dass niemand mehr in der Gaststube war. Julin zwang sich tief durchzuatmen. Bonter und der Eintreiber waren mit ihm und den anderen Gefangenen unterwegs – also war zumindest Haliz in Sicherheit.

Estima

Er musste eingenickt sein, denn als er die Augen aufschlug, fiel helleres Licht durch die Plane. Die Hufe des Pferdes klapperten nicht mehr, sondern klangen dumpf und leise. Die Kälte des Eisens, auf dem er lag, zog sich durch seinen Körper und drohte seine Muskeln erstarren zu lassen. Er glaubte das Pfeifen des Windes zu hören, der sich in Baumkronen brach, und robbte wieder ein Stück zur Plane. Der Stoff hatte sich noch etwas weiter gelöst, sodass er jetzt ohne Mühe einen schmalen Streifen Weg und die Andeutung einer Felswand sehen konnte. Das Gestein kam ihm bekannt vor. Und nun hörte er noch mehr – Rufe und andere Karren, die den Weg entlangrumpelten. Erschöpft nach der kurzen Anstrengung ließ er sich zurücksinken. Sie waren auf dem Weg in die Minen. Hoffnungslosigkeit drohte ihn in einen Strudel mit sich hinabzuziehen. Eine Weile lag er da, lauschte dem Knarzen und Rumpeln des Karrens und tat sich selbst Leid. Er war schwach vor Hunger und verspürte brennenden Durst. Nun schalt er sich den Wasserkrug der Wirtin abgelehnt zu haben. Unter dem Schatten der Plane erkannte er drei andere Gefangene, darunter den Jungen mit den zwei Seelen. Jetzt erst bemerkte Julin, dass dessen Hemd voller Blutspritzer war. Den Jungen hatten Bonter und seine Henker offenbar nicht nur zusammengeschlagen, sondern auch verwundet.

Der Wagen rollte von dem holprigen Weg plötzlich auf glatten Stein. Die Geräusche bekamen eine andere Qualität. Stimmen hallten, dann hielt der Wagen an.

»He, Bonter!«, sagte eine Männerstimme. »Was bringst du?«

Bonter lachte. »Was ich immer bringe, Quant. Ketten. Gute, neue Ketten.« Ein Zipfel der Plane wurde angehoben, Bonters Hand fasste hinein und zog eine der Ketten heraus.

»So, und mir scheint, deine Ware hat ein Eigenleben. Unter der Plane bewegt es sich wie ein Schlangennest.«

Ein anderes Klirren ertönte, eines, das Julin als das Klimpern von Lomarmünzen zu erkennen glaubte.

»Einen Gruß vom Eintreiber soll ich dir sagen, Quant. Bewegt sich immer noch was oder hast du doch nur getrunken?«, ließ sich Bonters Stimme vernehmen.

»Getrunken, schätze ich«, sagte der Mann. Gier ließ seine Stimme heiser und hastig klingen. »Auf gute Geschäfte, Bonter.«

»Auf gute Geschäfte, Quant!«

Der Wagen ruckte an und ein Schatten fiel auf die Plane. Die Hufschläge des Pferdes begannen ein Echo zu werfen, das sich mit Dutzenden von anderen Echos vermischte. Im Gegensatz zu draußen war es im Inneren des Berges geradezu warm. Julin linste durch den Spalt in der Plane. Der Atem stockte ihm.

Was er vor sich sah, war das wahre Dengar. Das, was er für die Stadt gehalten hatte, war nichts weiter als eine Ansammlung baufälliger Hütten. Hier drin im Berg erhob sich dagegen eine riesige Halle. Soweit er es erkennen konnte, zog sich ein fackelbeleuchteter, glatt geschliffener Steinweg wie die Windungen eines Schneckenhauses tiefer und tiefer in das Herz des Berges. Überall glommen Lichter in den Fenstern von Steinhäusern, an Seilzügen wurden riesige geflochtene Körbe mit Vorräten abgeseilt auf die unteren Ebenen, wie Julin vermutete. Silberschafhälften und riesige Brotlaibe wurden auf diese Weise in den Berg geschafft. Pferdehufe klapperten überall, die Stimmen der Händler hörten sich an wie die Hallgespenster, die den Höhleneingang umlagerten. Mit einem schabenden Geräusch verlagerten sich die Ketten, als der Wagen steil abwärts fuhr. Julin rutschte vom Planenspalt weg und hatte alle Mühe, eine bequeme Lage zu finden.

Die Fahrt dauerte lange, so lange, dass er schon dachte, er sei in der Ewigkeit gefangen. Sein Mund begann wieder zu pochen, aber wenigstens wurde ihm wärmer. Auch der kurzhaarige Junge war entweder ohnmächtig oder er schlief. Bei jedem Ruckeln des Wagens wippte sein Kopf auf dem Schellenstapel hin und her. Er tat Julin Leid und er nahm sich vor ihm zu helfen, wenn es möglich sein sollte. Ob Haliz ihn noch immer in der Vorstadt suchte?, überlegte er. Nein, bestimmt hatte sie inzwischen begriffen, dass ihm etwas zugestoßen war.

Plötzlich stand der Wagen still. Die Geräusche waren leiser geworden, nur Bonters Stimme war zu hören. »Guten Morgen!«, sagte er zu jemandem, der in der Nähe stehen musste. »Die hier schickt der Eintreiber Manx.«

»Gut, bring sie her.« Das war eine Frauenstimme, die warm und dunkel klang. Sie muss eine gute Sängerin sein, schoss es Julin paradoxerweise durch den Kopf. Mit einem Ruck wurde die Plane entfernt. Julin zuckte zusammen, als ihm plötzlich Fackellicht in die Augen stach. Er blinzelte und erkannte nach und nach, dass sie sich in einem Höhlenraum befanden, dessen Decken nur grob behauen waren. Mehrere Wagen standen auf einer mit Sand bestreuten Felsplatte, die an einem Geländer endete. Und dahinter – Julin schauderte – gähnte der Schlund der Dunkelheit. Unendlich tiefe Dunkelheit, wie er vermutete. Seile hingen vom Himmel herunter und verloren sich irgendwo in der Ewigkeit.

Grob wurden sie vom Wagen gezerrt und mussten sich zu einer Gruppe weiterer Gefangener gesellen. Der verwundete Junge stolperte und fiel beinahe, doch der Gefangene vor ihm riss geistesgegenwärtig an der Kette und so fing er sich und stand aufrecht, wenn auch unsicher da. Etwa vierzig weitere Gefangene waren bereits auf dem Plateau aufgereiht und sahen ihnen entgegen. In der Mitte der Plattform glaubte Julin ein Gespenst zu sehen. Unheimlich war die Frau, die dort stand, kaum menschlich, wie eine Tote mit erloschenen Augen, die so farblos waren, dass die Iris beinahe den gleichen Ton hatte wie der Augapfel. Erst als sie den Kopf drehte, schimmerten die Augen auf wie matte runde Platten aus grau schillerndem Gewebe. Ihr Mantel war mit Steinstaub bedeckt, ihre Haut so fahl, dass sie durchscheinend wie ein Naj aussah, ein seltsamer Kontrast zu ihren schwarzen Locken. Sie war kräftig und musste so alt sein wie Julins Mutter. Aber Julins Mutter konnte nicht schreiben, diese Frau dagegen musterte jeden Gefangenen eingehend und trug dann mit einem kratzenden Stück Kohle etwas auf einer dünnen Holzplatte ein. Sie runzelte die Stirn, als sie Julin sah, betrachtete in aller Ruhe jede einzelne Feuersprosse und jede Schürfwunde und machte dann ein verdächtig langes Zeichen.

Julin sah sich verstohlen um und entdeckte, dass er nur einen Schritt zurückgehen musste um mit seiner Hand einen Felsen zu berühren. Vorsichtig machte er einen Schritt. Der Gefangene neben ihm knurrte, als die Kette sich straff zog, gab jedoch nach und bewegte sich ebenfalls. Julin biss die Zähne zusammen und rieb den Wundschorf an der Handschelle. Schmerz durchzuckte ihn, dass ihm Tränen in die Augen stiegen, aber voller Erleichterung spürte er, wie das

Blut wieder floss. Es würde eine hässliche Narbe geben, doch darauf kam es jetzt nicht an. So gut es ihm mit den schmerzenden Schultern möglich war, malte er das Harfenzeichen hinter seinem Rücken an die Felswand.

»Was ist mit dem?«, wandte sich die Frau an Bonter. »Der da mit den Augen von zwei Vätern. Der ist verletzt!«

Bonter winkte ab. »Ach was, einen kleinen Stich hat er abbekommen. Fast schon verheilt.«

»Und der?« Sie deutete auf Julin. »Seit wann ist es üblich, dass die Minenarbeiter hier so zugerichtet ankommen? Das nächste Mal nimmst du sie wieder mit und sagst Manx, dass ich mich beim Höhlenrat beschweren werde.«

Zu seinem Erstaunen sah Julin, wie Bonter plötzlich zu schrumpfen schien. Demütig hob er die Schultern und blickte theatralisch zum Steinhimmel. »Meine Gehilfen … ungehobelt, du verstehst? Und viel zu oft betrunken«, schnurrte er. »Ich werde sie rauswerfen und neue einstellen. Keine Sorge, Estima. Das nächste Mal bekommst du sie parfümiert und rasiert.« Er lachte über seinen eigenen Scherz, doch Estima zog nur einen Mundwinkel hoch und steckte die Kohle in die Brusttasche ihres Mantels. Ein verwischter schwarzer Strich auf dem Stoff zeigte, dass sie diese Geste sehr häufig machte.

»Das hoffe ich«, erwiderte sie kühl und winkte ein paar Gehilfen heran. Bonter und die anderen Händler nahmen die Pferde bei den Zügeln und wendeten die Wagen. Einer nach dem anderen begann das Plateau zu verlassen und die steile Steinstraße wieder nach oben zu fahren. Julin beneidete sie so glühend, dass es schmerzte.

»So, und nun zu euch«, wandte sich Estima an die Gefangenen. »Ich bin Estima Sallaan, die Stollenherrin. Es gibt viele wie mich und jeder von uns betreut seinen Stollen und seine Arbeiter. Mich interessiert nicht, warum ihr hier seid und was ihr getan habt um hierher zu kommen. Einige von euch sind Diebe, andere Mörder. Ich will es nicht wissen, denn hier seid ihr nichts als Arbeiter. Meine Arbeiter.« Sie holte tief Luft. »Wenn ihr euch anständig benehmt, werde ich euch anständig behandeln. Das ist nicht in allen Minen selbstverständlich. Hat das jeder verstanden?«

»Nein!« Der Schrei war schrill vor Verzweiflung und kam vom Ende der Kette. Julin spürte den Ruck, als der muskulöse junge Bursche mit aller Gewalt an den Ketten zerrte. Irgendwie war es ihm gelungen, das Tuch vor seinem Mund zu zerbeißen und den Knebel auszuspucken. »Ich bin unschuldig hier!«, brüllte er. »Ich bin ein Schmiedegehilfe! Man hat mich niedergeschlagen und verkauft!«

Julin zog unwillkürlich die Schultern hoch, denn sofort hatte ein Aufseher mit einem Holzknüppel ausgeholt.

»Lass«, durchschnitt Estimas strenge Stimme die entsetzte Stille. »Du solltest ihn lieber richtig knebeln statt ihm die Knochen zu brechen!« Der Aufseher spuckte aus und senkte unterwürfig den Blick. Zwei weitere Aufseher packten den sich wehrenden Jungen und knebelten ihn wieder.

Estima wandte den Kopf ab und holte Luft. »Habt ihr verstanden?«, wiederholte sie. Ketten klirrten, unsicher sahen sich die Gefangenen an, schließlich nickten sie. »Gut«, sagte Estima. »Dann seilen wir euch jetzt ab.«

Stumm vor Entsetzen verfolgten vierzig Augenpaare, wie Estimas Helfer zwei der armdicken Seile ergriffen und daran zogen. Knirschend setzte sich ein eisernes Rad in Gang, Zahnräder griffen mit einem leisen Klicken ineinander, dann erschien ein Korb aus der Tiefe. Beängstigend heftig schaukelte er hin und her. Ein Stöhnen ging durch die Gruppe der Gefangenen.

Estima lächelte. »Nun«, sagte sie. »Jetzt wisst ihr, warum ich euch die Knebel noch nicht abgenommen habe. Ich will nicht, dass ihr beim Seilzug vor Angst herumkreischt und Panik verursacht. Wenn ihr genau das tut, was ich euch sage, wird euch nichts passieren.«

Julins Herz schlug so heftig, dass seine Lippe pulsierte. Er hatte das panische Gefühl, zu ersticken. Seine Lunge brannte, als Estimas Helfer den Korb auf die Plattform wuchteten. So etwas wie ein Gattertor war darin eingelassen. Mit zitternden Knien bestiegen sie nacheinander das Gefährt, manche mussten hineingeschubst werden. Der Geruch von Angst waberte über den Stein. Körper an Körper standen sie schließlich in der engen Gondel. Klackernd setzten sich die Zahnräder in Bewegung.

»Nicht bewegen, was auch passiert, verstanden? Und nie nach unten schauen. Schaut auf das Rad über euren Köpfen«, befahl Estima und stieg ebenfalls in die Gondel. Sie stand so nah bei Julin, dass der Kragen ihres Mantels über seinen Hals schabte.

Das Quietschen des Rades, das den Seilzug bediente, fuhr ihm bis ins Knochenmark, dann bewegte sich der Boden unter ihm. Ruckartig und mit ungeheurer Wucht wurde der Korb über den Boden geschleift, genau auf den Abgrund zu. Ein erstickter Schrei kam aus den gefesselten Kehlen der Gefangenen. Julin krallte sich an seiner Kette fest. Sterben!, schoss es ihm durch den Kopf, als die Felskante unter ihren Füßen entlangschrappte.

Dann war da nur noch Luft. Sie trudelten hin und her, schwankten unter dem steinernen Himmel, der über ihnen einen höhnischen Tanz aufführte. Julin hatte das Gefühl, jeden Augenblick aus dem Korb zu kippen, der sich neigte und neigte. Und natürlich schaute er nach unten. Plötzlich spürte er die anderen Körper nicht mehr, er war allein und stürzte, stürzte immer tiefer, während das Grauen ihn lähmte, bis er nicht mehr atmen konnte. Er taumelte über schwarzer Unendlichkeit. Ein Schwindelgefühl übermannte ihn, jeden Moment würde er das Gleichgewicht verlieren.

Eine Hand, die ihm in die Haare griff, holte ihn in die Wirklichkeit zurück. Unbarmherzig zwang Estima seinen Blick nach oben. »Schau auf das Rad, bist du taub?«

Erleichtert stellte er fest, dass es eine Welt über ihm gab, etwas, woran die Augen sich festhalten konnten. Langsam schwang der Korb aus, bis er schließlich Ruck für Ruck in die Tiefe glitt. Estima ließ Julins Haar los und pendelte mit gezielten Wiegeschritten mit ihren Helfern in einem eingespielten Tanz die Gondel aus. Sie kamen an mehreren Terrassen vorbei, Plateau für Plateau ging es nach unten wie im Zentrum eines Schneckenhauses. Auf jedem Plateau eröffnete sich Julin ein anderes Schauspiel. Pferde wurden verkauft und über die Schneckengänge nach unten geführt. Viele der Tiere waren schweißbedeckt und stemmten sich gegen die Stricke. Händler hatten ihre Marktstände aufgebaut. Die Menschen, die hier lebten, waren alle so geisterhaft blass wie Estima und schienen sich selbst bei spärlichem Kerzenlicht schlafwandlerisch sicher zu bewegen.

Je weiter hinunter es ging, desto kahler wurden die Stände und desto grob behauener der Fels. Runde Augen leuchteten in den Nischen, und als Julin genauer hinsah, erkannte er pelzige Gesichter und schaufelgroße Hände, die fast bis zum Boden hingen. Eine der Hände hob sich und deutete auf ihn. Mehrere Geschöpfe traten aus den Schatten. Höhlentreter!, stellte Julin fest. Er kannte diese Geschöpfe aus Skaris. Halb magische Wesen waren sie, angeblich entstanden aus einer Liebschaft zwischen einem Wildlichtmädchen und dem sanftesten aller Bärenfürsten.

Schließlich brachten Estima und ihre Helfer den Korb wieder zum Schwingen. Auf dem Plateau standen Minensklaven mit Stöcken, deren Enden zu stumpfen Holzhaken gebogen waren. Als die Gondel nahe genug am Plateaurand war, schlugen sie die Haken in den Korb und nutzen seinen Schwung um ihn über den Rand zu ziehen. Erleichtert spürte Julin, wie der weiche Korbboden hart und kantig wurde.

Ein riesiger Mann mit einem Gesicht wie ein vernarbter Fischrücken holte einen Schlüssel hervor und machte die Kette los, die Julin und seine Mitgefangenen verband. Jemand löste auch die Mundbinde.

»Ihr steht jetzt an der Erzstraße«, erklärte Estima. »Der Schacht, den wir soeben durchfahren haben, war einst Fels, der zur Zeit der alten Könige voll und schwer war von Silber und Kristallen. Im Laufe unzähliger Leben wurde er ausgehöhlt. Und als er nichts mehr hergab, baute man die Ebenen und begann Querstollen in den Berg zu treiben. Einer davon führt in meine Silbermine.«

Meine neue Heimat, dachte Julin bitter. Aber nicht für lange, schwor er sich. Irgendwie würde er fliehen. Noch hatte er keine Idee, doch sobald seine Lippe verheilt war, konnte sich die Situation schnell ändern. Und vielleicht fand er hier unten eine Spur von Darian.

»Ich habe euch die Kette abgenommen, damit ihr laufen könnt. Aber ich würde euch nicht raten zu fliehen – ihr würdet euch verirren. Und wir Menschen sind hier unten bei weitem nicht die Einzigen, die frisches Fleisch zu schätzen wissen.«

Unmerklich drängten sich die Gefangenen zusammen, als sie den schwach beleuchteten, schartigen Tunnel betraten. Aus den Augenwinkeln bemerkte Julin, dass der Junge immer wieder das Gleichgewicht verlor. Ein Blick in die rot umrandeten Augen zeigte ihm, dass er Fieber hatte. Er wartete, bis er aufgeholt hatte. »Komm, stütz dich auf!«, sagte er.

Der Junge sah ihn überrascht an, dann huschte ein fiebriges Lächeln über sein Gesicht. Die Hand, die er ihm gab, war blutverkrustet wie seine, also ergriff Julin ihn am Handgelenk. »Danke«, flüsterte der Junge und sie stolperten weiter. Hinter ihnen, außerhalb der Reichweite des Fackelscheins, war schwarze Dunkelheit, ebenso vor ihnen. Durch die Stollen hallten entfernte Echos, die ihnen die Haare im Nacken aufstellten. Schließlich kamen sie zu einer größeren Halle. Kerzen leuchteten in Fenstern. Holzhütten sahen aus, als hätte man richtige Häuser genommen und sie mit Wucht gegen den Fels geworfen, wo sie irgendwie hängen geblieben waren. Klopfen und Hämmern hallte von den Wänden wider und zu seinem maßlosen Erstaunen hörte Julin das Wiehern eines Pferdes.

Estima ließ sie Aufstellung nehmen und zählte sie, dann nahm sie wieder ihre Holzplatte und begann sie zuzuweisen. »Du, kannst du mit Pferden umgehen?«, fragte sie den Jungen.

Sein unsteter Blick versuchte sie zu fixieren. »Ja«, flüsterte er.

»Gut«, sagte sie knapp. »Wie heißt du?«

Der Junge schien sich konzentrieren zu müssen um die Frage zu verstehen. »Owidiju«, brachte er schließlich heraus.

Julin räusperte sich. »Er hat Fieber«, sagte er und versuchte möglichst deutlich zu sprechen. »Er wird sterben, wenn er jetzt arbeiten muss.«

Estimas Gesicht wurde zu einem Gewitterhimmel. »Wer bist du denn?«

»Julin«, nuschelte er und deutete auf den Jungen. »Er hat Fieber!«

Estima kam heran und nahm den Jungen beim Kinn. Prüfend drehte sie seinen Kopf hin und her. »Quedlin!«, rief sie und eine alte Frau schoss krähengleich aus dem Fackelschatten eines Hauses hervor. Sie sah aus wie ein schartiger Felsbrocken und war offensichtlich genauso gesprächig.

»Nimm ihn mit und versorge seine Wunde. Und wasche sein Gesicht.« Ohne den Gefangenen noch einmal anzusehen wandte sie sich an Julin. »Und du, hast du auch Fieber?«

Er schluckte und verneinte.

»Kannst du mit Pferden umgehen?«

Heftig schüttelte er den Kopf. »Nein, bitte, alles, nur das nicht.«

Sie lachte auf. Er war nicht sicher, ob es ein grausames Lachen war, aber dann sah er die Fältchen um ihre Augen und plötzlich fühlte er sich ein kleines Stück besser.

»Zeig deine Hände!«, befahl sie und er streckte seine zitternden Finger aus. Missbilligend runzelte sie die Stirn und betrachtete das unregelmäßige schwarze Rad, das sich unter der Haut abzeichnete. »Stümper«, murmelte sie und notierte sich wieder etwas. »Du wirst vorerst als Trennjunge arbeiten.«

Er runzelte die Stirn und öffnete den Mund um zu fragen, was ein Trennjunge mache, doch sie war schon beim nächsten Gefangenen.

Später wurden sie in eine der Holzhütten gebracht. In einem Trog mit eisigem Quellwasser wuschen sie Schmutz und Staub ab und bekamen danach eine dickflüssige Suppe vorgesetzt, die nach Schaf schmeckte. Julin war erleichtert mit seinem wackligen Zahn nichts kauen zu müssen und löffelte die heiße Flüssigkeit in sich hinein, obwohl seine geschwollene Lippe brannte. Der Essraum, in dem sie saßen, war bei weitem nicht so ungemütlich, wie Julin vermutet hätte. Auch waren die Räume weit größer, als sie von außen aussahen. Zwar war das Holz feucht, wie die ganzen Gänge feucht waren, aber in der Ecke glomm ein magisches ewiges Feuer, das nicht rußte und keine Luft fraß. Julin fragte sich, woher so tief unten Frischluft in den Berg geleitet wurde. Es musste eine Belüftung für die Arbeiter in den Gängen geben. Verstohlen tastete er nach Darians Buch, das immer noch da war, und wärmte die Hand an der magischen Flamme, die geduldig darauf wartete, dass er sie aus ihrem Versteck rief.

Rebell und Zauberer

»Das ist ein Spitzhammer und so hältst du ihn.« Mit einem flinken Schwung schnappte sich der Aufseher das schwere Werkzeug und vollführte eine Bewegung in der Luft, die einen gezielten Schlag andeutete. Der Mann war drahtig und alt, die Tätowierung auf seinem pergamentenen Handrücken war verblasst. Fast ein ganzes Leben Arbeit in den Minen hatte seinen Rücken niedergedrückt und verbogen. Unzählige Narben an seinen Fingern und Unterarmen sprachen eine allzu deutliche Sprache, die Julin am liebsten gar nicht gehört hätte. Mit einem mulmigen Gefühl fragte er sich, für welches Verbrechen der Mann wohl büßte.

»So, jetzt du!« Der Alte warf Julin den Hammer hin und Julin fing ihn auf. Das Gewicht ließ ihn beinahe seine Balance verlieren. Aus einer Karre, die am Ende des Blindgangs stand, nahm der Mann einen milchig hellen Brocken. »Das ist Spat!«, erklärte er. »Ein kristallines Metall. Das gibt es in Form von Würfeln, manchmal aber – wie bei dem hier – als tafeligen Kristall, siehst du?«

Julin runzelte die Stirn und betrachtete kritisch die Kanten und scheibenförmigen Bruchstellen. Durch den Spat zog sich so etwas wie eine dicke schwarze Linie, genau an den Tafelkanten und den Bruchstellen entlang. »Ist das – das Silber?«, fragte er ungläubig.

Der Alte zog die Brauen hoch. »Gut!«, brummelte er. »Und

du bist der Trennjunge. Du trennst das Silber vom Spat.« Er wuchtete den Brocken auf den Holzklotz, der bei der Wand stand. Dann setzte er sich auf den zweiten Klotz, nahm Julin den Spitzhammer aus der Hand und ließ ihn mit einer routinierten Geste auf den Brocken niedersausen. Nach wenigen Schlägen hatte er so viele Spattafeln weggeschlagen, dass nur noch ein längliches Stück übrig war, das beinahe vollständig aus Silber bestand. »Das Rohsilber kommt da rechts auf den Haufen. Den Restspat wirfst du nach links.«

»Und das mache ich den ganzen Tag«, stellte Julin mutlos fest.

Hämisch grinste ihn sein Meister an. »Hast du es noch nicht gemerkt? Für dich gibt es keinen Tag mehr!« Mit diesen Worten zog er eine Kette aus seiner Tasche und schloss sie am Fußring fest. Julin schielte zum Spitzhammer.

»Denk nicht mal daran«, sagte der Alte ohne sich umzusehen. Mit einem Klicken rastete die Kette am Ring im Fels ein. Der Alte drehte sich um und funkelte Julin an. »Was du auch tust, sei dir bewusst, dass es schon Hunderte vor dir versucht haben.« Er beugte sich vor, sodass Julin die gelben Ruinen seiner Zähne sehen konnte und den fauligen Atem roch. »Es gab mal einen, der die Kette tatsächlich aufgekriegt hat – nur um sich dann zu verirren und im Labyrinth der Kreisgänge zu verhungern. Und selbst wenn du es alleine aus der Mine schaffst – wird der Woran dich töten. Er lebt hier, nur wenige Stollen weiter wandert er umher. Willst du wissen, wie der letzte Flüchtling aussah, nachdem wir ihn gefunden hatten?«

Julin schwieg. Sein Mut sank wie ein Stein auf den Grund eines Flusses.

»Viel Glück und Königs Kraft!«, schloss der Alte und grinste wie eine Kakerlake. Nach wenigen Schritten hatte ihn die Dunkelheit des Ganges verschluckt. Einsamkeit und das ganze Gewicht des Berges wälzten sich auf Julins Schultern. Mit fahrigen Fingern griff er nach der Kette. Wie die Fußfesseln schloss auch sie nahtlos. Verzweifelt rüttelte er daran, aber der Ring hatte viele Winter lang jedem verzweifelten Befreiungsversuch standgehalten und bewegte sich auch jetzt nicht. Es hatte keinen Sinn, gestand sich Julin ein. Hastig schnalzte er die magische Flamme herbei und zog Darians Buch heraus. Die Buchdeckel waren so verbogen, dass ihn das Notizbuch anzulächeln schien, und das Einbandleder war warm von seiner Haut. Mit fliegenden Fingern blätterte er die Seiten um. Wieder fielen ihm die vielen Skizzen auf, die sein Lehrmeister mit geschickter Hand gezeichnet hatte – Gesichter, die Julin nicht kannte, Dondos Porträt und ein Schiff, von dem er annahm, dass es der Kapitänin gehörte, die Darian liebte. Endlich fand er Seiten, die noch leer waren. Er nahm einen Silberspan und kratzte akribisch den Weg zur Trennkammer ein, den er gegangen war. Drei Stollen links, zwei Leitern, in entgegengesetzter Richtung weiter, zwei Stollen links. Nicht viel für den Anfang, aber er fühlte sich besser. Langsam glitt die Welt wieder ein Stück näher. Er durfte nicht den Verstand verlieren. Und der Woran? Es mochte stimmen, vielleicht war es aber auch nur ein Schauermärchen.

Ein schleifendes Geräusch ließ ihn zusammenzucken. Gerade noch sah er, wie eine pelzige Hand im Schatten verschwand, dann war Stille, bis auf das Klopfen seines Herzens, das sich wie Donner an den Wänden zu brechen schien. Höhlentreter! Eine schwache Hoffnung keimte in ihm auf. Alle Höhlentreter liebten Tiere und Blumen. Und, was noch wichtiger war: Sie wussten, wo sie Blumen und Tiere fanden. Er wollte aufspringen, so weit hinter dem Wesen herrennen, wie seine Kette erlaubte, und es um Hilfe anflehen, aber es war zu spät. Der Höhlentreter war verschwunden. Nun musste er Geduld haben. Bis dahin musste er sich die Wege einprägen und vor allem – er durfte keinen Verdacht erregen.

Der Spathügel sah entmutigend groß aus. Seufzend holte er aus und versuchte seine linke Hand so wenig wie möglich zu belasten. Nach einer Ewigkeit, wie ihm schien, hatte er fünf Silberadern freigelegt. Schweiß rann ihm über das Gesicht, sein Arm schmerzte. Er war froh, dass der Spitzhammer so schwer war und er daher nicht allzu viel Schwung brauchte um den Spat zu zerkleinern. Nach einer Weile versuchte er sich mit verschiedenen magischen Melodien zu behelfen, um den Hammer etwas leichter zu machen, doch er musste einsehen, dass ein Zauberer, der nuschelte, kein Zauberer war. Pfeifen konnte er mit seiner verletzten Lippe ebenfalls nicht, also begnügte er sich mit dem Summen einer Melodie, die die Arbeiter im Steinbruch sangen, während sie im Takt die Steine aus dem Fels brachen. Viel half es nicht. Ob Darian sich auch in einem solchen Stollen befand?, überlegte er. War er auch mit der Gondel in das Herz des Berges gebracht worden? Und ob Haliz ihn schon suchte? Sehnsucht trieb ihm ohne Vorwarnung Tränen in die Augen. Noch nie im Leben, so schien es ihm, hatte er sich so schmerzhaft mit jeder Faser seines Körpers gesehnt – nach Haliz, nach Fenjas grobem Humor und – ja – sogar nach der Kälte einer Winternacht. Sei vernünftig!, schalt er sich. Sonst wirst du hier verrückt. Nachdenklich betrachtete er seine entzündete Hand und lächelte bitter. Sein Name stand nicht auf der Silbertafel. Entschlossen nahm er den Spitzhammer und kratzte in einen Spatklotz das Zeichen der Stabharfe.

Die Schichten im Stollen zogen sich zäher als gefrorener Honig. Julin verlor das Gefühl für die Zeit. Dank seines Zaubers war er weniger erschöpft als die anderen, die mit verstaubten Gesichtern und schwarzen Händen aus den Stollen kamen, und er nutzte die Zeit, während sie in einem totenähnlichen Schlaf lagen, um beim Schein der magischen Flamme seine Skizzen zu vervollständigen. Immer wieder übermannte ihn die Verzweiflung und in diesen Augenblicken versuchte er Fenjas Gesicht zu zeichnen und Haliz' kühles Lächeln.

Während seiner Schichten lernte er, dass es zwei Arten von Stollen gab. Jene, die bereits aufgewältigt waren und Silber bargen, und die schmalen Probestollen, in denen Kinder arbeiteten. Zu Julins Entsetzen gab es in den Bergdörfern von Lom so viel Armut, dass Eltern ihre Kinder gegen ein Wintergeld in die Bergwerke gaben – manchmal nur für einige Monde, oft genug jedoch verkauften sie sie auch für immer. Ob Yannvar davon wusste? Oder war es Teil des Vertrags mit dem Reichtum, dass die Mächtigen von Lom dem Silber sogar die Kinder ihrer Bürger opferten?

Wenn diese Kinderkolonnen nichts fanden, entschied Estima, ob der Gang weitergeführt oder aufgegeben wurde – im letzten Fall diente er als Abladeplatz für das Gestein, das in vielversprechenderen Stollen abgetragen worden war. Ausgemergelte Pferde, die zum Teil bereits erblindet waren, zogen stöhnend wegen ihrer entzündeten Gelenke die Karren mit Spat und Silber.

Immer wieder hielt Julin Ausschau nach Owidiju. Endlich, als er nach einer Schicht mit pochender Hand aus der Trennkammer kam, sah er ihn bei den Pferden stehen. Fast hätte er ihn nicht erkannt, denn eine Schwellung, die sich über die ganze Stirn und Wange zog, verunstaltete sein Gesicht. »Owidiju!«, rief er leise und drängte sich in seine Nähe. Im Genick hatte er das ungute Gefühl, dass gleich ein Aufseher ihn entdecken und an die Arbeit jagen würde.

Owidiju sah erschrocken hoch, dann erkannte er, dass er nichts zu befürchten hatte. Als er lächelte, schien im Stollen die Sonne aufzugehen. »Julin!«, flüsterte er und sah sich wachsam um. »Ich habe dich oft gesehen, aber jedes Mal war der Aufseher in der Nähe.«

»Ja, ich weiß«, erwiderte Julin. »Was ist mit dir passiert?«

Owidiju zuckte die Schultern. »Eine Schicht arbeite ich im Stollen. Sei froh, dass du in der Trennkammer allein bist. Die älteren Gefangenen …«

Julin schauderte. Bisher hatte er Glück gehabt, wurde ihm bewusst. Ein Aufseher kam mit schnellen Schritten den Gang entlang. Noch hatte er nicht entdeckt, dass sie miteinander sprachen, aber er hatte nur noch wenige Augenblicke Zeit. »Wir kommen hier raus«, hörte er sich plötzlich sagen.

»He!«, dröhnte die Stimme des Aufsehers.

Owidiju tauchte hinter dem Pferd ab und Julin stolperte weiter. Er war sich nicht sicher, ob Owidiju seine Worte gehört hatte.

Allmählich verheilte seine Lippe und auch die Wunde auf seiner Hand verkrustete und hörte auf zu pochen. Als der Schorf abfiel, blieben Rad und Becher zurück – unregelmäßig gestochen, aber deutlich erkennbar und nie wieder zu entfernen. Der Anblick tat Julin jedes Mal von neuem weh, doch er tröstete sich damit, dass er zumindest wieder pfeifen und deutlich sprechen konnte, was nicht nur die Arbeit in der Trennkammer merklich erleichterte.

In der nächsten Schicht rief er sich die blumigen Balladen aus dem Taniswald ins Gedächtnis und begann leise zu singen. Es dauerte lange, viel zu lange, aber endlich hörte er ein Tappen in seiner Nähe. Am liebsten hätte er gejubelt, als ein pelziges Gesicht auftauchte. Julin versuchte sich an einem gewinnenden Lächeln. Sofort wich der Höhlentreter in den Schatten zurück und floh. Julin ließ sich nicht entmutigen, sondern begann im Takt der Hammerschläge von neuem. Er erzählte von den blauen Blumen, die sich nachts in Traumfalter verwandelten und zu den Schlafenden flogen. Er sang von den Bantys, die lautlos galoppierten und mit dem Wald verschmelzen konnten um ungesehen zu bleiben. Schließlich, als er bei den roten Vögeln von Königin Namise angelangt war, erschien das besorgte Gesicht eines Höhlentreters am Gangrand. Und dann noch eins und noch eins. Julin winkte ihnen zu. Sie sahen sich an, dann hob ein Höhlentreter mit honigbraunem Fell seine riesige Hand und winkte schüchtern zurück.

In der nächsten Schicht brachten sie ihm eine staubige alte Perlharfe. Eine Saite war gerissen, die anderen hingen in schlaffen Bögen herunter. Julins Herz blühte auf, als er das Instrument in den Fingern spürte, plötzlich war die Dunkelheit um ihn licht und der Berg über ihm leicht wie ein Wolkengebilde. Das Instrument war eiskalt, als hätte es sehr lange Zeit im Berg gelegen. Er lächelte und stimmte die Saiten.

»Also gut«, sagte er zu den erwartungsvollen Gestalten. Seine Handschellen klirrten gegen das Instrument, aber es gelang ihm, einige Töne hervorzulocken, die einigermaßen gerade und harmonisch waren. Jetzt kam es darauf an. Solange er sang, hörten sie ihm zu. Hastig formte er ein Lied in seinem Kopf. Besonders stolz war er nicht darauf, ihm war bewusst, dass es in schlechtester Kneipenmanier zusammengestückelt war und holperte anstatt sich zu reimen, doch er hoffte, es würde zumindest rührselig genug sein, um den Höhlentretern zu gefallen. Leise begann er zu singen – so leise, dass die Höhlentreter näher heranrückten um ihn besser zu hören. Fast konnte er ihren schnellen Atem auf seinen Händen spüren.

»Julin heiß ich, Kalamas Fer,
aus dem fernen Skaris kam ich hierher.
Ein Magier bin ich oder werde es sein,
doch plötzlich blieb in Lom ich allein.

Mein Meister heißt Darian Danalonn,
Bei ihm lerne ich zwei Winter nun schon.
In der Königshalle starb Darian,
doch tot ist er nicht, wo ist er nur dann?

Als Suchender irre ich seitdem umher,
in die Minen verschleppt, keine Hoffnung mehr.
Mit Ketten gebunden, gezeichnet wie Vieh,
ist das mein Schicksal, finde ich ihn nie?

So ruhelos, wie ein Hallgespenst klagt,
suche ich Darian und bin verzagt.«

Der honigbraune Höhlentreter, der der Anführer zu sein schien, schniefte und wischte sich mit seiner pelzigen Hand über die Augen. Am Ende des Ganges ertönte Gerumpel – der Mann mit dem Karren kam um neuen Spat zu bringen. Julin wusste, dass es Werg war, ein Klotz von einem Menschen, der es liebte, ihn anzubrüllen und zu stoßen.

Rasch schlug Julin ein paar Töne an und sang eindringlich und leise:

»Der Berg weiß die Antwort,
ist Darian hier?
Wisst ihr den Weg,
dann zeigt ihn mir!«

»He, Kröte!«, rief Wergs Reibeisenstimme. »Singst du etwa oder heulst du in deiner Ecke?«

Die Höhlentreter sprangen auf, doch Julin streckte die Hand aus und hielt den honigbraunen am Arm zurück. Noch nie hatte er gewagt, eins dieser Berggeschöpfe zu berühren. Der Höhlentreter sah ihn erschrocken an, unter seinen Fingern fühlte Julin Fell und felsharte Muskelstränge.

»Bitte!«, sagte er eindringlich zu dem besorgten Gesicht. »Ich muss fliehen und Darian suchen. Wenn ihr könnt, dann helft mir!«

Der Höhlentreter riss sich los und verschwand.

»Dummkopf!«, flüsterte Julin und meinte sich. Aus, vorbei – er hatte sie durch seine Ungeduld erschreckt. Gespielt und verloren, nun war er wieder auf sich allein gestellt.

»Du singst tatsächlich, du Auswurf eines Schleimolms!« Wergs Stimme überschlug sich. Mit wenigen Schritten war er bei Julin und riss ihm die Perlharfe aus der Hand. Mit einem misstönenden Laut zerschellte sie auf dem Spathügel. Julins Herz ging ebenfalls in Scherben, als er sah, wie das Instrument zerschmettert wurde. Ohne zu überlegen stieß er einen scharfen Pfiff aus. Die Reste der Perlharfe flogen hoch und trafen mit einem noch unharmonischeren Klang Wergs Gesicht. Im selben Augenblick bereute Julin, was er getan hatte. Es würde Ärger geben. Viel Ärger.

Der Mann taumelte zurück und griff sich an das Ohr, wo eine der Saiten einen tiefen Schnitt hinterlassen hatte. »Das wirst du büßen«, brüllte er. »Dafür wirft Estima dich dem Woran zum Fraß vor!«

Kurze Zeit später stand Julin blass und mit klopfendem Herzen vor der Stollenherrin. Noch nie zuvor war er in ihrem Schreibzimmer gewesen – eine Kammer im Berg neben den Holzhäusern der Arbeiter. Zehn Schlösser versiegelten die

Tür aus geschliffenem Eisen. Es war so dunkel, dass Julin kaum etwas sah, aber er wusste, dass Estima sich auch im Dunkeln bestens zurechtfand. Sie schwieg und sah ihn lange an. Obwohl ihm unbehaglich zumute war, versuchte er möglichst ruhig stehen zu bleiben.

»Julin«, begann sie nach einer Weile. »Du bist ein Zauberer, stimmt das?«

Eine warnende Stimme flüsterte ihm zu, dass er sich nichts anmerken lassen durfte. Er setzte sein bestes Spielergesicht auf. »Weil ich auf einer Perlharfe gespielt habe?«

Ihre Stimme war kühl. »Weil die Perlharfe durch die Luft geflogen ist und Werg verletzt hat.«

»Ich habe sie nach ihm geworfen, ja«, räumte er ein. »Und sie flog durch die Luft – aber erst nachdem ich sie mit meinen Händen aufgehoben und auf ihn geschleudert hatte.«

Voller Argwohn betrachtete sie ihn. Er konnte nicht sagen, ob sie ihm glaubte oder nicht. »Und was hat dich dazu bewogen, in der Trennkammer Perlharfe zu spielen?«

»Da, wo ich herkomme, singt man bei der Arbeit«, antwortete er leise. »So … hält man den Takt und …«

Sie schüttelte den Kopf. »Ich kann nicht dulden, dass meine Arbeiter sich prügeln und während der Arbeit singen. Wer Luft zum Singen hat, hat auch Luft zum Sprechen. Und wer sprechen kann, kann auch Schwierigkeiten machen.«

Insgeheim atmete Julin auf. Zumindest schien sie die Geschichte zu glauben, er wäre kein Zauberer.

Plötzlich schlug sie mit der Hand so heftig auf den Tisch, dass Julin vor Schreck zusammenfuhr. Wut blitzte in ihrem weißen Gesicht auf. »Es gibt viele Stollen, in denen die Arbeiter unter ganz anderen Bedingungen leben. Dort würde man dir einfach die Zunge herausschneiden um dich vom Singen zu kurieren.« Seine Knie wurden weich, er starrte sie an und brachte kein Wort heraus. »In anderen Stollen, nicht in meinem«, fügte sie ruhiger hinzu. »Ich bin stolz darauf, dass ich nicht zu solchen Methoden greifen musste – bisher. Und ich war immer stolz darauf, erfahrene Arbeiter zu haben, statt jeden Winter neue kaufen zu müssen, weil die vom letzten Winter vor Erschöpfung gestorben sind. Aber so kann ich nur weitermachen, solange es sich auszahlt. Verstehst du, was ich sage?«

Sie stand auf und trat zu ihm. Ihre leeren Augen starrten ihn an. Zum ersten Mal fragte er sich, was sie wirklich damit sah. Unwillkürlich kam ihm der Gedanke, dass Estima vielleicht blind sein könnte wie die Minenpferde.

»Es geht um den Profit«, flüsterte sie. »Es geht darum, mehr Silber zu fördern als die anderen Stollen. Und das wird immer härter. Von Winter zu Winter, von Sommer zu Sommer wird unsere Ausbeute geringer. Die Schätze im Berg sind nicht unendlich und schon jetzt finden wir kaum noch Silber, das wir nicht aus dem Berg prügeln müssen. Der Reiche Mann blutet aus. Siehst du das?« Sie griff an ihren Hals und zog einen Anhänger an einem Pelzband hervor. Auf den ersten Blick wirkte es wie ein wirres Büschel starrer grauer Locken. »So sah das Silber aus, als ich jung war – gediegen und rein, es lag in den Gängen und musste nur aufgesammelt werden. Heute kratzen wir Krümel und Krümel aus den Höhlen wie Würmer, die sich durch einen Apfel fressen.« Sie holte Luft und nahm sich zusammen. »Mit anderen Worten, ich kann mir keine Arbeiter leisten, die ihre Arbeitszeit damit vertrödeln, zu singen und so etwas zu machen!«

Sie griff zum Tisch und hielt Julin einen Spatbrocken unter die Nase. Im schwachen Licht erkannte Julin sein Stabharfenzeichen. »Es wird dich vielleicht enttäuschen, aber du bist nicht der Erste, der diese Idee hatte.« Sie knallte den Spat mit solcher Wucht auf den Tisch, dass er in mehrere Teile zerbrach. »Sieh dich in den Stollen um, die Gänge sind voll mit Zeichen, die nie jemand lesen wird!« Ihre Stimme wurde leiser. »Und schau deine Hand an. Rad und Becher. Rad und Becher – was heißt das?«

»Das ist das Zeichen für die Silbermine ...«

»Das weiß ich!«, unterbrach sie ihn unwirsch. »Die Tatsache, dass du es auf der Haut trägst – was bedeutet das?«

Julin presste die Lippen zusammen und schwieg. Worte lagen ungesagt in seiner Kehle und nahmen ihm den Atem. Am liebsten hätte er Estima angeschrien.

»Die Arbeiter, die ein Minenzeichen auf der Hand tragen, bleiben bis zu ihrem Tod im Berg«, antwortete sie an seiner Stelle. »Nicht für einen Winter oder zwei oder drei wie die Häftlinge, die ihre Strafe abarbeiten. Nein. Für Arbeiter wie dich ist die Mine der Anfang und das Ende. Es liegt an dir, wie du diese Zeit verbringst.«

»Ich bin unschuldig«, brachte er endlich hervor. »Und das weißt du genau. Bonter hat mich niedergeschlagen und ...«

Mit einer Handbewegung brachte sie ihn zum Schweigen. Verdruss sprach aus ihren Zügen. »Wie oft habe ich dieses Gewinsel gehört?«, sagte sie. »In meinen Stollen arbeitet eine Armee von Unschuldigen. Aber das interessiert mich nicht. Die Wahrheit von draußen hat hier drin keine Gültigkeit. Sie hat aufgehört zu existieren. Draußen bist du tot – und hier drinnen beginnt eine neue und letzte Wahrheit: Arbeit und Silber.«

Julin spürte, wie ihm das Blut in die Wangen schoss. Er wusste nicht, woher er den Mut nahm, ihr noch einmal zu widersprechen, aber seine Empörung war so stark, dass es ihm vorkam, als würde er ansonsten an den ungesagten Worten ersticken. »Nicht für alle«, erwiderte er mit bebender Stimme. »Für manche ist die letzte Wahrheit Geld. Mit Geld lassen sich Gefangene kaufen, nicht wahr? Hast du nicht einen deiner Arbeiter verkauft?«

Etwas Seltsames geschah. Statt ihn für seine Unverschämtheit zu bestrafen, schwieg sie und starrte ihn nur an. Dann wandte sie sich ab. Zitternd stand er da und wartete, wartete eine Ewigkeit, bis sie endlich wieder zu sprechen begann. »Ich habe gehört, dass ein Minensklave freigekauft wurde.« Er war so überrascht, dass er glaubte sich verhört zu haben. Die Stollenherrin sprach mit ihm wie mit einem Menschen. »Aber nicht bei mir«, erklärte sie mit leiser Stimme. »Niemals bei mir. In anderen Minen gelten andere Gesetze.«

Die Enttäuschung hinterließ einen schalen Geschmack in seinem Mund. Also war Glann Berlom nicht hier gewesen. Estimas Gesicht war unergründlich wie das einer Statue. Einer traurigen Statue, fiel ihm plötzlich auf. Und einige Herzschläge lang versuchte er zu verstehen, was sie empfinden mochte – allein in dem Stollen, umgeben von Aufsehern und dabei doch so einsam, dass sie selbst einem Gespräch mit einem Minensklaven nicht abgeneigt war. In diesem Moment war sie für ihn zum ersten Mal nichts weiter als ein bedauernswerter, verbitterter Mensch. »Du bist ebenfalls eine Sklavin«, sagte er. »Du lebst nach Gesetzen, die du selbst nicht verstehst. Willst du nie nach draußen gehen? Sehnst du dich nicht danach, Luft zu riechen und die Sonne zu spüren?«

Sie sah ihn mit milder Überraschung an und lächelte kühl. »Wie du weißt, bin ich eine Bergheimische. Vor vielen tausend Wintern kamen meine Ahnen als Sklaven in die Berge. Meine Großmutter wurde hier geboren, meine Mutter hat in den Grallbergwerken gedient. Und ich habe es bis zur Stollenherrin geschafft.«

»Warst du nie draußen?«

»O doch, natürlich, am Eingang. Einmal bin ich über Nacht geblieben um den Morgen zu sehen. Aber die Sonne verbrannte meine Haut. Ich verstehe nicht, wie man sich außerhalb des Berges wohl fühlen kann. Über einem ist nichts! Einfach nur Luft – das erdrückt uns.« Nachdenklich musterte sie ihn und Julin hatte das Gefühl, dass sie doch jede Einzelheit erkannte. »Du bedauerst uns Bergheimische, nicht wahr? Sei nicht zu voreilig in deinem Urteil. Ebenso wie ihr auf der Oberfläche haben wir Hallen und Paläste, Kristallseen und Freuden, die ihr nie kennen werdet.« Ihre Augen weiteten sich, als sie seine Haare betrachtete. »Nur die Farben, die Farben gibt es hier natürlich nicht. Dein Haar hat die Farbe der untergehenden Sonne – und Sonnenflecken sind auf deinem Gesicht. Fast schmerzt es, diese Farbe zu sehen.«

Sie lächelte. Für die Länge eines Lidschlags war ihr Gesicht sanft und strahlte eine fremde Schönheit aus, die Julin berührte und traurig machte. Plötzlich fühlte er wieder die Einsamkeit, die schwerer auf ihr lastete als der Himmel, und – was ihn noch mehr erschreckte – er fühlte, dass er Estima trotz allem auf eine seltsame, verdrehte Art sogar mochte.

»Ihr Lichtweltler denkt, die Sonne gehört euch«, sagte sie verächtlich. »Aber das ist nicht wahr. Früher lebte die Sonne im Berg. Doch die Geschöpfe wurden blind durch ihren Glanz – die Olme und die Bergnymphen, die Menschen, alle. Daraufhin verbannten die alten Könige die Sonne an den Himmel. Dort hängt sie nun und sehnt sich vergeblich nach der Kühle und Klarheit des Berges. Jeden Abend geht sie unter um ihrer Heimat nahe zu sein und bittet um Einlass, den wir ihr nie gewähren. Jeden Morgen ist sie dazu verdammt, die Berge zurückzulassen. Die Regentropfen sind ihre Tränen.«

Julin kam es vor, als würde er einen Blick in ein fremdartiges Haus werfen, in dem alles vertauscht war. Er sah die Zerbrechlichkeit von Estimas Welt inmitten von Skalit und hartem Metall.

Endlich schien ihr wieder bewusst zu werden, dass sie

mit einem Gefangenen sprach, und ihre Miene verschloss sich. »Was ist das für ein Zeichen, das du in den Spat geschlagen hast?«, wollte sie wissen.

»Eine Stabharfe. Man hat sie mir gestohlen.«

»Dann warst du ein Spielmann?«

Er nickte.

»Du hast Glück, dass du kein Zauberer bist«, sagte sie. »Einem Zauberer müsste ich die schwerste Arbeit geben und seine Kräfte würden gebrochen von den Magiern des Bergrates. Sie brennen ihnen ein Mal in die Wange, damit man sie von weitem erkennt und damit die anderen Gefangenen ihnen nicht zu nahe kommen. Magier leben in den Bergwerken nicht sehr lange.«

Julin schluckte. Ihm war elend zumute, als er daran dachte, wie Darian vor ihm stehen würde – mit einem Brandmal auf der Wange. »Gibt es denn Magier in den Stollen?«, fragte er mit bangem Herzen.

Sie zog die Brauen hoch. »In meinem nicht, solange ich es verhindern kann. Aber bald …«

Julin hielt vor Spannung die Luft an. Sag es!, schrie er in seinem Inneren. Sag mir endlich, wo ich weitersuchen muss! Hieß das, bald würde ein Zauberer in die Minen kommen? War Darian gar nicht hier, sondern vielleicht in Dengar? Hatten Haliz und er ihn verfehlt? Oder meinte Estima, dass Avia nun verurteilt worden war und in die Mine kam?

Plötzlich sah Estima ihn scharf an und sprach nicht weiter. Misstrauen huschte über ihr Gesicht wie der Schatten einer Krähe und ließ es hässlich aussehen. Julin erschrak und zwang sich zu einem Lächeln. »Nun, ich sehe, in Lom liebt man die Zauberer wirklich nicht«, sagte er so leichthin wie möglich.

»Lieben darf man hier jeden«, gab sie trocken zurück. »Nur ob man ihm traut, ist die Frage. Ich traue ihnen nicht –

mir ist es schon zu viel, dass die Ketten mit Magie gebunden sind.« Sie seufzte und drehte sich zu ihrem Tisch um. Julin kam es vor, als bedauerte sie, was sie ihm gleich sagen würde. »Für dich bedeutet die Stabharfe, dass du ab heute kein Trennjunge mehr bist«, sagte sie sehr leise und sehr bestimmt. »Wenn deine Finger flink genug sind, Werg fast das Ohr abzuhauen, sind sie auch kräftig genug für Skalit.«

Hatte er in der Trennkammer Zeit gehabt, nachzudenken, war die Arbeit als Stollenhauer schlimmer als alles, was er bisher in seinem Leben erlebt hatte. Sie löschte jeden Gedanken und jede Hoffnung aus und verwandelte ihn in ein keuchendes Tier mit brennenden Augen und schmerzendem Körper. Schwer lagen Schlägel und Meißel in seiner Hand, seine Beine zitterten von der Anstrengung. Seine Lunge stach und er hatte das Gefühl, zu ersticken. Langsam dämmerte Julin, dass Estima ihn vielleicht doch gemocht hatte, als sie ihn als Trennjunge arbeiten ließ.

Schräg an die Wände gelehnt schlugen die Sklaven Splitter für Splitter aus dem Skalit. Kondenswasser tropfte auf sie herunter, die Hitze, die die zusammengepferchten Körper erzeugten, war unerträglich. Als Julin schon glaubte gleich zusammenzubrechen, erscholl eine rostige Glocke. Die Arbeiter ließen die Werkzeuge sinken und wischten sich den Schweiß von der Stirn. Am Eingang des Stollens gab es Wasser. Gierig schöpfte Julin zwei Hand voll aus dem Trog. Es war eine Wohltat, Kälte auf dem wunden Gesicht zu spüren.

Eine Hand packte ihn schmerzhaft an der Schulter. »Verschwinde!«, knurrte ihn ein großer Mann an. Seine Augen hatten das Blau von Tamarissteinen, die in einem Meer von gelbem Sand schwammen. Die anderen lachten und Julin wich einen Schritt zurück. »Lass ihn, Castus«, sagte ein ruhiger älterer Arbeiter und bedeutete Julin, sich auf einen Stein zu setzen und zu warten.

Julin klappte der Mund auf. Castus? Der Mann mit den Tamarisaugen war Fenjas Bruder? Die Erkenntnis traf ihn wie eine Ohrfeige. Enttäuschung war dabei, als er den Minenarbeiter musterte. Zwar war er so groß wie Fenja, aber er wirkte grob, gewalttätig und unsympathisch. Irgendwie hatte Julin sich einen Jungen vorgestellt, der Fenja ähnlich sah, mit hellem Haar und fein geschnittenen Zügen. Wieder gestand er sich ein, dass er so gut wie nichts über Fenja wusste.

Castus spritzte sich Wasser über den Nacken und richtete sich auf. Gleichgültig ließ er seinen Blick über Julin und die anderen schweifen, dann holte er sich eine Schüssel Suppe und verschwand im Gang. Julin fand ihn allein am Ende des Ganges sitzend. Mit stumpfem Blick starrte er auf die Werkzeuge. Als Julin mit unsicheren Schritten auf ihn zuging, schienen sich seine Nackenhaare zu sträuben. Unmittelbar fühlte sich Julin an einen Windwolf erinnert, der zornig wurde, weil jemand in sein Revier eindrang.

»Castus!«, flüsterte Julin. »Ich kenne Fenja!« Hastig sah er sich um und sprach weiter. »Sie wartet auf dich – vor den Minen.«

Das stumpfe Gesicht lief rot an. Ehe Julin reagieren konnte, war Castus aufgesprungen und hatte ihn am Kragen gepackt. Erschrocken hielt Julin die Luft an. »Hör zu, du hässliche Schlammfresse!«, brüllte Castus ihm mitten ins Gesicht. »Ich kenne keine Fenja, bring mich nicht in Schwierigkeiten, hörst du? Ich habe schon einigen den Hals durchgeschnitten, ich habe kein Problem damit, es noch einmal zu tun.« Er spuckte aus und schleuderte Julin mit aller Wucht gegen die Wand.

Der Gang trudelte und verschwand für einen Moment in Schwärze, dann weckte Julin Gelächter und die Tatsache, dass er nach Luft japste. Tief verletzt und zitternd kam er auf die Beine. Warm und salzig schmeckte das Blut, das ihm aus der Nase über Lippen und Gesicht rann. Der Schmerz war schlimm, aber noch schlimmer war die Art, wie die anderen lachten.

Wie ein Hallgespenst tauchte das Unheil verkündende Gesicht des Aufsehers zwischen ihnen auf. Er war ein Bergheimischer wie Estima, doch im Gegensatz zu ihr sah er einem bleichen Reptil ähnlicher als einem Menschen. »Castus?«, sagte er scharf.

Das Gesicht des Minenarbeiters verdüsterte sich. »Er arbeitet nicht, er redet«, rechtfertigte er sich.

»Und du arbeitest nicht, sondern antwortest, Castus. Zurück in den Gang! Und du, Rotkopf, halt in Zukunft das Maul, verstanden?«

Verwirrt und zitternd nahm Julin seine Werkzeuge und arbeitete weiter. Er wagte nicht Castus noch einmal anzusehen.

»Lass ihn in Ruhe, Junge«, raunte ihm ein anderer Arbeiter zu. »Der hat Leute für einen halben Lomar erstochen, als er noch oben war.«

Mühsam versuchte Julin nachzudenken, aber seine Gedanken verhedderten sich wie Schlingpflanzen in einem klebrigen See. Der Schmerz in Armen und Händen wurde unerträglich, in seinen Lungen brannte so viel Steinmehl, dass er ständig husten musste. Angst ließ ihn frieren und schwitzen, denn mehr als einmal sah er die Blicke der anderen Gefangenen – sie würden ihn nicht verschonen, wurde ihm klar. Und die Aufseher würden es dulden, solange er noch lebte und weiterarbeiten konnte. Ich werde sterben, wurde ihm mit grausamer Klarheit bewusst. Wenn ich nicht bald hier rauskomme, sterbe ich.

Nach der quälend langen Schicht schaffte er es kaum, sich aufzurichten und für den Rückweg in die Schlange der

Arbeiter einzureihen. Getier mit knackenden Gliederfüßen floh vor ihnen, bevor der Lichtkegel der Grubenlampe es einfangen konnte. Winzige weiße Spinnen blitzten im Licht auf und verloren sich wieder in den Schatten. Im Wachschlaf der Erschöpfung zählte Julin die Schritte und versuchte sich jeden Quer- und Blindgang einzuprägen. Kritzeleien und Zeichen an den Eingängen der Stollen trieben an ihm vorbei, manche versteckt, manche groß und mit ungelenker Hand gezeichnet. Am sechsundzwanzigsten Quergang stutzte er. Etwas irritierte ihn, dann flutete die Hoffnung plötzlich durch seine Brust. Es war ein Luftzug! Er kniff die Augen zusammen und linste in die schlundschwarze Dunkelheit des schmalen Gangs. Geröll lag darin, vermutlich war es ein Blindgang, dennoch bestand kein Zweifel: Ein schmetterlingsfeiner Hauch hatte ihn gestreift.

Der Stoß, den er in den Rücken bekam, nahm ihm die Luft. Er stolperte, rappelte sich unter dem Gelächter des Aufsehers wieder auf die Beine und holte zu der Gruppe auf, nicht ohne einen verstohlenen Blick auf die Wand zu werfen und sich das Zeichen eines krummen Schiffes zu merken, das jemand auf den schartigen Stein gekritzelt hatte.

Als er sich endlich auf seiner Pritsche zusammenrollte wie ein verwundetes Tier, erinnerte er sich kaum mehr daran, wie er mit haltlos zitternden Händen Quedlins Abendsuppe gelöffelt hatte. Nur der Anblick seiner blasenverkrümmten Hände verfolgte ihn, während er in einen Traum stürzte.

Auf einem Meer von Leibern trieb ein schiefes Schiff vorbei. Der Luftzug, der aus dem Querstollen wehte, wurde stärker und stärker, bis die Segel sich blähten. Julin blinzelte in die Sonne, die gleißend hell schien. Tausende von Minenzeichen grinsten ihm entgegen. Segel aus Menschenhaut waren es, wurde ihm bewusst. Er wunderte sich, dass er nicht entsetzter war. »Julin?«, die Stimme klang warm und so vertraut, ihr Klang tat weh. Darian sah ihn an. Er stand an der Reling des Schiffes. Julin winkte und Darian hob den Arm und winkte zurück. Bleiche Körper schlugen wie Wellen gegen den Bug.

In der Dunkelheit schoss Julin hoch. Das Blut rauschte in seinen Ohren, er wusste nicht, wie lange er geschlafen hatte und wie lange es bis zum Weckruf war. In fieberhafter Hast zerrte er das Buch hervor und rief die Flamme. Seine Finger zitterten so stark, dass eine der Seiten einen Riss bekam. Da war es – Sumal Bajis Gesicht! Und darunter, neben winzigen Schriftzeichen in Darians Handschrift, befand sich ein Schiff. Die Jontar. Das gleiche Schiff, das jemand mit fahriger, eiliger Hand am Eingang zu dem geheimnisvollen sechsundzwanzigsten Blindgang auf den Fels gezeichnet hatte.

Die magische Flamme floh so schnell, dass Julin sich von einem Lidschlag zum anderen in vollkommener Blindheit wiederfand. Reflexartig warf er sich auf seine Pritsche zurück und verharrte atemlos. Schritte knarzten. Hatte jemand sein Licht gesehen? Selbst in der Finsternis hörte er noch das Plätschern und Tropfen, die feuchten Atemzüge des Berges. Das Atmen der anderen Arbeiter floss um ihn herum wie die Geräusche eines Bachlaufs. Die Ungewissheit drückte ihn nieder, jede Faser seines Körpers war gespannt. Im nächsten Moment schnellte er hoch, ein Schrei erstickte in seiner Kehle, doch die Hand, die ihm den Mund zuhielt, war erbarmungslos.

»Julin!«, wisperte ihm eine Stimme ins Ohr. »Ich bin's, Owidiju!« Feuerkreise tanzten vor seinen Augen. Der Schock ließ ihn so sehr frieren, dass seine Zähne aufeinander schlugen. »Alles in Ordnung?«, fragte Owidijus bange Stimme. »Tut mir Leid, wenn ich dich erschreckt habe.«

Julin nickte, bis ihm einfiel, dass Owidiju es nicht sehen konnte. »Ja«, flüsterte er.

Owidijus Hand tastete nach seiner. Erstaunt ließ er es geschehen, dann spürte er, wie ihm ein Stück Brot in die Hand gedrückt wurde. Die Überraschung ließ ihn vergessen, dass die Berührung der Blasen durch die harte Kruste schmerzte.

»Ich komme mit weniger aus, als sie mir geben«, flüsterte Owidiju hastig. »In meinem Dorf gab es selbst an Festtagen viel weniger als das. Nimm es, bitte.«

»Danke«, antwortete Julin aus tiefster Seele. »Wo kommst du her?«

Owidiju zögerte. »Aus einem Dorf westlich von Gulir. Wir versuchten davon zu leben, dass wir Silberschafe für die Minenküchen züchteten. Kein einfaches Unterfangen, seit die Windwölfe immer mehr werden.«

»Hat deine Familie dich verkauft?«

An der Art, wie Owidiju die Luft einzog, erkannte Julin, dass er eine Wunde berührt hatte. »Entschuldige«, sagte er. »Ich sollte nicht fragen.«

»Es ist so, wie es ist«, antwortete der Junge. »Ich floh erst aus dem Dorf, das meine Familie gewesen war, dann floh ich vor der Stadtwache. Leider nicht schnell genug.«

»Hast du gewildert?«

»Schaf oder Wolf – jeder wird gejagt in Lom. Und manchmal rauben sie sogar Reisende aus den Grenzländern um sie zu Sklaven zu machen. Hier arbeiten sie für den Rest ihres Lebens.« Frischer, kaum vernarbter Kummer ließ seine Stimme dumpf klingen. Dann holte er Luft und sprach hastig weiter. »Julin, du musst hier weg! Du stehst nicht mehr unter Estimas Schutz und Castus und die anderen wissen das.«

Julins Herz galoppierte los. »Was spielt Castus für eine Rolle hier?«

»Weißt du das nicht?« Die Pause war bang und gedankenschwer. Endlich begann Owidiju wieder zögernd zu sprechen. »Werg und Castus sind Freunde. Du hast Werg verletzt – und er ist überzeugt davon, dass du ein Zauberer bist.« Sein leises Lachen verlor sich im wattedichten Samt der Dunkelheit. »Es sieht Werg ähnlich, zu denken, dass nur ein Zauberer mit ihm fertig wird.« Seine Stimme wurde wieder ernst. »Sie planen etwas. Du musst fliehen, hörst du?«

Beinahe erschien Julin die Situation komisch. »Du wirst lachen«, murmelte er. »Aber ich hatte ohnehin nicht vor den Rest meines Lebens hier zu verbringen.«

»Ich helfe dir!«

Julin lächelte und starrte in die Dunkelheit, dann fasste er einen Entschluss. »Ich muss dir etwas sagen, Owidiju«, begann er. »Versprich mir, dass du dich nicht bewegst und nicht erschrickst?«

Eine Pause folgte, in der er die Anspannung seines Gegenübers fast körperlich fühlte. »Gut.«

Julin räusperte sich und sang ein Wiegenlied, schickte seinen Schlafzauber in den Raum, bis er fühlte, wie alle noch tiefer in ihre Träume sanken. Dann rief er die magische Flamme. Wie ein Glühwürmchen schwirrte sie im Zickzack bis über ihre Köpfe und loderte auf.

Mit offenem Mund blinzelte Owidiju ihr hinterher. »Dann stimmt es also doch«, stellte er fest. »Du bist ein Magier.«

Julin nickte. »Wir kommen hier raus – wir beide, Owidiju.«

Unglauben und Hoffnung kämpften in Owidijus Gesicht um die Oberhand. Besorgt sah er sich nach den Schlafenden um.

»Sie wachen nicht auf«, sagte Julin. »Das, was du gehört hast, war ein Schlafzauber.«

»Willst du für die Flucht alle in Schlaf versetzen?«

Julin lachte. »Selbst ein besserer Zauberer, als ich es je sein werde, kann kein ganzes Bergwerk einschläfern.«

Owidiju sah ihn lange an, musterte seine Hände und schien einen schweren Entschluss zu fassen. »Hast du einen Plan?«, fragte er.

»Noch nicht, aber vielleicht habe ich einen Weg entdeckt. Aus dem sechsundzwanzigsten Quergang kam ein Luftzug. Ich bin sicher, dass wir von dort aus einen Weg finden, das Bergwerk zu verlassen.« Und Darian zu suchen, fügte er in Gedanken hinzu.

Owidiju nickte, seine unterschiedlich gefärbten Augen sahen gespenstisch aus. Aber sein Lächeln war schön, und Julin merkte, dass er Vertrauen zu ihm hatte. Es tat gut, jemandem vertrauen zu können. Seltsamerweise kamen ihm gerade jetzt wieder Haliz und Fenja in den Sinn und die Sehnsucht nach ihnen drückte ihm fast die Kehle zu.

»Ich muss zurück, bevor Quedlin etwas merkt, Julin«, flüsterte Owidiju. »Ich komme wieder, sobald ich kann!«

Erst als seine Schritte auf dem Holzboden schon lange verklungen waren, fiel Julin ein, dass er vergessen hatte Owidiju zu fragen, wie er sich seiner Fußkette entledigt hatte, mit der die Gefangenen sogar im Schlaf an ihre Pritschen gekettet waren.

Die nächsten Schichten im Stollen waren noch schlimmer als die erste. Nun musste er mit schmerzenden Händen zu Werke gehen und ihm schien, als kämen sie keinen Fingerbreit weiter. Seine Schellen schabten bei jeder Bewegung an den Handgelenken. Er wollte sich nicht vorstellen, wie die Haut darunter aussah. Das Schlimmste aber war die Gewissheit, dass Castus und Werg es auf ihn abgesehen hatten. Anscheinend hatten sie die anderen Gefangenen auf ihre Seite gebracht, denn die Männer quälten ihn und ließen keine Gelegenheit aus, ihn wegen seiner Feuersprossen und seiner verletzten Hände zu verspotten, die sie Najhände nannten. Einmal traf ihn ein Skalitbrocken am Rücken, und als er sich umdrehte, sah er nur Castus' hämisches Grinsen.

Später, als Julin möglichst weit abseits vor dem Gang saß und seine vom Steinstaub entzündeten Augen mit Wasser kühlte, entdeckte er am Ende des Ganges einen Höhlentreter. Er konnte nicht sagen, ob er zu der Gruppe gehörte, der er in der Trennkammer vorgesungen hatte. Das Wesen stand einfach da und blickte ihn an. Gleich darauf trat ein Mann neben den Höhlenbewohner und sah ebenfalls in Julins Richtung. Er war groß und sonnengebräunt. Allein das reichte, um Julin mit offenem Mund in sein Gesicht starren zu lassen. Bestimmt war es ein Händler. Er trug einen langen Mantel, der viel zu sauber war, und hatte kaum mehr Haare auf dem Kopf. In seine Wangen hatten die Krallen der Vergänglichkeit tiefe Furchen gerissen. Die auffälligste Falte befand sich unter seinem rechten Auge. Wie eine Narbe in Form eines Halbkreises sah sie aus – oder vielleicht auch wie eine auf der Schneide balancierende Sichel.

Nach wenigen Augenblicken beugte sich der Händler zum Höhlentreter hinunter und schien ihm etwas zu sagen.

»He, Kröte!«, gellte Castus' Stimme in Julins Ohren. Im nächsten Moment spürte er einen Luftzug und konnte sich gerade noch ducken, bevor ein Tritt ihn an der Schulter erwischte. Er rappelte sich auf und rannte, so schnell er konnte, zurück in den Gang, wo der Aufseher ihn schon grinsend erwartete.

Owidiju sah er flüchtig auf dem Rückweg zu Quedlins Küche. Auf dem Versammlungsplatz, wo Silber und Lebensmittel umgeladen wurden, stand er mit einem anderen Arbeiter und wartete auf etwas, das jeden Augenblick aus dem Versorgungsgang auftauchen würde – vielleicht hatte Estima neue Pferde gekauft, zwei der Grubenpferde waren erst vor einem Tag zusammengebrochen. Julins Gehör spielte ihm einen Streich, denn er bildete sich ein, schlitternde Galoppsprünge zu hören. Jetzt ist es so weit, dachte er erschöpft. Ich beginne verrückt zu werden. Im nächsten Moment ließ ihn ein durchdringendes, markerschütternd schrilles Wiehern zusammenfahren. Verstohlen sah er sich um und wäre beinahe gestolpert.

Vor Owidiju stand ein Schneepferd. Es zitterte am ganzen Körper, Schaum troff auf den Skalit. Behutsam hob Owidiju den zerrissenen Zügel auf und ließ es zu, dass das Pferd den Kopf an seine Brust lehnte. Das riesige Tier sah aus wie ein Kind, das Schutz suchte und die Augen schloss vor etwas, das zu schrecklich war um es zu ertragen. Die offensichtliche Vertrautheit dieser Geste tat Julin beinahe weh, doch das, was ihn viel mehr erschütterte, war der Anblick der schlecht verheilten Wunde auf der Schulter des Rebellenpferds.

Zähes Pferdefleisch dampfte auf den Tellern in Quedlins Küche. Julin wurde übel, als er die faden, in fettigem Sud ertränkten Fasern betrachtete. Zu allem Überfluss saß Werg ihm gegenüber und beugte sich mit einem widerlichen Grinsen zu ihm. »Ich würd's fressen, wenn ich du wär«, zischte er ihm zu. »Morgen wirst du keine Zähne mehr haben. Es sei denn« – die anderen Gefangenen feixten und stießen sich an – »du zauberst dir welche.«

Rohes Gelächter umwallte Julin. Übelkeit und Panik übermannten ihn. Hilfe suchend sah er sich nach den älteren Gefangenen um, doch die starrten gleichgültig auf ihre Teller. Quedlin wandte sich um und stocherte im Kessel. Sie hielt nur kurz inne, als Owidiju in die niedrige Küche kam. Für einen flüchtigen Moment erschien auf ihrem Gesicht etwas, das einem Lächeln entfernt ähnlich sah. Julin krampfte es wieder den Magen zusammen. Er verbiss sich die Tränen der Wut und Enttäuschung und zwang sich wegzusehen. Noch nie hatte er sich so verraten gefühlt. Owidiju war ein Rebell – vielleicht derjenige, der ihn damals vom Pferd geholt hatte? Und morgen würden Castus und die anderen ihn töten, da war er sich sicher. Und er hatte keine Idee, wie er die Kette an seinem Fuß lösen sollte. Owidiju versuchte ihm ein Zeichen zu geben, aber Julin beugte sich tief über das Fleisch und ignorierte ihn mit zusammengebissenen Zähnen.

Seine Finger bluteten bereits, trotzdem umschloss er wieder und wieder die Kette, die ihn an die Pritsche band, und murmelte die Worte, die Eisen biegen konnten. Doch keines der Glieder gab nach. Mit der Wut eines gefangenen Tieres schlug er die Kette schließlich auf den Boden. Beim Schlafzauber hatte er sich in seiner Eile wohl vergriffen, denn die Gefangenen lagen in so tiefem Schlaf, dass er schon fürchtete, sie würden über ihren düsteren Träumen das Atmen vergessen.

Immerhin scheuchte das Licht seiner Flamme die Panik so weit in die Winkel zurück, dass er wieder einigermaßen klar denken konnte. »Der Eisenbrecher«, flüsterte er, während er seine vom Blut glitschigen Finger um die Kette schloss. »Sprich nie den Eisenbrecher.« Das war Darians Warnung gewesen, als er einmal versuchen wollte mit diesem Zauberspruch einen Schürhaken zu zerbrechen. Eisen biegen war eine Sache – Eisen brechen eine ganz andere. Der Zauber war tückisch – viel zu tückisch für einen Lehrling wie ihn. Es konnte sein, dass er Glück hatte – viel wahrscheinlicher aber war, dass er sich dabei die Finger brach und nie wieder in der Lage sein würde, die Stabharfe zu spielen.

Als hätte er eine Schlange berührt, ließ Julin die Kette fallen. Nein, es musste einen anderen Weg geben. Ein wirrer Plan formte sich in seinem Kopf und bauschte sich im Wind der Verzweiflung zu einer glänzenden Strategie. Der Aufseher! Wenn er ihn morgen abholte und vom Ring losmachte, würde er ihn mit einem Pfiff zu Boden schlagen. Und dann …

Er bemerkte Owidiju erst, als er beinahe neben ihm stand. Julins Ketten klirrten, während er einen panischen Satz machte und von der Pritsche fiel. Die magische Flamme flackerte, verlosch jedoch nicht.

Owidijus Gespensteraugen wurden groß. Die Ratlosigkeit über Julins ablehnende Haltung ließ ihn noch jünger aussehen. Viele Herzschläge standen sie sich gegenüber, Owidiju erstaunt, Julin mit klopfendem Herzen – vor sich das Bild der Fratze mit den spitzen Zähnen. »Bleib mir vom Leib!«, flüsterte er.

»Julin … was ist los?« Owidijus Stimme klang sanft, beinahe bittend. Er kam einen Schritt auf Julin zu, doch Julin ballte die Faust und holte drohend aus.

»Keinen Schritt!«, sagte er. Kalte Wut fror in seiner Brust zu Stein.

Owidiju verharrte. Schließlich hob er beschwichtigend die Hände. »Bist du jetzt verrückt geworden?«, fragte er. »Ich bin es!«

»Ein Rebell bist du!«

Owidiju stutzte. Es schien ihn zu überraschen, dass Julin von seinem Schicksal wusste, er errötete ein wenig, dann zuckte er mit den Schultern. »Du ein Zauberer, ich ein Rebell«, antwortete er und lächelte schief. »Und jetzt nimm die Faust herunter. Du hast nicht viel Zeit, um zu fliehen.«

»Du hast mich angelogen, Owidiju. Du hast gesagt, du kommst aus einem Dorf, wo du Schafe gezüchtet hast.«

»Das ist wahr. Ich wurde verkauft – und floh. Die Rebellen fanden mich und nahmen mich auf. Und dann – im ersten Gefecht am Pass – wurde ich verwundet. Kurze Geschichte, nicht?«

Seine Stimme klang so aufrichtig, dass Julin verunsichert war – diese Aufrichtigkeit passte nicht zu seiner Vorstellung von einem Wegelagerer und Mörder. Er musste sich räuspern um seine Frage herauszubringen. »Kennst du mich, Owidiju? Sind wir uns in den Wäldern vor Runa begegnet?«

Die Ratlosigkeit in den irritierenden Augen war echt. Nachdrücklich schüttelte Owidiju den Kopf. »Ich war noch nie bei Runa«, erklärte er. »Sondern westlich davon – beim Pass.« Er machte eine nachdenkliche Pause und fuhr dann beschwörend fort: »Julin, wenn ein Mensch einen Grund hat, die Minen zu hassen, dann bin ich es. Meine eigene Familie hat mich verkauft – und Runa duldet es. Die Räte dulden es, weil Lom ein reiches Land ist und es bleiben soll. Nur wir, auf deren Rücken dieser Reichtum geborgen wird, wir scheinen nicht zu Lom zu gehören. Wir sind Vieh.« Das letzte Wort stieß er hervor wie einen Fluch. Plötzlich glühten seine Augen. »Kannst du nicht verstehen, dass ich alles tun muss um Runas Macht zu brechen? Um dem Wahnsinn in den Minen ein Ende zu machen?«

Julin schwieg. Owidijus Worte hallten wie Hammerschläge in seinem Kopf. Er wusste nicht mehr, was er glauben sollte und was nicht; er wusste nicht, was richtig und was falsch war.

Vorerst duldete er, dass Owidiju sich zu ihm herunterbeugte. Ein Knacken ertönte, dann sprang ihn die eben noch straff gespannte Fußkette an und traf ihn schmerzhaft am Knöchel. Er stolperte und fiel auf den Holzboden. Keiner der Gefangenen regte sich im Schlaf, nur die Gliederfüße von Asseln huschten über das Holzdach. Julin war frei.

»Jetzt geh, wenn du willst, oder bleib«, flüsterte Owidiju. »Verachte mich oder sei mein Freund. Es liegt bei dir.«

»Wie hast du …?«

Owidiju hob einen winzigen schwarzen Gegenstand in

die Höhe. »Schlüsselstein«, sagte er. »Quedlin wird nichts bemerken, wenn ich ihn gleich zurückbringe.«

»Quedlin?«

Owidiju nickte. »Seit sie mein Fieber geheilt hat, erzählt sie mir das eine oder andere. Ihren Schlüsselstein bewahrt sie in einem Topf auf, damit Estima ihn ihr nicht nimmt. Sie ist sehr einsam, seit ihre Schwester gestorben ist.«

»Jeder ist hier einsam«, erwiderte Julin bitter.

»Du nicht!«, erwiderte Owidiju und lächelte.

Widerwillig musste Julin sich eingestehen, dass er nicht widersprechen konnte. Owidiju setzte sein Leben aufs Spiel um ihm zu helfen. Vielleicht hatte Estima Recht. Vielleicht löschte die Dunkelheit der Minen tatsächlich die Vergangenheit aus und schuf eine eigene Wahrheit.

»Komm jetzt!«

Noch einen zögernden Herzschlag lang betrachtete Julin Owidijus ausgestreckte Hand, dann ergriff er sie und ließ sich zur Tür ziehen.

Draußen in der Welt musste es Nacht sein, denn die Eisentore, die zu den Versorgungsgängen führten, waren geschlossen. In Dengar wurde nur tagsüber gehandelt, nachts schliefen die Händler, lediglich die Stollenmacher arbeiteten weiter.

Julin und Owidiju sahen sich um und rannten zu den Ställen. Die Hälfte der Unterstände war leer, verwaiste Eisenringe warteten auf die Rückkehr der vierbeinigen Gefangenen, die in irgendeinem Gang mit schmerzenden Knien ihren Dienst taten. Ganz hinten leuchtete wie eine weiße Blüte im Licht des Vollmonds Owidijus Schneepferd. Eine Kolonne von Gefangenen trampelte vorbei. Rasch kauerten sich Julin und Owidiju zwischen den Pferdebeinen zusammen, bis die Aufseher außer Sicht waren.

Dann deutete Owidiju auf einen schmalen Gang hinter

dem Futtertrog. »Dort geht es in Richtung Stollen und zum sechsundzwanzigsten Gang«, flüsterte er. »Viel Glück!«

Fassungslos starrte Julin in das Gesicht seines Freundes. »Aber wir gehen doch zusammen, Owidiju!«

»Nein.«

Das Schneepferd wandte den Kopf und Owidiju strich ihm über die Nase. Am liebsten hätte Julin ihn geohrfeigt. Grob packte er ihn beim Arm und schüttelte ihn. »Bist du wahnsinnig geworden? Du willst wegen deines Pferds hier bleiben?«

Mit einem erstaunlich festen Griff machte sein Freund sich los. »Seid ihr Zauberer immer so kompliziert?«, fuhr er Julin an. »Ich habe mein Schicksal und du hast deins! Ich bleibe hier – nicht wegen des Pferds, nein, sondern weil ich bald einen eigenen Weg aus der Mine gehe.« Leiser fügte er hinzu. »Sie holen mich. Bald holen sie mich.«

Julin wusste nicht mehr, ob es Wut oder Mitleid war, was er empfand. »Deine Freunde, die Rebellen? Und das glaubst du? Darauf verlässt du dich?« Er wusste, dass es das Falscheste war, was er hätte sagen können.

Owidijus Miene verdüsterte sich. »Ja, die Rebellen sind die einzige Familie, die ich noch habe«, erwiderte er bitter. »Sie geben mich nicht auf.«

»Woher weißt du das?«

Owidiju zögerte, dann fuhr er mit der Hand an der Fessel des Schneepferds hinunter. Gehorsam verlagerte das Pferd sein Gewicht und hob den Vorderhuf. Owidiju klopfte einige Strohhalme vom Huf und deutete auf dessen Unterseite. Eingeritzte Linien fanden sich darin. Wenn man wollte, erkannte man eine Fratze und mehrere Strichzeichen. »Das bedeutet, sie bereiten sich zum großen Schlag gegen die Minenräte vor«, flüsterte Owidiju. »Viele Gefangene warten nur auf den Tag des Aufstands.«

Julin fühlte sich wie erschlagen.

»Hör mir zu Julin«, wisperte Owidiju ihm zu. »Du bist mein Freund und ich helfe dir. Wie auch immer du zu mir und meinem Schicksal stehst – ob du mein Freund oder Feind bist –, du musst mir schwören, dass du über mich und die Rebellen schweigst. Versprichst du … ?«

Ohne nachzudenken griff Julin nach Owidijus Arm – die Geste brachte den jungen Rebellen zum Schweigen. »Ich bin dein Freund«, flüsterte Julin.

Schritte auf dem Gang näherten sich. Gleich würde die zweite Schicht an die Küchentür hämmern. »Hau endlich ab!«, brummte Owidiju. »Ich muss Quedlins Schlüsselstein zurückbringen.«

Julin biss die Zähne zusammen. »Ich gehe«, brachte er mühsam hervor. »Und ich werde schweigen. Aber wir sehen uns wieder – wenn die Rebellen dich nicht holen, dann tu ich es!«

Er fröstelte, als er von Schatten zu Schatten sprang und sich an den Wänden entlangtastete. Nur wenn er nicht einmal das Scharren von Asselbeinen vernahm, wagte er die Flamme hervorzuholen und einen Blick auf den Weg zu werfen. Einmal kam ihm eine Gruppe von Stollenmachern entgegen. Julin verkroch sich in einen Geröllgang und wartete mit rasendem Herzen. Immer näher kamen die Schritte, der Widerhall brach sich an den Wänden. Julin blieb das Herz stehen, als er die Gruppe am schmalen Eingang des Probestollens vorbeigehen sah. Einer der Gefangenen blickte direkt in seine Richtung. Schon glaubte er sich entdeckt, aber dann fiel ihm ein, dass der Gefangene nur ein schwarzes Stollenloch sehen würde, und er bewegte sich nicht. Fast hätte er aufgeschrien, als er etwas an seiner Hand fühlte. Noch während der Schreck wie Lava durch seine Adern schoss, begriff er, dass es eine Hand war. Eine große pelzige Hand mit kräftigen Fingern. Erschöpft vor Erleichterung rutschte Julin an der schartigen Wand nach unten. Das Echo von davonhuschenden Insekten antwortete ihm. Die pelzige Hand griff seinen Arm und zog ihn mühelos wieder hoch.

Irritiert rief Julin die magische Flamme und sah das Wesen an. Honigbraunes Fell bedeckte das breite, gutmütige Gesicht. »Du bist es!«, flüsterte er. »Was willst du?«

Der Höhlentreter machte eine ungeduldige Geste und nahm Julins Hand. Im nächsten Moment zog er ihn den Gang entlang. Hastig schnappte sich Julin die Flamme und überließ sich verdattert der Führung des Höhlentreters. Manchmal blieb er abrupt stehen und Julin fühlte an der Spannung seiner Finger, wie er lauschte. Wie ein verschworenes Paar rannten sie über glatten Fels und Geröll, zählten die Abzweigungen und lauschten dem entfernten Hämmern in den Gängen. Schließlich ertastete Julin den sechsundzwanzigsten Gang und zupfte den Höhlentreter an der Schulter. Riesige Augen leuchteten auf, als Julin die Flamme hervorholte. Bernsteinfarbenes Licht glitt über das Schiffszeichen. Behutsam fuhr Julin mit den Fingerspitzen darüber. Seine Hand wurde zittrig, als er daran dachte, wie nahe Darian ihm war.

Plötzlich war es dunkel. Verdutzt starrte Julin an die Stelle, wo eben noch die Flamme gewesen war. Nur einige Härchen blitzten im Feuerlicht auf. Der Höhlentreter hatte die Flamme verdeckt. Ehe Julin sichs versah, schubste ihn die starke Schaufelhand in den Gang. Pilzschwämme, die wie Wucherungen an den Wänden wuchsen, phosphoreszierten schwach in grünlichem Licht. Pelzige Finger versiegelten Julins Mund. Ein leises Schleifen näherte sich ihnen von links. Geistesgegenwärtig drückte er sich an den nassen Stein und versuchte nicht zu atmen. Ein Luftzug strich vom

Ende des Ganges her durch sein Haar. Der Höhlentreter sprang davon, dann war Stille.

Im milchigen Licht der Pilze konnte er nach und nach erkennen, dass er sich an den Eingang des Ganges gesetzt hatte. Das Schleifen kam näher, unterbrochen von einem Klacken, als würde ein dünnes Holz auf den Boden treffen. Julin lugte um die Ecke und zuckte zurück. Das Blut rauschte in seinen Ohren wie ein Ozean.

Nur wenige Schritt von ihm entfernt befand sich eine Gestalt. Vor dem Höhlentreter blieb sie stehen, das Scharren verhallte.

»Fingis?«, sagte eine Stimme, die Julin nur zu gut kannte.

Der Höhlentreter stand auf und deutete eine Verbeugung an.

Estima lachte leise. An der Lanze, die neben ihr in die Luft ragte, bewegte sich etwas Dunkles, etwas mit kleinen Klauen und einem Schwanz, der hin und her peitschte. »Hier«, flüsterte die Stollenherrin und zog eines der dunklen Wesen von ihrem Spieß.

Julin wurde übel, als er das glitschige Geräusch hörte. Der Höhlentreter griff in die Luft und fing den erbeuteten Olm auf. Licht flutete über Estimas Gesicht und das unheimliche Schattengesicht mit den Mondaugen verschwand. Zurück blieb Estima, der Mensch, der jetzt in das Licht der magischen Flamme blinzelte. Julin verbarg sich wieder hinter der Wand und versuchte nicht zu atmen. Innerlich fluchte er, dass die Flamme dem Höhlentreter entwischt war.

Estimas Stimme klang leise und wachsam. »Ein magisches Feuer, Fingis?«, fragte sie. »Wo hast du das her?« Sie lachte leise und ohne Freude. »Hast du es in der Küche gestohlen?« Für einen Moment hatte Julin Angst, dass Fingis ihn verraten würde. »Oder …« – Estimas Stimme bekam einen drohenden

Unterton – »... hat der Rothaarige seine Finger im Spiel? Bringt ihr ihm erst eine Harfe und jetzt ein Licht?«

Ein Keckern, das ein Empörungslaut sein mochte, hallte von den Wänden wider.

Estima seufzte und das Licht verlosch. »Nun, ich weiß. Ich bin müde, Fingis. Überall sehe ich jemanden, der mich verraten will. Es ist einsam geworden, seit die Minen sich leeren. Nimm dein Licht mit, Fingis. Aber wedle damit nicht in meinen Gängen herum, hörst du?«

Das Schleifen setzte wieder ein. Aus den Augenwinkeln sah Julin, wie das Gespenst der Stollenherrin weiterschlich, vielleicht weiter auf die Jagd nach Olmen, vielleicht zurück in ihre Schreibkammer, wo sie Silbergewichte und Stollenwinkel errechnen würde.

Fingis' grinsendes Gesicht tauchte neben Julin auf und die Flamme huschte in seine Hand zurück.

»Danke«, sagte Julin aus tiefstem Herzen. »Ich dachte, jetzt bin ich verloren. Sie schläft niemals, nicht wahr?«

Der Höhlentreter schüttelte den Kopf und hielt ihm den durchbohrten Olm hin. Julin versuchte ein höfliches Lächeln. »Nein danke«, sagte er. »Iss du nur!«

Schneller als er schauen konnte, war der zappelnde Olm zwischen Fingis' Zähnen verschwunden. Julin verzog das Gesicht und drehte sich zu dem Geröllhaufen um, der sich am Ende des Ganges auftürmte. Vorsichtig kroch er über das Geröll, rutschte ein Stück auf der wogenden Steinmasse nach unten und entdeckte eine Magranplatte, etwa so hoch wie er selbst. Starke Hände hatten sie aufgerichtet und so verkeilt, dass sie wie eine Tür das Gangende versperrte. Julin zwängte seinen Kopf durch den schmalen Spalt und schickte die Flamme vor. Ein Gitter leuchtete auf – mit solchen Gittern wurden Gänge verschlossen, die in Abgründe führten. Und tatsächlich erkannte er, dass dahinter ein

Schuttgang abfiel, der sich in einer Kurve verlor. Es war kein von Menschenhand gemachter Gang, sondern ein Höhlenloch. Ein Fluss oder Regenwasser mochte es aus dem Fels gewaschen haben.

Erleichtert stellte er fest, dass das Netz aus Eisenstäben nur in den Berg eingespannt war. Und als die Flamme die Ansatzstellen der Stäbe ausleuchtete, sah er Kratzspuren. Sie waren kaum sichtbar, aber irgendjemand oder irgendetwas hatte das Gitter um wenige Fingerbreit verschoben. Und das bedeutete ... jemand hatte es vor nicht langer Zeit entfernt und wieder eingepasst!

Mit einem leisen Pfiff schickte Julin die Flamme den gewundenen Höhlengang hinunter. Tropfsteine, die kaum länger als seine Finger waren, hingen von der Decke und warfen zackige Schatten an die Wände. Die Flamme verschwand um die Biegung. Plötzlich wurden die Schatten ausgelöscht und machten Wellenbewegungen von Licht Platz, flackernde Punkte waberten über die Tropfsteine. »Wasser«, flüsterte Julin. »Irgendwo ist Wasser. Wo Wasser ist, ist ein Weg nach draußen!« Und ein Weg zu Darian, fügte er in Gedanken hinzu.

Hastig suchte er in seinen Taschen nach etwas, das er hinunterwerfen konnte um zu prüfen, wie tief das Wasser unter ihm lag. Das Einzige, was ihm in die Finger fiel, war sein letzter Spielstein. Er zögerte nicht, sondern flüsterte »Kolp!« und warf ihn hinunter. Klackernd tanzte er über Gestein. Angestrengt lauschte Julin und zählte mit, wann er endlich ein Platschen hören würde, doch das Klackern verklang nach und nach und zurück blieb Stille. Ein Schnalzen ließ ihn zusammenzucken. Der Höhlentreter stand neben ihm.

»Fingis«, sagte Julin und nahm den Höhlentreter bei den knochigen Schultern. »Du weißt, was ich suche, nicht wahr?«

Der Höhlentreter lächelte. »Weißt du, wo Darian ist? Wenn du es weißt, dann sage es mir – bitte. Ist er da drin?«

Der Höhlentreter hob den Zeigefinger und deutete auf die Tropfsteine, die jenseits des Gitters von der Decke hingen. Julin sah genauer hin. Sie waren grau und kaum so lang wie sein Finger – und alle hatten sie einen schmalen rostroten Ring. Abelinas Stein! War der Bergsee hinter diesem Gitter?

»Gut, dann hilf mir bitte!«, bat Julin den Höhlentreter. Fingis sah nicht so aus, als hielte er Julins Vorhaben für eine gute Idee, aber er seufzte und blieb stehen. Behutsam fuhr Julin mit den Fingern am Rand der Platte entlang. So leise wie möglich summte er einen Zauber und gab Fingis einen Wink, sich ebenfalls gegen den Stein zu stemmen. Unendlich langsam, mit einem klagenden Knirschen drehte sich der Stein – und kippte.

Geistesgegenwärtig ließ Julin sich zur Seite fallen. Ein harter Luftstoß traf ihn, als die Platte neben ihm vorbeisauste, wo sie mit einem scharfen Knall auf dem Geröll auftraf und in drei Stücke zerbrach. Das Echo hallte durch die Gänge und verlor sich in der Tiefe der Stollen.

Wunderbar, Julin!, schalt er sich. Jetzt wissen sie genau, wo sie dich finden!

»He!«, bellte in der Ferne die Stimme eines Aufsehers.

Julin und Fingis sahen sich stumm an, dann rannten sie los. Hinter sich hörten sie Rufe und Stimmen. Schwer schlugen die Schellen gegen Julins Fußgelenke und Hände. Voll Entsetzen erkannte er, dass er längst nicht mehr wusste, wo sie sich befanden. Ehe er sichs versah, war er dabei, Fingis einen steilen Höhlengang hinterherzuklettern, auf Knien und Händen immer weiter bergauf, verfolgt von einem leckenden Feuerschein, der näher und näher kam. Geröll schürfte seine Hände auf, aber Fingis trieb ihn mit einem Zischen weiter hoch, bis sie keuchend vor einem schwarzen Loch angelangt waren.

»Hier ist etwas!«, rief eine Stimme von unten. »Das ist ein Geflohener! Hier, die Fußspur im Matsch!« – »Nein, da drüben!«

»Und jetzt?«, flüsterte Julin. Panik ließ seine Gedanken im Kreis herumspringen wie tollwütige Katzen in einem hohlen Baum. Fieberhaft hob er die Hände um einen Spiegelzauber zu weben, aber der Höhlentreter hielt ihn mit einer herrischen Bewegung davon ab. Aufmerksam lauschte er den näher kommenden Schritten, dann drehte er sich zu Julin um und versetzte ihm einen kräftigen Stoß.

Im Tanzpalast der Bergnymphen

Julin war viel zu verblüfft um schreien zu können. Haltlos fiel er in schwarze Unendlichkeit, bis seine Hand auf einen Felsen traf, der mit ungeheurer Geschwindigkeit an ihm vorbeizog. Im nächsten Moment stauchte der Aufprall ihm alle Knochen zusammen und drückte die Luft aus seinem Körper. Ein Japsen entrang sich seiner Kehle, dann spürte er schon, wie er über spitzes Geröll schlitterte.

Weit über seinem Kopf schob sich ein Stein vor die Öffnung. Er blieb zurück in absoluter Dunkelheit und Stille. Fluchend rieb er sich seinen geprellten Arm. Fingis hatte ihn gerettet, aber musste er ihn gleich einen Abhang hinunterstoßen?

Leise rief er nach seiner Flamme und sie huschte gehorsam aus seinem Hosenbein. Der Spalt, durch den Fingis ihn geschubst hatte, war verschlossen. Julin wusste weder, wo er sich befand, noch, wie er jemals wieder zum vergittertern Durchgang des sechsundzwanzigsten Gangs zurückfinden sollte. Er blies die Flamme heller und sah sich um.

Tropfsteine, die dreimal so hoch und so breit wie er waren, wuchsen von der Decke und aus dem Boden in die Höhe, was der Höhle das Aussehen eines gewaltigen Mauls mit riesigen Zähnen gab. Julin entdeckte Trümmer von Steinen, die heruntergebrochen waren, als sie ihr eigenes Gewicht nicht mehr tragen konnten. An den Bruchkanten schimmerte Kristall. Wie Marmorstein sahen die Wände aus, glatt gescheuert von Sand, der sich zu Haufen türmte. Zermahlene Kristalle ließen ihn glitzern. Keine Zeichen an den Wänden, keine Werkzeugmale wiesen darauf hin, dass jemals irgendjemand diese Höhle betreten hatte. Vorsichtig schlich Julin weiter, immer mit dem mulmigen Gefühl, dass ein Tropfstein, der über seinem Kopf schwebte, sich ausgerechnet diesen Augenblick aussuchen könnte um herunterzubrechen. Grimmig dachte er daran, dass er einen schönen Helden in einem lustigen Lied abgeben würde: Erschlagen von einem Tropfstein in einer Höhle, die er nicht kannte, auf der Suche nach seinem Meister, von dem er nicht wusste, ob er noch lebte oder wo.

Er hörte ein Rauschen und Plätschern in der Nähe und ging darauf zu. Ein unterirdischer Fluss? Bald musste er jedoch einsehen, dass die Geräusche ihn neckten. Sorgfältig markierte er die Abzweigungen mit Pfeilen, die er aus Geröll zusammensetzte. Mehr als einmal stellte er fest, dass er im Kreis gelaufen war. Mutlosigkeit machte sich in ihm breit, als das Rauschen wieder einmal leiser wurde. Manchmal glaubte er das Geräusch von Pfoten hinter sich zu hören, dann griff er nach einem Stein, befahl der Flamme heller zu leuchten und wartete atemlose Ewigkeiten, bis er sich sicher war, dass sein Gehör ihm in diesen Hallen einen Streich spielte. Das

Echo der Tropfen schläferte ihn ein und seine Beine schmerzten bald mehr als seine Prellungen an Knien und Ellenbogen. Endlich spürte er an einem Spalt einen Luftzug. Hier blieb er stehen und schickte seine Flamme vor. Ein Glänzen lockte ihn auf der anderen Seite. Er nahm seinen Mut zusammen und schlüpfte durch den Felsspalt hindurch.

Im Licht tat sich ein Kristallsaal vor ihm auf, dessen Schönheit ihm den Atem nahm. Das waren also die geheimen Paläste der Bergheimischen, von denen Estima gesprochen hatte!

Ein Rinnsal ergoss sich über Formen, die aussahen, als wäre ein Wasserfall zu Marmor erstarrt. Majestätische Figuren erhoben sich aus dem Boden – nur auf den ersten Blick sahen sie aus, als hätte die Ewigkeit sie aus den weißen Tropfsteinen gemeißelt. Schaute man genauer hin, erkannte man, dass Künstlerhände nachgeholfen hatten, die natürlichen Formen zu betonen und herauszuarbeiten, um sie zu etwas Neuem, noch Schönerem zu machen. Hier blickte Julin ein sanftes Gesicht an, dort ein Schneckenhaus, perfekt und unendlich anmutig in seiner Form. Behutsame riesige Hände hatten diese Schönheiten geschaffen. Die alten Könige, dachte Julin mit einem ehrfürchtigen Schaudern.

Spiegelklar lag ein Bergsee vor ihm. Ein Luftzug strich um erstaunlich glasklare Tropfsteine und ließ sie in einem feinen Ton sirren. Die Musik benebelte Julins Verstand und weckte eine unstillbare Sehnsucht nach seiner Stabharfe in ihm. Unwirklichkeit hüllte ihn ein wie ein wärmender Mantel. Die Flamme zitterte und fing sich in einem Geflecht aus fadenfeinen Ablagerungen. Schatten tanzten über die glitzernden Wände und verwirrten ihn. Das Wasser war so klar, dass er die Felsen sehen konnte, die in die Tiefe führten.

Langsam ließ er sich auf die Knie nieder, bettete seinen erschöpften Kopf auf den Fels und ließ es zu, dass die Müdigkeit ihn mit ihren schweren Armen umfing und auf den Grund eines dunkelblauen Traumsees zog. Gewaltige Steingesichter sahen auf ihn herab und er schwamm ihnen im Traum entgegen, glücklich wie ein Kind. Etwas Wichtiges wollte er den Königen sagen, aber als er unter der Decke schwebte – nicht mehr als eine Fliege zwischen den majestätischen Stalaktiten – fiel ihm nicht mehr ein, was er hatte erzählen wollen. Die steinernen Augen sahen ihn tadelnd an. »Bringst du den Stein?«, fragte eine Stimme, die viele Stimmen war. »Welchen Stein?«, flüsterte er. »Rate mal«, grollte ein Königsgesicht. Als es lächelte, bröckelten seine Wangen. »Abelina!«

Das Echo seines Ausrufs hallte noch nach, als Julin schon hellwach aufrecht saß. Nachdenklich tastete er am Rücken unter seinen Gürtel und zog den Stein hervor, den Abelina ihm mitgegeben hatte. Der feine Ring war immer noch rostrot – so wie die Stalaktiten, die Fingis ihm gezeigt hatte. Was hatten sie mit Darian zu tun? Langsam beugte er sich über das Wasser und wusch sich Staub und Schlamm vom Gesicht. Erstaunlicherweise hörten seine Prellungen augenblicklich auf zu schmerzen. Mit nassen Fingern nahm er Abelinas Stein und betrachtete ihn lange. Es verwunderte ihn, dass sich die rostige Schicht zu lösen begann. Das rotbraune Rinnsal kroch über seine nasse Hand und verdichtete sich in den Linien seiner Handflächen. Prüfend sah er auf den Wasserspiegel und erschrak.

Noch nie war ihm bewusst gewesen, wie hässlich er war. Auf eine traurige Art fasziniert blieb er sitzen. Seine braunen Augen wurden blass und fischähnlich, die Haare verschwanden und gaben den Blick frei auf eine hohe, olmweiße Stirn – doch erst als der Wasserspiegel in viele kleine Wellen zersplitterte, begriff er, dass er in ein fremdes Gesicht blickte. Erschrocken machte er einen Satz nach hinten.

Die Gestalt, die bis zu den Schultern aus dem Wasser ragte, war kein Naj. Dazu fehlten ihr die fleckigen Schuppen und die Kiemenhäutchen. Dieses Wesen war weiß und schuppenlos, der Leib war glatt und die Augen silbern. Die reptilienartig verhärteten Lippen umschlossen einen zappelnden Fisch. Ohne Julin zu beachten zog sich die Gestalt auf einen Uferfelsen hoch, schnappte den Fisch und schlitzte ihn mit einem Eckzahn von den Kiemen bis zum Schwanz auf. Entsetzt sah Julin zu, wie das Wesen den noch zuckenden Fisch ausweidete und verschlang. Trotzdem, das musste er sich eingestehen, war er fasziniert. Das Wesen musste eine Frau sein, denn als er genauer hinsah, entdeckte er Brüste und einen anmutigen Taillenbogen. Mit einer ruckartigen Kopfbewegung verschlang sie den Rest des Fisches und sah ihn an.

Er blinzelte. Irgendwie hatte er sich wohl vor Schreck getäuscht, denn nun erschien sie ihm anmutig und interessant.

»Welch seltener Besuch«, sagte sie. Ihre Stimme klang tief und erweckte in ihm Erinnerungen an Kerzenschein und lang vergangene Feste.

Er räusperte sich und versuchte nicht zu stottern. »Nur ein Zufallsbesuch«, erwiderte er. »Bist du – eine Bergnymphe?«

Sie lächelte. »Es gibt weniger schmeichelhafte Namen, die ihr uns gebt – Echsenmaul war der schlimmste davon.«

Irgendwie schmerzte ihre Schönheit, es schmerzte, dass sie ihn ansah – den Julin ohne Stabharfe, ohne den funkelnden Tarnmantel seiner Stimme. Er fürchtete, sie würde den Blick abwenden, wenn er näher käme, trotzdem stand er auf und trat zum Wasser. Er hatte nicht vergessen, wen er suchte. Darian, sagte er sich immer wieder. Es geht um Darian.

Die Bergnymphe ließ sich ins Wasser gleiten, stützte die

Ellenbogen auf den Felsrand und betrachtete ihn. »Du bist gestürzt, nicht wahr?«, sagte sie schließlich.

Er nickte und hockte sich an den Rand des Sees. »Du sagst, du hast selten Besuch«, begann er. »Aber das heißt, du hast Besuch – von Zeit zu Zeit? Wer war vor mir hier?«

Ihr Lächeln wurde noch wärmer. »Viele kommen hier vorbei.«

»Auch ein Mann mit hellem Haar? Größer als ich und dünn.«

Sie runzelte die Stirn, was sie noch menschlicher aussehen ließ. »Mag sein«, antwortete sie. »Vor fünfzig Wintern war einer hier mit hellem Haar. Es ist ziemlich einsam hier.«

Aus einem unerfindlichen Grund musste er lachen, obwohl ihn die Auskunft, dass er Darians Spur wieder einmal verloren hatte, ärgerte. »Einsam? Das ganze Bergwerk ist voll mit Sklaven«, erwiderte er.

»Sklaven müssen arbeiten«, gab sie zurück.

Das Gespräch begann ihm Spaß zu machen und nach und nach fand er sich in den scherzhaften Ton einer Kneipenunterhaltung ein. Wie gut es ihm tat, sich einfach zu unterhalten ohne flüstern zu müssen. Er fühlte sich frei und leicht. »Was macht eine Bergnymphe in einem See – solltest du nicht zwischen Felsen spazieren gehen oder im Bergwald die Reisenden erschrecken?«

Sie strich sich über die Arme, als würde sie frieren. »Kalt ist es im Bergwald – und noch einsamer im Steinlabyrinth. Hier im Palast ist es schöner – und im ewigen Wasser finden sich die besten Fische.«

Ihr Gesicht erinnerte ihn an die Kaufmannstochter, die er vor einer Ewigkeit in Abelinas Taverne umworben hatte. Er wunderte sich, warum ihm diese Ähnlichkeit nicht sofort aufgefallen war.

»Bist du auch ein Sklave?«, fragte sie nun.

Er schüttelte den Kopf. »Nein«, sagte er und deutete eine Verbeugung an. »Ich bin nur ein Reisender und suche den Ausgang.«

Ihr Lachen perlte auf und verhallte. Aber in den glitzernden Hallen schien jeder Ton gefangen zu sein, bereit, beim kleinsten Wink wieder hervorzuspringen. »Den Ausgang, so. Der ist nicht weit von hier.«

»Dann sag mir wo!«

Sie schüttelte den Kopf. »Morgen vielleicht.«

»Warum morgen?«

»Weil du noch eine Weile hier bleiben sollst«, raunte sie. »Du hast Sonnenhaar – das gefällt mir.«

Ernüchterung griff mit klammen Fingern nach ihm. »Nun, wenn du so einsam bist, wie du sagst, könnte ich wetten, dass dir alle gefallen«, meinte er. »Und ich gefalle allen, solange ich singe – und sobald ich aufhöre, schauen die Mädchen wieder jeden anderen an.«

»Warum?« Sie legte den Kopf schief.

Unter der Wasseroberfläche konnte er sehen, dass sie zwei weiße Beine in trägen Bewegungen hin und her bewegte um an der Oberfläche zu bleiben. Er wurde ärgerlich. Das Schicksal schwappte ihm wie ein ekliger Trog mit Fischbrühe ins Gesicht. »Vermutlich weil ich Feuersprossen habe und weil ich … nicht groß bin. Ich bin der Sohn eines dicken Schmieds und kein Held, kein Reiter, kein Krieger. Ich bin gar nichts.«

Sie riss die lidlosen Augen auf und betrachtete ihn sehr lange und sehr genau. »Du hast Feuersprossen, ja. Aber hässlich bist du nicht.«

Sie winkte ihn heran. Irgendetwas in ihm wollte ihr glauben. Er seufzte und trat an den Rand des Wassers. Sie stieß sich ab und schwamm in die Mitte des Sees um den Spiegel frei zu machen. Er senkte den Blick und sah genau das, was er erwartet hatte – den hässlichen Julin, den Frosch, der sich danach sehnte, ein anmutiger Perlvogel zu sein. Höhnisch waberten seine Feuersprossen im Spiegel des Wassers auf und ab.

»Siehst du?«, fragte die Bergnymphe.

»Ja«, antwortete er bitter. »Allerdings.«

Er musste blinzeln. Zugegeben, bei genauer Betrachtung wirkte sein ironisches Lächeln gar nicht mal so nichts sagend. Wärme erfüllte ihn. Im Grunde sah er wirklich nicht so schlecht aus. Das war Julin, wie ihn die Mädchen sahen – Julin mit verschmitztem Blick und schönen Augen, Julin mit einigen wenigen Feuersprossen und Haar, das leuchtete wie das romantische Versprechen eines Sonnenuntergangs.

Ein misstönender Laut schnappte in der Nähe, aber er ließ sich nicht ablenken. Mit liebender, leichter Hand zog ihn die Sehnsucht zum Seenspiegel und er neigte sich hinunter, bis er das Funkeln in seinen Augen sehen konnte. Das Letzte, was er hörte, bevor sein Spiegelbild ihn in seine Arme zog, war ein Laut, der wie ein abgehackter Schlag klang.

Diamantene Luftblasen sprudelten um ihn herum und brachten ihn zum Lachen. Die Kälte war erfrischend und angenehm, er sog das Wasser ein, das ihm köstlich wie Winterapfelwein erschien. Nur etwas störte ihn – ein Band um seine Brust hielt ihn fest und etwas trat ihn. Empört wehrte er sich und spürte voller Entsetzen, wie das Band enger wurde und ihn fortzog, immer weiter fort.

Seine Knie schrappten über Uferfelsen, Luft traf ihn wie ein Schlag mit einem Eiszapfen mitten ins Gesicht. Mit klammen Lippen stieß er einen Pfiff aus und etwas jaulte und flog an ihm vorbei durch die Luft. Der Schatten eines Hundes richtete sich an der Wand auf, dann sah Julin in zwei Augen, die ihm vage bekannt vorkamen. Er war so perplex, dass er sich aus dem Wasser zerren ließ und beobachtete, wie die Frau mit den kurzen Haaren einen Stein aufhob und ins Wasser schleuderte.

»Verschwinde«, rief sie der Bergnymphe zu, die immer noch in der Seenmitte trieb. Das magische Geschöpf lachte zischend und verschwand ohne eine Welle zu hinterlassen.

»Nein!«, schrie Julin und robbte wieder zum Beckenrand.

Die Frau verstellte ihm den Weg. »Julin, verdammt!«, schrie sie und schüttelte ihn.

Er schlug nach ihr und versuchte an ihr vorbeizukommen. Eine Ohrfeige traf ihn ins Gesicht und schleuderte ihn an den Rand der Wirklichkeit zurück. »Fenja?«, flüsterte er.

Erleichterung glättete ihre harten Züge. Grober als nötig schlug sie ihm auf die Schulter. Erstaunt erkannte er, dass Fenja Angst um ihn hatte. »Dem Mittnachtpferd sei Dank, Julin! Du solltest endlich aufhören dich in irgendwelchen Spiegeln anzustarren. Das machen nur schöne oder hässliche Leute – und weder zu den einen noch zu den anderen gehörst du.«

Verblüfft sah er sie an. Fenja findet mich nicht hässlich?, schoss es ihm durch den Kopf. Sein Spiegelbild fiel ihm wieder ein, das wahre, das Froschgesicht.

»Wie kommst du dazu, diesem Ding überhaupt zuzuhören?«, sagte sie und ließ ihn los. Benommen sah er zu ihr hoch. Sein anderes Bild, das des schönen Julin, schwebte noch vor seinen Augen.

»Sie hat gesagt, dass ich ihr gefalle. Nie hat das jemand zu mir gesagt, nie!« Die ganze Ungerechtigkeit der Welt stürzte wieder auf ihn zurück.

»Das ist nicht wahr, Julin«, erwiderte sie ungehalten.

»Doch, das ist es. Sieh mich an! Kein Mädchen wird mich jemals küssen wollen.«

»Mit so einer Bittermiene und den ganzen Schürfwunden wahrscheinlich nicht. Was machst du dir überhaupt für Gedanken? Was ist los mit dir?« Einen Moment betrachtete sie ihn besorgt, dann schien ihr etwas klar zu werden. Sie stöhnte und schlug sich an die Stirn. »Ich hätte es mir denken können«, murmelte sie. »Diese verdammte Ewigkeitsmagie.«

Mit einer raschen Bewegung beugte sie sich zu ihm hinunter, nahm sein Gesicht in ihre Hände und küsste ihn. Er war so perplex, dass er nicht reagierte, aber die überraschend warme Berührung ihrer Lippen brachte ihn endgültig in die Wirklichkeit zurück.

»So, ein Mädchen hat dich geküsst. Kommst du jetzt mit?«, fragte sie barsch.

»Verrat!«, kreischte die Bergnymphe. »Estima, Verrat! Sklaven im Tanzsaal! Sklaven fliehen, Estima!«

Der Schock fuhr ihm tief in die Knochen. Verwirrt sah er sich um und prallte zurück. Im Wasser schwamm ein Geschöpf, das aussah wie ein muskulöser Salamander, der auf groteske Weise versuchte einem Menschen ähnlich zu werden. Das kantige, symmetrische Reptiliengesicht zeigte keine Regung, nur in den Augen loderte Hass. Die Bergnymphe riss den Mund auf – eine schwarz schimmernde Höhle, in der spitze Fänge glänzten. Ihr magischer Schrei durchdrang die Wände und brach sich in den Stollen, sprang von Gang zu Gang, bis er bei Estima auftreffen würde. Sirrend fielen gläserne Stalaktiten von der Decke und zerschellten neben ihnen wie die Stilette eines Messerwerfers.

»Mach schon, steh auf!«, brüllte Fenja.

Er kam auf die Beine, Bäche von Wasser rannen an ihm herunter auf den Boden. Jug und Jolni fletschten die Zähne und wichen vor ihm zurück. Fenja runzelte die Stirn und befahl den Hunden vorauszulaufen. Jaulend machten sie einen riesigen kriechenden Bogen um Julin und rannten dann erst los.

Ein Poltern ertönte und gleich darauf hörte Julin Stimmen

und Schritte. Von überall her schienen sie zu kommen, vermengten sich zu einem verwirrenden Chor von Echos, der immer lauter in seinen Ohren dröhnte.

Julin fühlte, wie ihm die Kälte in die Glieder kroch, obwohl er rannte. Ein Luftzug wurde stärker und schon spürte er, wie die Spitzen seiner Haare froren und wie Eisnadeln in seine Wange stachen. Jug und Jolni sahen sich im Laufen um, rote Zungen blitzten zwischen spitzen Zähnen. Sie sehen aus, als ob sie lachen, dachte Julin, während er keuchend weiterlief.

»Hier!«, rief Fenja und tauchte in die Dunkelheit eines neuen Ganges ein. Schritte waren überall um sie herum, aber er versuchte sich einzureden, dass es nur die Echos ihrer eigenen Schritte waren. Das einzige Problem war – diese Echos wurden lauter und lauter. Jolni knurrte und sprang. Wie ein buschiger Blitz schnellte er vom Boden und ging einem der Aufseher an die Kehle, der vor ihnen auftauchte. Der Bergheimische keuchte auf und ging zu Boden. Ein Halbmannspeer mit einer Eisenspitze schlitterte über Skalit. Julin stolperte und hob die Waffe auf. Als er aufblickte, wäre sie ihm fast wieder aus der Hand gefallen.

Etwa zwanzig Aufseher waren es und sie kamen von allen Seiten. Zu seiner Überraschung sah er nicht nur die Kurzspeere, sondern auch Schwerter und Ketten aufblitzen und holte entsetzt Luft. Seitenstechen gab ihm das Gefühl, er sei bereits von einem der Speere getroffen worden. Ohne einen Laut kämpften die Hunde, wichen geschickt den Speeren und wirbelnden Ketten aus. Fenja zog ihr Schwert. Kette klirrte auf Eisen. Atemberaubende Schläge peitschten die Luft, wenn die Ketten sirrend ihr Ziel verfehlten und Funken schlagend gegen die Skalitfelsen prallten.

»Vorsicht!«, schrie Fenja und Julin tauchte gerade noch weg, als eine Kette an ihm vorbeizischte, die ihm sicher den

Arm gebrochen hätte. Er pfiff und die Kette änderte ihre Richtung und traf den Angreifer am Ellenbogen. Mit einem Schmerzensschrei sank der Bergheimische zu Boden. Im Schatten der Wand wurden seine Augen zu matt leuchtenden Scheiben.

Julin wirbelte herum und schrie mehr, als dass er sang, vier Zeilen eines Kampfliedes:

»Drei Fackeln im Kampf,
drei Schwerter im Feuer
und pechheißer Dampf,
das Blut kommt euch teuer!«

Ketten glühten auf und zischten wie Schlangen. Schreie hallten grässlich in seinen Ohren, als die Aufseher das heiße Eisen losließen. Dann schwirrten die Speere durch die Luft. Ohne einen Atemzug zu verlieren stürzten sich Fenja und Julin hinter den nächsten Eingang. Fenja keuchte. Zum ersten Mal sah Julin in den Augen der Kurierin etwas, das er nie für möglich gehalten hätte. Es war Hilflosigkeit. Blitzschnell ließ sie ihren Blick über den Gang schweifen. Die Hunde reagierten auf ihren Wink und fegten heran. Gleich würden die Verfolger sie erreichen. Der Luftzug war verschwunden, vor ihnen gähnte das gierige Labyrinth finsterer, funkelnder Gänge.

Julin atmete aus und konzentrierte sich. Unsicher rief er sich den Spiegelzauber ins Gedächtnis, den er schon dann nicht gut beherrschte, wenn er Zeit hatte. Trotzdem, alles war besser als das, was sie erwarten würde, wenn er gar nichts unternahm. Im Takt seiner trommelnden Herzschläge sprach er die Worte.

Lautlos trat eine Gestalt neben Fenja. Die Kurierin prallte zurück. »O nein …«, flüsterte sie und wurde blass.

Julin ächzte und schloss die Augen. Als er sie aufmachte, war das Ungeheuer immer noch da. Noch eine gespenstische Gestalt trat hinzu und noch eine. Schräge Augen und Hundezähne leuchteten im Dämmerlicht, Geifer tropfte auf den Kragen der Jägermäntel, menschliche Hände griffen nach Schattenschwertern. Der Anblick von vier Geisterhunden mit rotem Fell ließ Jug und Jolni knurrend und zähnefletschend auf dem Bauch nach hinten rutschen. Ein Julin ohne Feuersprossen, dafür aber mit Olmaugen und spitzen Zähnen lächelte ihnen zu.

»Los!«, flüsterte Julin den verunglückten Spiegelbildern zu. »Kämpft!«

Die Hunde jagten los und die Tierfrauen und das Nymphengeschöpf hoben gehorsam die Waffen und stürmten los.

»Jetzt!«, rief er Fenja zu und sie flohen, so schnell sie konnten, dorthin zurück, wo der Luftzug wehte.

Rufe und Entsetzensgebrüll hallten in Julins Ohren. Das Getrampel hinter ihnen wurde lauter. Als Julin sich umdrehte, sah er, wie die Aufseher einen bizarren Kampf mit den Gespenstern ausfochten. Eisen drang durch die Körper, die bereits transparent zu werden begannen. Verwirrung und Überraschung ließen die Bergheimischen stolpern.

Der Atem fehlte Julin für einen weiteren Zauber, jetzt hieß es einfach wegkommen. Eine geschleuderte Kette zischte durch die Luft und traf seinen Knöchel. Er schrie auf und fiel. »Julin!« Fenjas Stimme überschlug sich. Er versuchte sich aufzurappeln, aber es gelang ihm nicht – nicht schnell genug.

Vier Pferdelängen von ihm entfernt erhob sich eine Gestalt. Hinter ihr zeichnete sich Schnee ab, Eiszapfen im Eingang der Höhle umgaben sie wie gefletschte Zähne. Hinter dem Ausgang erhob sich eine weiche Schneezunge zu einem Hügel, der im Mondlicht schimmerte. Der lange Speer, den die Gestalt in der Rechten hielt, war leer, milchhelle Augen glühten wie die heißeste Spitze eines Schmiedeeisens. »Zauberer!«, zischte Estima.

Ohne zu zögern hob sie ihren Spieß und schleuderte ihn auf Julin. Er konnte nicht einmal seine Lippen zu einem Ablenkungspfiff spitzen. Für einen Moment glaubte er alles wie durch einen zähen Nebel zu sehen, der alles verlangsamte. Er konnte nicht ausweichen. Doch was er wahrnahm, waren Estimas Dämonenaugen und die Enttäuschung in ihrem Gesicht, dann strich etwas Weiches, Pelziges vor ihm vorbei und jaulte auf. Jolni überschlug sich zweimal und kam winselnd wieder auf die Beine. Blut tränkte das Fell an seiner Schulter. Klappernd rollte der Olmspeer gegen die Wand.

Fenja schrie auf und stürzte sich auf Estima. Die Stollenherrin verschwand in der Tiefe eines Seitengangs.

»Lass sie!«, schrie Julin. »Raus hier!« Ohne zu überlegen wuchtete er den winselnden Hund hoch und stürzte hinaus. Nie hätte er gedacht, dass ein Hund so schwer sein konnte. Er jaulte, als hätte er Todesangst. Ein Speer flog an Julins Schulter vorbei und zerbrach am Skalit.

Schneewind traf ihn von der Seite und ließ ihn stolpern. Jolnis Blut fror an seinen Fingern. Hallgespenster heulten ihm die Ohren voll. Die Unendlichkeit des Himmels erdrückte ihn. Es war zu viel Luft für ihn, zu viel Ebene, viel zu viel Platz.

Aus dem Schnee erschien Tolins Kopf mit der dunklen Zeichnung um die Augen und angelegten Ohren. Eisflocken hingen in seinen Barthaaren und verliehen ihm das Aussehen eines schlecht gelaunten Großvaters. Fenja nahm Jolni vor sich auf den Sattel. Julin ergriff ihre Hand und zog sich hinter sie auf den Rücken des Jägerpferdes, das fast bis zu den Knien im Schnee versank. Am Höhleneingang erschienen die Gesichter der Aufseher. Hass blitzte in ihren Augen, Zähne wurden gefletscht, dann stürmten sie los.

Der Nachthimmel schwankte. Julin konnte fühlen, wie das kleine Pferd alle Muskeln anspannte. Aber sie waren erstaunlich schnell, und je leiser das Gebrüll der Bergheimischen wurde, desto mehr verschwand das panische Kribbeln in seiner Kehle. Tief atmete er durch, obwohl die Luft ihm in die Lunge schnitt.

Nach einer Ewigkeit ließ Fenja Tolin langsamer gehen. Aus nächster Nähe konnte Julin die gestochenen Zeichnungen betrachten, die sich über ihren Nacken am Hals bis hinter die Ohren hochzogen. Ihn schauderte bei der Erinnerung an die Nadel, die das Zeichen der Silbermine in seine Haut geritzt hatte. Das Keuchen des Pferdes vermischte sich mit dem Winseln von Jolni.

»Ist er schwer verletzt?«, fragte Julin.

Fenja schüttelte den Kopf. »Der Speer hat ihn nur gestreift«, antwortete sie. »Er kann Speere aus der Luft fangen – aber es war wohl zu dunkel für ihn.« Halb drehte sie sich auf dem Pferderücken um und lächelte ihm zu. »Du hast ihn getragen – ich danke dir.«

»Du hast mich gerettet, Fenja. Ich danke also dir. Wie hast du mich gefunden?«

Sie zuckte die Schultern. »Wir haben dich gefunden, Julin. Haliz …«

»Haliz ist bei dir?«

»Nun, wir kamen auf der Suche nach dir nicht aneinander vorbei, wenn du so willst. Und Jolni hat deine Spur aufgenommen. Blut zu Blut. Kein schlechter Einfall, dein Zeichen auf die Wände zu malen. Haliz hat sehr gute Augen – und sie hat sofort ihr Pferd verkauft um Grubenpferde kaufen zu können.« Leise lachte sie auf. »Wenn sie nicht eine Bruchrechnung anstelle ihres Herzens hätte, würde ich vermuten, da brennt die Liebe.« Verdattert schwieg er. Der spöttische Unterton ließ ihn unsicher werden, ob Fenja ihn aufzog. »Haliz hat eine großartige Pferdehändlerin abgegeben«, fuhr Fenja ungerührt fort. »Trotzdem ist es Zufall, dass ich dich rechtzeitig gefunden habe. Zu wem betet ihr, wenn ihr in Skaris betet?«

»Zu Nagsik für gewöhnlich, dem Schutzpatron der Soldaten und Schmiede.«

»Gut, dann bedanke dich bei ihm, denn eigentlich wollte ich heute nur den Eingang auskundschaften.«

Julin ordnete die vielen verwirrenden Informationen und besann sich auf das, was ihm am meisten auf der Seele brannte. »Ich weiß, wo Darian ist«, sagte er. Fenjas Rücken spannte sich an. »Ich habe sein Zeichen gefunden«, fuhr er fort. »Ein Schiff. Er lebt, Fenja!«

»Sigan sei Dank!« Die Erleichterung in ihrer Stimme war echt.

»Und ich weiß auch, wo dein Bruder ist«, fügte er leise hinzu. »Castus heißt er doch, nicht wahr?«

Er spürte, wie sie sich noch mehr versteifte. Ruckartig hielt Tolin an. Fenja schwang ihr Bein über seinen Hals und sprang mit Jolni in den Armen aus dem Sattel. Behutsam bettete sie den Hund in den Schnee. Unbeweglich war ihr Gesicht, aber Julin glaubte es darunter kochen zu sehen. Jeden Moment würde der Feuerberg Fenja ausbrechen. Mit verschränkten Armen stellte sie sich vor ihn hin.

»Diese Hinterhältigkeit ist sonst gar nicht deine Art«, sagte sie. »Also, was willst du?«

»Castus ist nicht dein Bruder. Du hast einfach auf irgendeinen Namen auf der Silbertafel gedeutet, habe ich Recht? Warum hast du mich angelogen?« Er hasste es, seine Stimme vor Fenja nicht verstellen zu können. Allzu deutlich klang die Enttäuschung durch.

»Weil es niemanden etwas angeht«, erwiderte sie. »Auch dich nicht. Dich vielleicht am allerwenigsten.«

»Wie bitte?« Er schrie und Tolin machte einen unwilligen Schritt zur Seite. »Du riskierst dein Leben, um mich aus dem Berg zu holen, und dann geht es mich nichts an, wie dein Bruder heißt?«

Ihr Mundwinkel zuckte. »Reicht dir nicht das, was du weißt?«, sagte sie mit brüchiger Stimme. »Was nützt es dir, wenn du seinen Namen kennst, Julin? Es ist meine Geschichte, nicht deine.«

Sie hat Recht, fuhr es ihm durch den Kopf. Hör auf dich wie ein Idiot zu benehmen. Mühsam riss er sich zusammen und senkte den Kopf. »Ich dachte nur ... wir wären Freunde. Wir sind doch Freunde, Fenja?«

Ihre Blicke trafen sich, Schnee wehte vorbei. Fenjas Kiefermuskeln zuckten. Tolin spürte die Anspannung und schnappte nach Julins Bein.

Schließlich räusperte sie sich und antwortete. »Doch«, sagte sie. »Wir ... sind Freunde.«

Es schien sie so viel zu kosten, dass er beinahe gelacht hätte. Übermut wallte durch seine Adern. Er ließ sich von Tolins Rücken gleiten und klopfte sich den Schnee von den Hosen. »Wie, nur Freunde?«, sagte er. »Du hast mich geküsst!« Sie sah so verblüfft aus, dass er anfing zu lachen. Es brach aus ihm heraus und er konnte beinahe nicht mehr aufhören.

Hochmut stahl sich in ihre Züge. »Darauf brauchst du dir nichts einzubilden!«, sagte sie in ihrer alten Grobheit. »Das war ein unverdientes Geschenk an einen Tölpel, der von Schönheit keine, aber auch gar keine Ahnung hat.«

»Julin?« Der Schrei ließ ihn herumfahren. »Julin, du bist es!« Haliz' Stimme überschlug sich. Ihr Gesicht sah aus, als würde es schweben, erst auf den zweiten Blick erkannte Julin, dass ihr heller Fellmantel sie im Gestöber beinahe unsichtbar machte. Im nächsten Moment versank er in ihrer Umarmung. »Du bist ganz nass!«, rief sie. »Hast du ihn aus dem Fluss gefischt, Fenja? Du wolltest doch nur den Höhleneingang suchen!«

»Du ahnst gar nicht, wie nah du dran bist«, erwiderte Fenja. »Nun, gefunden hat ihn Jolni.« Nachdenklich betrachtete sie die Hunde. Weit weg von Julin saßen sie im Schnee und starrten zu ihnen herüber. Jolni jaulte immer noch vor Angst.

»Seltsam«, sagte Fenja zu Julin. »Sie fürchten sich vor dir. Aber vor deiner Spur hatten sie nicht solche Angst. Hast du etwa das hässliche Echsenmaul angefasst?«

»Nein«, erwiderte er verwundert. »Nur … den Stein, den Abelina mir mitgegeben hat. Ich wollte ihn in den See werfen.«

Haliz' Augen wurden groß. »Du warst bei einer Bergnymphe? Dann hast du doppelt Glück gehabt, wieder lebendig bei uns zu sein!«

»O ja«, antwortete er und erinnerte sich mit einem Frösteln an das wütende Reptiliengesicht. »Und sie sah ganz anders aus als die schönen Statuen an der Grenze.«

Fenja lachte rau auf. »Manche nennen sie die Götter des Wunsches – in ihnen siehst du das, was du sehen möchtest. Und eine Bergnymphe, die im Spiegelsee schwimmt, ist doppelt gefährlich. Man sollte nicht zu tief hineinblicken. Die Magie der alten Könige spielt denen, die sich zu nah heranwagen, oft seltsame Streiche. Kein Wunder, dass die Echsenmäuler das ewige Wasser lieben.«

»Dann warst du auch beim Spiegelsee!«, rief Haliz.

»Im Spiegelsee«, berichtigte Fenja und lächelte.

Haliz' Augen leuchteten auf. »Die Halle, in der der See liegt, nennt man den Tanzsaal der Bergnymphen. Die Bergheimischen lassen nicht zu, dass ein Sonnenweltler diese Halle betritt.«

»Nun, die Höhlentreter waren nicht so wählerisch«, sagte Julin. »Einer davon – Fingis – hat mich sozusagen hineingeschubst.«

Haliz sah ihn noch verblüffter an. »Ein Höhlentreter hat dir geholfen?«

»Anscheinend mochte er meine Musik.«

Ein Lächeln huschte über ihr Gesicht. »Oder deine roten Haare«, meinte sie. Im nächsten Augenblick verlosch ihr Lächeln. »Entschuldige, Julin!«, rief sie. »Ich stehe hier und du frierst! Deine Lippen sind ganz blau.« Hastig schälte sie sich den Mantel vom Körper. »Zieh das an, es ist nicht weit zu unserem Unterschlupf.«

Verwundert nahm er den Mantel entgegen. Er war noch warm von ihrem Körper, und als er ihn anzog, durchflutete ihn ein Gefühl der Geborgenheit. Zum ersten Mal seit Darians Tod, so wurde ihm mit einem Mal bewusst, fühlte er sich wohl und wirklich ruhig.

Brennendes Herz

Auf den ersten Blick hätte man das Häuschen für eine mit Brettern zugenagelte Höhle halten können, beinahe unsichtbar und bestens gegen Wind geschützt. Das Dach lehnte an einer schrägen Anhöhe und verschwand fast unter einer dicken Schneeschicht. Innen war das Versteck viel größer, als es von außen aussah. Glut schlief in der Asche an der Feuerstelle. Verschlissene Silberschaffelle türmten sich in der Ecke, und in der Mitte des Raumes stand eine Art niedriger Tisch. Mit geschickten Fingern entfachte Haliz das Feuer neu und schob einen langen Eisenbügel, an dem ein bauchiger Topf hing, über die Flammen.

»Zieh deine nassen Sachen aus!«, befahl sie und lächelte, als sie sah, wie er unwillkürlich rot wurde. Hastig streifte er die gefrorenen Kleidungsstücke ab und wickelte sich wieder in Haliz' Mantel ein. Wärme pulste durch seine Wangen. Allmählich spürte er, wie das Gefühl in seine Haut zurückkehrte und die Müdigkeit sich über ihn legte wie eine schwere Decke. Sie schwiegen und nahmen einen Schluck von der Brühe, die inzwischen im Topf brodelte und verdächtige Blasen warf. Aber nach den kargen Tagen im Bergwerk erschien sie Julin köstlich und verschwenderisch. Traurig dachte er an Owidiju.

Lange saßen sie vor dem Feuer und hörten dem Sturmwind zu, der mit Peitschen aus Eiskristallen gegen die Tür schlug.

»Werden sie uns hier nicht finden?«, fragte Julin nach einer Weile.

Fenja schüttelte entschieden den Kopf. »Dazu müssten sie wissen, wo die Kurierhütten sind, und sich weit in die Berge wagen. Mach dir keine Sorgen. Natürlich werden sie dich suchen, aber nicht hier und nicht heute.«

Ein banges Gefühl flatterte in seiner Brust hoch bis zu seiner Kehle. Sie werden mich suchen, dachte er. Nun bin ich ein Geächteter – wie Owidiju. Aus den Augenwinkeln bemerkte er, wie Haliz die schlecht verheilten Schürfwunden an seinen Fußknöcheln betrachtete und die Eisenringe, die immer noch um seine Handgelenke lagen.

»Tun die Eisen weh?«, fragte sie.

Er grinste schief. »Ziemlich«, log er.

In diesem Augenblick entdeckte sie das Zeichen der Silbermine und schlug die Hand vor den Mund. »O Julin«, flüsterte sie. Genau betrachtete sie das narbige Rad und den Becher und ließ ihren Blick über seine Hände mit den Schwielen und den abgebrochenen Nägeln schweifen, als wollte sie sich alles einprägen. Doch zu Haliz, dachte Julin, hätte es auch gar nicht gepasst, wegzuschauen.

»Diese Bestien!«, sagte sie mit erstickter Stimme. »Menschen anzuketten und zu brandmarken wie Tiere.«

Fenja lachte. Es klang nicht besonders freundlich. »Wer ist besser? Die Bestien, die den Sklaven Ketten anlegen, oder die Bestien, die das Erz kaufen, das die Sklaven in den Bergen schürfen?«

Haliz funkelte Fenja an. Julin befürchtete, er würde gleich Zeuge eines Streits.

»Ich verstehe sehr gut, was du mir damit sagen willst, Fenja«, erwiderte sie. »Und ich sage dir noch einmal, ich werde mich nicht mit dir streiten. Nicht alles in Lom ist schlecht und nicht alle Menschen hier sind Betrüger, Mörder oder Menschenschinder.«

Fenja lächelte spöttisch und schenkte ihre Aufmerksamkeit wieder Jolnis Streifwunde. Mit flinker Hand nestelte Haliz einen kleinen Gegenstand aus ihrem Ärmel und reichte ihn Julin. Verwundert nahm er ihn. Warm fühlte sich der Spielstein in seiner Hand an – wie ein weiterer Freund, den er viel zu lange vermisst hatte. Das Gefühl von Heimat überschwemmte ihn plötzlich so sehr, dass er am liebsten geweint hätte.

Haliz lächelte. »Ich habe dich im Gasthaus gesucht«, sagte sie. »Die Wirtin erzählte mir, du seist aufgebrochen, aber ich glaubte ihr nicht. Ich habe mir den Tisch genau angeschaut, an dem du gespielt hast – und neben dem Stuhl entdeckte ich den hier. Nun, ich weiß, dass du vielleicht dein Pferd oder deinen Mantel zurücklassen würdest, möglicherweise sogar deinen Kopf, aber niemals deine Spielsteine. Und dass du einen davon verlierst, konnte ich mir ebenfalls nicht vorstellen. Also sah ich mich weiter um – und wo, wenn nicht im Hinterhof, bietet sich eine Entführung an?«

»Es war der Eintreiber, mit dem du gesprochen hast«, sagte Julin leise. »Er kauft Menschen für die Minen ein. Dir hat er den Händlerschein gegeben und mir die Ketten.«

Sie wurde blass und schluckte. »Manx? Aber ... er ist ... er ist ein guter Mensch. Einige der Kinder, die von ihren Eltern an die Minen verkauft wurden, hat er von seinem eigenen Geld zurückgekauft und wieder in ihre Dörfer geschickt. Er ist geachtet als Mann, der menschlich ist und ...« Sie verstummte und senkte den Kopf. Auf einmal tat es Julin Leid, ihre Überzeugung zerstört zu haben, ihren guten Glauben daran, dass in Lom nicht alles schlecht war. »Ich hätte dich in dem Wirtshaus nicht allein lassen sollen«, sagte sie bitter. »Ich kannte die Schauergeschichten über verschleppte Minensklaven, doch ich wollte sie nie glauben.«

»Ihr beide seid rührend«, warf Fenja ein, aber ihre Stimme klang sanft und auf eine unbestimmte Weise beinahe traurig. Sie stand auf und ging zu ihrer Satteltasche, die neben der Tür lag. Vorsichtig holte sie etwas heraus, das in ein langes Ledertuch eingeschlagen war. Sie lächelte Julin zu und warf das Bündel durch den Raum. Eine Ahnung blitzte in Julin auf, gefolgt von der heißen Angst, dass das Bündel ihm entgleiten könnte. Seine Eisenringe an den Handgelenken klirrten gegeneinander, als er aufsprang und die Stabharfe sicher fing. Die Hunde sträubten ihr Nackenfell und knurrten. Jolni jaulte auf und zog sich rückwärts kriechend in einen Hüttenwinkel zurück. Fenja runzelte die Stirn.

Unendlich zart strich Julin über die Saiten und das glatt polierte samtige Holz des Instruments. Ein Kloß saß in seiner Kehle, am liebsten hätte er geweint. »Danke!«, sagte er. Mit einem Mal war die Welt leuchtend und schön. Die Wärme, die Ruhe und die Gegenwart der Harfe – alles erschien ihm wie ein magischer Traum von Glück, den er auf der Pritsche in der Mine liegend träumte. Gleich würde ihn der Aufseher zur Schicht wecken und er würde statt der Harfe wieder den vom Schweiß vieler Schichten glatt gescheuerten Griff des Spitzhammers in der Hand halten. »Wie viel hast du dafür bezahlt?«, flüsterte er.

»Genug, damit sich dieser Auftrag nicht mehr lohnt«, erwiderte Fenja und grinste wie ein Walddämon. »Und jetzt mach nicht so ein Gesicht, sondern spiel! Du siehst nicht aus, als hättest du in der Mine viel Grund dazu gehabt.«

Julin lachte und strich über die Saiten. Ein Schauer begleitete die Tonleiter, deren Klänge wie eine altvertraute, geliebte Stimme durch den Raum strichen. Mit ungelenken, von langer Arbeit verhärteten Fingern zupfte er eine einfache Tonfolge, ein Lagerfeuerlied. Die Knöchel taten ihm weh, aber er spielte und genoss das Gefühl, sich aus vielen Splittern wieder zu einem ganzen Bild zusammenzufügen.

»Früher sprang ich,
früher sang ich,
tanzte um den Tanisbaum –

heute wart ich,
heute wein ich,
hier am kalten Bergessaum.

Früher warst du meine Liebe,
früher warst du schön,
doch die Lüge kam und ließ dann
meine Liebe schnell vergehn.«

Schon etwas selbstbewusster improvisierte er einen Wirbel, sah zu Haliz und lächelte sie an.

»Heute glaub ich,
heute trau ich
keiner Schönen mehr.
Käm sie auch auf goldnen Sohlen
tanzend übers Meer!«

Endlich lachte Haliz wieder unter Tränen und für einen Moment war Julin sprachlos. Noch nie war sie ihm so schön erschienen wie jetzt im Licht des Feuers, das die kühle Spöttelei, die sie sonst umgab, wegzuschmelzen schien. Gerne hätte er dieses Bild bewahrt, um es immer wieder anschauen zu können. Gleichzeitig kam ihm Fenjas Kuss wieder in den Sinn und er errötete.

Fenja starrte unruhig zu den Hunden, die sich in der Ecke zusammendrängten. »Es muss ein seltsamer Stein sein, den Abelina dir mitgegeben hat«, sagte sie.

Behutsam legte er die Harfe zur Seite und holte Abelinas Tropfstein hervor, den er vergessen hatte in den See zu werfen. Seltsamerweise war er immer noch feucht vom Bergwasser. Jug und Jolni zogen die Lefzen zurück und knurrten. Ihr Rückenfell sträubte sich, bis sie aussahen wie Windwölfe. Julin erschrak und auch Haliz wurde blass.

»Steck ihn wieder ein«, befahl Fenja.

»Die Hunde haben noch nie so darauf reagiert«, sagte er. »Erst als der Stein nass geworden ist und sich die rote Schicht löste. Ich werde ihn trocknen.« Er legte den seltsamen Stein ans Feuer und sah zu, wie die glänzende Oberfläche langsam matt und hell wurde. Die Hunde beruhigten sich nach und nach, blieben jedoch wachsam und gefährlich still.

»Ich kenne diese Art von Stein«, stellte Haliz fest. »Es ist ganz gewöhnlicher Graumon. Nur die braune Gesteinsschicht habe ich noch nie gesehen.«

»Ein Höhlentreter hat mir einen Saal mit solchen Tropfsteinen gezeigt, als ich ihn nach Darian fragte«, sagte Julin. »Offensichtlich haben sie irgendetwas mit ihm zu tun. Wir müssen so schnell wie möglich zurück in die Minen!«

»Langsam«, erwiderte Fenja. »Du wirst Darian nicht helfen können, wenn du vor Müdigkeit von Tolins Rücken kippst.«

Owidijus Gesicht wirbelte durch seine Gedanken, während sie zu Träumen wurden. Er sah Estimas fahle Olmaugen im Dunkel leuchten. Sie beugte sich über einen Körper, der auf dem Boden lag. Blondes Haar durchzogen mit weißen Strähnen floss über den Stein. Darian! Ein Speer flog auf Julin zu. Kurz bevor er keuchend aufschrie in der Gewissheit, bereits den Stich der Eisenspitze zu fühlen, fing die schwarze, klauenartige Vogelhand eines Woran die Waffe aus der Luft und zerbrach sie. Er drehte sich um, starrte den Woran an – und blickte in Haliz' lächelndes Gesicht. Starr vor Entsetzen konnte er nur willenlos zusehen, wie sie ihre Klaue in seine Brust versenkte und sein pulsierendes Herz hervorholte. »Nymphenherz«, raunte sie und blies die Flammen heller, bis sie vor Julins schreckensstarrem Blick hoch in den Himmel loderten. Weit hinauf flogen die Funken und wurden zu Sternen. Noch während das letzte Traumbild davonhuschte, spürte er, wie er mit weit geöffneten Augen dasaß und fassungslos sein brennendes Herz betrachtete.

Nach und nach verwandelte es sich in ein Feuer, das in einer Hütte brannte. Jug und Jolni lagen davor, bereit zum Sprung.

Verstört sah Julin sich um und erkannte Haliz und Fenja. Aufgerichtet wie er saßen sie auf den Fellen, auf denen sie eben noch geschlafen hatten, und lauschten.

Endlich rutschte auch der letzte Teil seines Bewusstseins in die Wirklichkeit zurück.

»Das ist jemand!«, zischte Fenja und sprang auf. So schnell, dass er der Bewegung ihrer Hand nicht folgen konnte, zückte sie ihr Messer.

Ein schabendes Geräusch erklang an der Tür, gefolgt von einem kratzenden Tasten, als würde borstiges Haar über gefrorenes Holz streichen. Haliz glitt geräuschlos auf die Beine und zog etwas aus ihrem Gürtel. Mit Erstaunen sah Julin, dass es eine Schleuder aus Leder war. Flink legte sie einen spitzen Kiesel in die Lederwiege und wich zur Wand zurück.

Mit Fingern aus Wachs tastete Julin nach Fenjas Schwert, das neben der Feuerstelle lag. Er war sicher, durch die geschlossene Tür die Umrisse der Aufseher aufleuchten zu sehen, die mit Speeren und Schwertern darauf warteten, seine Flucht mit Blut zu vergelten. Nun, diesmal würde er nicht fliehen, sondern kämpfen.

Auf Fenjas Zeichen hin verteilten sie sich im Raum.

»Hallo?«, rief eine tiefe Stimme von draußen. Ein neuerliches Schaben und ein Klopfen ertönten, dann war es wieder still.

»Vielleicht ist es ein anderer Kurier?«, flüsterte Haliz. Ihre Stimme bebte. Fenja schüttelte entschieden den Kopf.

»Macht ihr auf oder soll ich es tun?«, erklang die Stimme erneut.

Augenblicke dehnten sich zu Ewigkeiten, während sie dastanden und schwiegen.

Dann flog die Tür aus den Angeln. Wie ein Geschoss wurde sie in den Raum katapultiert, prallte auf den Boden und schlitterte ihnen mit solcher Wucht entgegen, dass sie die Felle, auf denen sie eben gelegen hatten, zusammenschob.

Mit einem scharfen »Schapp« verfing sich der Stein, der aus Haliz' Schleuder surrte, in einer schaufelgroßen, haarigen Hand. Fingis grinste und trat ein.

»Gess!«, schrie Fenja den Hunden zu, die davonschnellten.

»Halt!«, schrie Julin. »Das ist Fingis! Tut ihm nichts!«

»Jug, Jolni!« Fenjas Stimme ließ die Hunde im Sprung einfrieren, im nächsten Moment ruderten sie in der Luft, schlitterten dem Höhlentreter vor die Füße und rappelten sich mit törichtem Gesichtsausdruck wieder auf.

Fingis ging höflich um sie herum und trat zu Julin. Ohne Umstände nahm er ihn bei der Hand und wandte sich zur Tür.

»So, darf ich nun eintreten?«, fragte die Stimme, die hinter der verschlossenen Tür dumpf und dunkel gewirkt hatte. Eine hohe Gestalt erschien. Feuerschein fiel auf das Gesicht, als der Mann die Pelzkappe in den Nacken schob. Sonnengebräunte Haut und eine sichelförmige Falte unter dem rechten Auge wurden sichtbar. »Da bist du ja, Sonnensohn!«, sagte der Mann.

Vor Überraschung brachte Julin nicht viel mehr als ein Stottern heraus. »Du … dich habe ich in der Mine gesehen.«

»Ganz recht«, sagte der Mann. Seine Stimme nahm einen ärgerlichen Klang an, als er fortfuhr. »Morgen hätte ich dich aus der Mine freigekauft, aber nein, du musstest ja das halbe Bergwerk in Aufruhr versetzen und fliehen.« Ohne eine Spur von Hast sah er sich um.

Haliz und Fenja warfen sich einen verblüfften Blick zu. »Das ist schön, dass ihr euch kennt«, sagte Fenja. »Wenn du immer so höflich bist und mit der ganzen Tür ins Haus kommst, will ich dich nicht treffen, wenn du unhöflich bist. Wer bist du?«

Der Mann lächelte ein feines, humorloses Lächeln. »Helim Silberblatt bin ich, der Schmuckmacher. Und wenn ihr klug seid, kommt ihr mit mir. Sie suchen dich, Julin aus Skaris. Und dich auch, Fenja aus Tana!«

Helim Silberblatts Haus

Leise summte Julin das Schleierlied. Windwirbel tanzten über die durchlöcherte Schneedecke und verwischten ihre Spuren. Fenja hatte Jolni auf Tolins Rücken gebettet und führte das Jägerpferd am langen Zügel. Seitdem sie vor langer Zeit aufgebrochen waren, hatte sie kein Wort gesagt.

Rechts von Julin ging Fingis und lauschte andächtig dem Lied. Die Finger des Höhlentreters umschlossen seine Hand wie ein Pelzhandschuh und hielten sie angenehm warm. Ab und zu grinste er zu Julin hoch und sah sehr zufrieden aus. Julin musste lächeln.

Ein Schal aus Wolken lag um die gewaltigen Bergschultern der Dreikopfs. Wie ein unendlich mächtiger König blickte er über sein Land – ein Worankönig, der unzählige Leben verschlang. Tief in den Eingeweiden des Riesen kochte und brodelte es, knirschend griff das Räderwerk der Sklaverei ineinander. Irgendwo da drinnen, das wusste Julin, wartete Darian auf ihn. Und an einer anderen Stelle erhob sich Owidiju nach einer traumlosen Nacht zu seiner Schicht.

Sie wanderten an dem Schattenriss eines Tanistannenwaldes vorbei und erklommen Hügel. In eisigen Höhlendurchgängen, wo Hallgespenster neben Fledermäusen von den Decken hingen, mussten die Pferde die Köpfe tief hinabbeugen und die Menschen das Geflüster der Hallgespenster ertragen.

Als Julin glaubte, er müsse vor Erschöpfung am Wegrand einschlafen, drehte Helim sich um und deutete auf eine Anhöhe. Nacheinander folgten sie ihm einen schmalen Steilweg hinauf, der nur aus gefrorenem Wurzelwerk zu bestehen schien. Behände wie eine Gämse kletterte Fingis hoch und zog Julin mit sich.

Gegen Helim Silberblatts Haus nahm sich Abelinas Herberge wie eine Bauernhütte aus. Genauer gesagt war Helims Wohnstatt auch kein Haus, sondern viel eher ein kleiner Palast. Die Außenwände waren aus geschliffenem Holz – kostbare Intarsien schmückten die Fensterumrahmungen und Türstöcke. Aus rotem Kasalit und Gold waren rechts und links neben einem der schmalen Fenster zwei Lompferde dargestellt, deren Mähnen im Galopp flogen. Das Dach war mit Schindeln aus hellem Schiefer gedeckt.

»Da drüben neben der Tür sind ozeanfarbene Rimarsteine!«, flüsterte Haliz andächtig. »Und dort ist Asabnell! Siehst du die gelben Steine? Das ist Hilobit! Im Handelspalast bekommst du für eine Hand voll davon hundert Pferde!« Ihre Augen funkelten mit den Edelsteinen um die Wette. Dondo schüttelte den Kopf und scharrte ungeduldig mit dem Vorderhuf.

»Bringt eure Pferde in den Stall«, sagte Helim. »Den Eingang seht ihr dort drüben neben dem Schmelzofen. Und danach kommt ins Haus!«

Als sie eine Weile später durch die Tür traten, blieben sie unwillkürlich stehen. Sogar in Fenjas unbewegtem Gesicht glaubte Julin Staunen und Ehrfurcht zu entdecken. Das Erste, was sie sahen, war eine Kamineinfassung, in der sich das Licht des Feuers in Tausenden von Farbtupfern spiegelte. Der Raum war warm, die Wände mit rotem Stoff bespannt. Überall lagen Werkzeuge, wie Julin sie noch nie gesehen hatte. Mehrere Werkbänke schienen die Pracht der Umgebung zu verneinen, denn sie waren schartig und trugen die Wunden unzähliger Arbeitsgänge. Julin sah Goldfäden und Steinstaub, Kristallsplitter und Haltevorrichtungen, in denen halbfertige Ringe auf ihre Vollendung warteten. Außerdem entdeckte er Kettenglieder, kunstvolle Zangen für den dünnsten Silberdraht und Zeichnungen. Immer wieder Zeichnungen auf dünnem grauem Papier, die mit etwas Feinerem als Kohle gemacht waren. Auf einem schmalen Regal an der Wand waren zierliche Flaschen aufgereiht, jede aus einem anderen Kristall geschliffen und mit geschnitzten Zierkorken verschlossen. Eine rote bauchige Flasche erregte Julins Interesse und er trat zum Regal und streckte den Zeigefinger aus um sie zu berühren.

»Fass das nicht an!«, fuhr Helim ihn an. »Die hat der Minenrat bestellt!«

Verdutzt hielt Julin inne und zog gehorsam seine Hand zurück. Sein Blick fiel auf den Tisch, wo ein seltsames Gestell mit zwei rosafarbenen transparenten Scheiben lag. »Was ist das?«, fragte er. Unwillkürlich flüsterte er, in der Angst, die filigranen Kunstwerke könnten allein durch den Klang seiner Stimme beschädigt werden.

»Schnickschnack«, erwiderte Helim abfällig. »Aber er bringt viel ein.« Er klappte das Gestell auf und setzte es auf Ohren und Nase. Die rosafarbenen Scheiben leuchteten vor seinen Augen, was ihn fremdartig und ein wenig lächerlich aussehen ließ. »In Runa sind die Leute verrückt danach.« Er grinste, als er Julins Gesicht sah. »Ja, auch solche Dinge bekommt ihr bei einem Schmuckmacher. Willkommen in meiner Werkstatt.« Er legte das Gestell wieder hin und warf nachlässig seinen Mantel über einen Hocker. »Setzt euch dort ans Feuer – habt ihr Hunger?«

Julin nickte und Helim verschwand in einem angrenzenden Raum.

»Helim Silberblatt – ja, den Namen kenne ich aus dem Handelspalast«, flüsterte Haliz. »Sein Schmuck ist berühmt. Außerdem hat er einige der Kristallräume ausgestattet.«

»Ganz recht!«, rief Helim aus dem Nebenraum. Beim Klang seiner lauten Stimme zuckten sie zusammen.

Julin räusperte sich und zwang sich normal zu sprechen. »Wo ist Fingis?«, fragte er.

»Wieder auf dem Weg in die Mine«, erwiderte Helim. »Und nun hört auf, wie tumbe Salznadeln im Zimmer herumzustehen und setzt euch endlich.«

Auf einem Holzbrett brachte er bald darauf vier Schüsseln, in denen eine rote Brühe schwappte. Sie duftete nach Honig. Dankbar griffen sie nach den Schüsseln und wärmten sich die Hände an dem heißen Steingut.

»Auf Julin!«, sagte Helim feierlich. »Es heißt was, die Silberminen zu überstehen.«

»Auf Julin!«, pflichtete Haliz ihm ohne zu zögern bei.

Julin verkniff sich ein verlegenes Lächeln und kostete vorsichtig von dem Trank. Schärfe biss ihm in den Rachen, dass ihm die Tränen in die Augen stiegen, doch gleich darauf breitete sich Wärme in seiner Kehle und seinem Bauch aus und das herbe Aroma von Würzhonig und Tanismark zog durch seine Nase. Es erinnerte ihn an die Abende in Skoblins Eck und das Heimweh umfing ihn ganz und gar. »Danke«, sagte er zu Helim. »Für deine Hilfe.«

Über den Rand seiner Schüssel betrachtete Helim Fenjas Hunde. »Ganz freiwillig ist sie nicht«, erwiderte er mürrisch. »Ihr werdet euch hoffentlich so verhalten, dass euer Hiersein keinen Verdacht auf mich lenkt. Ich kann es mir nicht leisten, meine Werkstatt aufs Spiel zu setzen.«

Fenjas Stimme klang ebenso emotionslos wie die des Schmuckmachers. »Keine Sorge – wir werden dich nicht lange belästigen. Warum hast du uns überhaupt geholfen?«

Helim zuckte die Schultern. »Wegen Fingis. Der Kerl hat mich nicht in Ruhe gelassen, seit er dich in der Mine gesehen hat, Julin.«

»Und du schuldest Fingis wohl noch einen wichtigen Gefallen«, mutmaßte Haliz.

Helim seufzte tief. »Nun, die Höhlentreter lieben meine Werkstatt«, sagte er. »Seit ich in die Minen komme um Rohsteine zu kaufen, werde ich sie nicht mehr los. Sie sind wie eine unsichtbare Mauer, die mein Haus schützt. Für diese Wächterdienste bin ich ihnen etwas schuldig, ja.« Es klang nicht besonders glücklich. »Hättest du noch einen Tag gewartet«, wandte er sich ärgerlich an Julin, »dann hätte ich dich aus der Mine holen können – manchmal gibt Estima mir einen Gehilfen mit, um die Rohsteine nach oben zu schaffen. Für gewöhnlich Kinder, die ich so gut bezahle, dass sie nach einem Sommerdienst bei mir wieder in ihr Dorf zurückkehren. Aber diesmal hätte ich deine Dienste gekauft.«

»Dann ist es also doch üblich, Gefangene zu verkaufen?«

»Nur bei Kindern macht Estima eine Ausnahme – aber sie schuldet mir einen Dienst.«

»Und warum wollte Fingis uns retten?«, fragte Julin.

»Nicht euch«, erwiderte Helim ungerührt. »Dich, Julin Sonnensohn.«

»Ist es wegen meiner Musik?«

Helims Lachen klang wie das Knarren eines Blasebalgs in der Schmiedehütte. Er schüttelte den Kopf und rieb sich müde den Nacken. »Sie lieben Musik, so wie sie Vögel oder Schmuck oder farbige Kiesel lieben, aber das allein ist für einen Höhlentreter kein Grund, Menschen ihre Hilfe anzubieten.«

»Du kannst mit ihnen sprechen – wie machst du das?«, fragte Julin.

Helim zuckte mit den Schultern. »Denke nach, schau sie an, lass dich darauf ein, was sie dir sagen wollen – aber benutze nicht deine Lippen.«

»Aha.«

»Du weißt nicht viel über die Höhlentreter, nicht wahr?«, stellte der Schmuckmacher fest.

Julin schüttelte den Kopf. »Bei uns in Skaris gibt es sie, aber sie halten sich von den Menschen fern. Manchmal retten sie einen Wanderer, der abgestürzt ist und Hilfe braucht …«

»… und manchmal schließen sie sich jemandem an und dienen ihm, solange sie dazu Lust haben. Fangen kann sie niemand und binden auch nicht. Aber sie verstehen das Prinzip der Gefangenschaft durchaus.« Der Schmuckmacher hustete und stellte seine Schale auf den Boden. Seine Augen funkelten im Licht der Kristalle. »Wollt ihr die Geschichte überhaupt hören?«

Haliz und Julin nickten, während Fenja regungslos blieb. Helim lächelte und schien mit einem Mal jünger zu werden. Würdevoll räusperte er sich und fing mit knarrender Stimme zu sprechen an.

»Als die alten Könige zu herrschen begannen, lebten die Höhlentreter schon seit langem in den Kristallsälen und Salzhallen. Sie liebten ihre Wohnstatt, doch sie sehnten sich nach Licht und nach Farben, nach den Strahlen der Sonne. Als die alten Könige sahen, dass ihre Diener immer mehr dem Sonnenlicht zustrebten und bereits Pläne schmiedeten, den Berg zu verlassen, sprachen sie einen Bannzauber. Von diesem Tage an konnten ihre Diener die Welt hinter den Hallen nur noch in der Nacht besuchen. Die Höhlentreter klagten und sprachen ihre Gebete in den Fluss, der hinausströmte und die Bitten weitergab an das Gras. Und morgens, als die Sonne aufging, wisperten die Gräser und schickten die Klagen in den Himmel. Eines Tages hörte ein Mann das Lied der Gräser und beschloss in die Höhlen zu gehen. Die Geschichten über die dunklen Könige schreckten ihn nicht, denn er war niemand anderer als Angalja, der Sohn der Morgensonne und des Abendhimmels. Sein Haar leuchtete rot wie die Strahlen, die seine Mutter ihm geschenkt hatte, und auf seinem Gesicht trug er stolz die

Sternmale seines Vaters. Licht umgab Angalja, als er Schritt für Schritt in die Berge hinabstieg. Je dunkler es wurde, desto mehr Sonnenlicht brach sich in den Kristallsälen. Turmaline, Salzkristalle und Hilobit – alles begann zu funkeln und erstrahlte prächtiger als der Palast der Sonnenkönigin. Die Höhlentreter dankten der Sonne und dem Abendhimmel und führten Angalja in ihr Reich. Bald zogen die Tiere der Dunkelheit sich zurück, Algen und Blumen begannen aus den Felsspalten zu wachsen. Doch eines Tages entdeckten die alten Könige Angalja. Voller Hass stürzten sie sich auf ihn und schlugen ihm schwere Wunden. Doch Angalja war jung und stark und wehrte sich mit allen Kräften des Himmels. Die ganze Nacht tobte der Kampf – schwächer und schwächer wurde Angalja, doch gerade als die Könige dachten, sie könnten ihn mit einem letzten Schlag ihrer gewaltigen Schwerter töten, retteten die Höhlentreter den Sohn der Sonne und brachten ihn ans Tageslicht. Bevor er floh, versprach er zurückzukommen und ihnen den Weg zur Sonne zu öffnen. Die Höhlentreter aber blieben im Berg, gebunden durch die Magie der alten Könige. Nur in der Nacht können sie hinaus.« Helim beugte sich vor. Der Schatten seiner sichelförmigen Falte sah aus, als hätte er einen Schnitt unter dem Auge. »Seitdem, so sagt man, suchen sie in jedem Lichtschein, in jedem Nachtvogellied nach einer Erinnerung an die Zeit, als Sonnensohn Angalja noch im Berg lebte.«

Jolni winselte, als Fenja aus Versehen über seine Wunde strich. Haliz zupfte nachdenklich an einer Strähne ihres Haares. »Das heißt, die Höhlentreter glauben in Julin den Sonnensohn zu sehen?«

Eine missbilligende Falte erschien auf Helims Stirn. »Sie sind schweigsam, aber nicht dumm«, sagte er. »Natürlich wissen sie, dass es nur eine Geschichte aus ferner Vorzeit ist. Sie erkennen Magie und Steine in den Stromschnellen der Zeit gut genug, um sich ein eigenes Bild von der Welt zu machen. Eins, das wir wohl nie so ganz verstehen werden und auch nicht müssen, wenn ihr mich fragt. Fingis hatte Angst, Julin würde sterben – vielleicht weil er Angalja Sonnensohn ähnlich sieht, vielleicht weil er von Blumen gesungen hat, wer weiß? Warum sollten gerade Höhlentreter nicht sentimental sein?«

Fenja starrte ins Feuer. »Und woher weißt du, dass die Aufseher uns schon suchen?«

Der Schmuckmacher streckte sich, dass seine Knochen knackten, und steckte mit seinem Gähnen beide Hunde an. »Ich kenne Estima«, sagte er schlicht. »Die Nachricht, dass eine Kurierin mit zwei Hunden einen Gefangenen befreit hat, ist schneller in Dengar als das Geplapper eines Hallgespensts vor deinem Fenster. Nun, so viele Kuriere mit zwei Hunden gibt es nicht – und wo würde ein Kurier sich verstecken? Fingis meinte: in der einzigen Hütte, die ihr noch in derselben Nacht erreichen konntet.«

Fenja war die Röte in die Wangen geschossen.

»Es ist dein Pech, dass Estima dich mochte, Julin«, sagte Helim. »Einen Gefangenen, von dem sie weniger hält, hätte sie wohl einfach laufen lassen und seinen Verlust abgeschrieben.« Er seufzte. »So sind die Bergheimischen. Das Leben in der Düsternis hat sie blind für Nuancen gemacht. Für sie ist es entweder hell oder dunkel. Wem sie ihr Licht entziehen, der lebt in völliger Dunkelheit. Du standest im Licht – jetzt wirst du den Schatten kennen lernen.«

Julin erinnerte sich an den aufgespießten Olm und schauderte.

Fenja stand so ruckartig auf, dass Jug verwirrt hochfuhr und die Ohren spitzte. »Helim, ich danke dir für deine Gastfreundschaft, aber ich ziehe es vor, mein Lager im Stall aufzuschlagen«, murmelte sie. »Der ist ohnehin zweimal so gut ausgestattet wie jede Kurierhütte.«

»Fenja, was …«, begann Julin, aber Fenja winkte ab. Ihr harter Blick sprach Bände. Mit schnellen Schritten verließ sie die Werkstatt und schlug die Tür hinter sich zu.

»Was ist denn los mit ihr?«, flüsterte Haliz.

Helim lachte. »Verletzter Stolz, meint ihr nicht? Sie hätte euch ans Messer geliefert. Nicht absichtlich zwar, aber sie hätten euch mühelos noch heute Nacht gefunden.«

»Suchen sie mich auch?«, fragte Haliz.

Helim schüttelte den Kopf. »Noch nicht, Haliz va Lagar, aber an deiner Stelle wäre ich sehr vorsichtig. Ja, ich kenne dich. Ich bin öfter im Handelspalast, als mir lieb ist.«

»Nun, wir werden dir nicht lange zur Last fallen. Wir reiten weiter, sobald es etwas ungefährlicher ist.«

»Wann soll das sein?«, fragte Helim spöttisch. »Im nächsten Winter? Ihr habt die Gefahr gesucht und nun hat sie eure Fährte aufgenommen. Ohne Gefahr werdet ihr euch nie wieder in Lom bewegen.« Er hustete und stocherte mit einem langen Holzstück in den Flammen herum.

Verstohlen griff Julin in den Lederbeutel und strich über das Holz der Harfe. Das Gefühl der Angst kroch widerstrebend zurück in die Höhle seines Magens und beruhigte sich wie ein Tier, das wieder einschläft. Nie wieder ohne Gefahr, hallte es in seinem Kopf. Lichtkaskaden ergossen sich auf die Wände, als sich das aufflackernde Feuer in den Edelsteinen brach. Das Zimmer sah aus wie eine bunt flackernde Zauberhöhle, abgeschlossen von der Welt und der Zeit.

Helim lächelte. »Schön, nicht wahr? Von jedem Schmuckstück, das ich anfertige, behalte ich einen Stein und verwende ihn für mein Haus. So sind meine Arbeiten stets bei mir. Mein Vater hat es ebenso gemacht.« Sein herbes Gesicht wurde plötzlich etwas weicher. »Seht ihr da drüben?«

Sie folgten seinem augestreckten Arm und entdeckten ein kreisrundes gläsernes Fenster. Es war kein gewöhnliches Fensterglas, sondern dicker und so transparent, dass die eingelassenen Edelsteine aussahen, als würden sie schweben.

»Das müsste dir bekannt vorkommen, Haliz«, sagte er. »Vor vielen Wintern, als ich noch ein Junge war, hat mein Vater den gläsernen Thronsaal in Gislans Burg geschaffen.«

»In unserer Burg in Tjärg?«, rief Haliz. Sie sprang auf und trat zum Fenster. Rote, gelbe und rosafarbene Farbschatten huschten über ihr Gesicht.

»Jeden einzelnen Kristall hat er geschliffen und eingesetzt«, fuhr Helim fort. »Und bitte fass sie nicht an!«

Haliz senkte ertappt die Hand.

»Treppenschliff, Briolettschliff, Pendeloqueschliff«, erklärte Helim voller Stolz. »Schöne Steinchen für ein schönes Land. Doch, ich erinnere mich gerne daran. Herden von Regenbogenpferden. Viele Seen. Viel Sonne.«

»Dann hast du König Gislan noch gekannt?«, fragte Haliz ehrfürchtig.

Julin erschien es, als würde Helim vor Stolz wachsen. »Natürlich!«, rief der Schmuckmacher. »Wie betrübt ich war, als ich von seinem Tod hörte. Und seine Tochter, Königin Gisae, kannte ich auch.« Ein verschwörerisches Lächeln huschte über sein Gesicht und verschwand sofort wieder. »Heute ist sie alt und eine sehr würdige Herrscherin. Aber damals war sie noch eine junge Frau. Sie trug ständig Hosen aus abgewetztem Flickenleder und besaß fünf Pferde, eins wilder als das andere. Beim Einweihungsfest des Thronsaals habe ich mit ihr getanzt. Oh, die ganze Nacht haben wir getanzt und Wein getrunken und die Diener betrachteten uns missbilligend und tuschelten. Über den blauen Teppich sind wir gestolpert und haben gelacht, bis mein Vater mich am

Arm packte und fluchend in das Gastgemach zerrte. Geht es Gisae gut?«

Haliz nickte und Julin erkannte zum ersten Mal, dass er nicht der Einzige war, dem Heimweh und Sehnsucht zu schaffen machten. »Sie ist sehr alt geworden«, sagte sie. »Aber sie verwaltet das Land nur mit wenig Hilfe des Rates – und sie hat immer noch fünf Pferde. Bei uns gibt es eine Redensart: Entweder sie reitet auf dem Rücken eines Pferdes über die lichte Grenze – oder sie wird unsterblich sein.«

Helims Gesicht verfinsterte sich wieder und er kehrte zu seiner nüchternen Ausdrucksweise zurück. Bitter erschien er Julin und verhärmt. Unwillkürlich fragte er sich, was den Schmuckmacher zu dem gemacht hatte, was er jetzt war. Erst als er das Klirren seiner Handschellen hörte, wurde ihm bewusst, dass er mit dem Kolpstein herumspielte, den er aus dem Harfenbeutel gezogen hatte.

Helim bekam große Augen und schlug sich verärgert an die Stirn. »Oh«, sagte er. »Das habe ich vergessen – du trägst die Kettenringe noch!«

Flink sprang er auf und verschwand in einem Nebenraum. Bald darauf kehrte er mit einem unscheinbar aussehenden schwarzen Stein zurück, der dem winzigen Schlüsselstein von Quedlin ähnlich sah. Julin schrie auf, als Hitze ihm über das Handgelenk leckte und die Härchen versengte. Dann hörte er ein »Plink!« und die Schelle zerbarst und fiel ab. Auch die Fußschelle und die andere Handschelle fanden ihren Weg auf den Boden. Leicht wie Vogelschwingen fühlten sich Julins Arme plötzlich an. Zum ersten Mal seit einer Ewigkeit umfasste er seine geschundenen Handgelenke und rieb die verschorfte, gerötete Haut.

Angewidert hob Helim die geborstenen Eisen auf und warf sie in eine Kiste mit Steinabfall. »Ich kann nicht verantworten, dass du hier mit solchen Eisenschlägern durch die

Werkstatt läufst«, knurrte er. »Dafür gibt es hier viel zu viel Zerbrechliches.« Er nahm seinen Mantel und ging zur Tür, wo er sich noch einmal umdrehte. »Ach ja«, sagte er. »Auch ohne Ketten gilt hier Helims eisernes Gesetz: Fasst … nichts … an!«

Haliz lächelte breit und warf Julin einen amüsierten Blick zu. Nachdem die Tür zugeklappt war, nahm sie ebenfalls ihren Mantel und zog ihn über. »Viel geschlafen haben wir nicht«, sagte sie. »Aber trotzdem muss ich heute die Minenpläne in Dengar abholen.«

»Ich komme mit!«

Sie schüttelte entschieden den Kopf. »Ruh dich aus, Julin«, sagte sie sanft. »Außerdem – dich würden sie am ehesten erkennen. Nein, Fenja wird mich begleiten.«

»Fenja werden sie ebenfalls erkennen.«

»Nicht wenn sie die Hunde hier lässt und sich einen Arbeitsmantel von Helim leiht. Helim hat außerdem zwei Mulis im Stall; ich denke, damit bewegen wir uns unerkannt genug.«

Sie lächelte ihn an und schlug den Kragen ihres Fellmantels hoch. Am liebsten hätte Julin sich mit ihr ans Feuer gesetzt, hätte ihr von Owidiju erzählt, von den langen Tagen in den Stollen, von Castus, der ihn niedergeschlagen hatte, und von Wergs Drohungen. Aber Haliz ging bereits zur Tür und ließ ihn mit seinen Gedanken allein.

Jolni lag in einem Nest aus Stroh und winselte ihm entgegen. Sein buschiger Schwanz klopfte auf den Boden. Julin wunderte sich, dass der Hund, der am Abend zuvor solche Angst vor ihm gehabt hatte, jetzt wieder ruhig und sogar zutraulich war. Was mochte es mit dem Geruch des nassen Steins auf sich gehabt haben?

Dondolo machte einen langen Hals, um an Julins Kragen

zu knabbern. Immer noch trug Julin Darians Mantel und er war sicher, dass Dondo die Witterung seines Herrn wahrnahm. »Wir finden Darian«, flüsterte er dem Pferd zu. Das mulmige Gefühl in seiner Magengegend machte ihm wieder schmerzlich bewusst, dass er sich vor allem selbst Mut zusprach. Allein die Vorstellung, wieder in die tropfende Kälte des Steinlabyrinths zurückzukehren, widerte ihn an. Ob die Rebellen Owidiju befreien würden? Wenn nicht die Rebellen, dann ich, dachte Julin grimmig. Und eine gemeine, flüsternde Stimme ergänzte: Und wahrscheinlich sterbt ihr da unten alle zusammen.

Draußen war es bereits dunkel, aber Dondos Gegenwart beruhigte Julin und ließ die Sorge, wo Haliz und Fenja blieben, nicht übermächtig werden. Als Dondo die Stirn vertrauensvoll an Julins Brust lehnte, verstand Julin, warum Darian das magische Pferd so sehr liebte. Es war Dondos Herz, seine Gutmütigkeit, das Fehlen jeglicher Falschheit und Heimtücke. Er war ein Freund, wie nur wenige Menschen ihn hatten. Er fragte sich, ob das alte Regenbogenpferd Haliz etwas bedeutete. Noch einmal klopfte er Dondo beruhigend den Hals und verließ den Stall, um sich in Helims Werkstatt aufzuwärmen.

Der Schmuckmacher saß an einer seiner Werkbänke und bog mit einer winzigen Zange Silber zu einer Spirale. Als er hochschaute, erschrak Julin, denn auf den ersten Blick sah es aus, als würde Helims Auge aus der Höhle hängen. Eine riesige Iris starrte ihn an, bevor Helim den kleinen Holzzylinder abnahm. Julin starrte auf die sichelförmige Falte und begriff: Es war ein Grallkristall, den Helim sich schon seit vielen Jahren vor das Auge klemmte, der diese Falte in seine Haut gegraben hatte. Julin kannte diese Art von Kristallen. Für gewöhnlich wurden sie für Fernrohre verwendet, sie vergrößerten alles, was man sah, um ein Vielfaches. Meist waren sie purpurfarben – und in ihrem Inneren schien sich eine rote Sonne zu drehen. Dieser hier war allerdings weiß und die Sonne in seinem Kern sah aus wie eine Salzblume. Sehr, sehr selten.

Julin trat an den Tisch heran und sofort schien Helim sich wie ein Krebs in sein Schneckenhaus zurückzuziehen. Julin lächelte und hob in gespielter Ergebenheit die Hände. »Ich fasse nichts an. Aber darf ich dir zuschauen?«

Helim knurrte etwas und arbeitete schweigend weiter. Fasziniert beobachtete Julin, wie er Spirale um Spirale bog und sie mit wenigen Handbewegungen zu einer filigranen Brosche formte. Winzige Silberbögen bildeten in der Mitte eine Art Ring – die Fassung für einen Edelstein, wie Julin begriff. Bedächtig griff Helim in eine Kiste, holte einen rauchigen dunkelgrauen Kristall heraus und hielt ihn vor den Vergrößerungszylinder. Selbst mit bloßem Auge konnte Julin erkennen, dass sich Einschlüsse im Stein befanden. Unwillkürlich beugte er sich vor, um besser sehen zu können. Helim richtete das Riesenauge auf ihn. Julin prallte zurück. Ungehalten sah der Zyklop ihn an, dann seufzte er wieder und nahm den Zylinder ab. »Hier«, sagte er resignierend. »Dann schau eben durch! Aber vorsichtig, ja? Vorsichtig!«

Julins Herz begann einen Trommelwirbel zu schlagen, als er den Zylinder zwischen Wange und Augenbraue kniff und behutsam den glatten Edelstein in die Hand nahm. Beinahe wäre ihm der Grallkristall hinuntergefallen, so sehr verblüffte ihn der abrupte Sprung in eine fremde, schwebende Welt. Bewundernd drehte er den Stein vor der Kerzenflamme hin und her. Gefrorene Flüssigkeit und elegant geschwungene Schlieren und Tropfen waren im Tanz erstarrt.

»Normalerweise sind Edelsteine umso wertvoller, je reiner sie sind und je weniger Einschlüsse sie haben«, erklärte Helim. »Aber es gibt auch welche, bei denen zählen die Einschlüsse. Gib mir den Woranit zurück und schau dir den Rosenstein an!«

Julin legte den rauchgrauen Kristall behutsam auf das Lederstück und nahm den rosafarbenen Stein in Empfang. Die Einschlüsse darin waren grauenhaft. Verrenkte Insekten mit schillernden Augen und Flügeln, deren Adern er deutlich erkennen konnte, schienen ihn anzugrinsen. Jedes Härchen auf dem Kerbleib war erhalten, der Stachel, der zwischen den Augen hervorragte, streckte sich blutgierig nach ihm aus.

»Dreikopfmücken«, sagte Helim. »Es gibt sie schon lange nicht mehr. Ein Hinweis, dass es in der Bergen einst wirklich Licht gegeben hat. Sie ist turmalingrün und hat Augen, siehst du? Tiere, die ohne Licht existieren, sind blind und farblos.«

Schaudernd legte Julin den Stein zurück und griff wieder nach dem dunklen Kristall. »Woranit heißt dieser Stein?«

»Königsblutstein, ja. Äh … würde es dir etwas ausmachen, ihn nicht mehr anzufassen? Leg ihn auf das Leder, da siehst du ihn ebenso gut.«

Julin gehorchte. »Warum heißt er so? Weil die Woran dunkles Blut haben?«

»Nein, sie haben rotes Blut, aber im Einschluss sieht es schwarz aus, weil der Kristall rauchig und dunkel ist.«

Julin riss die Augen auf. »Die Tropfen und Schlieren … ist das …?«

»Königsblut, ja. Die Legende sagt, nach dem Tod der alten Könige sickerte ihr Blut durch den Boden im Berg und tropfte in die Höhlen. In Abertausenden mal Abertausenden von Wintern wuchsen Steine und Kristalle darum und bewahrten die Magie. Heute gilt Woranit als Glücksbringer. Man hofft, sich ein wenig von der Kraft der alten Könige anzueignen, wenn man ihn trägt. Außerdem hilft es angeblich bei Gelenkschmerzen, was ich allerdings nicht bestätigen kann.« Mühsam streckte er seinen Rücken. Es knackste bedenklich.

Julin betrachtete den Stein mit plötzlichem Unbehagen. Irgendetwas wartete darauf, dass er danach fragte. Die Antwort, das ahnte er, lag irgendwo in diesem Kristall verborgen.

»Ich habe auch Kristalle für den Liebeszauber«, sagte Helim nun und griff in seine Schatzkiste. Der rechteckige Stein, den er herauszog, war türkis wie das Flusswasser, das ins Majumameer floss.

»Cordalit – Herzenssplitter«, erklärte Helim. »Treppenschliff. Trage ihn an einer Kette oder an einem Ring am linken kleinen Finger und du wirst von allen geliebt. Schenke ihn einem Mädchen und sie wird dich mehr lieben, als alle anderen zusammen es je vermögen. Schenke ihn einer Feuernymphe und du bist verloren, denn sie wird noch dreimal aufdringlicher, als sie ohnehin schon ist.« Er sah Julin direkt in die Augen. »Was wäre dir lieber, Julin Sonnensohn? Dass du von allen geliebt wirst? Oder dass dich ein bestimmtes Mädchen liebt?«

Julin errötete. Helim lachte, wie eine alte Treppe knarzt, und steckte den Herzenssplitter weg. »Welche von beiden liebst du, Julin? Oder kannst du dich nicht entscheiden?«

Der Spott in Helims Stimme machte Julin wütend. »He, das reicht!«, sagte er warnend.

Helims Lachen zerfiel so schnell wie brennendes Papier. »Entschuldige«, murmelte er. »Ich wollte dich nicht beleidigen. Ich sehe nur, wie du die beiden Mädchen anschaust, und frage mich einfach, welche du liebst. Die Jägerin? Die Händlerin? Oder beide?«

Der Spielstein in Julins Tasche schien ihn zu rufen. Plötzlich hatte er unbändige Lust, eine Runde Kolp zu werfen, ein bisschen zu lachen, etwas aufs Spiel zu setzen. Übermut kündigte sich an und das Verlangen, etwas Ungewöhnliches zu tun und zu sagen.

»Nun«, meinte er. »Viel interessanter ist doch die Frage, welche von beiden mich liebt. Fenja hat mich geküsst, Haliz ihr Pferd für mich verkauft. Was meinst du?«

Helims Grinsen kroch über jede Falte, die seine Wangen furchte, ließ ihn plötzlich jung und gerissen aussehen. »Julin, das weiß ich nun wirklich nicht. Aber dreh das Gedankenspiel um – hätte die Jägerin ihr Pferd für dich verkauft? Und hätte die Schönheit dich geküsst?«

Julin verging das Lächeln. Plötzlich fühlte er sich so, als hätte er aus Gründen, die er nicht verstand, ein Spiel verloren. Niemals würde Fenja Tolin verkaufen, schon gar nicht für ihn. Und Haliz' Lompferd hatte nicht einmal einen Namen gehabt, wahrscheinlich hatte es ihr nichts bedeutet.

»Vielleicht ist es so, dass Frauen nur das geben, was sie nichts zu geben kostet«, sagte Helim. Sein listiges Lächeln war verschwunden, stattdessen schwang Bitternis in seiner Stimme mit.

»Was hat dir eine Frau gegeben, das sie nichts gekostet hat?«, erwiderte Julin leise. Die Frage klirrte im Raum und fror auf der Stelle Helims Hand ein, die in der Luft verharrte. Langsam wandte ihm der Schmuckmacher sein Gesicht zu. Im selben Moment tat es Julin Leid, diese Frage gestellt zu haben. Helim legte die Zange beiseite. Schlaff wie welkes Laub lagen seine Hände in seinem Schoß.

»Nun, Sonnensohn«, begann er. »Deine Worte treffen gut, entschuldige, dass ich dich verärgert habe. Du hast mir etwas anvertraut, dann bin ich wohl an der Reihe, dir auch etwas zu gestehen. Ich liebte eine Frau, ja. Vor langer Zeit. Sie hätte mit mir kommen können, aber ein Abenteurer und Spieler war ihr lieber als ein ›Regenbogenmacher‹, wie sie mich wegen meiner Kristalle nannte.« Er bemerkte den gespannten Blick von Julin und räusperte sich. »Das ist alles«, schloss er grob und beugte sich wieder über seine Arbeit.

Gerade beobachtete Julin, wie Dondolo seine Nase prustend und begeistert in einen Eimer mit eiskaltem Bergwasser tauchte, als Jolni und Jug sich aufrichteten und zur Tür sahen. Im selben Moment hörte er Hufschlag. Aber als er voller Vorfreude die Tür aufriss, prallte er zurück. Es waren nicht Fenja und Haliz. Stattdessen schaute er in das aufgeregte Gesicht eines schwarzen Höhlentreters. Hektisch fuchtelnd scheuchte er Julin in den Stall zurück. Über die pelzige Schulter hinweg sah Julin eine Gestalt in einem langen Mantel an Helims Tür stehen. Reflexartig sprang er zurück ins Halbdunkel des Stalls. Gerade noch gelang es ihm, Jug am Halsband zu fassen, bevor sich der Hund an seinem Bein vorbei nach draußen drängte. Im selben Moment formte sich ein verwunderter Gedanke in seinem Kopf. Seit wann trug Jug ein Halsband? Es war aus hellem, mehrfach gefaltetem Stoff und lag eng an. Vielleicht war es bisher unter dem dichten Halsfell verborgen gewesen? Das Knurren wurde zu einem Gurgeln, doch zu Julins Überraschung gehorchte ihm der riesige Hund und blieb stehen.

Julin spähte zum Haus. Eine rostige Glocke wurde geschlagen, dann öffnete Helim die Tür. Sein Blick wirkte gehetzt, doch als er die offene Stalltür bemerkte, neben der ein Höhlentreter betont harmlos die Form eines Schneehaufens studierte, schien er erleichtert und bat den Besucher herein.

»Ja, ja, es ist fertig«, hörte Julin ihn sagen, und die Stimme eines Mannes, die ihm seltsam vertraut vorkam, antwortete: »Nun, es hat lang genug gedauert. Sei froh, dass Gulja dir die volle Summe gibt.«

»Gute Arbeit braucht ihre Zeit«, antwortete Helim würdevoll.

Das Lachen, das der Fremde von sich gab, klang noch vertrauter. Jug knurrte. Julins Blut rauschte in den Ohren. Ein ungutes Gefühl kroch ihm über den Rücken. Wer war das? Epok oder ein anderer Rat? Nein, die Stimme war nicht alt und heiser. Vage erstand das Bild vom Rabenhafen, eine Fähre, auf der Gefangene ihrem traurigen Schicksal entgegenfuhren. Und da ... ja, das war es ... Vilas!

»Leb wohl, Helim«, sagte der Schauspieler gerade. Der Schmuckmacher brummelte etwas und schloss die Tür.

Julin zog sich zurück und versuchte nicht zu atmen. Eine Weile war es still, dann hörte er knirschende Schritte, die sich entfernten, und bald darauf dumpfen Hufschlag. Viele Atemzüge später erschien eine zottige Hand am Türrahmen.

»Hallo!«, sagte Julin. »Vielen Dank!«

Der Höhlentreter wiegte den Kopf und beugte sich hinunter um Jug zu streicheln. Der Hund knurrte und trollte sich zwischen die Beine von Tolin. Sehnsuchtsvoll blickte der Höhlentreter ihm nach und betrachtete dann das Regenbogenpferd. Immer noch wühlte es im Wassereimer, nass klebten ihm die Stirnfransen zwischen den Augen.

»Dir gefällt Dondo«, sagte Julin leise. »Du magst Regenbogenpferde, nicht wahr?«

Natürlich! Sie sind schön und haben eine wasserklare Seele. Wer könnte sie nicht lieben?

Julin stutzte. Es war nicht sein Gedanke, der ihn soeben gestreift hatte. Der Höhlentreter grinste, dann verbeugte er sich wie ein Schauspieler, der seines Applauses sicher ist, und verschwand aus der Tür.

»Warte!«, rief Julin ihm hinterher, doch die Dunkelheit hatte das Wesen bereits verschluckt.

»Was schreist du hier herum!«, zischte Helim, der vor der Stalltür aufgetaucht war. »Komm ins Haus, ich habe Tee gekocht.«

»Was wollte der Mann?«

Helim winkte ab. »Er hat nur ein Werkstück abgeholt.«

»Für einen Boten klang er ziemlich überheblich.«

Helim blieb stehen und sah ihm ins Gesicht. »Je mächtiger die Auftraggeber, desto überheblicher die Boten; dieses Gesetz der menschlichen Natur gilt wohl überall. Wo bist du aufgewachsen? In einem Mulistall?«

»Du bist nahe dran – in einer Kneipe.«

Helim sah ihn verblüfft an, dann verzog sich sein Gesicht zu einem Lachen und er ging ins Haus. In der Werkstatt sah sich Julin suchend um. Auf dem Regal, wo die kleinen Gefäße standen, fehlte das rote Fläschchen, das aus einem einzigen Kristall geschliffen war. Wozu mochte Gulja diese Flasche brauchen? Zufällig fiel Julins Blick auf das Ende des Regals. Er erschrak, als ihn aus dem Glas eines weiteren Fläschchens zwei Augen anstarrten. Erst dachte er, es sei eine besonders gelungene Ritzung, aber es bestand kein Zweifel: Die Augen zwinkerten.

»Helim«, flüsterte Julin. »Hast du diese Flasche gemacht?«

Der Schmuckmacher winkte ab. »O nein. Die habe ich aus Fiorin mitgebracht.«

»Da sind Augen drin.«

»Das ist ein in Glas gebanntes Lebewesen«, erklärte Helim. »Man sagt, mit dem richtigen Schlüssel kann man es erlösen. Siehst du die Inschrift?« Jetzt erst erkannte Julin die feinen Linien am Flaschenhals. »Dreh ihn nach links oder dreh ihn nach rechts – der Schlüssel wählt die Richtung«, las Helim vor. »Ein Land verdorrt, ein anderes blüht auf.« Er grinste und ein verschwommenes Lächeln aus dem Glas antwortete ihm. »Niemand versteht, was die Worte bedeuten. Aber mir gefällt es, nicht allein zu sein.«

Draußen warf sich der Mitternachtswind gegen die Fensterläden. Fenja und Haliz wärmten sich die klammen Hände. Beide hatten vom Ritt durch die Kälte rot leuchtende Nasen und noch die Pelzmützen tief ins Gesicht gezogen. Schwarzes Fell ließ Haliz' Augen wie die Augen einer Martiskatze leuchten. Fenja sah dagegen aus wie ein Wildlicht, gefroren und doch lebendig.

»Vilas hat eines von Helims Fläschchen gekauft – für Gulja«, berichtete Julin.

Fenja verzog verächtlich den Mund. »Diese schnüffelnde Kellerratte arbeitet wirklich für jeden.«

»Vielleicht hat Gulja auch etwas mit Darians Verschwinden zu tun«, fuhr Julin fort. »Als Minenrätin ist vermutlich sie es, die die Begnadigung von Glann Berlom unterschrieben hat. Wenn ich nur wüsste, wie sich das Spiel zusammensetzt!«

»Es stimmt einiges nicht in Guljas Hoheitsgebiet«, sagte Haliz. »Rebellen haben in der vergangenen Nacht Sklaven aus einem Nebenstollen der Magranbergwerke befreit und auch aus den Silberminen sind Gefangene entkommen. Der Rat hat befohlen, einen Suchzug durch das Gebirge zu machen um die Rebellengruppe aufzuspüren. Die ganze Stadtwache wird in den nächsten Tagen die Gegend durchkämmen!« Julin schluckte und strich sich über die Stirn. Owidiju!, dachte er. Ob die Rebellen ihr Versprechen eingelöst und ihn befreit hatten? »Und da ist noch etwas.« Sie beugte sich vor, bis er ihren Atem an seiner Wange spürte. »Wir haben Avia gesehen. Sie … hat ein Brandmal auf der Wange und ist völlig erschöpft. Heute kam sie vom Rabenhafen und wurde in die Mine gebracht. Sie trägt so viele Hand- und Fußschellen, als würde man befürchten, dass sie davonfliegt wie eine Krähe.«

Mitleid erfasste Julin, »Zauberer leben hier nicht lange«, klangen Estimas Worte in seinem Kopf.

Fenjas Augen waren klar und hart wie graues Eis. »Wir haben nicht viel Zeit«, stellte sie fest. »Gut, dass wir die Pläne noch bekommen haben.«

Haliz sprang auf und zog aus einer Ledertasche mehrere zusammengerollte Papierstreifen hervor. Gewebte Bänder umschlossen die Rollen. Reste von Siegellack färbten die Bänder an einigen Stellen dunkel. Sorgfältig rollte sie das Papier vor dem Feuer auf dem Boden aus. Julin sah ein Labyrinth von verästelten Symbolen und Linien. Mit einiger Mühe konnte er erkennen, dass der Berg Schicht um Schicht und Stockwerk um Stockwerk aufgezeichnet war.

»Hier ist die Eingangshalle«, erklärte Haliz. »Das ist der Schacht und hier der Spiralweg, den sie auch Woranweg nennen.«

»Ich habe ihn gesehen«, sagte Julin. »Von Ebene zu Ebene führt er steil bergab.«

Sie nickte und fuhr mit dem Finger den Weg entlang. »Hier«, sie sprang auf das nächste Ebenensymbol, »tagt der Minenrat, da hinten geht es zu den Gemächern und Häusern in der ersten Ebene. Noch weiter unten befinden sich die Häuser der Bergheimischen. Dann kommen die Handelsplattformen, die Versorgungsstellen und die Verladeplattform für Erz und Handelswaren. Bis hierhin bin ich mit den Pferden gegangen, die ich verkauft habe.« Julin schauderte bei der Erinnerung an die kalte Umarmung der Steingänge. »Von hier aus geht es seitlich in die Querstollen«, fuhr Haliz fort. »Südlich in die Stollen, wo Grallkristalle geschlagen werden, außerdem Malachit, Kasalit und Magran. Östlich verzweigen sich die Gänge in die kleinen Goldbergwerke und die Hilobithallen. Dazwischen …«, sie deutete auf ein schraffiertes Gebiet, »…sind Tropfsteinhöhlen ohne jeglichen Wert. Erst hier – nordöstlich davon, unter den alten und den neuen Salzlabyrinthen – beginnen die Silberminen.«

Julin rieb sich die Augen und beugte sich noch tiefer über die feine Zeichnung. »Ja, hier sind wir zu Estimas

Höhle gelaufen. Bis dorthin, wo keine Gänge mehr verzeichnet sind.«

Haliz nickte. »Die Minenpläne sind geheim. Kein Händler wird sie je bekommen. Irgendwo hier warst du.« Sie tippte auf einen großen weißen Fleck.

»Und an dieser Stelle habe ich dich gefunden«, warf Fenja ein. Mit dem Finger fuhr sie quer über das Blatt bis zu einem Punkt am Bergrand, der Julin weit, sehr weit entfernt von der Silbermine vorkam. Mit Wellenlinien war der Spiegelsee verzeichnet.

»Wie kommen wir nun wieder in den Berg?«, fragte er.

»Also doch!« Die Stimme war leise, aber so scharf und deutlich, dass sie herumfuhren. Mit verschränkten Armen lehnte Helim an der Tür und machte ein besorgtes Gesicht. »Ihr wollt zurück in die Minen«, stellte er missbilligend fest. »Fingis sagte mir schon, dass ihr diesen Zauberer sucht.«

Julins Blick traf sich mit dem von Haliz. Eine unausgesprochene bange Frage las er darin. Er wandte sich an Helim. »Für dich ist es besser, wenn du nichts über unsere Wege weißt.«

Nachsichtig schüttelte Helim den Kopf und trat näher. Erstaunt bemerkte Julin, dass der Schmuckmacher nur zu ihm sprach. »Du bist verrückt, Sonnensohn. Und du schätzt nicht, was dir geschenkt wird. Die Höhlentreter haben dich nicht dafür gerettet, dass du wieder in den Berg gehst und den Tod suchst.«

»Ich muss«, erwiderte Julin. Und ich kann mir tausend schönere Dinge vorstellen, fügte er in Gedanken hinzu. Wie gerne würde ich genau das tun: weglaufen und endlich nach Hause gehen.

Helim seufzte und tippte mit seinem langen Finger auf die schraffierte Fläche, wo Haliz Darian vermutete. »Da geht ihr in den sicheren Tod«, sagte er. »Man sagt, die Seelen der alten Könige spuken dort. Sie klammern sich an das Leben, das ihnen genommen wurde. In Wirklichkeit lebt dort ein Woran. Estima hat ihn oft gesehen. Er hat glühende Augen und er tötet alle, die sich ihm in den Weg stellen. Manchmal hört man nachts sein Heulen. Vor wenigen Monden hat ein Gefangener versucht zu fliehen. Sie trugen ihn durch das Bergwerk hinaus – sein Gesicht …«

»Schauergeschichten«, unterbrach ihn Haliz etwas zu heftig. »Im Handelspalast habe ich nie von diesem Woran erzählen hören.«

Helim zog die Brauen zusammen. »Den Botschaftern wird so manches nicht erzählt«, sagte er. »Der Berg ist zornig. Immer mehr Wunden schlagen die Menschen ihm, um immer noch mehr Silber und Steine zu schürfen. Aber die Tage des Reichtums sind gezählt. Und ausgerechnet jetzt setzt ihr euer Leben aufs Spiel, um einer wirren Idee hinterherzulaufen. Der Idee, dass ein toter Zauberer noch lebt.«

Haliz' Stimme klang scharf und gefährlich, als sie antwortete. Noch nie hatte Julin sie so gesehen. Uralte Düsternis umwölkte ihre Stirn. Sie stammt wirklich von den Woran ab, wurde Julin bewusst. »Darian ist der Freund unserer Familie«, sagte sie mit wutbebender Stimme. »Mein Vater, meine Mutter und er haben eine lange Reise gemacht, mitten in einen Krieg hinein. Mehr als einmal haben sie sich das Leben gerettet. Darian hat meinen Onkel aus der Umarmung des Todes zurückgeholt. Es ist ein Band, das sie zusammenhält. Ohne dieses Band gäbe es mich nicht, es gäbe keinen Frieden in Tjärg und keinen Frieden in Julins Heimatland Skaris – und auch nicht in Tana. Es geht hier nicht um das, was ich will, oder das, was Julin und Fenja wollen, es geht um viel mehr – um dieses Band nämlich.«

Helim sah Haliz mit großen Augen an. Zum ersten Mal

sah Julin im Gesicht des Schmuckmachers großen Respekt. »Nun«, murmelte er. »Damit hast du eine Bürde auf die Schultern genommen, die schwer zu tragen ist, Haliz va Lagar.«

»Das weiß ich«, kam ihre trockene Antwort.

Helim nickte ernst und beugte sich zu den Plänen hinunter. Er zückte seinen feinen Rußstift und strich eine lange Linie aus. »Dieser Weg hier ist schon längst versperrt«, sagte er. »Und an dieser Stelle geht es mehr nach links entlang. Aber wenn ihr wirklich zurück in die Mine wollt, würde ich einen anderen Weg vorschlagen.« Seine Hand wanderte von dem Stollensystem weg und in östlicher Richtung am Bergrand entlang, wo er ein Kreuz machte. »Hier gibt es eine Handelsstation. Es ist nicht viel mehr als ein Eingang. Die Menschen, die mit ihren Waren aus den Dörfern östlich des Berges kommen, würden zu lange nach Dengar reiten müssen, um den Berg herum sozusagen. Also hat man die Station gegründet. Sie ist nur während des Sommers geöffnet. Von dort aus könntet ihr von der anderen Seite zu den Silberminen gelangen.«

Haliz' Mine hellte sich auf. »Ich habe davon gehört! Aber hier sind keine Gänge verzeichnet. Wie finden wir uns zurecht?«

»Kannst du mit einem Richtungsrad umgehen?« Erstaunt sah sie den Schmuckmacher an. »Aha, also nicht. Nun, dann komm mit, ich zeige dir, wie man von jedem Punkt aus, an dem man steht, die Richtung bestimmen kann.«

Julin hatte seinen Kopf auf Jolnis Fell gebettet und betrachtete mit brennenden Augen die Glut im Kamin. Obwohl er wusste, dass er noch etwas schlafen sollte, gelang es ihm nicht. Zum ersten Mal überlegte er sich, was er tun sollte, wenn er Darian nicht im Berg fand. Nein, das durfte nicht sein. Ein Mann namens Glann Berlom war unter dem Steinkopf ums Leben gekommen, Darian hatte ihm ein Zeichen aufgemalt. Es gab keine andere Möglichkeit. Es durfte keine andere Möglichkeit geben. Glut wärmte ihn, doch das Frösteln an seinem Rücken lenkte seine Gedanken ab. Er drehte sich auf den Rücken und sah sich um. Lautlos wie immer war Fenja in den Raum gekommen. Sie war für den Aufbruch fertig angekleidet und trug ihren Jägermantel. Er wusste nicht, wie lange sie schon hinter ihm saß, die Arme um die Knien geschlungen. Traurig sah sie aus und mit einem Mal begriff er, dass er einen gestohlenen Augenblick erhascht hatte, denn schon im nächsten Moment kehrte Fenja die Hochmütige, die Harte zurück. »Schlecht geschlafen?«, fragte sie.

Benommen setzte er sich auf. »Gar nicht geschlafen. Was machst du hier?«

»Ich wollte Jolni zu mir in den Stall holen.«

»Wo ist Jug?«

»Wo soll er sein? Er jagt. Ich kann von Helim nicht verlangen, dass er meine Hunde durchfüttert.«

Unwillkürlich fiel ihm die Geschichte vom Mittnachtpferd ein, die sie ihm vor Ewigkeiten, wie ihm schien, erzählt hatte. Zum ersten Mal sah er Fenja als das, was sie war – eine Jägerin. Eine richtige Jägerin. Sie hätte das Mittnachtpferd gejagt und behutsam gefangen ohne es zu verletzen und zu schwächen. Er sah sie auf den Grassteppen und in den Wäldern, sah sie, wie sie mit den Hunden jagte und sah sie lachen.

Sein Blick fiel auf die gestochenen Ornamente. »Diese Zeichen an deinem Hals«, begann er, »was für eine Bedeutung haben sie?«

Sie lächelte und zupfte abwesend ihren rechten Handschuh zurecht. »Jedes eine andere«, antwortete sie. »Das hier ...« – sie fuhr mit dem Zeigefinger den dreihufigen Abdruck nach – »… ist das Zeichen meines Lagers – die Hufspur eines Tilop. Man muss die Kunst beherrschen, sich ohne ein Geräusch an sie heranzuschleichen.«

»Und das Auge?«

»Das ist das Auge eines Tilop – es ist geschlossen, weil ich noch eine Schuld begleichen muss.«

»Dein Bruder?« Sie schwieg und sah an ihm vorbei ins Feuer. Er räusperte sich und fragte behutsam weiter: »Und wenn du die Schuld beglichen hast?«

»Dann werden Wimpern und die Iris hineingestochen und das Auge öffnet sich.«

»Und … dieses Tilop? Ist das so etwas wie ein Pferd?«

Erstaunt sah sie ihn an, dann fiel ihr wohl ein, dass er noch nie in Tana gewesen war. »Oh, du kannst es dir am besten vorstellen, wenn du seine Geschichte hörst.« Sie rückte näher an ihn heran und fuhr Jolni durch das buschige Fell. Die Wunde war bereits so weit geheilt, dass er gut laufen konnte. »In unseren Wäldern lebte einst ein Sohn der Götter«, begann Fenja. »Sigan, der Schwermütige, hieß er – und er liebte ausgerechnet Liljamar, die Flatterhafte. Sie wollte von ihm nichts wissen, denn er verbrachte seine Tage am liebsten damit, die Trommel zu schlagen und grübelnd im Schatten der Tanistannen zu sitzen. Liljamar dagegen liebte das Lachen mehr als alles andere. Aber eines Tages setzte Sigan sich in den Kopf, sein stilles Schmachten zu beenden und stattdessen um Liljamar zu werben. Lange überlegte er, was er ihr als Zeichen seiner Liebe geben könnte, dann zog er los und fing das prächtigste Wildpferd ein. Viele Tritte und Bisse musste er einstecken, bis es endlich zahm war, dann ging er stolz zu Liljamar und schenkte ihr das Tier. Liljamar aber rümpfte nur die Nase und wies das Geschenk zurück. ›Mit einem langweiligen alten Pferd willst du mich betören?‹, spottete sie. Gekränkt zog Sigan sich zurück und grübelte weiter. Nach vielen durchdachten Nächten unter der Tanistanne nahm er schließlich das Pferd, färbte sein Fell goldbraun wie Liljamars Haar und malte Tupfen darauf, die Liljamars glühenden Augen glichen. Liljamar aber lächelte nur verächtlich und schickte ihn wieder heim. Allmählich wurde Sigan wütend. Im Taniswald hieb er vor Zorn mit einem einzigen Handschlag seine Sitztanne um und griff sich eine Flasche Harzbrand. Und wieder überlegte er lange und gründlich. Schließlich nahm er das Pferd zum dritten Mal und machte seinen Hals länger, den Kopf anmutig und schmal und das Maul samtig und verträumt. Er trank, dann zog er die Hinterbeine lang, machte sie gebogen wie zwei Sprungfedern und ließ die Vorderbeine kurz. Die Hufe teilte er so lange, bis der blumige Abruck eines Dreihufs entstand. Noch mehr Tanisbrand trank er und nahm dem Pferd die Mähne bis auf ein Büschel im Nacken, dafür machte er den Schweif länger. Im Morgengrauen schlief er betrunken ein. Als er erwachte, sah er sein Geschöpf auf der Lichtung grasen. ›Tilop!‹, rief er entsetzt – das bedeutet in der Sprache der Tanier: ›Es ist mir aus der Hand gerutscht!‹ Beschämt und wütend jagte er das verunglückte Tier davon. Das Tilop richtete sich auf und floh auf seinen Hinterbeinen mit riesigen Sprüngen aus dem Wald. Erst in der Steppe kam es wieder zum Stehen. Dort ging gerade Liljamar spazieren. Beim Anblick des seltsamen Tieres musste sie so sehr lachen, dass sie sich krümmte und die Tränen ihre Wangen benetzten. Schließlich fing sie das Fleckentier ein und stieg auf. ›Bring mich zu deinem Herrn‹, sagte sie und das Tilop trug sie geradewegs zu Sigan. Zum Dank, dass das Tilop ihm die Frau gebracht hatte, die er liebte, schenkte Sigan ihm ein gutes Gehör und einen leisen Schritt. Liljamar, die Flatterhafte, aber blieb im Taniswald und ihr Lachen steckte auch bald den schwermütigen Sigan an.«

Julin musste lachen. Erstaunt sah Jolni ihn an und winselte. »Bei der Halle der alten Könige hast du mich angelogen«, sagte Julin. »Du bist sehr wohl eine gute Geschichtenerzählerin.«

Ein kurzes Lächeln huschte über ihr Gesicht, aber sie antwortete Julin nicht, sondern starrte in die Glut. Plötzlich wurde ihm kalt. Darian drängte sich wieder vor die seltsame Gestalt eines verunglückten Pferdes.

»Hast du Angst?«, fragte er. Etwas Seltsames geschah, denn Fenjas Gesicht wurde zu einem Spiegel, in dem er seine eigene Furcht sehen konnte. Lange sagte sie nichts. Dann nickte sie langsam und stand auf.

Mit ihrem leisen Jägerschritt ging sie zur Tür. Noch nie war sie ihm so raubtierhaft und anmutig erschienen. An der Tür drehte sie sich um und biss sich auf die Lippe. Ihre Augen waren ruhelos, sie schien kaum zu ertragen, dass er sie ansah. »Julin … mein Bruder, er … heißt Fajee«, sagte sie kaum hörbar und ging hinaus.

Gitter und Horn

Kein Höhlentreter zeigte sich, als sie die Pferde bestiegen und die Satteltaschen zurechtrückten. Verstohlen beobachtete Julin Fenja, während sie auf Tolins Rücken stieg. Nichts deutete darauf hin, dass sie in der Nacht voller Angst gewesen war. Julin musste lächeln.

Fajee – immer wieder sagte er in Gedanken diesen Namen. Das Wissen fühlte sich an wie ein kostbares Geschenk. Zum ersten Mal glaubte er zu verstehen, was Haliz damit gemeint hatte, als sie vom Band sprach, das sie und ihre Eltern mit Darian verband. Mit der Nennung von Fajees Namen hatte Fenja das Ende von Julins Band aufgehoben.

»Glück auf deinem Weg, Julin Sonnensohn«, sagte Helim nun. »Und hier habe ich noch etwas für dich.«

Verwundert nahm Julin einen mit einem Lederlappen umwickelten Gegenstand entgegen. Als er das Leder aufschlug, blinkte ihn ein fein geschliffener blauer Stein an.

»Ein Cordalit.« Helim räusperte sich. »Er hat lange genug mir gehört ohne mir etwas zu nützen. Vielleicht wird er dir mehr Glück bringen.« Er zwinkerte Julin zu, der zu sprachlos war um sich zu bedanken, und trat ein paar Schritte zurück.

Fenja schnalzte und Tolin lief los, Haliz winkte Helim zu und folgte ihnen. Julin spürte eine Unebenheit im Stein und drehte ihn um. Trotz Tolins schaukelnder Schritte konnte er erkennen, dass es Buchstaben waren, die Helim vor langer Zeit in den Stein geschliffen hatte. Er hielt den Cordalit schräg gegen das Licht und entzifferte mühsam den Namen. »Abelina« stand dort. So hastig wandte er sich im Sattel um, dass Tolin einen unwilligen Satz machte, aber der wirbelnde Schnee hatte Helim Silberblatts Gestalt bereits verschluckt.

Schweigend ritten sie auf vereisten Serpentinen hinab zum Fuß des Berges. Eiswind trug ihnen die Schneeflocken in den Kragen und ins Gesicht, wo sie sich wie ein Schneekranz an den Wimpern festsetzten. Von Zeit zu Zeit entfaltete Haliz mit klammen Fingern eine Karte, die sie gemeinsam mit Helim angefertigt hatte, und prüfte, ob sie auf dem richtigen Weg waren. Es war weiter, als Julin angenommen hatte. Ihre Anspannung wuchs, je näher sie dem Dreikopf kamen. Plötzlich, an einer Biegung, stoben Jug und Jolni unvermutet los und verschwanden.

»Ein Hase?«, fragte Julin.

Fenja schüttelte den Kopf und trieb Tolin an.

Haliz preschte auf Dondo an ihnen vorbei. Als Fenja und er um die Biegung kamen, war sie bereits abgestiegen und beugte sich über eine aufgewühlte Spur im Schnee. Sie erstarrte und wurde blass. »Rebellenpferde«, flüsterte sie und sah sich um.

Unwillkürlich rückte Julin näher an Fenja heran. Plötzlich war die Stille erdrückend, jeder Winkel, jeder Baum barg Schatten und Gefahren. Julin tastete nach seinem Messer, ließ es dann aber doch in der Scheide. Was, wenn ich Owidiju hier begegne?, dachte er. Was soll ich dann tun?

»Wenn Rebellen hier waren, sind sie schon vor einiger Zeit weitergeritten. Schau, der Schnee hat die Abdrücke schon halb bedeckt«, sagte Fenja leise. Trotzdem sah sie sich besorgt um.

»Was machen wir jetzt?«, flüsterte Haliz.

»Nichts. Wir reiten weiter.« Damit wendete Fenja ihr Pferd und trabte zum Weg zurück. Zögernd stieg Haliz auf und holte rasch auf, bis sie neben Tolin ritt. Angst wallte in Julin auf. Haliz schien es ähnlich zu gehen, oft sah sie sich um und fuhr bei jedem Knacken zusammen. Einmal ertappten sie sich gegenseitig dabei und lächelten sich zu. Als das Nachmittagslicht ihre Schatten zu ihrer Rechten in die Länge zog, kamen sie in einem Tal an.

»Jetzt ist es nicht mehr weit!«, rief Haliz erleichtert und trieb Dondo an. An einer Felswand am Fuß des Dreikopfs blieb sie stehen. Ein unscheinbares Tor erhob sich zwischen zwei Felsen. »Seltsam«, sagte sie. »Helims Karte zufolge müsste das Tor weiter östlich liegen.«

Julin stieg ab, ging an das Tor heran und umfasste mit den Händen Gitterstäbe, die keine waren. Unwillkürlich musste er lachen. »Es ist nur der Spiegel eines Eingangs. Hier ist nur Fels.«

»Was?«

»Ja, es ist so – der Eingang ist nicht hier, lediglich das Scheinbild eines Eingangs.«

»Wer sollte so etwas tun?«

»Jemand, der verhindern will, dass der richtige Eingang benutzt wird. Das richtige Tor liegt wahrscheinlich dort, wo Helim es eingezeichnet hat.«

Doch als sie dem Weg folgten, stellten sie bald fest, dass er vor einer Wand aus aufgehäuften Steinen endete. Es sollte aussehen wie ein durch Steinschlag entstandener Wall, aber selbst Julin erkannte, dass die Steine dafür zu regelmäßig angeordnet waren. Ein stummer Blick des Einverständnisses genügte und sie stiegen ab und führten die Pferde um das Hindernis herum. Links von ihnen erhob sich der Berg in den Himmel, vor ihnen lag ein schartiger Pfad, nicht dafür gemacht, ihn zu betreten.

Haliz packte ihre Karte aus und hielt das winzige Richtungsrad hoch. Eine zitternde Nadel sprang hin und her und stand dann still. »Wenn ich nach den Himmelsrichtungen gehe, stimmt zumindest schon einmal die Richtung«, murmelte sie.

Julin sah sich um und folgte mit einem unangenehmen Gefühl im Nacken den anderen. Er bildete sich ein, ein Knacken in der Nähe zu hören. Sein Herz war ein Trommelwirbel, als er sich an den Felsen entlangschob und sich darauf konzentrierte, nicht zu stolpern. Sicher wie ein Tänzer, der sich auf festem Boden befand, setzte Dondo seine Hufe.

Plötzlich blieb Tolin ruckartig stehen und legte die Ohren an. Er witterte in den Wind, scheute und versuchte auszubrechen. Fenja zügelte ihr Pferd mühelos. Mit zitternden Flanken blieb das Jägerpferd stehen, die Ohren gespitzt, jede Faser angespannt.

»Da!«, sagte Haliz atemlos. Flink ließ sie sich vom Pferd gleiten und rannte durch knietiefen Schnee zu einem Vorsprung, der von zwei Felsen gesäumt war. Ohne zu zögern ging sie zwischen ihnen hindurch.

Julin folgte ihr. Kaum war er in den Spalt getaucht, stieß er schon gegen Haliz' Schulter. Im Dämmerlicht erkannte er ein Gitter, das den Eingang verschloss. Eisenbeschläge, die sich in den Fels bohrten, hielten die Stäbe an ihrem Ort.

»Das hier ist der richtige Eingang«, flüsterte Haliz. »Jetzt müssen wir uns nur noch überlegen, was wir mit dem Gitter machen.«

Fenja stand immer noch bei den Pferden. Erleichtert lächelte sie, als sie Julin und Haliz aus dem Eingang treten sah. Doch ihr Lächeln verlosch sofort. Das Geräusch war kaum wahrnembar, aber so deutlich, dass sich jedes Härchen auf Julins Armen aufrichtete. Mit vor Schreck geweiteten Augen sah Haliz ihn an. Die Rebellen! – Haliz formte das Wort mit ihren Lippen.

Schwerer Hufschlag ertönte. Langsam, aber unaufhaltsam begann der Boden zu beben. Dann war es still, nur ihr eigener hektischer Atem war zu hören. Wenn es Rebellen waren, hatten sie die drei Reisenden längst bemerkt und lauerten hinter der Biegung. Julin konnte sie vor sich sehen, als wäre der Fels durchsichtig. Gestalten mit Masken, auf denen gefletschte Zähne prangten. Owidijus Freunde.

Ein Knirschen ertönte, dann erschienen auf dem Schnee die Schatten von zwei gebogenen Schwungspeeren wie die Vorboten eines schmerzhaften Todes. Das ist kein Schneepferd, dachte Julin verwirrt. Fenja ächzte, griff mit flinken Händen in die Satteltasche und holte ein Bündel Seile hervor. Steine baumelten an den Enden.

Die Schattenspeere verharrten, dann wippten sie in einem grausamen Schwung hoch und gaben den Weg frei für das, was sie im Sonnenschein begleiteten. Ein riesenhaftes Ranjög erschien.

In der klirrenden Nachmittagssonne wirkte es wie eine Gestalt aus einem Albtraum. Nur war alles viel, viel heller. Zwei gebogene schwarze Hörner, so lang wie Julins Arm, schlitzten den Himmel auf. Bedächtig schüttelte der Koloss den Kopf. Schaum troff aus seinem Maul und hinterließ einen widerlichen See aus geschmolzenem Schnee und Geifer auf dem Boden. Grau und zottig hing das lange Haar von seinem gewaltigen Rücken. Das Schlimmste waren die Augen, mit denen das Tier sie in aller Ruhe und sehr genau betrachtete. Menschlich sahen sie aus, klug und böse. Sie bewegten sich schnell wie die Augen einer Echse. Julin wusste, dass ein Ranjög jede noch so kleine Entfernung perfekt abschätzen konnte. Knotige Kniegelenke und mächtige Hufe, die Knochen wie Reisig zertrümmerten, stampften auf.

»Halt den Kopf unten!«, zischte Fenja Julin zu. Wie durch einen Nebel nahm Julin ihre Stimme wahr und ertappte sich selbst bei dem Gedanken: Wären es doch die Rebellen!

Tolin riss am Zügel und stieg. Ohne nachzudenken tastete Julin nach einem Stein und hob ihn auf. Mit etwas Glück konnte er ein Auge treffen. Aus den Augenwinkeln sah er, dass Haliz hektisch nach etwas suchte, das sie unter dem Mantel hatte, aber er wagte nicht sich umzuschauen. Ob sie begriff, dass ihre Schleuder ihr hier nichts nützen würde? Andererseits – da stand er, Zauberer Julin, mit nichts als einem lächerlichen Stein in der Hand.

In diesem Moment kamen die anderen. Dondo wieherte schrill und wich zurück. Es waren zwei und sie waren nur wenig kleiner als das Erste. Einige dunstige Atemzüge lang fixierten sie die Menschen mit ihrem Eidechsenblick, dann trabten die beiden kleineren Bestien los. Der Boden bebte unter ihren federnden Schritten. Trotz seiner Angst staunte

Julin über die gewaltige Kraft und die nachlässige Eleganz der Kolosse.

Nachdem sie einen Bogen beschrieben hatten, hielten sie an und drehten sich um. Sie kreisen uns ein, wurde Julin im Bruchteil eines Augenblicks klar. Wir haben keine Chance. Panisch sah er sich nach dem Eingang um, aber selbst wenn sie sich zwischen den Felsen verbargen, würde das Horn sie dennoch erreichen und aufspießen. Schweigend standen die Ranjögs da und starrten sie an. Plötzlich, wie auf ein geheimes Kommando, senkten sie die Köpfe und griffen an.

Ein Sirren kam aus Fenjas Richtung. Sie hatte den Arm erhoben und ließ ein Seil über ihrem Kopf kreisen. Die zwei kantigen, handgroßen Felsstücke, die an den Seilenden festgeknotet waren, wirbelten herum. Fenja duckte sich und ließ los. Das Seil schnellte davon. Atemlos verfolgte Julin, wie es sich um die Beine des größten Ranjögs schlang. Der Koloss röhrte, als ein Stein seine Kniescheibe traf, dann spannte er die Muskeln zu einem neuen Sprung. Das Seil zerriss wie eine Spinnwebe.

»Zum Weg zurück«, schrie Fenja. »Los!«

Wenige Augenblicke später saß Julin hinter ihr. Seine Finger und Gelenke schmerzten, er konnte sich nicht erinnern, dass er aufgestiegen war. Tolin bockte und drehte sich um sich selbst.

Von drei Seiten donnerten die Ranjögs heran – gewaltvoll und todbringend wie Steinschlag und ebenso unausweichlich. In welche Richtung sie auch fliehen würden – eines der Ranjögs würde ihnen den Weg abschneiden.

»Gess!«, befahl Fenja mit dunkler Stimme. Jug und Jolni zögerten, doch dann rannten sie los. Mit einem Sprung schnellte Jug nach oben und schlug die Zähne in die Kinnlade des Ranjögs. Der Koloss schüttelte den Kopf. Der

Schwung war so gewaltig, dass Jug über ihn hinübergeschleudert wurde. Jaulend bog sich der Hund in der Luft. Julin sah ein weißes, verdrehtes Auge. Im Fall verfehlte der Hund das blitzende Horn nur um Haaresbreite und kam mit einem keuchenden, dumpfen Laut auf dem Boden auf.

Mit aller Kraft klammerte sich Julin an Fenjas Mantel. Ich muss etwas tun!, schrie es in ihm. »Kein Spiegelzauber, keine Tricks!«, klang ihm Darians Stimme in den Ohren. »Ranjögs lassen sich nicht täuschen.«

Haliz' Gesicht war weiß, riesengroß glühten ihre Augen. »Nach rechts«, rief sie. »Los, reitet!«

»Bist du verrückt?« Fenjas Stimme klang schrill. Nur noch wenige Pferdelängen trennten die Gruppe von den Ranjögs.

»Tu, was sie sagt«, schrie Julin Fenja an. Geistesgegenwärtig griff er nach Tolins Zügeln und schlug dem Jägerpferd die Fersen in den Bauch. Tolin stürmte dem Ranjög entgegen. Julin sah sich nach Haliz um.

Auf dem tänzelnden Regenbogenpferd saß sie und beobachtete mit zusammengekniffenen Lippen das Ranjög. Dann hob sie etwas an die Lippen, das aussah wie eine kleine Flöte. Dondo stand still. Ein sirrender Laut durchschnitt die Luft. Im selben Moment riss Haliz Dondo herum und trieb ihn zu einem halsbrecherischen Galopp an. »Weiter!«, brüllte sie ihnen zu.

Tolin scheute, aber Julin zwang ihn weiterzulaufen. Das Ranjög stolperte. Der Kopf zuckte plötzlich. Das Ungetüm taumelte, nur die Beine rannten weiter, als zöge das Gewicht des gewaltigen Körpers sie einfach vorwärts. Das schabende Stöhnen, das aus der Kehle kam, klang wie ein Laut aus den tiefsten Verliesen einer Folterburg.

Angst schlug Julin mit harter Faust in den Magen. Dondo schoss wie ein Schemen an ihnen vorbei – genau auf das Ranjög zu. »Nein, Haliz!«, schrie Julin.

Gleich würde der Koloss den Kopf hochreißen und Haliz vom Pferderücken holen. Aber im nächsten Moment war sie schon am Ranjög vorbeigeritten. Es ließ sie entwischen, als sei es blind für Pferd und Reiterin. Stampfend rannte es weiter, strauchelte schließlich und fiel. Der gewaltige Körper überschlug sich mehrmals und pflügte eine breite Spur in den Boden. Es war tot, das konnte Julin sehen – doch die Wucht seines Sturzes fing erst die Felswand ab. Mit einem ohrenbetäubenden Krachen, das sein Echo ins Tal warf, zerschmetterte der Kopf des Ranjögs einen der Felsen, die das Handelstor verschlossen.

Nun war ein Fluchtweg frei, obwohl die zwei Ranjögs sie immer noch verfolgten. Immerhin, der Hauch einer Chance war da. In halsbrecherischem Tempo jagten sie am Berg entlang. Stampfende Hufschläge folgten ihnen wie das hundertfach verstärkte Echo ihrer Herzschläge. Ein Laut, der wie ein Knurren klang, ließ Julin hoffen, dass die Hunde sich wieder aufgerappelt hatten. Fenja sah sich um und stöhnte auf. An der Erschütterung des Bodens spürte er, dass die Ranjögs aufholten. Immer enger wurde die Schlucht. Der Berg barg keinen Schlupfwinkel, in den sie sich hätten flüchten können.

Ein, zwei Galoppsprünge lang sammelte Julin alle Kraft und allen Mut zusammen, dann begann er mit zitternder Stimme zu summen, dasselbe Schlaflied, das er in der Mine gesungen hatte. Ihm war zum Lachen, wenn er daran dachte, dass er versuchte zwei ausgewachsene Ranjögs einzuschläfern. Vorsichtig verstärkte er seinen Zauber, fügte Wort um Wort in die Melodie, flocht alles zu einem Seil aus Magie, das er in Gedanken den Ranjögs um die Beine legte. Hoffnung regte sich in ihm, als er hörte, dass das Stampfen leiser wurde. Als er sich umsah, beobachtete er, wie das kleinere Ranjög trabte und benommen den Kopf schüttelte.

Es funktioniert!, hätte er am liebsten geschrien. Tolins Keuchen verwandelte sich langsam, aber sicher in ein Stöhnen. Lange würde er Fenja und ihn nicht mehr tragen können. Durch den Nebel seiner Gedanken tauchte die Frage auf, wo das zweite Ranjög war. Er summte lauter, um den Schlafzauber aufrechtzuerhalten. Im nächsten Moment zerriss ein schrilles Wiehern sein Ohr.

Das Horn blitzte hinter Dondos Kopf auf, sodass er für einen Moment an ein seltsames schwarzweißes Einhorn erinnerte. Wie ein Dreigespann galoppierten die Pferde und das Ranjög nebeneinander her. Bösartig funkelte das Auge. Fenja drängte Dondo ab, bis sie den Ranjögkopf sah, dann hieb sie mit dem Schwert auf die Nüstern des Ungetüms ein. Eine Blutfontäne färbte ihren Schwertarm und sickerte in das Leder ihres Ärmels. Das Ranjög brüllte auf und holte mit den Hörnern aus. Julin kam es vor, als sähe er alles verlangsamt. Er ließ den Zauber los und wandte sich um. Fenjas Schwert sauste herab, traf auf das Horn und zerbrach.

Das Ranjög wird Haliz töten!, schrie eine gemeine Stimme in seinem Kopf. Ohne nachzudenken spannte er seinen Körper an und stieß sich vom Sattel ab. Im Fall bekam er Haliz' Mantel zu fassen und krallte sich mit aller Kraft in das Pferdefell. Ein Steigbügel traf seine Nase, Hufe wirbelten vor seinen Augen.

Sie fielen eine Unendlichkeit. Der Schlag, als er mit Haliz in den Armen auf dem Boden auftraf, machte ihn benommen. Ein mächtiger gezackter Huf stampfte neben ihm auf, dann, endlich, verschwanden die Hörner und der stinkende Atem. Julin richtete sich auf und blinzelte. Wie eine Fliege fing er den Schlafzauber aus der Luft und richtete seine Gedanken auf das erste Ranjög, das immer noch dastand, unschlüssig, wie es die seltsame Müdigkeit überwinden sollte, die seine Beine lähmte. Jug und Jolni tanzten um das Tier herum, schnappten nach ihm, reizten es, bis es sich schwankend im Kreis drehte.

»Nein«, flüsterte Haliz und klammerte sich mit Woranklauen an Julin. Ihre Stimme jagte ihm mehr Angst ein als der Anblick der Ungeheuer.

Dondos Blut tropfte vom Horn des größeren Ranjögs. Es rannte wie ein Fels auf vier Beinen, trieb Dondo in die Ecke, jagte ihn hierhin und dorthin. Der Sattel hing seitlich am Rücken des Regenbogenpferds, zerrissene Zügel schleiften über den Schnee. Blut quoll aus einer Stichwunde am Hals und perlte über das Fell ohne eine Spur zu hinterlassen. Fenja galoppierte heran um das Ranjög abzulenken, doch es hatte sein Opfer gefunden.

»Es treibt ihn in die Enge der Schlucht«, flüsterte Haliz. »Hilf ihm, bitte!«

Julin stand auf und zwang sich zur Ruhe. Das Kribbeln an seinem Schlüsselbein zeigte ihm, dass der Zauber in ihm darauf wartete, in die Winterluft entlassen zu werden. Er atmete aus und tat etwas, wovor ihn Darian stets gewarnt hatte.

Mit der einen Seite seiner Kraft hielt er das kleinere Ranjög in Schach, mit der anderen konzentrierte er sich auf Dondos Verfolger. Wie der Mittelpunkt einer Waage versuchte er die Magie in der Balance zu halten. Einen Augenblick kam es ihm vor, als würden seine Arme länger und länger, als würde sich sein Geist über das ganze Schneefeld erstrecken.

Dondo strauchelte und fiel. Blut rann ihm aus den Nüstern und malte Blumen in den Schnee. Sein Röcheln vermischte sich mit dem Röhren des Ranjögs, das kurz vor ihm seinen Schritt verlangsamte und benommen stehen blieb. Mordlust funkelte in den Augen, die denen eines Menschen so irritierend ähnlich waren. Julin biss die Zähne zusammen und sang das Wiegenlied, unermüdlich, immer wieder, bis er nur noch aus Hülle und Magie zu bestehen schien und das Ranjög sich langsam und stampfend ein, zwei Schritte von Dondo zurückzog. Seine Flanken bebten, dann spürte Julin, wie der Zauber nach und nach zerriss wie ein Strick, dessen einzelne Fasern zersprangen.

Im selben Moment bemerkte er die Reiter. Sie standen am Saum der Schlucht und sahen zu ihnen herüber. Die Masken konnte er im Gegenlicht der Spätnachmittagssonne nicht erkennen, aber die Schneepferde und die Langbögen sah er gestochen klar. Gerade als die letzte Faser des Zauberseils zerriss und das größere Ranjög den Kopf wieder hob, zückten sie ihre Waffen.

»Runter!«, schrie Fenja. Wie aus dem Nichts war sie aufgetaucht und warf sich neben ihnen in den Schnee. »Sie haben Langpfeile! Duckt euch!«

Surrende Geräusche und der dumpfe Einschlag von Bolzen ließen in Julin eine jähe Übelkeit hochkochen. Schemenhaft sah er, wie das kleinere Ranjög fiel, der Schaft eines langen Pfeiles ragte aus seinem Auge. Das größere stand mit einem Pfeil in seinem Hals da und sah sich zu den Rebellen um. Sein Schrei war markerschütternd, dann nahm es Anlauf und donnerte los. Die Reiter wendeten ihre Pferde und flohen. Noch lange, nachdem sie die Schlucht verlassen hatten, hörte man das Stampfen des Ranjögs, das die Reiter verfolgte.

Haliz war die Erste, die aufsprang und zu Dondo rannte. Im verzweifelten Versuch, sich wieder aufzurichten, schlug er immer wieder mit den Hufen in die Luft. Schließlich röchelte er und sank kraftlos zurück. Sein Stöhnen ging Julin durch und durch.

Tränen rannen über Haliz' Gesicht. Sie sah auf eine erschreckende Weise hilflos aus, zerbrechlich und viel, viel jünger. Dondos Ohr zuckte, als sie sich neben seinem Kopf in den Schnee kniete.

Behutsam streckte Julin die Hand aus. Dondo beobachtete jede seiner Bewegungen, erstarrt im Schmerz, die Beine steif von sich gestreckt, mit knirschenden Zähnen. Julins Hand zitterte, als er das schweißnasse Fell berührte. Leise und verloren klang seine Stimme, während er eine Melodie summte, die kranken Kindern half ihre Fieberträume zu vergessen. Dondos Beine hörten auf zu beben, seine Augen wurden klar, sein Atmen ruhiger. Nie würde Julin den Blick vergessen, mit dem Dondo an ihm festhielt. Noch einmal röchelte er, dann entwich die letzte Atemwolke aus seinen Nüstern.

Haliz' Stimme klang wie die eines Kindes. »Hast du ihn … getötet?«

Er schüttelte den Kopf. »Den Schmerz habe ich ihm genommen, Haliz.«

Sie schlug die Hand vor den Mund und schluchzte auf. Er wollte sie trösten, aber zu seiner Überraschung schob sie seine Hand weg und sprang auf. Wut und Verzweiflung verzerrten ihre Züge. »Warum hast du ihm nicht geholfen? Wozu lernst du einen Spiegelzauber, wenn du niemanden damit retten kannst? Bist du wirklich nichts weiter als ein billiger Taschenspieler?«

Er senkte den Kopf. In ihm war Leere. »Die Ranjögs lassen sich nicht täuschen«, erwiderte er sanft. »Einen Zauber, der auf Täuschung beruht, sehen sie nicht. So wie du, Haliz. Du siehst auch nur das, was wirklich ist.«

Sie stand so hilflos da, dass er plötzlich seinen Stolz und ihre Ablehnung vergaß. Er fragte sich, warum ihre Worte ihn nicht verletzten. Was soll's, dachte er. Ich bin ja ein Taschenspieler. Und wenn schon – vielleicht ist es das, was wir brauchen: einen guten Spieler. Ohne ein Wort stand er auf und nahm Haliz in die Arme, hielt sie fest, tröstete sie, bis das Zittern nachließ. Fenja stand in der Nähe, die Hand in Tolins Mähne vergraben und beobachtete sie mit traurigem Gesicht.

Nach und nach wurde der Perlmuttglanz auf Dondos Fell heller, das gestockte Blut an seinem Hals wurde wasserklar. Tropfen sammelten sich an der Mähne. In wenigen Augenblicken war das Pferd nur noch Tau und Tropfen und Fluss, bis es sich schließlich ganz auflöste. Eine Welle versickerte im Schnee und verschwand wie von magischer Hand.

»Er kehrt zurück ins Meer«, flüsterte Julin in Haliz' Haar. »Die Naj werden seine Seele begrüßen.«

Sie sagte nichts, aber er spürte erleichtert, wie sie zaghaft nickte.

Das Ranjög, das bis an den Höhleneingang geschlittert war, hatte mit seinem Kopf den Felsen zerschmettert und mit den Hörnern das Gitter zum Teil aus der Wand gerissen und verbogen.

Respektvoll betrachtete Fenja die Überreste des riesigen Tieres. »Womit hast du ihn erlegt, Haliz? War es ein Gift?«, wollte sie wissen.

Haliz holte den Gegenstand hervor, der wie eine kleine Flöte aussah. Julin erkannte, dass es ein filigran geschnitztes Blasrohr war. »Ymolpfeile«, antwortete sie. »Mein Vater hat lange Zeit Ranjögs gejagt. Man muss sehr genau treffen, denn das Fell ist nur an einer Stelle dünn.«

Sie sprach sachlich, doch Julin sah den Abglanz der Trauer nur zu deutlich an der Art, wie sie dastand, wie sie sich mit langsamer Geste das Haar aus dem Gesicht strich. Zum ersten Mal fiel ihm auf, wie schlecht Haliz ihre Gefühle und Gedanken verbergen konnte. Sie glaubte an Zahlen, um keine Tränen sehen zu müssen, und gab ihren Pferden keine Namen, weil sie wusste, dass jeder Name ein Tor zum Herzen war. Warum, so fragte er sich, entdeckte er diese Seite an ihr erst jetzt? Er schämte sich, weil er geglaubt hatte, das verkaufte Lompferd habe ihr nichts bedeutet. Und trotz allem machte ihn diese Erkenntnis beinahe ein wenig stolz.

»In Tana würde dich jeder Jäger um deine Treffsicherheit beneiden!«, gestand Fenja bewundernd. Sie rief Tolin, holte aus ihrer Satteltasche ein Seil und begann damit, es um einen der Hinterhufe des Ranjögs zu knoten. Jug und Jolni kamen humpelnd und hechelnd heran und sahen zu, wie Fenja das Seil zu Tolin spannte und den Sattelgurt nachzog. Julin tat das Jägerpferd Leid, das sich, so erschöpft es auch war, auf Fenjas Befehl hin ins Seil stemmte und zog. Nach und nach rutschte der schwere Körper ein Stück vom Gitter weg.

Julin fror. Immer wieder sah er sich um in der Erwartung, die Rebellen zu sehen, die zurückgekehrt waren. »Warum haben sie uns geholfen?«, sagte er mehr zu sich selbst. Ob Owidiju bei ihnen war?, fügte er in Gedanken hinzu.

»Vielleicht wollten sie nur unsere Pferde«, mutmaßte Haliz.

»Unsere Pferde, unsere Vorräte, unser Geld – wer weiß«, gab Fenja zurück. »Ich wüsste lieber, warum die Ranjögs so tief in die Täler kommen. Es sah ja beinahe so aus, als würden sie den getarnten Eingang bewachen.«

»Darian ist da drin«, sagte Julin. »Wer auch immer ihn entführt hat, er wollte nicht, dass jemand in die Bergwerke kommt.«

Mit leeren Augen betrachtete Haliz den schmalen Spalt zwischen Fels und Gitter. »Was machen wir mit Tolin, wenn wir hineingehen?«

»Hier lassen«, erwiderte Fenja und nahm ihrem Pferd den Sattel ab.

Julin und Haliz sahen sie verständnislos an. »Das kannst du nicht machen!«, rief Haliz. »Windwölfe sind überall! Und was ist, wenn die Rebellen ihn fangen?«

»Die Windwölfe haben zwei Ranjögkadaver, um sich den Wanst voll zu schlagen – und was meinst du, wie schnell Tolin ist, wenn er nicht gerade mich und Julin auf dem Rücken hat. Außerdem lasse ich ihm Jug da.« Ihr Blick sagte, dass die Unterhaltung für sie beendet war. Dennoch entging Julin nicht, wie schwer es ihr fiel, diese Entscheidung zu treffen.

Nicht weit von ihnen wisperten Hallgespenster. Ihre roten Augen glühten in den Baumwipfeln. Schatten huschten am Waldrand entlang. Es mochten Windwölfe sein, doch noch verhielten sie sich still und wagten sich nicht heran. Ohne dass Julin und Haliz etwas dagegen einwandten, gab Fenja Tolin das ganze Brot, das sie hatten. Eine Weile stand sie da, die Hand auf die pulsierende Stelle an Tolins Kehle gelegt, dann schluckte sie sichtlich und jagte ihn mit einer schroffen Handbewegung davon. Tolin drehte sich und bockte, dann trabte er durch die Schlucht auf die Baumgruppe zu, die ihm Windschutz geben würde. Jug rannte hechelnd hinterher ohne sich noch einmal umzusehen.

Der rote Ring

Unheimlich laut klang das Klacken von Jolnis Krallen auf dem Steinboden. Julins magische Flamme gab kaum genug Licht für drei Pferdelängen Sicht. Wenn Julin den Kopf in den Nacken legte, konnte er durch den Nebel seines Atems nur schemenschaft die gewölbte Decke erahnen. Eine lange Reihe verschlossener Türen erstreckte sich links und rechts von ihnen in die Unendlichkeit. Genau der richtige Ort, um den Verstand zu verlieren, dachte Julin. »Sind das Handelshallen?«, flüsterte er Haliz zu.

Sie nickte und ging langsamer. »Und wenn Darian hinter einer dieser Türen ist?«, fragte sie ihn plötzlich.

»Das glaube ich nicht«, beruhigte er sie. »Warum sollten sie Darian durch die Silberminen in den Berg bringen, wenn sie durch den Handelseingang viel schneller bei den Hallen wären? Die Mühe und den langen Weg hätten sie sich sparen können. Nein, ich bin sicher, er ist im Berg.«

Schweigend gingen sie weiter. Ab und zu ließ das Geräusch von fallenden Tropfen Julin aufhorchen. Mehrmals fachte er seine magische Flamme an, aber er sah niemanden – nicht einmal einen Hinweis darauf, ob sich ein Höhlentreter in der Nähe befand. Wagten sie sich nicht in diesen Teil des Bergwerks? Was, wenn es wirklich einen Woran bei den Minen gab? Verstohlen betrachtete er Haliz, die mit konzentriertem Gesicht die Türen und Gänge zählte. Sie sah aus wie ein Waldmensch, wie eine Waldgeborene, sie schoss mit Ymolpfeilen, verteidigte sich mit der Steinschleuder und konnte besser reiten, als er je würde zaubern können. Trotzdem war ihre Mutter eine Halbworan. Er fragte sich unwillkürlich, ob sie sich verwandeln konnte, in ein lichtloses Wesen mit Klauen statt Händen und einem Gesicht voller Schatten. Oder war es umgekehrt? Waren die Woran im Kern ihres Wesens weit menschlicher, als die Legenden es sagten? Vielleicht waren die alten Könige einfach nichts anderes gewesen als sehr große Geschöpfe – Riesen, wie es sie nur in Märchen gab, aber menschlich wie er. Haliz hatte seinen Blick bemerkt und sah ihn fragend an. Ertappt senkte er den Kopf und ging weiter.

Es kam ihm so vor, als müsste es bereits tief in der Nacht sein, als sie am Ende des Labyrinths angekommen waren, wo die Gänge breiter und weniger prächtig waren, wo grob behauener Stein sichtbar wurde und die Echos ihrer Schritte ihnen zeigten, dass sich hinter Holz- und Eisengattern die ersten Hallen verbargen. Schienen führten bergab, Seilwinden waren in die Wände eingelassen, es roch nach Feuchtigkeit und sehr altem Staub, der nass geworden war und klumpte.

Haliz nahm das kleine Richtungsrad in die Hand und studierte die zitternde Nadel, bis sie stillstand. Dann deutete sie auf den Gang, der sich vor ihnen auftat. »Das ist die Richtung, in der die Silberminen liegen. Zwei Ebenen tiefer warst du, Julin.«

»Das heißt, wir kommen von der anderen Seite zu den Silberminen?«

»Zumindest in die Nähe davon, in die äußersten alten Hilobitgruben, die schon ausgeschöpft waren, bevor ich geboren wurde. Eine Stützwand wird stets stehen gelassen, wenn man Hallen herausschlägt. Wenn man klug ist, auch mehrere. Aber es führen immer Treppen und Gänge von einer Halle in die nächste. Man muss sie nur finden.«

»Na dann los!«, sagte Fenja und kletterte voraus. Im schwachen Schein des magischen Lichts stolperten und rutschten sie über kantiges Geröll, schlugen sich Knie und Ellenbogen auf und kratzten sich die Finger wund. Von Zeit zu Zeit hielt Haliz an, atmete tief durch und zog ihren Plan heraus. Julin markierte die Wegbiegungen mit dem Kohlestück, das er aus Helims Werkstatt mitgenommen hatte. Endlich, nach einer Ewigkeit, als die Müdigkeit sie schon frieren ließ, erreichten sie die erste alte Hilobithalle. Wie ein verlassenes Haus lag sie vor ihnen, die Wände schartig und ihrer Schätze beraubt, hohl und stumpfgrau, ein Muster aus Schlägelnarben an den steinernen Wänden. Stützpfeiler aus Holz und Eisen waren eingezogen worden und wirkten, als hätte ein verrückter Bergmann versucht einen Thronsaal zu bauen, den er nur aus Albträumen kannte.

Jolni sträubte die Nackenhaare und knurrte. Sie hielten die Luft an und sahen sich um. »Vielleicht sind Höhlentreter in der Nähe?«, flüsterte Haliz. Fenja antwortete nicht, sondern glitt lautlos in den Saal. Mit einem Wink bedeutete sie ihnen, dass er verlassen war. Atemlos gingen sie weiter und bogen in einen riesigen Stollen ein, der vermutlich in den nächsten Saal führte. Der Stollen beschrieb eine leichte Kurve, was sie daran erkannten, dass das Richtungsrad immer weiter nach links ausschlug.

Vor einem schattigen Spalt blieb Haliz abrupt stehen. Das magische Licht ließ ihr Gesicht gespenstisch hell leuchten. »Ein Querstollen. Er führt genau auf die Silberminen zu.«

Julin schüttelte den Kopf. »Er ist mit Geröll gefüllt.« Er überlegte kurz. »Jolni passt durch den schmalen Spalt oben. Kann er nicht auskundschaften, ob es weitergeht?«

Fenja hob den Zeigefinger und Jolni sprang gehorsam auf den Geröllberg und kletterte mit gesenkter Nase nach oben. Beinahe musste er kriechen um zwischen Steine und Decke zu passen, aber er schob sich geschickt hindurch. Das Echo seines heiseren Bellens ließ Julins Herz höher schlagen. Wenige Augenblicke später hörten sie, wie der Hund wieder kletterte, dann erschienen die rote Zunge und das Hundegesicht, als würde es lächeln, über dem Geröll.

»Es geht tatsächlich weiter«, flüsterte Fenja. »Also müssen wir so viel freiräumen, dass wir hinüberklettern können.«

Nach Julins Gefühl musste es längst Morgen sein, als sie endlich so weit kamen, dass sie einen Blick in den nächsten Saal werfen konnten. Er sah ähnlich ausgeschlachtet aus wie der erste. Nacheinander kamen sie mit wackligen Knien im Saal an und setzten sich auf den Boden. Mit den vom

Staub dunklen Gesichtern sahen sie mehr denn je aus wie woranartige Tiere, die auf Händen und Knien durch die Gänge krochen. Als Haliz Julin zulächelte, blitzten ihre Zähne wie ein Raubtiergebiss. Mit einem mulmigen Gefühl lächelte er zurück.

Irgendwo in der Nähe rauschte Wasser. Es schien sich über ihnen zu befinden. Vielleicht floss der Fluss über ihren Köpfen durch den Berg. Julin lehnte den Kopf an den Stein und blinzelte. Er war müde, so müde, dass er nur noch mühsam die Augen offen halten konnte. Fast fühlte er sich wie nach seiner Schicht in Estimas Mine.

Die magische Flamme zog ihre Kreise in der Halle, huschte an den Wänden hoch und fing sich wie ein Irrlicht zwischen den vereinzelten Stalaktiten, die von der Decke hingen. Julin dachte an Darian und überschritt für einige Wimpernschläge die Schwelle zum Schlaf ohne die Augen zu schließen. Wie im Traum erkannte er, dass die Tropfsteine einen kleinen roten Ring hatten. Ein Bild formte sich in seinem Kopf. Er erinnerte sich, wie das magische Wasser des Bergsees rötliche Schlieren aus Abelinas Tropfstein gelöst hatte. Etwas war vor unzähligen Sommern durch die Decke gesickert und war zu dem Ring im Stein geronnen.

Mit einem Schlag war er hellwach und sprang auf. »Haliz, wie kommen wir in die Kammer über uns?«

Sie zog die Brauen hoch. »Was willst du da? In die Silberminen und die Hallen geht es nach unten.«

»Wir müssen nach oben!«, beharrte er.

»Da ist nichts, Julin. Von den Hallen aus geht es zu den alten Salzlabyrinthen. Sie sind schon lange stillgelegt. Man hat sie abgestützt und verschlossen, angeblich sind sie bis zum Rand mit Geröll und Spat aus den anderen Minen gefüllt worden.«

»Du willst unbedingt den Woran finden, habe ich Recht?«,

sagte Fenja ärgerlich. »Wir suchen aber Darian und nicht unseren Tod.«

»Dann schaut euch das hier an!« Ungeduldig zog er Abelinas Stein hervor. »Darian ist über dieser Halle!« Mit dem Finger zog er das schmale rote Band nach. »Als ich Fingis fragte, wo Darian ist, hat er auf solche Steine gedeutet. Irgendwo in der Nähe ist der Bergsee, wo ich gewesen bin – darum das Rauschen. Wenn wir Darian finden wollen, müssen wir in die alten Salzbergwerke.«

Fenja zog scharf die Luft durch die Zähne. »Wenn ich nicht den Verdacht hätte, dass auch Yannvar in der Sache mit drinsteckt, würde ich sagen, jetzt ist es an der Zeit, ihn und die Stadtwache zu Hilfe zu holen.«

»Wir sind allein«, gab Haliz zurück. »So allein wie Darian.«

Julin wurde ruhig. Er spürte, die Antworten auf seine Fragen warteten bereits in den Schatten der Mauern darauf, dass er sein magisches Licht dorthin schickte.

Der Gang, den sie nach weiteren Ewigkeiten und vielen Abstechern in Blindstollen endlich fanden, war schmal und roch nach vermoderten Algen. Haliz und Fenja schlüpften hindurch, während sich Julin mühsam hindurchschieben musste. Ein Wegstück krochen sie steil bergauf. Augenlose Insekten flohen vor ihnen und krabbelten über ihre Hände. Platzangst machte ihnen zu schaffen. Wasser, das ihnen entgegenrann und ihre Kleider durchnässte, ließ in Julin die Angst aufsteigen, dass sich plötzlich ein Sturzbach auf sie ergießen und sie ertränken könnte. Endlich wurde die Luft besser und sie erreichten einen geräumigen Gang. Salzkristalle schimmerten an den Wänden wie eine Erinnerung an prächtigere Zeiten.

Schritt für Schritt schlichen sie weiter. Dieser Gang war erschlossen und gut begehbar, die Schienen waren sogar neu eingelassen und die Stützen hatten noch nicht die dunkle Färbung von altem Holz angenommen. Bald kamen sie auf einen Sternplatz, von dem weitere Gänge abzweigten. Stumm deutete Haliz auf den, der nach rechts führte. Gerade waren sie ein paar Schritte hineingegangen, als sie es hörten: Ein Grollen wie von einer Feuersbrunst kroch an den Wänden entlang. Jolni verwandelte sich in einen Windwolf mit glühenden Augen und gesträubtem Haar. Neben Fenja ging er in Kampfposition.

»Weg hier«, flüsterte Fenja. »Es kommt direkt auf uns zu.«

So schnell wie möglich rannten sie weiter, hektisch nach einem weiteren Quergang Ausschau haltend, während das Unbekannte, Grauenhafte näher und näher kam. Plötzlich stießen sie gegen Stein und drehten sich um. Salzkristalle bohrten sich zwischen ihre Schulterblätter. Julin spürte, wie sich seine Haare sträubten, wie seine Hände zu kribbeln begannen und das Grauen ihm mit schleimiger Zunge über den Rücken leckte. Er ahnte, was er sehen würde, erinnerte sich an seine schlimmsten Albträume und an Darians Warnungen, noch bevor er sah, was um die Ecke kam.

Es war der Woran.

Schemenhaft und riesig war das Wesen, das alles Licht, alle Freude in sich aufsog. Wolkendicht füllte die Aura des Verderbens den Gang aus. Schrecklich war er und sein Haar wand sich wie ein Nest von Schattenschlangen um seinen Kopf. Blaue Augen glühten im dunklen Gesicht, das jedes Licht verschluckte.

Magie pochte durch den Gang, umwehte sie wie der brüllende Atem des Verderbens, lähmte Julin und ließ ihn erstarren. Darians Ratschlag für die Begegnung mit einem Woran kam ihm in den Sinn: »Wenn du auf einem Berg stehst, spring. Ansonsten lauf«, hatte sein Meister gesagt. »Es wird dir nichts nützen, aber es lenkt dich für die Augenblicke, die du noch zu leben hast, zumindest ein wenig ab.«

Schritt für Schritt kam der Woran näher, die Augen auf den Boden gerichtet. Offensichtlich hatte er sie noch nicht bemerkt. Hände wie Vogelklauen pendelten im Takt der Schritte. Und dann bemerkte Julin, was ihn irritierte. Dieses Pendeln war es, der wiegende Gang. Der Woran schlenderte! Aber Woran schlenderten nicht, so wenig wie Regenbogenpferde auf zwei Beinen herumhüpften oder Naj im Sand badeten.

Jolni jaulte auf und drückte sich noch enger an den Felsen, Schaum troff aus seinem Maul, vor Panik waren seine Augen verdreht.

In diesem Moment hob das Wesen ruckartig den Kopf und blieb stehen. Flammenaugen richteten sich auf die Eindringlinge. Wut ließ ihn anschwellen, er wuchs, bis er den Gang ausfüllte, und hob die Schattenarme zur letzten tödlichen Umarmung.

Dann fiel er um.

Der faustgroße Stein, der ihn an der Stirn getroffen hatte, rollte noch ein paar Schritte weiter und blieb schließlich schaukelnd liegen.

Das war zu einfach, war das Erste, was Julin durch den Kopf schoss. Woran fallen nicht um, wenn ein Stein sie trifft.

Seelenruhig klopfte sich Haliz den Steinstaub von der Hand und wandte sich grinsend zu Julin um. »Besonders schnell ist der Kerl nicht«, sagte sie und ging auf das niedergestreckte Wesen zu. Fassungslos starrten Fenja und Julin sie an. Dann, als sie sahen, wie sie sich zu dem Woran hinunterbeugte und ihn auf den Rücken drehte, wurden Julins Knie weich. Da war kein Woran mehr, es war ein Mensch. Ein Mensch in einem dunklen Mantel und mit einer schwarzen Ledermaske über dem Gesicht. Transparente

Aquamarinschalen waren als Augen eingesetzt und die Klauenhände waren Handschuhe, an denen als Krallen gebogene Eisennägel befestigt waren. Ohne zu zögern streckte Haliz die Hand aus und zog dem Ohnmächtigen die Maske vom Gesicht. Helles Haar leuchtete auf. Neben der linken Augenbraue, die launisch geschwungen war, prangte eine Schürfwunde vom Steinwurf. Fenja fluchte, als sie das hübsche Gesicht erkannte.

»Vilas, der Schauspieler«, flüsterte Julin. Nun wurde ihm endgültig schlecht.

»Woher wusstest du es?«, fragte Fenja Haliz.

Sie lächelte verwundert. »Das sieht man doch«, erwiderte sie. »Die alberne Maske, der Umhang ... So sieht kein Woran aus – jedenfalls keiner, der da herkommt, wo ich herkomme.«

Unwillkürlich musste Julin lachen. »Magisches Blendwerk«, sagte er zu Fenja. »Haliz sieht es nicht. Man kann sie nicht täuschen. Sie sieht die Sonne ohne Wolkenschleier und liebt ohne Schwüre.«

Haliz warf ihm einen ärgerlichen Blick zu, der ihn augenblicklich ernüchterte, wandte sich ab und zog Vilas die Handschuhe von den Händen. »Wir müssen ihn fesseln«, sagte sie. »Wer weiß, wer aus der Gauklertruppe hier noch umherläuft.«

Fenjas Bewegungen waren fahrig, als sie zu Haliz trat, ihr Seil, an dem noch Ranjöghaare hafteten, vom Gürtel nahm und Vilas' schlaffe Hände hinter seinem Rücken zusammenschnürte. Der Schauspieler blinzelte und stöhnte. Unwillig und mühsam öffnete er die Augen.

»Guten Morgen!«, sagte Fenja.

Julin hatte noch nie einen Menschen gesehen, der so schnell auf die Beine kam wie Vilas. Wankend stolperte der Schauspieler, verlor beinahe das Gleichgewicht und fand erst an der Wand Halt. Wie ein gefangener Tanzbär sah er mit einem verschlagenen, ungläubigen Gesichtsausdruck von Fenja zu Julin und dann zu Haliz. »Du also auch«, sagte er zu ihr. Seine Stimme war heiser. »Und Julin natürlich. Es gab Gerüchte, dass eine rothaarige Kröte in der Stadt war …«

»Fenja!« Haliz sprang vor und fing Vilas auf, bevor er zu Boden stürzte. Seine Wange war rot von Fenjas Schlag.

»Die einzige hässliche Kröte hier bist du«, knurrte die Jägerin und spuckte aus. Zum ersten Mal sah Julin Angst in Vilas' Gesicht.

»Ist gut, Fenja«, sagte er. »Regst dich immer noch so leicht auf, was? Was wollt ihr hier?«

»Was willst du hier?«, gab Fenja zurück. »Außer Asseln und Olmen dürftest du an diesem Ort nicht viel Publikum haben!«

Vilas wandte den Kopf und rieb die schmerzende Wange an seiner Schulter. »Seit der Zauberer tot ist, ist die Stadt auch tot. Hier kriege ich zwei Lomar für jeden Tag.«

»Dafür dass du den Woran spielst?«

Er nickte.

»Wer hat dir den Auftrag gegeben?«

Vilas sah Julin an und grinste schief. »Was denkst du?«

»Für Spielchen haben wir keine Zeit«, fuhr Fenja dazwischen.

»Yannvar«, antwortete Vilas schnell.

»Warum sollte Yannvar einen Woran ins Labyrinth schicken?«, fragte Haliz.

Er spuckte aus und wandte sich ihr zu. »Damit ich die Gänge freihalte. Von Ungeziefer, das ans Tageslicht will, so hat er es mir gesagt.«

»Man erzählt sich, dass Gefangene, die versucht haben zu fliehen, von einem Woran getötet wurden«, sagte Julin leise. »Ist das deine Aufgabe? Sie zu töten?«

Vilas sah ihn mit offenem Mund an, dann schüttelte er heftig den Kopf. »Ich töte niemanden. Verdammt, ich bin Schauspieler! Ich habe den Auftrag, mich hier und da zu zeigen. Mein Mantel ist gewebte Magie – meistens sehen sie mich und rennen einfach. Wer sie tötet, weiß ich nicht. Meine Aufgabe ist nur, die Gefangenen in der Mine darauf aufmerksam zu machen, dass hier ein Woran haust und es deshalb besser ist, in der Mine zu bleiben.«

»Eine schöne Arbeit«, spottete Fenja. »Du musst dich zur Abwechslung ja richtig mächtig fühlen.«

»Wenn du dafür bezahlt wirst, in den Gängen zu spuken, was machst du dann bei Helim Silberblatt?«, fragte Julin.

Vilas' Augen wurden groß. Reinste Unschuld spiegelte sich in seinem Gesicht. »Ich kenne keinen Helim«, antwortete er.

Julin spürte, wie er wütend wurde. Er überraschte sich selbst, indem er vor Vilas trat und ihm einen Stoß versetzte. Der Schauspieler wurde blass und wich stolpernd zurück. »Warum lügst du?«, fuhr er Vilas an. »Du warst bei Helim und hast für die Minenrätin Gulja eine Flasche abgeholt. Was ist deine Aufgabe?«

Wenn Vilas verblüfft war, dann überspielte er es gut. Er blinzelte, als würde er sich an etwas erinnern. »Ach das«, lenkte er ein. »Den alten Schmuckmacher meinst du. Ja, sie haben mich als Kurier zu ihm geschickt. Ich sollte etwas abholen. Ein Geschenk …«

»Wer sind sie?«

»Na, Yannvar … und die anderen.« Seine Stimme klang absolut aufrichtig. Vorsichtig setzte er sich auf und hielt Haliz die gefesselten Hände entgegen. »Bitte«, sagte er. »Ich zeige euch, wo sie sind, aber bindet mich los.«

Das kurze Schweigen lastete im Gang. Julin holte tief Luft und dachte nach. »Rechts oder links?«, fragte er dann.

Vilas riss die Augen auf. »Was meinst du?«

»In welche Richtung würdest du am Sternplatz gehen, um uns zu Yannvar und den anderen zu führen?«

»Nach rechts«, sagte Vilas ohne zu zögern. »Links geht es zur Stallkammer. Also?« Er lächelte gewinnend, zwinkerte Haliz zu und hob wieder die Hände.

»Nein«, erwiderte Julin hart. Fenja grinste schief.

»Warum nicht?«, schrie Vilas. »Verdammt, ich bin nur ein Schauspieler.«

»Und du lügst«, erwiderte Julin. »Warum gehst du in einem Blindgang spazieren? Du sahst aus, als wüsstest du sehr genau, dass der Weg trotzdem weitergeht.«

Fenja stieß einen anerkennenden Pfiff aus. Ohne auf Vilas zu achten ging Julin auf die Wand zu und fuhr mit den Fingerspitzen darüber. Er schloss die Augen und vergaß, was er sah. Er stellte sich vor, wie sich der Gang vor ihm auftat, verbannte die Wand vor ihm aus seinen Gedanken und streckte die Hand aus. An der Art, wie die anderen plötzlich die Luft anhielten, erkannte er, dass er richtig lag. Es war eine Scheinwand. Er wusste, was sie im Moment sahen – ihn, mit seiner rechten Hand, die auf beängstigende Weise mit dem Stein verwachsen war. Er widerstand der Versuchung, mit gespielt schmerzverzerrtem Gesicht aufzuschreien, zog die Hand zurück und machte die Augen auf. Noch einmal tastete er über die Scheinwand – erschreckend real, magranhart und kalt war sie nun.

»Echte Magie«, sagte er zu Haliz, die immer noch mit großen Augen auf die Stelle starrte, an der seine Hand verschwunden war, dann wandte er sich an Vilas. »Da du so bemüht warst, uns von hier weg in die Irre zu führen, nehme ich an, dass dieser Weg, den du uns verschwiegen hast, für uns genau der richtige ist.«

Vilas' Augen sprühten Funken von Hass. »Ich würde euch

nicht raten da entlangzugehen«, warnte er. »Es gibt einen Pakt, dass sie mir nichts tun – aber euch?«

»Wer, Vilas?« Fenjas Augen waren unerbittlich.

»Na, Yannvars Leute«, erwiderte er. »Sie lagern hier. Und Guljas Wachleute, die euch übrigens schon auf den Fersen sind.«

Julin wandte sich an Haliz. »Ich werde hingehen«, sagte er. »Schafft ihr Vilas in den Seitengang in die Nebenhalle?«

»Das kann Fenja allein, ich komme mit«, erwiderte Haliz mit fester Stimme. Fenja nickte. Bei der Aussicht, mit ihr allein zu sein, blitzte erstmals Panik in Vilas' Gesicht auf. Er wehrte sich nicht, als sie ihn auf die Beine zog, ihm den Mantel von den Schultern streifte und ihn anschließend den Gang entlangtrieb.

Haliz griff nach der Maske und den Handschuhen und ging zum Felsen. Julin stellte sich neben sie. »Die Magie wirkt nur, solange du sie wahrnimmst«, sagte er leise. »Mach die Augen zu und versuche dir vorzustellen, dass die Wand nicht da ist, sieh den Weg, der dahinter liegt.« Behutsam nahm er ihre Hand. Sie war kalt und klamm. Es würde nicht einfach sein, Haliz dazu zu bewegen, ihre Vernunft zu vergessen und durch die Scheinwand zu gehen.

»Hast du schon einmal von König Tiamons Festung gehört?«, fragte er betont munter. Sie schüttelte den Kopf. »Dann schließe die Augen und hör zu. Hör nur auf meine Worte. Tief im Regental von Skaris, weit hinter den Feuerbergen, lebte unter dem Kriegsmond ein mächtiger König namens Tiamon. Eines Tages gab er Binur, dem Magier, den Auftrag, eine Burg zu bauen – fester und uneinnehmbarer als alle anderen Burgen. Binur kam seinem Befehl nach, doch kaum standen die Mauern, weigerte sich Tiamon seine Dienste zu bezahlen. Aber Binur war alt und schlau und kannte den Geiz des Königs nur zu genau. Aus Vorsicht hatte er die Nordmauer der Burg als Scheinwand erbaut. Viele Schlachten tobten um Tiamons Burg, aber keine Armee war in der Lage, die Festung zu erobern. Doch am letzten Tag einer Schlacht schickte Binur einen Blinden. Der Blinde wusste nichts von Tiamons Burg und ging direkt auf die Festung zu. Ohne es zu wissen, durchschritt er die Scheinwand und fand sich überrascht im Burghof wieder. Und Tiamons Feinde sahen dies und erkannten, dass die Wand keine Wand war.« Haliz lächelte im Licht der phosphoreszierenden Algen. Er umfasste ihre Schultern und schloss ebenfalls die Augen. »So stürzte König Tiamon. Seine Burg wurde ganz und gar zerstört, da keiner mehr bereit war an ihre Mauern zu glauben.«

Bei diesen Worten hatte er sie nach vorne gezogen. Sie holte erschrocken Luft, als der kalte Hauch der Magie sie streifte, aber sie ließ die Augen geschlossen, bis sie anhielten. Erleichterung zeichnete sich in ihren Zügen ab, als sie sich in einem Gang umsah, der von Fackeln beleuchtet war. Vorsichtig holte sie ihren Schleuderriemen hervor und steckte sich mehrere Geröllbrocken in die Manteltasche. Danach zog sie sich Vilas' Mantel über. Er schleifte am Boden und ließ sie eher wie ein verkleidetes Kind als eine Woran aussehen. Schließlich zog sie sich die Maske über und zupfte die Handschuhe zurecht. Nun verstand Julin, wie der Woran auf Haliz gewirkt haben musste – eine Vogelscheuche in einem Flickenkostüm. Mit beiden Händen berührte er den Mantel und begann einen Beschwörungszauber zu singen. Er stellte sich Vilas vor, spiegelte sein Bild an die Stelle, wo Haliz stand. Größer schien sie zu werden. Die Gestalt von Vilas legte sich über ihren Körper, bis nur noch Julin schemenhaft wahrnehmen konnte, dass Haliz dahinter war.

Dann gingen sie den Gang entlang. Julins Mund wurde

trocken vor Angst, als er Rufe und Stimmen hörte, die sich an den Wänden brachen. Tropfsteine, die von der Decke hingen, zeigten, dass sie sich in einem Gang befanden, in dem seit unzähligen Winter kein Arbeiter Meißel und Schlägel verwendet hatte. Keine Stützbalken trugen das Gestein. Haliz ging mit festem Schritt voran, während Julin hinter ihr herschlich und sich im Schatten der Worangestalt verbarg. Echos von quietschendem Räderwerk ließen ihn aufhorchen.

»Vilas?« Die Stimme schnitt durch den Raum und perlte an den Wänden ab. Es war eine Frauenstimme, die Julin gut kannte. Er prallte gegen Haliz, die abrupt stehen geblieben war. Als ihr Mantel zur Seite schwang, konnte er einen Blick auf den Gang erhaschen, der an einem Abgrund endete.

»Ja, Avia!«, rief Haliz mit Vilas' Stimme. »Ich bin hier!«

Es war tatsächlich Avia! Im Geiste sah er die Magierin vor sich, mit gezeichnetem Gesicht und in Ketten. Es irritierte ihn, dass Haliz schwankte. Er griff nach ihrer Hand. Sie war kalt wie Schnee. Ihre Finger krallten sich so fest in seinen Handrücken, dass er beinahe aufgeschrien hätte. Irgendetwas lief hier schief. Es lief sehr schief.

»Hast du ihn gefunden?« Avias Stimme klang nicht geschwächt, sondern laut und herrisch.

Haliz zögerte, dann holte sie tief Luft. »Nein«, antwortete sie. Ihre Stimme zitterte. »Ich brauche noch … etwas Zeit.«

Die Pause dehnte sich in die Unendlichkeit. Julin hatte Angst, dass Haliz' Tarnung auffliegen könnte. Gleich würde Avia feststellen, dass es nicht Vilas war, der auf dem Plateau stand.

»Was machst du dann hier?«, schrie die Magierin. »Verschwinde und suche ihn!«

»Ja«, erwiderte Haliz. »Ja, ist gut.« Sie taumelte einen Schritt zurück und lehnte sich an die Wand. Als sie die Maske abzog, erschrak Julin. »Julin«, flüsterte sie. »Darian ist da unten und … und …«

Eine glühende Nadel schien ihm ins Herz zu fahren. »Wo?«, flüsterte er. »Bei Avia?«

»Da ist nicht nur Avia. O Julin, sie … sie …« Sie würgte plötzlich und schlug die Hand vor den Mund. Angst verzerrte ihre Züge.

Er bekam Panik. Dennoch zwang er sich ruhig zu bleiben und ließ sich auf die Knie sinken. Es war gefährlich, aber er musste es sehen. Vorsichtig kroch er auf den Rand des Ganges zu. Sein Mund war so trocken wie noch nie. Die Augen brannten vor Anstrengung. Endlich zog er sich im Schatten eines Fackellichts heran und warf einen Blick in die Halle, die sich unter ihm auftat.

Es war, als hätte ihm jemand einen Felsbrocken an die Stirn geworfen. Übelkeit würgte in ihm hoch und nackte Angst.

Unter ihm war eine Salzhalle. Riesig war sie, ein glitzerndes weißes Bergwerk. Kleine dunkle Wesen krochen darin umher, Spielzeugpferde zogen Karren – Hunderte von Arbeitern mussten es sein, Sklaven, die mit Hacken, Schlägeln und Eimern arbeiteten. Eimer um Eimer trugen sie Salzbrocken ab. Manche davon hatten schwarze Flecken – genau wie der Brocken, den Julin und Haliz im Spiegel des Magranzimmers gesehen hatten, als sie den längst vergangenen Streit zwischen Avia und den Räten verfolgten. Gewaltige Hügel erhoben sich in der Halle und darunter schimmerte etwas Dunkles. Wie ein riesiger todbringender Giftfalter, den die Arbeiter aus seinem weißen Kokon befreiten, lag etwas im Salz begraben, etwas Verwittertes und Grausames. Mächtige Gesichter lagen wie aus Skalitstein gehauen da, gebannt durch die Umklammerung aus Salz. Julin sah geschlossene, eingefallene Lider und vertrocknete Münder. Im

Fackellicht schienen die Riesen zu zucken und zu träumen. Der vorderste von ihnen war schon beinahe völlig vom Salz befreit. Seine Hand lag auf dem Boden, als hätte er sich eben erst hingelegt. In seiner Brust klafften die Ränder einer tiefen, uralten Wunde auf. Eine dunkle Fläche breitete sich unter dem Körper aus, eine rostrote Lache getrockneter Flüssigkeit, die sich fast über die ganze Halle erstreckte. Krusten waren dort zu sehen, wo der Boden vom Salz befreit war. Plötzlich verstand Julin, woraus der rote Ring an Abelinas Tropfstein bestand. Es war das Blut der alten Könige, das in die Tropfsteine gesickert war, unzählige Sommer und Winter.

Julin blinzelte und schüttelte benommen den Kopf. Mühsam zwang er sich wieder nach unten zu sehen. Avia stand dort. Avia ohne Brandmal auf der Wange, aufrecht und stolz, ohne Handschellen und Ketten.

Die Ketten trug Darian. Ruhig saß er da, den leeren Blick auf den alten König gerichtet. Ohne eine Regung nahm er nun den Wasserkrug an, den Avia ihm reichte. Blass war er, die Wangen eingefallen, die Augen umschattet, als habe er viele Nächte nicht geschlafen. Aber er lebte!

Mit einer fließenden Geste befahl Avia ihm aufzustehen und er gehorchte ihr wie ein Schlafwandler. Sie sagte etwas zu einem Minensklaven, der nickte und Darian fort führte. Ein Klirren ließ Julin zusammenzucken. Sein Blick fiel auf etwas, das gerade fünf Arbeiter heranschleppten. Julin schlug die Hand vor den Mund um nicht zu schreien. Ihm wurde kalt, so kalt wie noch nie. Eisengeschmack im Mund ließ ihm bewusst werden, dass er sich auf die Zunge gebissen hatte. Er spürte Hände auf seinen Schultern und wehrte sich nicht, als Haliz ihn mit sich zog.

»Die alten Könige?«, flüsterte Fenja fassungslos. »Das werden sie nicht wagen!«

»Ich habe die Ketten gesehen!«, beharrte Julin. »Sie sind riesig! Damals, als ich in das Bergwerk verschleppt wurde, lag ich neben diesen Ketten und habe mich gefragt, was sie wohl damit binden wollen!« Seine Zähne klapperten und konnten nicht damit aufhören. Haliz saß da und schwieg. Vilas gab einen Laut von sich, der ein Lachen sein mochte. Fenja hatte ihn geknebelt und Julin hatte kein Mitleid mehr mit dem Schauspieler.

»Halt endlich den Mund, Vilas!«, zischte Fenja. »Du hättest uns nur zu gerne ausgeliefert.«

Vilas sah sie voll Verachtung an.

»Was für ein ausgeklügelter Plan«, flüsterte Haliz. »Avias Verbannung in die Mine, Darians Entführung – alles von Anfang an durchdacht.«

»Es müssen mehr Zauberer beteiligt sein, um Darian überwältigen zu können«, erwiderte Julin. Er fühlte sich schwach und wütend; wütend über seine Dummheit, das Spiel nicht vorher durchschaut zu haben. »Wir müssen nur sein Versteck finden«, sagte er und stand auf. »Avia hat ihn wegbringen lassen. Vielleicht gelingt es uns, ihn zu befreien und zu fliehen.«

»Und dann?« Fenjas Stimme klang spöttisch. »Glaubst du, wir kommen weit? Selbst wenn Vilas uns nicht mehr verraten kann …« – mit grausamer Zufriedenheit beobachtete sie, wie der Schauspieler zusammenzuckte – »… werden wir kaum unbemerkt fliehen können. Nein, Ananders Truppen sind in der Stadt und suchen nach den Rebellen. Wir müssen Hilfe holen. Wenn ich gleich reite, kann ich bis morgen zurück sein.«

»Was?« Haliz sprang auf. »Du willst zur Stadtwache? Und du meinst, sie werden dir glauben?«

Fenjas Gesicht verschloss sich. »Was sollen wir sonst tun?«, meinte sie düster. »In aller Ruhe darauf warten, dass sie den König aus dem Salz kratzen?«

»Darian befreien!«

»Gegen Avia und ein ganzes Heer von Sklaven? Bisher war es Spiel, aber jetzt wird es ernst – wir brauchen Hilfe!« Ihre Stimme wurde noch eindringlicher. »Kundschaftet aus, wo Darian ist, wenn ihr wollt. Aber seid vorsichtig! Ich hole Hilfe, so schnell ich kann. Glaubt mir, Ananders Leute werden mir zuhören.«

Vor dem dunklem Fels schienen Fenjas Augen hell zu leuchten. Julin musste lächeln. Er zweifelte keinen Augenblick daran, dass es ihr gelingen würde, Hilfe zu holen. Und sie hatte Recht – sie konnten Darian nicht alleine befreien. »Gut«, sagte er. »Haliz?«

Sie zögerte, aber schließlich nickte sie und griff in ihre Tasche. Vorsichtig zog sie das Richtungsrad hervor. »Ich hatte es in der Hand«, flüsterte sie. »Du kannst dich damit orientieren – und Jug wird mit seiner Hilfe unsere Spur wittern und zu uns zurückfinden.«

»Und hier!«, flüsterte Julin und warf Fenja die magische Flamme zu. »Bring sie mir wieder.«

Schwebend in einem ewigen Moment sahen sie sich an, bevor Fenja sich abrupt umdrehte und durch den Gang davonschritt. Julins magische Flamme folgte ihr ebenso gehorsam wie sonst ihre Hunde.

Julin und Haliz blieben mit Vilas zurück. Nachdenklich betrachteten sie den Schauspieler, der unglücklich und erschöpft aussah. Plötzlich hatte Julin genug von der Härte, genug von Gewalt und Sklaverei. Bevor Haliz widersprechen konnte, löste er mit einem Pfiff den Knoten seines Knebels. Vilas atmete auf. »Danke«, sagte er. »Ich habe Durst!«

Haliz zögerte, aber schließlich holte sie eine Hornflasche mit Bergwasser hervor und hielt sie ihm an die Lippen.

»Ich danke dir, schönstes aller Wildlichter«, sagte er und

lehnte sich zurück. Er musterte seine beiden Bewacher und lächelte schwach. »Ihr habt es also gesehen«, sagte er leise.

»Allerdings«, erwiderte Julin scharf. »Avia hat gefragt, ob du jemanden schon gefunden hast. Wer ist dieser Jemand?«

»Ein Gefangener, der aus dem Kammertrakt entwischt ist. Ich sollte ihn suchen.«

»Und, hast du ihn gesucht?«

»Und gefunden. Er ist abgestürzt – liegt bei der Felskante vor dem Salzsee.«

»Das scheint dir sehr Leid zu tun.«

Vilas zog verächtlich den Mundwinkel hoch. »Wer sich verirrt, kann stürzen. Das Gesetz der Höhle. Wer fliehen kann, flieht – anderes Gesetz der Höhle.« Wieder verzog sich sein Mund zu einem hämischen Grinsen. »Und Fenja hat die Gelegenheit ergriffen und sich aus dem Staub gemacht.«

»Sei still!« Beinahe hätte Haliz geschrien. Erschrocken verstummte sie und sah sich um. Kein Echo antwortete ihr.

Vilas lehnte sich noch etwas entspannter zurück und streckte die Beine aus. »Ihr glaubt doch nicht im Ernst, dass sie zurückkommt?«

»Warum sollte sie uns im Stich lassen?«

»Lass ihn«, erwiderte Julin. »Fang gar nicht erst an mit ihm zu streiten. Er will uns verunsichern. Lass uns lieber überlegen, wie wir Darian finden.«

Haliz' Augen wurden schmal. »Er weiß es.«

Heftig schüttelte Vilas den Kopf. »Ich weiß nur, dass er in einer Kammer schläft, die Avia für ihn hat … ausstatten lassen.«

»Und zwar mit Magie«, schloss Julin. »Wie viele Zauberer machen noch mit?«

»Wie viele verbannte Zauberer gibt es im Berg – was schätzt du?«

Julin stellte sich unwillkürlich ein Heer von gezeichneten,

rachsüchtigen Magiern vor und beherrschte sich um nicht aufzustöhnen. »Und was hat Avia mit Darian vor?«, fragte er weiter.

»Töten wird sie ihn, was sonst? Erst ihn, dann euch.«

Julin sprang auf. Wut schäumte in ihm auf, er hob die Hände und stimmte ein Lied an, grausam und hart, mit abgehackten Strophen sang er von den brennenden Schmerzen, die die Berührung der Pflanze Karam verursachte. Vilas warf den Kopf zurück und schrie.

Erschrocken ließ Julin von ihm ab. Er schämte sich, schämte sich abgrundtief, einem Menschen Schmerzen zugefügt zu haben. Der Schrei verstummte, als Haliz zu Vilas sprang und ihm den Knebel in den Mund drückte. Hass verzerrte das schöne Gesicht des Schauspielers.

Haliz war blass und verstört. »Bete, dass niemand es gehört hat, Julin – und komm zu dir!« Sie trat zu ihm und berührte ihn am Arm. »Hör zu«, raunte sie ihm zu. »Wir bringen Vilas in einen Seitengang. Kannst du einen Schlafzauber über ihn legen?«

Er nickte stumm.

»Gut, anschließend gehen wir zur Halle und suchen die Kammern. Sie erwarten ja Vilas, der einen Gefangenen zurückbringt. Das ist unsere Möglichkeit, Darians Kammer zu finden.«

Der Plan der fünf

Der Staubschlamm, den Julin sich in die Haare gerieben hatte, trocknete rasch und ließ ihn aussehen wie einen verwahrlosten Gefangenen, der seit Urzeiten keinen Wassertrog mehr gesehen hatte. Getrockneter Schmutz im Gesicht überdeckte seine Feuersprossen. In einem der Gänge hatten sie zudem eine verrostete Kette gefunden, die sich Julin um das Handgelenk geschlungen hatte. Haliz führte ihn, während er sich bemühte seine linke Hand so zu halten, dass das Zeichen der Silbermine stets gut sichtbar war. Mit der rechten Hand umklammerte Julin sein Messer, das er unter dem Mantel versteckte. Noch nie war ihm das Berginnere so kalt erschienen wie jetzt. Arbeiter hasteten an ihnen vorbei. Wie Haliz vermutet hatte, kümmerten sie sich nicht weiter um die verkleidete Worangestalt, die sie für Vilas hielten, und schenkten allenfalls Julin einen kurzen gehetzten Blick des Bedauerns. Die Aufseher grüßten Vilas, also funktionierte Julins schlecht zusammengezimmerter Spiegelzauber. Haliz nickte und zerrte Julin an klirrender Kette weiter. Julin konnte ihre Angst, Avia zu begegnen, beinahe körperlich spüren.

»Ah, Vilas, endlich!«, rief ein drahtiger kleiner Aufseher, dessen Lippen aussahen, als könnte er sein Essen damit raspeln, bevor er es kaute. Aus geröteten Augen blinzelte er in die Woranmaske.

»Ja, endlich«, erwiderte Haliz. »Habe ihn erwischt.«

Der Blick des Mannes glitt zu Julin. Prüfend musterte er ihn und runzelte die Stirn, was ihn auch nicht hübscher machte. »Er soll zu dem gefangenen Zauberer«, sagte Haliz mit Vilas' Stimme. »Wo geht's lang?«

Der Mann stutzte. Julin flüsterte ein paar weitere Worte, zog den Verstand des Mannes in einen Nebel, aber der Blick aus geröteten Augen ließ nicht los. »Der Zauberer?«

»Ja, sag schon, nicht jeder kann sich die ganzen Wege merken.«

»Ja … der Zauberer …« Die Stimme wurde schleppend. Plötzlich leuchtete eine ängstliche Erkenntnis in seinem Gesicht auf. »Vilas«, sagte er. »Vilas, der … der Gefangene sah anders aus. Kann sein, dass du ..«

»Wo … ist … der … Zauberer?«, zischte Julin ihm zu. Seine Hand war um das Messer geklammert. So ruhig er konnte, summte er ein Lied, ein paar Takte nur, nur so lange, bis sich das ratlose Gesicht bis zur Schlaffheit entspannte. Der Mann schwankte. Die Gefangenen, die in Sichtweite standen, sahen herüber und ließen die Schlägel sinken. Endlich hob der Wächter langsam die Hand und zeigte lahm auf einen Seitengang. »Da hinten zum dritten Zweig, Vilas. Aber was …«

»Danke!«, erwiderte Haliz und atmete auf. »Wir finden es. Los!«

Der scharfe Ruck an seinem Handgelenk nahm Julin die Luft. Als er einen Blick zurückwarf, sah er, wie der kantige kleine Mann ihnen mit einem törichten Gesichtsausdruck hinterherstarrte. Es ist alles in Ordnung, raunte er ihm in Gedanken zu. Alles in Ordnung, du bist müde und siehst Gespenster. Wie ein betäubter Bär schüttelte der Mann den Kopf, drehte sich um und bellte mit schleppender Stimme einen Befehl.

Die Quartiere, die in die Wände gehauen waren, glichen kleinen Höhlen, die sorgfältig mit Skalit und Holz abgestützt waren. Gerätschaften und persönliche Habe lagen darin und nur die Eisenringe erinnerten daran, dass man hier auch wunderbar Gefangene halten konnte. Die Kammern waren leer – kein Bewacher stand in der Nähe, was Julin verwunderte.

»Da hinten links«, flüsterte Haliz. »Hörst du? Da klirren Ketten!«

Je schwächer Julins stümperhafter Spiegelzauber wurde, desto mehr sprach sie mit einer seltsamen Zwitterstimme, in der sich Vilas' Tonfall und ihre eigene Sprachmelodie vermischten. Verwirrend klang es und sehr beängstigend. Ein leises Lachen mischte sich in den Kettenklang. Beide fuhren sie viel zu auffällig herum, doch der Mann, der sie anlachte, war kein Wächter. Es war Darian.

Sein Lächeln war warm und strahlend. Für einen Moment war Julin einfach nur endlos glücklich, Darian gefunden zu haben. Er stürzte zu ihm und umarmte ihn. Darian atmete und lebte! Haliz sah sich gehetzt um, dann zog sie sich die Maske vom Gesicht und schnappte nach Luft. Ihre Wangen glühten, als sie sich neben Darian kniete. Der größte Magier von Skaris sah sie mit dem Ausdruck eines glücklichen Jungen an, den seine Freunde eben mit einem ganz besonderen Geschenk überrascht hatten.

»Ravin!«, sagte er zu Julin. »Und Amina! Ich dachte schon, ich würde euch nie wiedersehen.« Gerührt drückte er auch die irritierte Haliz an sich und wich zurück um Julin genauer zu betrachten. »Du hast dich verändert, Ravin«, murmelte er. »Sehr verändert.« Nachdenken schien ihn anzustrengen, tiefe Furchen gruben sich in seine Stirn.

Haliz war die Erste, die begriff. »Er ist verrückt geworden«, flüsterte sie. Erstickte Tränen ließen ihre Stimme hoch und verzerrt klingen. »Er hält mich für meine Mutter und dich für meinen Vater!«

»Beruhige dich!«, erwiderte Julin, obwohl er selbst sich vorkam, als würde er auf einem brennenden Stück Holz auf einen Wasserfall zutreiben. »Wir müssen ihn sofort hier rausholen, dann sehen wir weiter.« Ratlos war er und zum ersten Mal fühlte er sich ganz allein und auf sich gestellt. Bisher, so wurde ihm klar, hatte er sich darauf verlassen, dass sein Lehrer ihm die schwere Bürde abnehmen würde, sobald er ihn gefunden hatte. Doch nun hing alles an ihm – und an Haliz. Mit fliegenden Fingern überprüfte er, ob Darians Kette in der Wand eingelassen war, und stellte erleichtert fest, dass er ein loses Glied mit einem vorsichtigen Zauber aufbiegen konnte. Trotzdem kostete es ihn Zeit, zu viel Zeit. Mit etwas Glück würde es ihm gelingen, ein Ebenbild zurückzulassen und mit Darian zu fliehen. Viel zu schnell sang er die Beschwörung.

Neben Darian tauchte eine verwaschene Gestalt auf. Sie hatte kaum Ähnlichkeit mit seinem Lehrer, jeder Zauberer hätte Julin mitleidig belächelt etwas so Stümperhaftes erschaffen zu haben. Aber zumindest hatte der schattenhafte Mann helles Haar. »Leg dich mit dem Gesicht zur Wand und schlafe«, befahl Julin und das missglückte Spiegelbild nickte und drehte sich gehorsam um. Nun konnte man es tatsächlich für den echten Darian halten, der erschöpft eingeschlafen war.

Haliz hatte ihre Pelzmütze unter dem Mantel hervorgeholt und zog sie Darian über das hellblonde Haar. »So wird es gehen«, flüsterte sie.

Hektisch legte er den Spiegelzauber um Haliz, doch diesmal wollte die Maskerade mit Vilas' Gestalt nicht so recht glücken. Müdigkeit kroch Julin über den Rücken und ließ ihn frieren und mutlos werden.

»Das reicht schon«, zischte ihm Haliz zu. »Los jetzt!«

»Komm mit«, sagte Julin zu Darian, der misstrauisch das Fell der Kappe befühlte. Ein Funke von Verstand schien hinter seiner Stirn umherzuirren und verzweifelt nach einem Ausgang zu suchen.

»Warum sollte ich?«, fragte er. Seine Stimme klang aufrichtig und sehr bestimmt. »Wir müssen auf die anderen warten.«

»Die anderen sind schon draußen. Sie warten auf dich. Komm!«

Julins Blut kochte, aber er wunderte sich, wie ruhig und bestimmt er sprach. Zögernd stand Darian auf. Julin nahm ihn beim Arm und zog ihn aus der Kammer auf den Gang.

»Habt ihr Dondo geholt?«, fragte Darian unvermittelt. »Ich lasse Dondo nicht zurück.«

Julin stolperte. Er staunte, wie viel Mühe ein Lächeln kosten konnte, aber er schaffte es, obwohl ihm bei der Lüge elend zumute war. »Dondo ist bei den anderen.«

»Danke, Ravin«, sagte Darian. Endlich folgte der große Mann ihm und Haliz. Ohne dass es ihnen auffiel, wurden sie immer schneller, bis sie fast rannten und völlig außer Atem am breiten Passgang ankamen.

»Ich gehe vor«, flüsterte Haliz. »Notfalls lenke ich sie ab.«

Bevor Julin antworten konnte, huschte sie voraus und ging mit erhobenem Kopf an mehreren Gefangenen vorbei, die ins Stolpern kamen, während der Aufseher den vermeintlichen Vilas grüßte. Es funktionierte tatsächlich. Die Leute sehen nur das, was sie zu sehen erwarten, dachte Julin. Rasch schob er sich mit Darian im Wandschatten entlang. Sie erreichten einen Quergang und rannten. Nach zwei Abzweigung warteten sie auf Haliz. Schnelle Schritte kamen näher, dann bog sie endlich um die Ecke. Erschöpft zog sie sich die Maske und die Handschuhe mit den klackenden Eisennägeln herunter und holte Luft. Sie nahmen sich bei den Händen, liefen die Gänge entlang und ließen die Hallen hinter sich. Wir schaffen es!, schrie eine Stimme irgendwo hinter Julins rechter Schläfe. Wilder Triumph wallte in ihm auf. Gespielt und gewonnen!

Sie wagten nicht anzuhalten, ehe Stille sie umfing. Vor Erschöpfung verschwamm der Felsen vor ihren Augen. Moos schimmerte neben und über ihnen und verbreitete seltsames Licht. Julin hatte das Gefühl, wie ein Bergheimischer sehen zu können, vermutlich leuchteten seine Augen wie die von Olmen.

Ein Lichtstreif kroch über den Boden. »Fenja?«, flüsterte Julin, obwohl sein Verstand ihm sagte, dass es unmöglich Fenja sein konnte.

»Nicht ganz«, erwiderte eine kühle Stimme, die ihm die Seele gefrieren ließ. Sie mussten die Augen schließen, als das Licht von zehn Fackeln ihnen ins Gesicht schlug. Dennoch erkannte Julin genug: Es war Avia, die vor ihm stand, umgeben von Aufsehern. Neben ihr wartete Vilas mit einem Grinsen, das Julin bis in den Schlaf verfolgen sollte. Im Hintergrund erkannte er den Höhlentreter Fingis. Zufrieden hielt er Vilas' zerschnittene Fesseln in den riesigen Händen. Sein Anblick traf Julin schlimmer als die Enttäuschung, gefangen worden zu sein.

Warum hast du das getan?, fragte Julin den Höhlentreter in Gedanken. Fingis lächelte, ließ die Fesseln fallen und huschte davon. Im selben Augenblick hörte Julin Haliz' Aufschrei und fühlte mehr erstaunt als erschrocken, wie eine scharfkantige Faust ihn streifte.

Ein klebriger See von Kälte umgab ihn, er war sicher, dass er dabei war, zu ertrinken. Mühsam schnappte er nach Luft, als ihn schon ein neuer Schwall Kälte traf und ihm die Luft nahm. Das Husten schmerzte so sehr, dass er dachte, sein Kopf müsste in Scherben zerspringen wie einer von Abelinas Tellern. Nur mühsam öffnete er die Augen. Bergwasser strömte aus seinen Haaren und sammelte sich am Boden in einem schmutzigen Bach. Vilas lächelte ihn freundlich an, stellte den nun leeren Holzeimer ab und verschränkte die Arme. »Gar nicht schön, so zu erwachen, was?«, fragte er.

Julin wollte zu seinem Messer greifen, aber seine Hände waren gefühllos und ließen sich nicht bewegen. Geistesgegenwärtig stieß er einen Pfiff aus. Im nächsten Moment traf ihn sein eigener magischer Hieb am Kinn.

»Sachte«, sagte Avia. »Das solltest du lassen, solange ich in der Nähe bin.« Sie lächelte traurig. »Warum bist du nicht einfach nach Hause geritten, Julin?«, fragte sie. »Du hättest trauern und Darians Verlust überwinden können. Und du wärst ein sehr guter Magier geworden.«

Julin sah sich blinzelnd um und erkannte, dass Haliz in der Nähe saß. Auch sie war gefesselt.

»Ich bewundere euren Mut und euren Scharfsinn, mit dem ihr Darian auf die Spur gekommen seid«, fuhr Avia fort. »Aber einige Kleinigkeiten habt ihr übersehen.«

»Avia, du Verräterin!«, stieß er hervor. »Warum tust du all das? Erst ermordest du den Goldmacher, dann entführst du Darian.«

Vilas lachte hämisch. Avia sah Julin lange an. »Deine Vermutung ist nicht ganz richtig. Hast du dich nie gefragt, wo das Grab des Goldmachers ist?« Im Zwielicht der Kammer leuchtete ihr bleiches Haar wie der Mond vor einem Magranhimmel. Ihr triumphierendes Lächeln glich Helims Sichelnarbe. »Er wurde nie ermordet und nie begraben, Julin, denn er ist hier. Darf ich vorstellen ...« Sie deutete auf Vilas, der sich mit theatralischer Geste verbeugte. Als er sich wieder aufrichtete, sah Julin in das Gesicht von Corin aus Lom. »Natürlich stand Vilas nicht unter dem Steinkopf in der Halle der alten Könige«, erklärte Avia. »Dort befand sich nur einer der Gefangenen, dem wir beigebracht hatten Darian zu sein.«

»Glann Berlom«, stieß Julin zwischen den Zähnen hervor.

Avia lachte und applaudierte. »Bravo. Sogar den Namen des armen Trottels hast du herausgefunden. Pech für ihn, dass er Darian ähnlich sah – oder vielleicht war es auch Glück, denn was ist ein ruhmvoller Tod gegen ein Leben im Bergwerk? Nun, Vilas stand während Glann Berloms letztem Auftritt im Vorraum und führte die Bewegungen des Goldmachers aus. Ein perfekter Spiegelzauber, eine perfekte Täuschung, nicht wahr? Erfinde einen Magier, der das kann, was sich jeder von uns ersehnt: Dinge aus dem Nichts zu schaffen, nicht mehr gebunden zu sein durch die Begrenzungen dieses unendlichen Spiels, das wir Magie nennen. Man nimmt Steine von einem Haus um ein anderes zu bauen. Im Grunde trägt ein Magier nur Steine hin und her. Nun sage den Magiern, dass sie Steine erschaffen können und Häuser bauen, Paläste sogar ohne Zahl und Grenze – und sie werden dir glauben, sie glauben nur zu gern. Und alle haben das gesehen, was sie sehen wollten. Manchmal ist Magie eines der einfachsten Dinge.«

»Dann war es auch ganz einfach, Darian zu entführen«, sagte Julin. Mit grausamer Präzision enthüllte sich ihm die Verschwörung. »Der Augenblick im dunklen Durchgang, als ich Darian aus den Augen verlor, weil ein Rat stolperte. Auch dafür hast du gesorgt.«

»Taschenspiel«, erwiderte Avia. »Das kann sogar ein Schüler wie du besser als ich. Darian war ahnungslos, das machte ihn verwundbar.«

»Und nun willst du die Könige erwecken?«, fragte Julin.

Die Sichel ihres Lächelns wurde zu einem Strich. »Wir Magier haben die Könige vor Urzeiten dazu gebracht, sich gegenseitig zu töten. Warum sollten wir nicht einen von ihnen wieder erwecken können, um unseren Reichtum auch in Zukunft zu sichern?«

»Auf dem Rücken von Sklaven!«, stieß Haliz hervor.

Avia sah sie spöttisch an. »Hör auf zu träumen, Mädchen. Die Reichen werden immer die Ärmeren berauben. So ist es und so wird es immer sein. Lom ist mein Heimatland. Und ich weiß, was Armut ist. Ich kann nicht zulassen, dass es ausblutet und verarmt. Schon jetzt droht uns ein Krieg. Die Rebellen werden immer stärker und machen sich bereit die Minen zu stürmen. Der alte König weiß, wo noch mehr Schätze liegen.«

»Und dafür ist euch jedes Mittel recht«, sagte Julin. »Das Leben von Glann Berlom zählt nichts, und Darian ist für euch nur etwas wert, solange er wahnsinnig ist und euch gehorcht. Ihr versklavt Menschen, um anderen ihre Prise

Salz in der Suppe zu garantieren und den Schmuck, den sie in Runa auf ihren Festen zur Schau tragen?« Er merkte kaum, dass er schrie. Erst als ihm schwindlig wurde, weil ihm die Luft ausging, kam er zu sich.

»Lass, Julin«, sagte Haliz. Er zwang sich, wieder einen klaren Gedanken zu fassen. Die Kälte begann ihm durch die nassen Kleider zu dringen und die Stelle an seiner Schläfe, wo Vilas ihn mit einem Stein niedergeschlagen hatte, pochte.

»Sei nicht dumm, Julin«, sagte Avia. Es klang nicht unfreundlich. »Es geht nicht um die Feste und die Prise Salz, das weißt du genau. Es geht darum, ob die Kinder aus den armen Bergdörfern eine Zukunft haben werden oder weiterhin in den Minen zugrunde gehen. Wenn neue Vorkommen entdeckt werden, wird auch der Abbau von Silber und Salz leichter, folglich brauchen wir weniger Sklaven und werden wieder richtige Arbeiter haben. Es wird Arbeit geben für die Väter und Mütter der Kinder!«

Julin kannte diesen Ton. Er kannte ihn gut aus Tante Nellis' Kneipe. Er kannte ihn von Spielern, die versuchten zu verbergen, dass sie gar keinen Trumpf in der Hand hatten, oder die auf den Tisch schlugen, bis das Bier überschwappte, und mit voller Überzeugung verkündeten, morgen, ja morgen, würden sie den Schmied verprügeln, weil er sie betrogen hätte. Plötzlich entstand ein neues Bild vor seinen Augen – er und Haliz, wie sie in der Magranhalle im Handelspalast standen. Im Spiegelbild focht Avia mit Epok einen unhörbaren Kampf aus. Gulja saß mit ihrem schwarzweißen Haar am Tisch und hörte zu.

»Haben Epok und Gulja dir das versprochen?«, sagte er. »Warum Menschen bezahlen, wenn man sie umsonst haben kann? Du klingst nicht so überzeugt, wie du klingen solltest, Avia.« Wenn er sie getroffen hatte, ließ sie es sich nicht anmerken. Allerdings hörte er, wie Haliz die Luft anhielt. »Ich habe dich gesehen«, flüsterte er Avia zu. »Mit Epok und Gulja und zwei weiteren Räten. Haben sie dich so weit gebracht, dass du dich für diese ›gute Sache‹ verkaufst?«

Avias Mund verzog sich zu einem breiten Lächeln. »Es verhielt sich genau umgekehrt«, erwiderte sie. »Anfangs waren sie es, die zögerten. Gulja hat die alten Könige aufgespürt auf der Suche nach neuen Salzhallen. Als Beweis brachte sie einen Klumpen Salz mit. Ein Sklave hat ihn aus der Salzwand geschlagen – und eine Fingerkuppe von einem der Könige darin entdeckt. Die meisten von ihnen hat das Salz so beschädigt, dass wir nichts mit ihnen anfangen können. Aber einer, einer hat überdauert. Allerdings bekamen Epok und die anderen Angst. Ich musste sie überzeugen, dass wir es mit Darians Hilfe schaffen können.«

»Und daraufhin habt ihr die Geschichte vom Goldmacher erfunden um Darian nach Lom zu bringen.«

Sie nickte.

»Gavinn«, sagte Haliz. »Der junge Rat, der vom Pferd gestürzt ist. Er gehörte zu euch, nicht wahr?«

Avia lachte verächtlich. »Er gehörte zum Zirkel von uns fünf – aber er war ein Feigling. Seine Angst war so groß, dass er uns verraten wollte.«

»Sein Tod war also kein Unfall.« Haliz' Stimme klang sachlich und kühl, als sie die Splitter zu einem Ganzen zusammensetzte. Ausdruckslos fuhr sie fort: »Du hast die anderen überzeugt und dich bereit erklärt den Sündenbock zu spielen. So hattest du einen Grund, in den Minen zu veschwinden und hier alles vorzubereiten. Gulja nahm dich in Empfang. Später würde dich der Rat wieder aus der Mine holen. Das war der Plan von euch vieren. Und Yannvar war der Fünfte.«

»Da irrst du dich, Haliz«, sagte eine raue Stimme. Schräge Wangennarben schimmerten dunkel im blassen Licht. Anander, der Anführer der Stadtwache, trat neben Avia. »Yannvar traut keinem seiner Magier. Er hat genau das getan, was wir erwartet haben. Er hat sofort bereitwillig geglaubt, dass Avia den Goldmacher getötet hat.«

»Du also auch! Dafür wirst du sterben!«, schrie Haliz ihn an.

Julin überraschte ihre heftige Reaktion. Er hatte Angst, Anander würde sie schlagen, aber der Kommandant lächelte nur verächtlich. Yannvar hat nichts damit zu tun, hallte es in Julins Kopf. Wenn er Fenja nur warnen könnte!

»Euer Plan war gut«, sagte er und hatte plötzlich das Bedürfnis, zu lachen. »Aber er wird an einer Kleinigkeit scheitern. Darian hat mir immer wieder erzählt, dass er das Lebenswasser, das er einst geschaffen hat, nicht wieder herbeirufen kann. Ein Mal ist es ihm gelungen – nur in diesem Augenblick, als er Jolon vom Tode erweckt hat, als Zeit und Raum und die Gedanken seiner Freunde für einen Moment wie eine Sternenkonstellation in einer bestimmten Anordnung standen.«

Avia sah ernsthaft enttäuscht aus. »Du unterschätzt mich immer noch, Julin«, sagte sie mit aufrichtigem Bedauern und wandte sich zum Gehen. Plötzlich zögerte sie und drehte sich noch einmal um. »Übrigens, Julin, falls du dich hier an Musikmagie versuchen willst, spare deine Kräfte.« Sie deutete auf die beiden Wächter. »Die sind erstens durch meinen Zauber geschützt und zweitens ...« – ihr Lächeln war beinahe freundlich – »... taub wie Steine.«

Haliz' Augen waren riesig und leuchteten wie der Smaragdteich im Burggarten in Skaris. Vorsichtig rückte Julin so nah an sie heran, wie die Fesseln ihm erlaubten. »Ach, Julin«, sagte sie. Ihre Stimme klang brüchig und unendlich traurig. »Ich kann nicht glauben, dass ich unter Verrätern gelebt habe. Und Anander ... ich habe ihn gemocht.«

»Ich weiß«, sagte Julin. Ihm selbst brannte die Enttäuschung in der Brust. Er war völlig durchnässt und seine Zähne schlugen aufeinander wie die Nussklappern beim Herbstfest.

»Warte«, sagte Haliz und kroch zu ihm. Ihre Kette spannte, aber schließlich schafften sie es, Rücken an Rücken zu sitzen. »Ist es wärmer?«, fragte sie.

Er nickte. Müdigkeit übermannte ihn. »Weißt du, was mich noch wütender macht als Avias Selbstgefälligkeit?«, murmelte er. »Dieses Pelzgesicht Fingis! Erst rettet er uns – und dann lässt er Vilas frei.«

»Jeder ist käuflich«, sagte Haliz bitter. »Wenn ich eins in Lom gelernt habe, dann das.«

Es tat ihm weh, die Enttäuschung in ihrer Stimme zu hören. Gerne hätte er sie getröstet und aufgeheitert. Die Sorge um Fenja schnürte ihm die Kehle zu. Er konnte nur hoffen, ihr übliches Misstrauen half ihr zu erkennen, dass etwas nicht stimmte.

Als hätte sie seine Gedanken erraten, fragte Haliz: »Meinst du, Fenja kann sich retten?«

Seltsamerweise tat es ihm gut, dass Haliz ebenfalls an sie dachte. »Vor dem Ranjög oder vor Avia?«, fragte er. Er freute sich, weil es ihm gelang, sie trotz allem zum Lachen zu bringen.

»Im Moment wäre mir das Ranjög lieber«, erwiderte sie mit einem Anflug ihrer alten Ironie.

Julin lachte ebenfalls. Ein seltsames Geräusch in dieser trostlosen Umgebung. Er lehnte sich gegen ihren Rücken und fühlte sich selbst ein wenig getröstet. »Warum hast du uns nie gesagt, wie gut du mit Ymolpfeilen umgehen kannst?«, flüsterte er.

»Weil ich es gar nicht kann«, murmelte Haliz. »Das Rohr und den Pfeil hat mir mein Vater geschenkt – wohl in der

Hoffnung, dass er mich für die Jagd begeistern kann. Ich habe noch nie in meinem Leben ein Ziel damit getroffen – bis auf dieses Ranjög.«

»Dann hast du es im richtigen Moment gelernt«, sagte er.

Sie zögerte. »Tu mir einen Gefallen und verrate es Fenja nicht.«

Die Vertrautheit tat gut. Er spürte beinahe, wie das unsichtbare Band sie beide umfing, sie wärmte und aufrecht hielt. Vielleicht wurde er deshalb unvorsichtig und dachte nicht lange nach, als er ihr die Frage stellte, die ihn seit Fenjas Kuss beschäftigte.

»Haliz?«, fragte er. »Könntest du dir vorstellen mich zu küssen?« Er staunte, als er ein Kichern hörte.

»Bist du verrückt?«, flüsterte sie. »Mein Vater hat mal eine Feuernymphe geküsst – und die Brandnarbe an seinem Mund sieht bis heute nicht schön aus.«

Er musste eingeschlafen sein, denn er träumte von Skoblins Eck. Hinter dem hohen Schankbrett schälte Tante Nellis mit einem langen Messer Goldgurken. Am größten der weingetränkten, verwitterten Holztische saß sein Großvater Paschun. Schütteres Haar fiel ihm in die Stirn. Früher war es rot gewesen wie das von Julin. Steinplättchen klapperten munter wie Springfische über die Tischplatte. »Kolp!«, rief Großvater Paschuns Cousin Pag, ein alter Steinbrecher, dessen Glatze vom vielen nachdenklichen Reiben blank war wie eine Marmorplatte. Der Dritte im Bunde der alten Spieler war Krol, der zahnlose Felsvermesser. Er nahm die Kolpsteine und mischte sie neu. Tief beugten sich die drei alten Männer darüber und prüften die Anordnung. Julin blinzelte. Im Traum versuchte er sich zu bewegen, doch er war wie festgewachsen. Seine Finger pulsierten, sein Herzschlag beschleunigte sich, so begierig war er mitzuspielen. Ein einziges Mal mit Spielern, die ihm ebenbürtig waren. »Kolp!«, rief er. »Großvater, du hast gewonnen!« Doch Paschun starrte nur auf die Spielsteine und runzelte die Stirn. »Das ist seltsam«, sagte er. »Ich hätte schwören können, dass ich gewinne.« – »Du hast doch gewonnen!«, schrie Julin. Tante Nellis' Blick ging durch ihn hindurch, niemand hörte ihn. Und plötzlich, als Pags alte, pergamentene Hand nach den Steinen griff, erschrak er. Es waren keine Steine mehr – es waren Fenja und Owidiju, Haliz und er. Die anderen Steine waren Avia und Yannvar, Darian und Anander. Pag lachte ein zahnloses Lachen und warf die winzigen Spielmenschen auf den Tisch.

»Julin?«

Benommen blinzelte er und sah in Haliz' besorgtes Gesicht. Na wunderbar, dachte er. Das war vielleicht der letzte Traum, den ich in meinem Leben träumen durfte – und er handelt davon, dass ich nicht mitspielen darf.

»Julin, geht es dir gut?«

»Ja«, krächzte er und räusperte sich. Von weitem dröhnten dumpfes Klatschen und Trommeln zu ihnen herüber.

»Die alten Könige«, flüsterte Haliz. »Sie haben den ersten der Könige aus dem Salz geborgen.«

Schritte ließen sie aufschrecken. Vilas erschien vor ihrer Kammer. »Avia meinte, ich soll euch hier lassen«, sagte er. »Aber ein gutes Schauspiel ist eine seltene und viel zu gering geschätzte Kunst. Es wäre ein Jammer, wenn ihr es verpassen würdet.« Auf ein Handzeichen lösten die beiden Wächter die Ketten und stießen Haliz und ihn vor sich her zur Halle.

Magische Fackeln erleuchteten das alte Salzbergwerk. Mitten in der Halle lag der alte König auf den Fels gebettet, die faltige Wange an den Stein geschmiegt. Seine Brüder schimmerten immer noch durch ihr Gefängnis aus Salz.

Spiegelbilder brachen sich in den Kristallen und warfen unheimliche Schatten an die Wände.

»Es wird ihnen nicht gelingen«, flüsterte Julin Haliz zu. »Darian kann das Wasser nicht erschaffen. Er hat es mir gesagt. Es ging nur ein einziges Mal.«

Haliz nickte krampfhaft und drängte sich näher an ihn heran.

Avia und Gulja, der alte Rat Epok und Anander – der ganze Verräterzirkel war vertreten. Drei weitere Menschen bildeten mit den vieren einen Halbkreis um etwas, das sich links neben dem König befand. An den Brandzeichen auf ihren Wangen konnte Julin erkennen, dass es verbannte Zauberer waren. Magie wallte durch den Raum, Magie, die Julins Lippen verschloss und ihm alle Kraft raubte.

Zehn gemessene Schritte trat der Zirkel zurück und gab den Blick frei auf eine Szene, die Julin den Atem verschlug. Mit geschlossenen Augen und hängenden Armen stand Darian hinter einer Wand aus huschenden Schleiern. Avia und die Magier hoben ihre Hände und begannen ihren Zauber fließen zu lassen. Schemen verdichteten sich um Darian, wuchsen aus dem Boden, formten sich zu Gesichtern.

Vor Darian lag nun ein blasser Mann mit schmerzlich traurigen Gesichtszügen. Seine Augen waren geschlossen, seine Brust hob und senkte sich nicht mehr, er war tot.

»Mein Onkel Jolon«, flüsterte Haliz. »Und da ist mein Vater – wie jung sie sind!«

Tatsächlich: Neben Darian kniete ein verzweifelt aussehender Waldmensch, fast noch ein Junge. Er hätte Haliz' Bruder sein können. Seine grünen Augen schienen zu glühen. Er hatte ein fein geschnittenes Gesicht und eine hässliche Brandwunde am Mund, die rot leuchtete. Schattenblut tränkte seinen Mantel. Im Hintergrund formte sich eine weitere Gestalt – ein Mädchen mit lockigem, lichtlosem

Haar. Woranblau glühten ihre Augen, als sie einen Stein aufhob.

»Meine Mutter – sie hebt den Gor auf«, sagte Haliz atemlos. »Der magische Stein, dessen Kraft Jolon getötet hat. Das ist der Moment, als Darian das Wasser des Lebens erschaffen hat. Die Quelle der Skaardja.«

»Sie geben ihm die Kraft, seine Erinnerungen zum Leben zu erwecken«, flüsterte Julin. Die Bedeutung dieser Erkenntnis ließ ihn allen Mut verlieren. »Er lebt in der Vergangenheit und hält die Erinnerung für die Gegenwart – so wie er die Quelle damals erschaffen hat, wird es ihm auch jetzt gelingen.«

»Lass uns nachdenken«, sagte Darian mit einer jüngeren, unsicheren Stimme, in der Panik mitschwang. Ravins Spiegelbild legte den Kopf auf Jolons Brust und suchte nach einem Herzschlag.

Die Zauberer erhoben die Hände und ließen die letzten Schleier nach oben schweben, wo sie als zäher Nebel über die Salzsteine krochen. Noch klarer und realer wurden die Spiegelbilder der Vergangenheit. In wenigen Augenblicken würden sie beinahe so wirklich sein wie Darian. Julin fluchte. Hartnäckig zerrte er an seinen Fesseln, doch noch immer versiegelte Avias Zauber seine Magie.

Der Schatten, der Ravin war, sah Darian an. Seine Stimme klang wie ein fernes Echo, tonlos und verloren, doch Darian schien es nicht aufzufallen. »Tu etwas!«, schrie Ravins Gespenst Darian an. »Du bist ein Shanjaar!«

Darian rieb sich die Augen. »Es gab einen Zauber«, stammelte er. »Laios wusste, wie man Tote dazu bringt, an der lichten Grenze zu warten. Nur so lange, bis wir etwas gefunden haben!«

»Dann sprich den Zauber!«

»Ich kenne ihn nicht!«, schrie Darian zurück. Er zitterte am ganzen Körper. Blaue Augen funkelten zwischen den Bäumen, dann löste sich Haliz' Mutter Amina aus dem Dunkel und trat zu ihnen. Ihr Schatten fiel über Jolons Körper, ihr Haar wehte in einem Phantomwind und wand sich im Schimmer der salzverkrusteten Wand.

Julin hörte nicht darauf, was die Gestalt sagte, sondern sah sich nach Haliz um. Aber sie starrte nur mit bleichem Gesicht und offenem Mund die Schemen ihrer Eltern an. Mit aller Macht stemmte er sich gegen Avias Magie und summte den Entfesselungszauber, obwohl seine Kehle brannte.

»Lass uns überlegen«, sagte Darian mit unsicherer, hoher Stimme. »Was hätte Laios getan?« Viel jünger erschien er Julin nun, so wie er als Zauberschüler gewesen sein musste.

»Laios ist tot!«, schrie Ravins Schatten. Das Echo brach sich an den Wänden der glitzernden Salzhalle. »Du musst etwas tun!« Hektisch suchte er unter seinem Mantel. Plötzlich zögerte er und zog einen Gegenstand hervor.

Julin sah genau hin und erkannte die rote Kristallflasche, die Helim Silberblatt für Gulja gemacht hatte. Und noch etwas stellte er fest: Avias Magie ließ ein wenig nach. Anscheinend brauchte sie ihre ganze Kraft für das, was nun folgen würde. Seine Fesseln begannen sich zu lockern, schmerzhaft kribbelnd kam wieder Gefühl in seine Hände.

»Da!«, sagte Ravins Gespenst und streckte Darian die kleine Flasche hin. »Lass dir etwas einfallen!«

Ein verzerrtes Lächeln breitete sich über Darians Gesicht. »Das ist Skariswurzel, Ravin. Es hilft gegen die Rote Wut und gegen Zahnschmerzen, nicht gegen den Tod!«

»Dann verwandle es in etwas, das Jolon hilft!«

»Ravin hat Recht«, sagte Aminas Schatten. »Du bist ein Shanjaar.«

Darian stutzte, dann strich er sich müde über die Stirn. »Nun, zumindest kann es keinen Schaden mehr anrichten«, sagte er. Er schloss die Augen und murmelte ein paar Worte, dann zog er den Kristallverschluss heraus. Der schwache Duft nach Salz und Skariswurzel wehte durch die Halle. Darian zuckte die Schultern, dann hielt er die Flasche über Jolons Gesicht und begann sie vorsichtig zu kippen.

»Genug!«, sagte Avia scharf.

Die Szene erstarrte. Die Gespenster froren ein und verwehten. Avia schritt zu Darian. »Danke«, sagte sie, nahm ihm mit einer beinahe zärtlichen Geste die Flasche mit dem Lebenswasser aus der Hand und verschloss sie behutsam mit dem Zierkorken.

Alle Spannung wich aus Darians Körper und nahm auch die Farbe aus seinem Gesicht mit sich. Seine Beine knickten weg. Wie eine Marionette, deren Fäden man abgeschnitten hatte, glitt er zu Boden und blieb liegen.

Das Wasser!, dachte Julin. Ich muss es zerstören. Ohne das Wasser sind sie machtlos. Wie Spielsteine fanden sich seine Gedanken zu einer logischen Strategie.

»Ausgezeichnet«, sagte Gulja und streckte Avia die Hand hin. Ihre Stimme klang schrill vor Anspannung und Gier. »Und nun gib es mir.«

»Nein!«, schrie Julin.

Die letzte Fessel wand sich noch von seiner Hand, als er losschnellte. Nie hätte er gedacht, dass er so schnell laufen konnte. Er schien zu fliegen.

Aus den Augenwinkeln sah er, wie die Wache auf ihn zustürzte. Irgendwo hinter ihm hallte Haliz' Stimme. Schon fühlte er, wie ein Zauber sich schwer um seine Beine legte, doch er biss die Zähne zusammen. Ein Messer witschte dicht an seinem Arm vorbei.

Avia wich so schnell zurück, dass er stolperte. Er wunderte sich, dass es ihm beinahe gelungen wäre, sie zu Fall zu bringen, da flog plötzlich etwas an ihm vorbei.

Etwas Weiches streifte seine Wange, er roch nasses Fell, bevor er fiel.

Avia keuchte, als Jug gegen sie prallte und sie zu Boden warf. Viel langsamer, als es in Wirklichkeit geschah, sah Julin, wie Avia die Kristallflasche aus der Hand glitt. Zerbrich!, flehte er stumm. Aber Helim hatte gute Arbeit geleistet. Mit einem knirschenden Laut löste sich lediglich ein winziger flacher Splitter, dann schlitterte das Gefäß über den von altem Blut verkrusteten Boden.

Geschrei hallte in Julins Ohren, magische Schläge peitschten um ihn her. Er zog den Kopf ein und kroch, so schnell er konnte, vorwärts. Endlich fand er die Flasche und fühlte erleichtert die Kühle des Kristalls in seinen heißen Fingern.

»He, Julin«, sagte eine wohl bekannte Stimme neben ihm. Er wusste, dass sein Grinsen dämlich aussehen musste, aber er war so unendlich glücklich Fenja zu sehen, er hätte sie am liebsten umarmt.

»Fenja!«, sagte er aus tiefster Seele.

Sie lächelte nicht, ihr Gesicht war angespannt, als sie sich hektisch umsah und die Hand ausstreckte. »Schon gut. Steh auf und bring dich in Sicherheit. Gib mir das!«

Ohne nachzudenken gab er ihr die kleine Flasche mit Skaardjas Quellwasser und rappelte sich auf die Beine. Zu seinem maßlosen Erstaunen sah er, wie Fenja ausholte und das Gefäß mit Schwung über seinen Kopf hinwegschleuderte. Mit offenem Mund verfolgte er die Flugbahn.

Gemalte Zähne auf der Tuchmaske fletschten ihn an. Mit einer gelassenen Geste fing ein großer Rebell die Flasche auf und steckte sie in die Tasche seines Brustgürtels. Ein Stoß ließ Julin schwanken und nach Luft schnappen. Sein Unterschenkel wurde taub.

»Renn!«, brüllte ihm Fenja ins Ohr – und seine Beine trugen ihn zu Haliz, während sein Kopf noch nicht begreifen konnte, was er gesehen hatte. Fenja und die Rebellen. Fenja und die Rebellen, hallte es in ihm – das Echo eines Unglücksorakels.

Eisen klirrte, als bewaffnete Minensklaven in die Halle stürzten. Zerbrochene Ketten schlugen gegen Stein. Julin sah zischende Schwerter. Überall waren Rebellen.

Als er an die Stelle an seinem Bein fasste, die taub war, spürte er die Wärme von Blut. Seltsamerweise hatte er keine Angst. Haliz hatte sich auf den Knien unter einen Vorsprung zurückgezogen.

»Ich bin es«, flüsterte er und zog das blutige Messer, das seinen Unterschenkel gestreift hatte und noch in seinem Hosenbein steckte, heraus. Haliz' Fesseln ließen sich leicht durchtrennen.

»Darian!«, keuchte sie.

Mit aller Kraft zog er sie hoch und sie stolperten an den Felsen entlang. Ein Rebell sprang vor ihnen von einem Felsen, weitere Minengefangene ergossen sich wie ein unheilvoller Steinschlag in den Raum. Zwischen den kämpfenden Leibern leuchtete ihnen Darians helles Haar entgegen. Die Wange an den Boden gepresst ähnelte Darians Haltung auf grauenvolle Weise der des alten Königs.

»Hier entlang«, rief Julin und zeigte auf einen Weg, der um einen breiten Stützpfeiler herumführte. Von weitem sahen sie Anander. Er rannte zu Darian und hob sein Schwert.

»Nein«, brüllte Fenja. »Er gehört uns! Owidiju! Jar!«

Julin prallte zurück, als er in eine Dämonenfratze starrte, aus der ein blaues und ein braunes Auge leuchtete. Die Maske gab Owidiju das Aussehen eines Rachedämons. Gemeinsam mit dem Rebell, der wohl Jar hieß, stürzte er sich auf Anander. Geschickt holte Owidiju mit seiner Kette aus und traf Anander an der Stirn. Der große Mann schrie auf, schlug die Hände vors Gesicht und taumelte zurück.

Endlich begriff Julin. Die Rebellen wollten Darian haben. Der Kampf tobte nicht, um ihn und Haliz zu befreien, der Kampf galt allein Darian.

»Lasst ihn!«, brüllte Julin und stieß einen Pfiff aus. Eine Ohrfeige aus Luft brachte Owidiju zum Straucheln und riss ihm die Maske vom Gesicht. Im nächsten Moment holte er mit seiner Kette aus. Erst als das Eisen losschwirrte, erkannte er Julin. Ruckartig zog er die Kette zurück, die herumschwang und ihn beinahe selbst zu Boden riss.

»Du?«, keuchte Owidiju. Das kurze Zögern genügte zwei anderen Rebellen, um Haliz abzudrängen und Darian wegzuschleifen. Fenja sprang herbei und hielt ihnen mit dem Schwert den Rücken frei. Stöhnend ging ein Aufseher zu Boden. Julin war fassungslos, als er die fremde Fenja sah. Fenja, die Rebellin. Ihre Raubtieraugen blickten über Julin hinweg und entdeckten etwas. Mit einem flinken Schwung holte sie aus und schleuderte ihr Schwert in Julins Richtung. Reflexartig warf er sich zu Boden, obwohl Empörung und Fassungslosigkeit ihm den Atem nahmen. Aber das Schwert beschrieb einen hohen, tödlich präzisen Bogen und traf Anander mitten in die Brust. Der Anführer der Stadtwache ließ das Schwert fallen, das er bereits erhoben hatte um Owidiju zu durchbohren. Er gab keinen Laut von sich, als er fiel. Ein letzter hasserfüllter Blick traf Fenja, dann schlich sich die Gleichgültigkeit des Todes in sein Gesicht.

Fenja lächelte, als sie sah, dass Owidiju unverletzt war, und blickte sich nach Darian um. Einen Augenblick trafen sich ihre Blicke. Ihr Lächeln erlosch. Warum?, wollte Julin sie anbrüllen. Tausende von gemeinsam erlebten Momenten zogen an ihm vorbei und wurden wertlos im Schatten der Lüge.

»Fenja, pass auf!«, schrie der große Rebell, der die Flasche aufgefangen hatte.

Doch es war zu spät. Mit voller Wucht traf der Speer sie in die Seite. Keuchend stand Vilas da. Er blutete aus einer tiefen Wunde am Hals, aber dennoch glaubte Julin einen grausamen Triumph in seinem Gesicht zu sehen. Im nächsten Moment streckte ihn der Schwerthieb eines Rebellen nieder.

Das Wappen der Stadtgarde leuchtete im Fackelschein an Fenjas Speer auf, als die Kurierin in die Knie ging. Sie keuchte und kippte qualvoll langsam auf die Seite. Ein weiterer Speer prallte dicht neben Julin an der Wand ab.

Wie ein Schemen rannte Haliz los. »Julin, hilf mir!« Ihre Stimme riss ihn aus seiner Benommenheit. Wie durch ein Wunder gelang es ihnen, Fenja im Speerhagel hinter den Pfeiler zu ziehen. Aus den Augenwinkeln sah er, wie Owidiju einen Aufseher zurückdrängte und weitere Rebellen zu Hilfe rief, die von Fenja und ihnen ablenkten.

Fenjas Augen waren geschlossen, aber sie atmete, wenn auch sehr flach und viel zu schnell. Sie musste bei Bewusstsein sein, denn sie presste sich die Hand auf die Seite. Blut quoll mit jedem Atemzug zwischen ihren Fingern hervor.

»Fenja«, sagte Haliz leise.

Der Schock machte Julin benommen. Er fühlte nichts als lähmende Taubheit. Fenja keuchte, holte Luft und riss die Augen auf. Sie sah aus, als würde sie ersticken. »Ruhig, Fenja«, sagte er. Seine eigene Stimme erschreckte ihn selbst, so dünn und unsicher klang sie. Vorsichtig hob er ihre Schultern an und stützte ihren Oberkörper auf. Sie würgte nach Luft und hustete. Mit klammen Fingern löste er die Riemen an ihrem Mantel um ihr mehr Luft zu geben, während Haliz beide Hände auf die Wunde presste im vergeblichen Versuch, die Blutung zu stillen.

Plötzlich berührten seine Finger etwas Kantiges und doch Nachgiebiges. Er zog es hervor. Es war ein zerknittertes Stück Papier. Die Längsseite war zackig und zerfranst, als hätte jemand das Blatt aus einem Notizbuch gerissen. Verwischt vom Blut waren Darians Schriftzeichen nur noch schwer zu erkennen.

In diesem Moment sah Fenja ihn an. Er zwang sich zur Ruhe, strich ihr über die Stirn, ließ ihr Leid durch seine Hände aus ihrem Körper strömen. Das Zittern hörte auf, sie schien sich etwas zu entspannen. Ihre linke Hand fiel schlaff auf den Felsboden. Ein Verdacht formte sich in seinem Kopf und wurde zur kristallkalten Gewissheit. Behutsam griff er nach den Fingern, löste den Riemen des Handschuhs und zog ihn herunter. Erschreckend zart und feingliedrig war ihre Hand. Sie hätte einer Harfenspielerin gehören können. Umso grausamer sah das verblasste Zeichen aus, das vor langer Zeit in die Haut gestochen worden war. Rad und Becher. »Seltsam, ich habe mich nie gefragt, warum du immer Handschuhe trägst«, sagte er.

»Es ist kalt in Lom«, flüsterte Fenja.

Tränen stiegen ihm in die Augen. »Warum hast du es getan, Fenja? Um deinen Bruder zu befreien?«

Sogar jetzt gelang ihr ein hochmütiges Lächeln. »Mein Bruder ist tot«, antwortete sie mühsam. »Damals waren wir noch Kinder und jagten im Grenzland. Lomer Sklavenhändler haben uns geraubt und brachten uns in die Bergwerke. Auf der Flucht blieb Fajee zurück – er stürzte und starb, getötet von einem Aufseher.« Ihre Stimme zitterte. »Ich kehrte nach Tana zurück, aber dort verbannte mich mein Stamm, weil ich für Fajee verantwortlich gewesen war und ihn nicht retten konnte. Lange Zeit lebte ich als Ausgestoßene und kehrte erst viele Winter später nach Lom zurück. Ich habe mir geschworen, dass ich diese Bergwerke zerstöre, so wie sie mein Leben und das von Fajee zerstört haben.«

»Ihr hattet schon vor unserer Ankunft in Lom geplant Darian zu entführen, nicht wahr?«

Sie schluckte, ihr Blick begann zu flattern.

»Hattet ihr den gleichen Plan wie Avia und die anderen?«, bohrte Julin weiter. »Die alten Könige zu erwecken?«

»Nein. Wir wollten ein Lösegeld für Darian. Aber dann … als wir vom Wasser des Lebens erfuhren … Wir dachten, eine solche Magie würde uns für den Rebellenkampf nützen. Sie hätte uns unsterblich … und damit unbesiegbar gemacht.«

Er holte tief Luft und versuchte seine Enttäuschung niederzukämpfen. Es gelang ihm nicht. Wieder sah er den Rebellenreiter vor sich, der ihm das Seil um die Hand gezurrt und ihn von Nomburs Rücken gezerrt hatte – und wie ein Spiegelbild dieser Szene sah er in einem Blitz der Erkenntnis Fenja vor sich, wie sie das Wurfseil schwang um das Ranjög zu Fall zu bringen.

»Du warst der Reiter, der mich mit dem Seil vom Pferd geholt hat«, sagte er tonlos. »Und dass du mich nach Darians Tod in Abelinas Herberge angesprochen hast, war ebenfalls geplant – von dir und deinen Rebellenfreunden. Dir lag gar nichts an mir! Ich sollte dich nur zu Darian führen.« Er hatte sich in Rage geredet, bis ihm die Luft ausging.

Haliz' Finger krallten sich grob in seine Schulter. »Hör endlich auf damit!«, zischte sie ihm zu. »Siehst du nicht, dass sie stirbt?«

Nur langsam sickerten diese Worte in sein Bewusstsein ein.

Fenjas Stimme war noch leiser geworden. »Julin …«

Ihr Blick tat weh.

Haliz kniete sich neben Fenja und strich ihr über das Gesicht. »Ist gut Fenja«, sagte sie mit erstickter Stimme. »Es ist alles gut.«

»Ich wollte … Fajee …«, flüsterte Fenja. Ihre Lippen waren weiß. Sie sah fremd aus und unendlich traurig.

»Julin verzeiht dir«, sagte Haliz sanft und sehr deutlich.

Fenjas Blick irrte umher. Julin wusste nicht, ob sie noch wahrnahm, wer zu ihr sprach. Nach und nach entspannten sich ihre Züge, bis sie schließlich ausatmete und regungslos lag.

Sie ist nicht tot, sie kann nicht tot sein, leierte eine Stimme in seinem Inneren. Er konnte es nicht abstellen, er konnte nicht. Immer wieder kreiste eine wirre Idee, die noch keine Form annehmen wollte, in seinem Kopf. Er sah sich um und entdeckte den Rebellen, dem Fenja die Flasche zugeworfen hatte. Ausgestreckt lag er auf dem Boden, einen Speer in der Brust. In diesem Augenblick kam Julin der Gedanke, nach dem er so lange gesucht hatte. »Skaardjas Quelle!«, schrie er. »Wir haben doch Skaardjas Quelle!«

Er stürzte zu dem Rebellen und griff ihm in den Brustgürtel. Er war leer. Jetzt erst fiel Julin auf, wie still es in der Halle war.

Angaljas Rückkehr

Epok und Gulja waren tot und starrten mit blicklosen Augen die Hand des alten Königs an, die immer noch regungslos da lag, wo der Riese vor Tausenden von Wintern seine letzte Ruhestätte gefunden hatte.

Minengefangene standen mit hängenden Armen, an deren Enden Ketten und Schwerter baumelten, reglos da und starrten auf etwas, das ihnen den Atem nahm. Aufseher und Rebellen, Zauberer und Sklaven lagen auf dem Boden. Mitten unter ihnen kniete Avia und hielt sich die verwundete Schulter. Staub und Schmutz hatten ihr Haar ergrauen lassen, in ihren Augen war die nackte Verzweiflung.

An den Felswänden standen die Höhlentreter. Hunderte mussten es sein. Bedrohlich still standen sie einfach da und starrten hinauf zur knöchernen Krone des alten Königs. Nur ihre Schatten wanden sich im Fackellicht in einem grotesken Tanz.

Zögernd folgte Julin den Blicken der Gefangenen und Rebellen, die nun alle einen Schritt zurücktraten. Sein Herzschlag verlangsamte sich, als würde ihm das Blut gefrieren.

Fingis stand auf der Schläfe des alten Königs. Auf dem riesigen, friedlichen Gesicht sah er aus wie ein pelziges Insekt. Er lächelte, während er unendlich behutsam Helims Flasche öffnete.

»Nein!«, schrie Avia. »Die Ketten! Er hat die Ketten nicht!«

»Fingis!«, rief Julin. »Ich brauche es für Fenja! Tu es nicht! Gib es mir!«

Das Gesicht des Höhlentreters wandte sich der Zauberin zu. Zufriedenheit und eine nicht zu ertragende Freundlichkeit spiegelten sich darin.

Ein Aufschrei aus Hunderten von Kehlen brach sich an den Wänden der Halle, als Fingis das Fläschchen umdrehte. Wasser blitzte auf und rann über die geschlossenen Lider des Königs, suchte sich sein Bett in den verwitterten Furchen und versickerte im Staub, der sich auf der Haut gesammelt hatte. Aus, vorbei.

Fenja!, schrie es in Julin. »Dafür bringe ich dich um!«, brüllte er zu Fingis hoch. »Ich bringe dich um!«

Fingis schaute ihn an. *Kämpfe, Angalja Sonnensohn!*, hallte die Stimme des Höhlentreters in Julins Kopf.

»Nein! Ich bin nicht Angalja!«, schleuderte ihm Julin entgegen. Glühender Hass verzehrte ihn und ließ nichts mehr von Julin, dem sanften Harfenspieler, zurück.

Der Höhlentreter zeigte ein feines, dünnes Lächeln. *Ich weiß das – aber der König weiß es nicht.*

Uraltes Blut begann zu glänzen und zu fließen. Dunkelrote, fast schwarze Flüssigkeit kroch über den Boden. Die vor Urzeiten versiegte Wunde klaffte wieder auf, dann öffnete der König die Augen. Erschreckend klar waren sie, nicht verwittert wie die Haut, sondern glühend in der blauen Flamme der Woran. Wahnsinn flackerte darin. Fingis kletterte über die Knochenkrone und sprang auf den Boden.

Schwankend kam Avia auf die Beine und hob die Hand. Mit zitternder Stimme begann sie einen Zauber zu sprechen. Salzkristalle knisterten. Der alte König holte Luft. Ein widerlich schabendes Geräusch war es, das sich anhörte, als würde der Wind durch schartiges Felsgestein streichen. Während einem dieser schrecklichen Atemzüge verharrten seine Augen auf der winzigen Gestalt der Magierin, die vor ihm stand.

»Geh!«, befahl Avia mit schwacher Stimme.

Knirschend löste sich die schwarze Hand vom Untergrund. Salzgegerbte Muskeln spannten sich unter der vertrockneten Haut, dann wuchtete sich der König mit einer grauenhaft langsamen Bewegung hoch. Beinahe nachlässig wischte er Avia beiseite. Sie schrie nicht einmal, als der Handrücken sie mit einem Schlag tötete.

Julin spürte seine Beine nicht mehr. Mühsam blinzelte er immer noch in dieses Gesicht, das sich ihm nun zuwandte. Schneewind wehte mitten durch seine Brust und streifte sein schreckstarres Herz.

Erkennen kroch über die Züge des alten Königs und die Erinnerung erblühte wie eine Trockenblume in der Wüste, die zum ersten Mal wieder Wasser spürt. Die Rebellen und die Gefangenen schrien und flohen.

Vorsichtig entfernte sich Julin einen Schritt, dann noch einen. Der alte König setzte sich mühsam auf, zog die Beine an und wälzte sich mit einer unbeholfenen Bewegung auf die Knie. Er stöhnte – es schien ihm einzufallen, dass er verwundet war. Der Jahrtausende von Wintern alte Schmerz kehrte zurück. Er ist geschwächt, dachte Julin. Das Salz hat seinen Körper vergiftet.

»Julin!«, rief eine leise Stimme. Aus den Augenwinkeln sah er Haliz' Hand, die ihm zuwinkte. »Zur Scheinwand! Komm!«

Trauer riss an seiner Seele. Er musste Fenja aufgeben, wurde ihm bewusst. Fingis hatte das Lebenswasser verschwendet und Fenja war unwiderruflich tot. Mühsam drängte er seine Tränen zurück, sammelte alle Kraft, dann drehte er sich auf dem Absatz um und rannte dorthin, wo Haliz neben Darian auf ihn wartete. Benommen sah sein Lehrer ihn an. Sie packten ihn und nahmen ihn in ihre Mitte.

»Lauf, Darian, los!«, schrie Julin ihm ins Ohr.

Sein Lehrmeister runzelte die Stirn, aber er schien zu verstehen, denn er bemühte sich Schritt zu halten. Dennoch stolperten sie mehr, als sie liefen. Das Brüllen warf sie fast um.

Der König erhob sich. Langsam und schrecklich waren seine Bewegungen. Sein erster Schritt ließ die Halle erbeben. Unter seiner Hand, die Halt suchte, zerbrach der Stützpfeiler wie ein Stück Feuerreisig. Ein Grollen kam aus dem Berg, dann brach der Salzhimmel an der Stelle ein, wo ihn eben noch der Pfeiler gestützt hatte. Fenjas Grab, dachte Julin, während er Darian weiterschleppte. Und vielleicht auch unseres. Sein letzter Traum wurde Wirklichkeit. Er hatte nicht gewonnen. Tante Nellis und Großvater Paschun – alles Vergangenheit. Hier würde er sterben. Im selben steinernen Grab wie Fenja – wegen einer albernen alten Geschichte der Höhlentreter.

Der König machte einen weiteren Schritt. Ein Felsstück streifte Julins Schulter. Er taumelte und fiel. Bevor er sich orientieren konnte, hatte ihn eine pelzige Hand am Arm ergriffen und zog ihn wieder hoch.

»Fingis!«, schrie er den Höhlentreter an. »Du verdammter Verräter!« Seine Faust traf das pelzige Gesicht. Der Höhlentreter keuchte auf und hielt sich die Nase, aber er wehrte sich nicht, sondern löste nur mit hartem Griff Darians Hand von Julins Schulter. »Lass ihn los!«, brüllte Julin und holte ein zweites Mal aus.

Die Pelzhand fing seine Faust in der Luft und drückte zu. *Lass du ihn los und hör auf zu schreien! Willst du mit der linken Hand kämpfen, während du mit der rechten deinen Lehrmeister stützt?*

»Sie können Darian in Sicherheit bringen«, sagte Haliz. Ihre Stimme klang heiser. Neben ihr prasselten Salzbrocken von Kopfgröße herunter und zerschellten auf dem Boden. »Lass ihn, wenn ihn jemand retten kann, dann die Höhlentreter!«

Am liebsten hätte er dieses sanfte pelzige Gesicht mit seinen Fäusten bearbeitet, aber dann sah er ein, dass Haliz Recht hatte. »Ihr kennt den Weg – also bringt Darian hinaus«, schrie er Fingis an. »Nehmt Haliz mit und sucht Owidiju! Wenn ihr alle drei rettet, kämpfe ich, ansonsten vergesst es! Ich setze mich hier hin und warte einfach, bis der König mich tötet.« Zufrieden sah Julin, wie Fingis' Grinsen auf der Stelle erlosch. »O doch, ich tue es«, fügte er drohend hinzu. »Ich werde sterben, so oder so. Der Unterschied ist nur, ob ich euch vom Bann der alten Könige befreie oder nicht.

Du handelst immer noch?

»Bis zu meinem letzten Atemzug, wenn es sein muss. Nun liegt es bei dir.«

Und wenn wir sie retten, kämpfst du für uns?

»Ich kämpfe«, log Julin mit fester Stimme.

Fingis seufzte und gab sich geschlagen. *Gut, wir bringen deine Freunde hinaus.*

»O nein! Nicht mich!«, rief Haliz, als ein anderer Höhlentreter sich ihr näherte. Sie sah wütend aus, doch bevor sie etwas sagen konnte, brachen weitere Stützpfeiler. Fingis zuckte die Schultern und die Höhlentreter hoben Darian auf, als sei er nicht viel schwerer als eine Feder. Im nächsten Moment waren sie im Steinstaubnebel verschwunden.

»Komm«, sagte Haliz und nahm Julin bei der Hand. Gemeinsam flohen sie durch viele Gänge, schlüpften durch enge Kammern, kletterten über Geröll, während das Brüllen des Worankönigs ihnen folgte. Splitterndes Gestein regnete hinter ihnen von den Decken, Grollen ließ den Berg erbeben.

Nach einer Ewigkeit kamen sie keuchend bei der Scheinwand an. »Er verfolgt uns immer noch«, japste Julin. »Er weiß, wo wir sind.«

Haliz rang nach Luft und wandte sich zur Wand. »Mal sehen, ob er auch weiß, dass diese Wand nicht existiert«, keuchte sie, schloss die Augen und wurde vom Stein verschluckt.

Julin holte noch einmal tief Luft. Ohrenbetäubender Lärm erschütterte ihn und ließ ihn taub zurück, dann brach die Decke hinter ihm ein und eine sehnige, riesenhafte Hand erschien. Julin schloss die Augen und flüchtete durch die magische Wand. Er fiel direkt in Haliz' Arme. Wie Betrunkene schwankten sie weiter. Hinter ihnen erbebte die Scheinwand, dann hörten sie ein Knacken und warfen sich zu Boden, krochen auf allen vieren unter einen Vorsprung. Vor ihnen stürzte der breite Gang ein, durch den sie hergekommen waren.

»Das war's«, flüsterte Haliz. »Unser Rückweg ist verschüttet!«

Fieberhaft überlegte er. Als er versuchte sich aufzurappeln, griff seine Hand in Luft. Er schrie vor Schreck auf, als er das Gleichgewicht verlor und Haliz mit sich riss. Auf brennenden Handflächen und Knien schlitterten sie über Geröll steil nach unten. In stillem Einverständnis rannten sie einfach weiter, wählten ohne nachzudenken ihre Wege, nahmen immer die schmalsten, unauffälligsten Seitengänge, stießen sich die Ellenbogen an und stellten erleichtert fest, dass das Geräusch hinter ihnen endlich leiser wurde, das Grollen seltener. Erschöpft ließen sie sich auf den Boden fallen und pumpten Luft in ihre vom Steinstaub wunden Lungen. Haliz sah aus wie ein Gespenst, ihr Haar war grau vom Staub, genau wie ihre Haut. Julin wusste, dass er ebenso aussah. Müde strich er sich über die tränenden Augen und blickte sich im Raum um.

Eine schmales Wasserbecken schimmerte im schwachen Lichtschein phosphoreszierender Algen. Irgendwo im Herz des Berges waren sie gefangen.

Julin stützte sich auf, um wieder auf die Beine zu kommen, und schrie auf. Etwas Hartes hatte sich genau in eine Schürfwunde in seiner Handfläche gebohrt. Es blieb am Blut kleben, als er die Hand zurückzog, dann fiel es ab und kam mit einem trockenen Klacken auf dem Boden auf. Haliz' Augen wurden riesengroß.

Mein Spielstein!, dachte Julin betäubt. Der Stein, den ich damals vom sechsundzwanzigsten Quergang aus durch das Gitter geworfen habe! Mit einem Satz war er auf den Beinen und zog auch die verdutzte Haliz hoch. »Die Silberminen«, schrie er und schüttelte sie wie ein Besessener. »Wir sind direkt bei den Silberminen!«

Ein schmaler Pfad fiel ihm ins Auge und er stand auf und rannte los. Erleichterung überflutete ihn, als er etwas sah, das er am allerwenigsten erwartet hätte: Eine Holzleiter lehnte sich an den Fels. Und ganz oben hing ein verbogenes Gitter neben der Öffnung, das sie vor kurzem noch verschlossen hatte. Die Rebellen, die die Minengefangenen befreit hatten, mussten ihn als Fluchtweg benutzt haben.

Im Stillen dankte er dem Zufall und steckte den Spielstein reflexartig ein. Etwas Schartiges berührte dabei seine Finger. Er tastete danach und stellte verdutzt fest, dass er immer noch Abelinas Tropfstein mit sich herumtrug. »Warte!«, rief er Haliz zu und rannte zu dem Becken. Mit einem leisen Platschen traf der Tropfstein mit dem Königsblutring auf dem Wasser auf und versank für immer.

Hand um Hand zogen sie sich an der Leiter hinauf. Haliz kletterte geschickt voraus und verschwand in der Öffnung. Ein dumpfes Brüllen ließ Julin noch schneller klettern. Keuchend fiel er in den Gang, in dem immer noch die Steinplatte lag, die damals umgefallen war. Sofort rappelte er sich auf und lief voraus.

Fünfundzwanzig … vierundzwanzig … zählte er im Geist die Gänge. Überall lagen brennende Fackeln herum. An der letzten Biegung verfing sich sein Fuß in einem weichen, schweren Gegenstand. Quer über den Gang lag einer von Estimas Aufsehern. Eine Stichwunde in seinem Rücken deutete darauf hin, dass ein schrecklicher Kampf getobt hatte. Auf den Gängen, die zum Lagerplatz führten, lagen noch mehr Tote. Hufgeklapper durchbrach die gespenstische Stille. Aus einem Blindstollen trabte ihnen ein verwirrtes Schneepferd entgegen. Das Geschirr, mit dem es einen Wagen gezogen hatte, war verrutscht und hing seitlich herunter. Staubiges Leder schleifte über den Boden. Haliz nahm das Pferd am Zügel und es spitzte die Ohren und folgte ihr bereitwillig in angestrengtem Trab.

Der Platz im Zentrum der Silbermine war verwüstet. Weitere Schneepferde standen ratlos vor den Trümmern ihres früheren Unterschlupfs. Aufseher und Minensklaven lagen auf dem Platz. Und ganz hinten an die Wand gelehnt saß die alte Quedlin. Erst dachte Julin, sie würde noch leben, aber dann erkannte er, dass sie nicht mehr atmete und wandte den Blick ab.

»Du!« Die Stimme ließ sie herumfahren. Heiß schoss ihm das Blut in die Schläfen. Haliz hatte bereits einen Stein in der Hand. Zitternd und bereit zum Äußersten standen sie da. »Verrat«, flüsterte Estima. »Rebellion … dieser Pferdejunge … Und du!« Hass vibrierte in ihrer flüsternden Stimme. Zahllose Ketten ließen ihr kaum die Möglichkeit zum Atmen, rot leuchteten die Wundstriemen in ihrem salzweißen Gesicht.

Die Spannung wich aus Julins Körper. Er beugte sich zur Stollenherrin hinunter.

»Geh weg«, stöhnte sie. »Was wollt ihr noch?«

Er beachtete ihre Worte nicht, sondern strich vorsichtig mit den Händen über die Ketten. Kalte Magie schlug in seine Finger. »Estima, hilf uns die Mine zu verlassen«, flüsterte er. »Bitte. Wenn du uns nicht hilfst, werden wir sterben!«

Ihr Blick wurde hart, sie schwieg.

Er biss die Zähne zusammen und sah die Bergheimische an. »Ich weiß, ich habe dich verraten. Aber ich habe nicht gelogen, als ich sagte, dass ich unschuldig in die Mine kam.«

Immer noch schwieg sie. Für einen Moment sahen sie sich in die Augen. Und plötzlich waren sie nicht mehr der Sklave und die Stollenherrin. Sie waren einfach nur Estima und Julin. Sie würden gemeinsam sterben oder fliehen, beschloss er.

»Die Stollen stürzen ein«, sagte sie mit gebrochener Stimme. »Ich spüre es. Der Berg vergeht – die Gefangenen … Sie hätten mich getötet, aber dann flohen sie. Was habt ihr getan, dass der Berg brüllt?«

»Nicht wir, Estima. Die Höhlentreter. Einer der alten Könige ist erwacht.«

Ausdruckslos starrte sie ihn an.

Ein neues Donnern erschütterte den Gang, Staub löste sich aus den Stützbalken. Es knirschte.

»Wie gut kannst du rechnen?«, wisperte Estima.

»Gut genug«, antwortete Haliz an Julins Stelle.

Die Stollenherrin sammelte ihre Kraft. »Dann geh in den Gang hinter mir. Zähle zwei Gänge, bleib stehen und zähle die Kerben im Stollenbalken. Nimm die Kerbzahl und zähle sie zu der Zahl der Gänge. Gehe nach rechts, wenn es eine ungerade Zahl ist, und nach links, wenn sie gerade ist. An jedem dritten Gang ziehe die Kerbzahl ab. Hast du verstanden? So kommt ihr zur Gondel.«

»Das ist einfach«, sagte Haliz.

Steine prasselten hinter ihnen herab.

Julin betrachtete seine Finger, die hellen, weichen Hände eines Stabharfenspielers. Das, was er nun vorhatte, kostete ihn mehr Mut als alles, was er bisher in seinem Leben getan hatte. Aber wenn er Estima jetzt hier ließ, würde er ohnehin nie wieder das Gefühl ertragen können, eine Harfe in der Hand zu halten. Manchmal geht es gut, redete er sich ein. Manchmal hat auch ein Schüler Glück mit diesem Zauber. Vorsichtig legte er seine Finger auf das Eisen und schloss die Augen.

»Beeil dich, Julin«, hörte er Haliz' flehende Stimme. »Er ist hier!«

Noch einmal holte er tief Luft und sprach den Eisenbrecher. Im nächsten Moment sog der Schmerz alle Gedanken aus ihm, leerte ihn mit einem brüllenden Knacken, bis nur noch ein winziger Rest von Julin übrig war. Benommen zog er seine Hände zurück. Bevor er die Augen aufschlug, wusste er, dass seine rechte Hand gebrochen war. Durch seine

Tränen hindurch sah er, wie die Ketten von Estima abfielen und die Stollenherrin mühsam Luft holte.

Haliz half ihr auf. In diesem Moment brach der Stollen, der zum sechsundzwanzigsten Gang führte, zusammen.

Schaum troff dem Schneepferd vom Maul. Es verdrehte die Augen und stieg, doch Haliz hielt es geschickt zurück und zog sich auf den breiten Rücken. Mit seiner unverletzten Hand half Julin Estima vor Haliz aufs Pferd, dann nahm er die Zügel eines weiteren Schneepferds. Seine Hand schmerzte, doch er achtete nicht darauf, sondern summte ein hektisches Beruhigungslied, bis das kleinere Schneepferd für einen Moment still stehen blieb und er sich von einem Felsen aus auf den Pferderücken gleiten lassen konnte.

Die anderen Schneepferde folgten ihnen. Hufschlag brach sich an den Wänden. Wie eine Herde im Totenreich galoppierten sie dahin. Mühsam fand Julin ein wenig Halt am Geschirr, das sein Pferd noch trug. Jeder Galoppsprung war hart und ungelenk. Bestimmt war das Tier mehrere Winter lang nicht mehr galoppiert.

Die Pferde keuchten bereits, als ihnen plötzlich ein Echo antwortete. Sie rutschten auf dem glatten Fels, schlitterten und schoben sich ineinander, bis sie schließlich vor einem Abgrund zum Halten kamen.

Sie waren auf der Plattform angelangt, wo Estima vor vielen Tagen Julin und die anderen Gefangenen in Empfang genommen hatte. Vor ihnen gähnte der Schlund der Dunkelheit. Die Gondel war verschwunden, nur das ausgefranste Seil hing in der Luft. Julin schauderte, als er sich vorstellte, wie Hunderte von Menschen versucht hatten in die Gondel zu klettern und zu fliehen – so viele, dass das Seil nicht standhalten konnte. Tropfsteine fielen wie graue Hagelsplitter von der Decke.

»He!«, rief Haliz und schlug dem Schneepferd mit der flachen Hand auf die Kruppe. Erschrocken stürmte es los. Bergauf ging die Jagd, den Woranweg entlang, der spiralförmig um den Schacht herum nach oben führte.

Sie erreichten die zweite Ebene, daraufhin die dritte und kamen dorthin, wo die Händler ihre Waren feilgeboten hatten. Die Stände waren verwaist, Schreie und trappelnde Schritte über ihnen zeigten, auch die letzten Bewohner der Steinstadt hatten begriffen, dass sie fliehen mussten. Jähe Hoffnung loderte in Julin auf. Beinahe spürte er den Schmerz in seiner Hand nicht mehr. Ein Krachen verführte ihn dazu, in den Schacht zu schauen. Im nächsten Moment wünschte er, er hätte es nicht getan.

Die unterste Ebene war zusammengebrochen und aus den Trümmern erhob sich schrecklich und schön der Worankönig. Wie hatte Avia so vermessen sein können, sich einzubilden, dass ein solches Geschöpf mit magischen Ketten zu halten war? Katzenhaft schnell kletterte der König die Bergwände hoch. Seine Knochenkrone stieß an die Terrassen und zerbrach die Skalitfelsen wie dünnes Holz. Splitter und Felsbrocken streiften die ledrigen Schultern.

Estima schrie auf, als das Pferd in Panik ausschlug. Ein anderes Pferd brach seitlich aus und brachte Haliz' Reittier zu Fall. Haliz wurde aus dem Sattel geschleudert. In dem Getümmel konnte Julin sehen, wie das Pferd strampelte und sich wieder auf die Beine wuchtete. Estima hatte sich an den Hals geklammert.

»Nicht loslassen, Estima!«, schrie er und stieß seinem Pferd die Fersen in den Bauch um zu Haliz zu kommen.

Der Worankönig brüllte.

Julin verstand seine Worte nicht, aber er wusste mit schrecklicher Gewissheit, dass der alte König ihn sah. Julins Pferd scheute und stieg. Er konnte sich nicht halten, mit Entsetzen spürte er, wie er abrutschte, und sprang reflexartig auf den Boden. Wahnsinnig vor Angst rasten die Pferde weiter.

Drei Ebenen trennten Julin und Haliz noch von der Steinstadt. Zu Fuß würden sie es nicht schaffen.

Haliz' Augen glühten wie Winterfeuer, die den Himmel in der kältesten Zeit in grünes Licht tauchten. Mühsam kam sie auf die Beine und stolperte auf ihn zu. Sie klammerten sich aneinander und sahen in die Tiefe, wo sich der alte König Ebene um Ebene nach oben zog.

Da hast du es, Fingis, dachte Julin bitter. Jetzt bleibt mir wohl nichts anderes übrig als dieses unsinnige Versprechen doch noch einzuhalten.

Uralte Magie atmete in den Gängen, ließ ihre Haare zu Berge stehen und durchströmte sie ganz und gar. Es war wie ein Waldbrand, dem Julin nur eine winzige blasse Flamme entgegensetzen konnte. Aber das Flämmchen flackert zumindest noch, dachte er mit grimmigem Stolz. Er ließ Haliz los und hob die Hände.

»He!«, brüllte er und der König verharrte. Blaue Augen flackerten zu ihm hoch. Julin schluckte und nahm seine Kraft zusammen. »Ich bin Angalja! Angalja Sonnensohn! Geh zurück!«

Der Wirbelzauber ließ das von Salz starrende lange Haar des Königs flattern. Der Koloss schloss die Augen, als Julins Zauber ihn traf, doch der Schlag vermochte nichts gegen ihn auszurichten.

Haliz stand so nah bei ihm, dass Julin ihren schnellen Herzschlag zu spüren glaubte.

»Es hat keinen Sinn«, sagte Julin verzweifelt. Plötzlich kam er sich lächerlich vor, als Angalja Sonnensohn auf einem Felsrand zu stehen und so zu tun, als hätte er Macht über ein Wesen, das so viel stärker war, als er jemals werden würde. Er war Julin, der Spieler. Julin, der Sohn eines Schmieds, der

Schänkensänger, der Mühe hatte, einen anständigen Täuschungszauber zustande zu bringen.

Näher und näher kam das verwitterte Gesicht. Sorgfältig suchten die lichtlosen Finger nach dem besten Weg. Die Wut schien von dem Wesen gewichen zu sein, nun kletterte es mit einer tödlichen Präzision und einer Überlegtheit, die Julin mit schrecklicher Klarheit vor Augen führte, dass die alten Könige viel klüger gewesen waren als die Menschen, denen es gelungen war, sie zu besiegen. Herrscher waren sie gewesen. Herrscher und Hüter.

Plötzlich sah der König auf und hielt inne. Sein Blick ruhte auf Haliz. Julin spürte, wie sie ruhig wurde. Erstaunt riss er sich vom Anblick des Königs los und sah sie an. Das Grün ihrer Augen veränderte sich. Vielleicht war es eine Spiegelung der blauen Flammenaugen des alten Königs, aber im Moment erschienen sie beinahe ebenso blau. Ihre Haare begannen zu knistern und trieben im Wind, der sich plötzlich erhob. Lange sahen sie und der König sich an. Atemlos verfolgte Julin, wie sich das Gesicht des dämonischen Herrschers veränderte. Einsamkeit spiegelte sich darin und eine unbeholfene Sanftheit. Er war ein verwundeter König, ein Herrscher, dessen Leib von Salz zerfressen war.

Wie muss das wohl sein?, fragte sich Julin unwillkürlich. Er erwacht aus dem Tod und findet sich in einem Albtraum wieder.

»Kalim …?«, sagte der König mit einer Stimme, die älter war als alles, was Menschenohren ertragen konnten. »Kalim gran je tellid?«

»Was sagt er?«, flüsterte Julin Haliz zu.

Benommen schüttelte sie den Kopf. »Er spricht eine Woransprache, ich verstehe ihn nicht.« Ohne den Blick von den blauen Augen zu wenden, sagte sie: »Er erkennt mich, weil ein Teil von mir den Woran gehört. Mir wird er nichts tun. Lauf, Julin!«

Müde schüttelte er den Kopf und stellte sich neben sie. Entschlossen ergriff er ihre Hand. Sie war heiß, viel zu heiß für eine Menschenhand. Sein Schulterblatt begann zu kribbeln. Die Idee huschte wie eine magische Flamme durch den Nebel seiner Gedanken. Sie erschien ihm so lachhaft und hoffnungslos, dass er grinste.

»Also gut«, sagte er zu sich. Ohne Haliz' Hand loszulassen trat er vor, räusperte sich und sang ein paar Töne, als würde er ein Instrument stimmen. Aus den Augenwinkeln sah ihn Haliz an, als fürchtete sie, er sei nun verrückt geworden.

Der König fauchte. Sorgfältig betrachtete Julin jede Furche in dem alten Gesicht, jede Schramme, die herabfallender Fels in die Haut gerissen hatten, die Knochenkrone und die gebogene Nase.

Dein salzzerfressenes Gesicht ist das Letzte, was ich in meinem Leben sehen werde, dachte er. Und was war das Letzte, das du gesehen hast? Der König musste ein schönes Gesicht gehabt haben, stellte er überrascht fest. Dann schloss er die Augen und begann zu singen. Er sang nicht den Spiegelzauber; er war ein Spieler und Sänger, also sang er ein Schanklied – Tante Nellis' Lieblingslied von Bulgers schöner Braut. Schneidend klar hallte seine Stimme von den Wänden wider. Das Geräusch von splitterndem Fels brachte ihn aus dem Takt, doch er lächelte und sang weiter, fand sich in den Rhythmus ein, stellte sich die Könige vor, stolz in ihren Hallen aus Kristall. All seine Sehnsucht legte er in die Worte, seinen Schmerz über Fenjas Tod und seine Trauer, dass er nie wieder eine Stabharfe würde spielen können.

Magie trieb an ihm vorbei, fremde, alte Magie, die sich aus den Bruchstellen der Steine und dem Salzstaub löste. Überrascht nahm er sie an, ließ es zu, dass sie ihn berührte und durchdrang. Jede Faser seines Körpers begann zu schwingen und er lachte. Singend zog er die uralte Woranmagie aus den Gängen und trank sie gierig wie ein Verdurstender. Machtvoll pulste sie durch seine Adern und sammelte sich in ihm wie in einem klingenden Kupferbecken.

Haliz' Fingernägel gruben sich in das Zeichen der Silbermine, aber er sang ruhig und konzentriert noch die letzte Strophe zu Ende. Erst als der letzte Ton verklungen war, öffnete er die Augen.

Am liebsten hätte er vor Freude aufgeschrien. Das Bergwerk, der Tod, alles erschien ihm so fern, so unwichtig. Er starrte nur den neuen König an, der sich an die Felswand klammerte. Stolz und schön war dieses Spiegelbild der Vergangenheit. Die Woranhaut war lichtlos und schwarz, ohne eine Scharte, ohne eine einzige Wunde. Jünger sah dieser König aus, schrecklicher, aber auch viel schöner. Das Gesicht war nicht eingefallen, sondern grausam lebendig, der Nasenrücken wie die Schneide eines gebogenen Säbels.

Erinnerung erblühte auf der Miene des alten, verwundeten Königs. Julin konnte seine Gedanken beinahe fühlen. Es war ihm, als würde er in die Vergangenheit blicken, als gäbe es kein Heute und kein Gestern; es gab nur diesen Augenblick, der sich vor unendlich langer Zeit ereignet hatte – als die alten Könige sich gegenüberstanden, voller Hass, voller Misstrauen, fest entschlossen einander zu töten.

»Kämpfe! Töte ihn!«, befahl Julin seinem Geschöpf und die leeren Augen des Spiegelkönigs füllten sich mit Leben. Julin schluckte und entließ seinen Zauber, er glitt ihm durch die Finger wie ein Seil aus Seide und er ließ es geschehen.

Ein Fauchen ließ die Ebene, auf der sie standen, erbeben, dann riss der alte König einen Felsbrocken aus einem Vorsprung und schleuderte ihn auf seinen Gegner.

Das Spiegelbild brüllte und sprang den alten König an.

»Es ist mehr als ein Spiegelzauber«, flüsterte Haliz fassungslos. »Er ist ... beinahe wirklich!«

»Komm«, sagte Julin sanft und sie drehten sich um und rannten den Rundweg hinauf, der Stadt entgegen, während die Echos der Schreie in ihren Ohren gellten und die Geschichte der alten Könige dort wieder begann, wo sie aufgehört hatte.

Ein Meer von Gesichtern wogte an Haliz und Julin vorbei. In Panik flohen die Menschen – Minengefangene, Einwohner von Dengar, Kinder, Mitglieder der Stadtwache, Rebellen. Unzählige waren es, mit verzerrten Gesichtern und aufgerissenen Mündern. Schneepferde stießen Menschen um, die ihnen vor die Hufe rannten. Umgekippte Wagen versperrten die Wege.

Hunderte von Bergheimischen drängten sich in der diesigen Morgensonne zusammen. Ihrem Licht schutzlos ausgeliefert wanden sie sich in der Helligkeit wie Naj, die an Land geworfen worden waren, und blinzelten in die Unendlichkeit des Himmels, der sie zu erdrücken drohte.

Hand in Hand rannten Haliz und Julin über den Platz, weg, immer weiter weg vom Berg, verfolgt vom Brüllen und Schlagen der kämpfenden Könige. Sie ließen die Straßen von Dengar hinter sich und blieben erst stehen, als unberührter Schnee unter ihren Füßen knirschte.

Steinstaubwolken wuchsen aus dem Berg. Aus allen Höhleneingängen quollen Leiber, als würde der Dreikopf alle Menschen ausspucken, die noch nicht geflohen waren. Wie Ameisen aus einem brennenden Haus flüchteten sie, stürzten, kamen wieder auf die Beine.

Plötzlich verdüsterte ein Woranschatten den Himmel und zurück blieb nur ein blasser hellgrauer Fleck als Ahnung der

Morgensonne. Ein letztes Mal erscholl ein Donnern, dann sahen Haliz und Julin, wie der Dreikopf fiel. Der ausgehöhlte Riese, der die Last seiner Tausenden von Wintern nicht mehr tragen konnte, stand noch einen Atemzug lang da, dann sackte ihm die erste seiner Schultern weg. Langsam, dann immer schneller rutschten auch die Felswände in sich zusammen. Eine Staubwolke verdunkelte die Sicht und legte sich als riesiges Leichentuch über die Ruine.

Die Stille danach war ohrenbetäubend. Kein Wintervogel sang, kein Ast knackte. Benommen standen die Menschen da und starrten auf das, was eben noch ein Berg gewesen war, im langsamen Begreifen, dass Loms Reichtum von nun an der Vergangenheit angehörte.

Haliz ergriff Julins Hand und hielt sie fest. Aus den Augenwinkeln nahm Julin wahr, wie sie den Kopf senkte und ein Zeichen des Abschieds machte. Unbewegt betrachteten sie den gefallenen Reichen Mann, der zu Fenjas Grab geworden war. Leere breitete sich in Julin aus. Der Preis war zu hoch, dachte er. Im Stillen bat er Fenjas Seele um Verzeihung, dass er sie im Moment ihres Todes angeklagt hatte. Obwohl sie ihn verraten hatte, so wurde ihm bewusst, hatten er und Haliz ihr mehr bedeutet als jeder andere Mensch, mit Ausnahme vielleicht von Fajee. Und obwohl ihre Seele über die lichte Grenze gegangen war, konnte Julin es spüren: das Band, das Fenja, Haliz und ihn noch immer umschloss.

Gerade als die Sonne aus dem Woranschatten hervorkam, hallte ein letztes Echo von den Bergwänden wider. Es war das helle Klirren der riesigen Silbertafel mit den Namen der Minensklaven, die auf den Felsboden fiel.

Yannvars schwerster Weg

Der mit Holzstreben verstärkte Verband, mit dem ein Schmied aus Dengar Julins Hand geschient hatten, drückte auf die verletzten Knochen. Es schmerzte noch schlimmer als seine geschundenen Knie.

Den Rückweg nach Runa verbrachten er und Haliz die meiste Zeit schweigend. Auf Grubenpferden ritten sie nebeneinander her und wechselten sich damit ab, Darian hinter sich auf das Pferd zu nehmen. Der Zauberer war geschwächt und in den ersten Tagen noch verwirrt. Immer wieder fragte er nach seinem Regenbogenpferd oder sprach Julin mit dem Namen seines Freundes Ravin an. Als ständige Mahnung ragte hinter ihnen das, was vom Reichen Mann übrig geblieben war, in den Himmel. Julin und Haliz vermieden es, sich nach Fenjas Grab umzusehen. Unbemerkt und mit behutsamer Hand knüpfte die Trauer um die Jägerin das Band zwischen ihnen noch enger.

Immer wieder suchte Julin im Zug der Flüchtlinge nach Owidiju, aber sein Freund blieb verschwunden. Zumindest tröstete Julin Darians Auskunft, dass Fingis mit ihm zusammen auch einen Jungen mit zwei verschiedenfarbigen Augen aus dem Berg geführt hatte.

Mehr als einmal fuhr Julin zusammen, weil ein Hund vorbeilief, aber es war nicht Jolni, wie er im ersten flüchtigen Hinsehen gehofft hatte. In solchen Augenblicken erstand jäh und unerwartet Fenjas Bild vor ihm und ein weiteres Bruchstück des Bildes fügte sich zu dem Ganzen. Jugs Halsband, erinnerte sich Julin – damit hatte Fenja den Rebellen Nachrichten zukommen lassen.

Mehr Sonne fiel in die Täler, seit der Berg den Himmel nicht mehr verdeckte. Tagsüber taute die Schneedecke an und erstarrte nachts wieder zu einer Kruste, die unter der Last der Pferdehufe mit einem Knacken brach. Bald würde sich das Land verändern. Neue Blumen würden wachsen und die Schattengewächse verdrängen, Baumsprösslinge würden lichtüberfluteten Boden finden. Vielleicht würde in wenigen Wintern ein junger Wald anstelle der schattigen Talwiesen entstehen. Unterwegs sah Julin Gruppen von glücklichen Höhlentretern, die im Sonnenlicht in Richtung Tana wanderten. Vielleicht war Fingis unter ihnen, aber Julin wusste nur zu gut, dass seine Wege und die des honigbraunen Höhlentreters sich nie wieder kreuzen würden.

Verfolgt von ganzen Trauben gieriger Hallgespenster ergoss sich ein ganzer Flüchtlingsstrom vom Rabenhafen aus in Richtung Stadt: Estima und die anderen Bergheimischen mit verhüllten Gesichtern, heimatlos und geblendet, Minengefangene, Rebellen, Händler, Eintreiber, Kinder. Den ganzen Tag und die ganze Nacht setzte die Fähre über den Seelensee, argwöhnisch betrachtet von den Raben und den Gespenstern. Kein Ungeheuer erhob sich aus den Fluten. Also hatte Haliz, wie Julin nun widerwillig zugeben musste, mit ihrer Einschätzung, das Ungeheuer sei ein Märchen der Schmuggler, Recht behalten.

Unberührt und schmuck wie eine Puppenstadt lag Runa da. Unverändert ragte die prächtige Kuppel des Handelspalasts in den Himmel. Bunte Lichtstrahlen brachen sich in den Edelsteinen. Wahrscheinlich hat Helim diese Steine zu Juwelen gemacht, dachte Julin. Treppenschliff, Briolettschliff, Pendeloqueschliff. Er musste lächeln.

Doch diesmal begrüßte sie keine jubelnde Menge, sondern gespenstische Stille und stumme Menschen, die entsetzt und mitleidig beobachteten, wie die Überlebenden der Katastrophe in die Stadt einkehrten. Lom war arm geworden und jeder der Bürger wusste es. Die Einzigen, die sich freuten, als sie Julin und Darian im Strom der frierenden Flüchtlinge entdeckten, waren Abelina und Arp.

»Anila sei Dank!«, rief die Wirtin und umarmte Julin, kaum dass er vom Pferd gestiegen war. »Wir hatten so sehr gehofft, dass ihr überlebt habt – kommt mit in die Herberge!«

Aus der Ferne verfolgten sie in den nächsten Tagen, wie der Handelspalast sich in ein riesiges Notlager verwandelte. Hallen wurden ausgeräumt um Schlafstätten zu schaffen. Fenster wurden mit den prunkvollen Tischdecken verhängt um den Bergheimischen eine Zuflucht zu geben, wo sie ihre von der Sonne verbrannte Haut und die schneeblinden Augen heilen konnten. Ein Notrat wurde einberufen, der über das Schicksal des Landes beraten sollte. Mehrmals klopften Yannvars Boten an Abelinas Tür, um Darian, Julin und Haliz in den Handelspalast zu bitten, aber Abelina wies sie ab.

»Darian?«

Der Zauberer öffnete die Augen. Einen Moment sah er verwirrt den Mondsteinhimmel an, dann schien ihm wieder einzufallen, wo er sich befand. Julin konnte ihn nur allzu gut verstehen. Auch er wachte nachts schweißgebadet auf, weil er nassen Stein roch und die Geräusche von fliehenden Asseln hörte.

»Julin!«, begrüßte Darian ihn erleichtert. »Was gibt es?« Seine Stimme klang viel kräftiger als vor ein paar Tagen. Stück für Stück hatte er sich in die Gegenwart zurückgetastet. Er war blass und ausgemergelt, aber seine Kraft war zurückgekehrt und er sprach Julin nicht mehr mit dem Namen seines besten Freundes an.

Julin setzte sich an das Bett, auf dem Darian in seinem Mantel eingeschlafen war. Mühsam räusperte er sich und strich ein letztes Mal über die verbogenen Deckel des Notizbuchs. Es sah so verschlissen aus, als hätte er es hundert Winter mit sich herumgetragen. Das Leder war wasserfleckig und verschmutzt und die ehemals hellen Seiten hatten durch seinen Ausflug in den Spiegelsee gelitten, dennoch kam Julin sich vor, als müsse er einen Schatz hergeben. »Hier«, sagte er barscher als beabsichtigt und streckte seinem Lehrer das Notizbuch hin. »Ich habe es für dich aufbewahrt, aber ...« – er räusperte sich – »... auf ein paar Seiten, da habe ich ... Notizen gemacht.«

Darians Augen leuchteten auf. Schweigend nahm er das Buch und strich mit langen, bleichen Fingern darüber. Vorsichtig klappte er es auf und studierte die verwischten Schriftzeichen. Die welligen Blätter raschelten.

Dondo blickte ihm entgegen. Julin sah das Porträt nur verzerrt und auf den Kopf gestellt, aber er kannte die einfache Zeichnung, die dennoch genau den Ausdruck des Regenbogenpferds wiedergab: den langen Hals, die übermütigen Augen, den immer ein wenig zu hoch erhobenen Kopf, als würde Dondo in vollen Zügen den Wind trinken. Darians Mundwinkel zuckte. Taktvoll wandte Julin den Blick ab und betrachtete die grüne Salzschale auf dem Tisch.

Seite um Seite klappte auf, Bilder und Worte, die wie alte Freunde waren, nahmen Gestalt an und legten sich unter der nächsten Erinnerung wieder zur Ruhe. »Ich habe so oft an sie gedacht«, sagte Darian leise, als das Gesicht der Kapitänin ihm entgegensah. »Die Magie drückte mich nieder, meine Gedanken waren nur noch Wolken, die in der Vergangenheit trieben, und trotzdem dachte ich immer an Sumal und an das Schiff, auf dem wir uns vor so vielen Sommern begegnet sind.«

»Die Jontar. Du hast sie an die Stollenwände gemalt, so habe ich dich gefunden.«

Sein Lehrmeister nickte anerkennend. »Ich hatte gehofft, dass du es finden würdest – und dennoch viel zu oft daran gezweifelt. Dafür entschuldige ich mich bei dir. Man wird dich noch oft im Leben unterschätzen.«

Julin lachte. Seltsamerweise kränkten ihn die Worte seines Lehrers nicht. Vielleicht weil er nicht mehr Julin der unvollkommene Held, sondern endlich nur noch Julin war. »Der beste Spieler ist der, der sein Talent verbergen kann«, erwiderte er leichthin.

Als Darian zu der herausgerissenen Seite kam, verdüsterte sich sein Gesicht. »Hier waren die Worte, die ich gesprochen habe, als ich Skaardjas Quelle erschuf. Aber die Worte allein sind wertlos. Fenja wusste das nicht, als sie die Seiten stahl. Aber Avia – Avia wusste es nur zu gut.«

»Deshalb bist du nun der einzige Zauberer, dem es zwei Mal gelungen ist, die Quelle des Lebens zu erschaffen«, sagte Julin. »Und – nebenbei bemerkt – auch der einzige Mensch, der sein eigenes Grab besuchen kann.«

Trotz der düsteren Erinnerung musste Darian lachen. Er blätterte die letzte seiner Seiten um und betrachtete Julins Skizzen.

Fenjas Gesicht erschien. Julin stiegen die Tränen in die Augen.

»Ich weiß, du wirst es mir nicht glauben, aber der Schmerz ist nicht ewig«, sagte Darian leise.

»Du hast leicht reden«, erwiderte Julin. »Sumal lebt und wartet auf dich. Und wenn du klug wärst, dann würdest du dich nicht von deinen Pflichten im Zirkel davon abhalten lassen, ihr nach Dantar an die Küste zu folgen.«

Darian schluckte den Vorwurf und nickte. »Du hast Recht und du hast Unrecht. Ja, ich war ein blinder Narr und habe vergessen, was wichtig ist. Sumal hat lange genug versucht mit mir in Skaris zu leben. Es ist Zeit, dass ich zu ihr nach

Dantar gehe. Aber in einem hast du Unrecht: Du bist nicht allein. Du hast Haliz.«

Es klopfte an die Tür und Arps Wieselgesicht erschien. »Der Rat ist schon im Hof!«, rief er.

»Wir sind gleich bei euch«, antwortete Darian ruhig. Ohne Eile nahm er das Buch wieder hoch, blätterte weiter und entdeckte die Zeilen, die Julin sich in Helims Werkstatt notiert hatte. »Ein Land verdorrt, ein anderes blüht auf«, las er vor. Ein verschmitztes Lächeln huschte über sein Gesicht, dann klappte er das Buch zu und reichte es Julin. »Bücher sind wie Regenbogenpferde. Sie suchen sich ihre Freunde selbst aus. Nimm, es ist deines geworden.«

»Danke!«, erwiderte Julin verblüfft.

»Ich danke dir«, sagte Darian. »Dafür dass du nicht aufgegeben hast, dass du mich gerettet hast – und vor allem danke ich dir, dass du Dondo den Schmerz genommen hast, als er starb. Ich bin froh, dass du bei ihm warst.«

Er stand auf, umarmte Julin kurz und ging hinunter in die Wirtsstube. Wie erstarrt stand Julin mit dem Buch in der Hand da und lauschte den langsamen Schritten seines Lehrmeisters, die sich auf der Treppe entfernten.

Als er sich ebenfalls zum Gehen wandte, fing sich sein Blick in der Fensterscheibe, die sein Spiegelbild zurückwarf. Die Tage in der Mine hatten ihn ausgezehrt. Sein Haar fiel ihm inzwischen auf die Schultern. Dort, wo ihn Vilas mit dem Felsbrocken verletzt hatte, prangten die Reste einer Schürfwunde. Seine rechte Gesichtshälfte war blau und geschwollen, aber plötzlich fand er, er habe sich trotz allem ganz gut gehalten. Er wirkte härter und trauriger, aber er lebte. Nie würde er so aussehen wie das Spiegelbild, das er in den Augen der Mädchen erschaffen konnte. Und dennoch – insgeheim lächelte er darüber, dass ihm seine Feuersprossen so wichtig gewesen waren.

Die Wirtsstube war gespenstisch leer, nur der Tisch, an dem vor einer Ewigkeit, wie Julin schien, die Bergleute getrunken und gesungen hatten, war festlich gedeckt. Große Krüge mit Winterapfelwein warteten auf die Gäste.

Neben einer Salzskulptur von Anila, die Abelina in der Mitte des Tisches platziert hatte, lag ein Taniszweig. Julin wusste, Abelina hatte den Zweig zu Fenjas Gedenken dort hingelegt. Und er erkannte, es war ihre Art, zu sagen, dass sie Fenja als eine der ihren betrachtete. Die Geste freute ihn und tat ihm gut. Gleichzeitig wurde ihm zum ersten Mal bewusst, dass auch Abelina aufrichtig um Fenja trauerte und sie gemocht hatte. Ob Fenja das jemals bemerkt hatte?

Darian und Haliz saßen auf der Bank, die sonst den Bergleuten gehörte. Haliz hatte sich die Haare glatt gekämmt und trug das Kleid, in dem Julin sie zum ersten Mal gesehen hatte. Sehr erwachsen und ernst sah sie aus und war wieder ganz und gar die kühle Handelsbotschafterin Haliz. Schürfwunden an Stirn und Kinn verstärkten den Eindruck von Strenge noch. Darian hatte sich in den Zauberer zurückverwandelt, der er gewesen war. Würdevoll saß er am Tisch und wartete.

Arp öffnete die Tür und der Rat von Runa trat ein. Das Erste, was Julin auffiel, waren Yannvars müde, rot geränderte Augen. Sein gespaltener Bart war gekämmt und verlieh ihm immer noch die Aura von Strenge und Weisheit, aber trotzdem schienen ihm die Zeichen seiner Ratswürde heute viel zu groß zu sein.

Hinter ihm betraten Nort und Igred den Raum, die zwei jungen Räte, die Julin und Darian nach dem Überfall der Rebellen in Empfang genommen hatten. Dahinter folgte schließlich mit energischem Schritt eine junge Frau mit einem Stapel Papieren. Das ist also alles, was von Runa übrig ist, dachte Julin. Drei Räte und eine Protokollführerin.

»Ich grüße euch im Namen des Volkes von Lom und der Bürger von Runa«, begann Yannvar. Seine Stimme klang brüchig, es schien ihn Mühe zu kosten, jedes Wort mit Bedacht zu wählen.

Darian nickte. »Und wir grüßen den neuen Rat von Runa«, erwiderte er ernst. »Möge er bessere Entscheidungen treffen als der letzte.«

Alle vier zuckten zusammen wie unter einem Hieb. »Nun«, sagte Yannvar. »Dafür wollen wir sorgen. Wir sind gekommen um euch in den Handelspalast zu bitten …«

»Damit wir dort zu Protokoll geben, dass wir euch von aller Verantwortung lossprechen?«, warf Haliz nun ein. Ihre Stimme klang kalt und sehr bestimmt. »Ohne mich, Yannvar.«

»Setzt euch«, warf Abelina mit freundlicher Stimme ein. »Lasst die Protokolle und setzt euch erst einmal an den Tisch. Trinkt ein Glas Wein und gedenkt der Toten!«

Die junge Protokollführerin war die Erste, die mit einem dankbaren Lächeln ihr Angebot annahm und sich aus der Gruppe löste. Erstaunt sah Julin, wie selbstbewusst sie sich bewegte. Sie schien keine unwichtige Position im Rat einzunehmen. Wie eine Felswand, die bröckelt, gaben die anderen Räte ihre steife Haltung auf, nickten und nahmen ebenfalls Platz.

Abelina schenkte ein und setzte sich zu Julins Überraschung ganz selbstverständlich dazu. »Auf Fenja aus Tana!«, sagte sie feierlich und hob den Becher.

Yannvars Gesicht verdüsterte sich.

»Ja, sie war eine Sklavin«, griff Julin den unausgesprochenen Gedanken, der plötzlich im Raum schwebte, auf. »Sklavenhändler aus Lom haben sie und ihren Bruder aus dem

Grenzland von Tana entführt und in die Minen verschleppt. Nach ihrer Flucht lebte sie lange Zeit als Geächtete in Tana, doch sie kehrte nach Lom zurück um die Sklaverei zu beenden. Sie war eine Jägerin und sie war unsere Freundin. Auf Fenja!«

Haliz lächelte ihm anerkennend zu und hob ihren Becher, Abelina und Darian taten es ihnen nach. Zögernd nur folgten die Räte. »Auf diese Freundschaft«, murmelte Yannvar und nippte am Wein. Er schien ihm gut zu tun, denn er entspannte sich ein wenig und setzte sich bequemer hin.

Lange schwiegen sie, bis Darian anfing zu sprechen. Verwundert bemerkte Julin, dass sein Lehrmeister die formelle Anrede unterließ. »Du hast uns bei unserer Ankunft vor den Rebellen gerettet – vor Ewigkeiten, wie es mir heute scheint«, sagte er. »Du wusstest von ihnen, Yannvar – willst du behaupten, dass du nichts von der Verschwörung bemerkt hast?«

Yannvar räusperte sich. Das Thema war ihm unangenehm, aber er nahm sich zusammen und antwortete ebenso direkt. »Es gingen Gerüchte um«, gab er zu. »Ich bekam einen Brief, in dem mich ein Unbekannter aufforderte auf einen jungen Rat zu achten – Gavinn. Aber er starb bei einem Sturz vom Pferd.«

»Ja«, warf Haliz ein. »Gavinn weigerte sich, den Plan Avias und Ananders gutzuheißen und bei der Ausführung zu helfen. Deshalb haben sie ihn getötet und ihn dafür benutzt, jeden Verdacht von sich auf ihn zu lenken.«

Yannvar rieb sich die Stirn, als versuchte er einen Albtraum zu vertreiben. »Das ist ihnen nicht ganz gelungen«, meinte er. »Ich hatte Avia im Verdacht, etwas zu planen. Ich dachte sogar, sie habe etwas mit den Rebellen zu tun. Mit dem Mord an dem Goldmacher schien sich mein Verdacht zu bestätigen.« Er seufzte tief und betrachtete den Wein in seinem Becher. Seine Stimme wurde leise. »Als ich sie verurteilte, war ich der Meinung, das Schlangennest der Verschwörung gefunden und beseitigt zu haben. Ich werde mir nie verzeihen können, dass ich so blind war.«

»Das warst du«, bestätigte Darian. »Ihr alle wart blind oder habt euch schlafend gestellt.«

»Ab jetzt werdet ihr eure Arbeiter bezahlen müssen«, bemerkte Haliz unbarmherzig.

Die Räte nickten. »Ich weiß«, sagte Yannvar. »Nie hätte es so weit kommen dürfen, dass Menschen zu Unrecht und gewaltsam in die Minen verschleppt wurden. Ich habe Gulja und auch Anander freie Hand gelassen …«

»Ihr habt es alle gewusst«, unterbrach ihn Darian freundlich, aber sehr bestimmt.

Abelina sah Yannvar gespannt an. Die Räte rutschten unbehaglich hin und her, bis Yannvar sich schließlich räusperte und anwortete. »Nun, von einigen wenigen verschleppten Sklaven haben wir gewusst«, gab Yannvar zu. »Aber wir waren überzeugt, dass es die Verbrechen Einzelner waren – selten und …«

»Ach was, Yannvar!«, rief Nort. »Natürlich war uns klar, woher die Heere von Arbeitern kamen. Auch wenn Gulja es uns nicht gesagt hat, konnte es sich jeder ausrechnen.«

Betretene Stille senkte sich über den Tisch. Dann stand Igred auf und wandte sich an Darian. »Darian Danalonn«, sagte er. »Nichts kann Euch entschädigen für die Qualen und den Schmerz, den Ihr erleiden musstet. Runa bittet Euch um Vergebung. Wir werden eine Entschädigung leisten. Noch heute werden unsere Botschafter nach Tjärg und Skaris …«

»Entschuldigt euch nicht bei mir«, unterbrach ihn Darian schroff und deutete auf Julin. »Entschuldigt euch bei meinem Schüler, der nie wieder seine Stabharfe wird spielen können. Und entschuldigt euch bei Haliz va Lagar, die als

Handelsbotschafterin eurem Land vertraut hat und enttäuscht wurde. Das sind Schäden, die ihr nicht mit Geld und Diensten bezahlen könnt.«

»Nun, das stimmt«, räumte Yannvar ein. »Ich entschuldige mich. Dennoch möchten wir zumindest versuchen euch ein wenig von dem zurückzugeben, was Lom euch genommen hat. Lasst zumindest zu, dass wir euch den Rückweg erleichtern. Wir geben euch vier Pferde mit und begleiten euch selbstverständlich bis an die Grenze. Natürlich wissen wir, dass ein Lompferd niemals ein Ersatz für euer Regenbogenpferd sein kann, aber ...«

»Zehn«, sagte Julin. Wie eine kalte Fingerspitze hatte die Lust, zu handeln, an sein Genick getippt. »Zehn Pferde und freies Geleit für alle Gefangenen. Und ein Denkmal für Fenja aus Tana. Ohne sie würde der alte König gerade Lom verwüsten.«

Erneutes Schweigen umfing ihn. Beinahe musste er grinsen. Yannvar zog ein saures Gesicht. Julin war es, als könnte er seine Gedanken lesen: Ein unverschämter Zauberschüler nahm sich heraus, wie ein Botschafter zu fordern, und wollte auch noch ein Denkmal für eine Minensklavin. Hilfe suchend sah der alte Stadtrat Darian an, aber der zuckte nur die Schultern. »Ihr habt gehört, was Julin Kalamas Fer sagt«, meinte er und verschränkte die Arme.

Yannvar machte den Mund wieder zu. Seine Stirn verdüsterte sich. »Wie ihr wünscht«, sagte er langsam.

»Was werdet ihr jetzt tun?«, fragte Haliz.

Wieder zögerten die Räte. »Das ist eine Frage, die wir selbst noch beantworten müssen«, sagte Yannvar. »Die Bergwerke sind zerstört, Schätze und Stollen verloren. Alle Reichtümer, die noch im Berg waren, begraben. Eine neue Zeit beginnt für Lom.«

»Wir haben die kleineren Minen in den Südbergen«, murmelte Igred nachdenklich. »Außerdem die Kohlebergwerke und Kupferstätten.«

»Holz«, fügte die Protokollführerin hinzu, »aus den großen Bergwäldern.«

»Bausteine!«, ließ sich Nort vernehmen. »Die Trümmer des Dreikopfs bestehen aus Skalit und Magran. In Fiorin bauen sie Tempel für die Dämonen der Wüste und brauchen gutes Baumaterial.«

»Holz und Stein bringen nicht viel ein«, stellte Igred fest.

Sie schwiegen, das Kreuz des einfachen Lebens vor Augen.

Im Geiste sah Julin ihren Handelspalast zerfallen. Das Dach würde morsch werden und Risse bekommen, Plünderer würden die Edelsteine rauben, solange das Chaos in der Stadt herrschte und die verbliebenen Wachen Besseres zu tun hatten als Runas Pracht zu bewachen. Unwillkürlich tastete er in der Tasche nach dem Cordalit, in den Helim vor unzähligen Jahren Abelinas Namen eingraviert hatte. Verstohlen betrachtete er Abelinas immer noch hübsches, rundes Gesicht mit den ernsten Augen. Liebe schien nicht nur für ihn eine schwierige Angelegenheit zu sein.

Gerade wollte Yannvar noch etwas sagen, als draußen auf dem Hof schwerer Galoppschlag ertönte.

Arp, der in einem Winkel des Zimmers gelauert hatte, flitzte zum Fenster. »Julin!«, rief er.

Ohne auf die verblüfften Räte zu achten standen Abelina und Julin gleichzeitig auf und eilten zum Fenster. Abelina lächelte. »Nun, das ist wohl ein Gruß von deiner Kurierin«, flüsterte sie.

Das Erste, was Julin durch die vereiste Scheibe erkannte, war eine vermummte Gestalt, die auf einem riesigen Pferd saß und ein zweites, viel kleineres am Zügel führte. Wirbelnder Schnee machte es Julin unmöglich, den Reiter zu erkennen, doch dann bemerkte er einen geduckten Schatten, der heranhuschte. Ohne sich weiter um die Räte am Tisch zu kümmern, stürzte er zur Tür, riss sie auf und rannte in den Hof. Einen Moment lang hatte er die wilde Hoffnung, es wäre Fenja, Fenja, die irgendwie überlebt hatte, aber sein Verstand wusste, dass das unmöglich war. Es war Owidiju.

Das Gesicht seines Freundes war rot von der Kälte, umso seltsamer sahen seine verschiedenfarbigen Augen aus. »Julin!«, rief er und sprang vom Rücken seines Schneepferds.

»Owidiju! Ich habe dich gesucht, ich dachte, du seist tot!«

Owidiju grinste. »Du siehst doch, ich hatte noch etwas zu erledigen.« Er deutete auf Tolin, der unwillig am Zügel zerrte.

Lange umarmten sie sich, lachten und redeten durcheinander – es war, als hätten sie sich nie in Estimas Mine getrennt um so verschiedene Wege zu gehen.

Schließlich schaute Julin sich suchend nach dem Schatten um. Sein Herz machte einen freudigen Satz, als er Jolni entdeckte – neben Tolins Vorderhufen saß er und sah verschüchtert, unglücklich und völlig abgemagert aus. Seine Zunge hing aus dem Maul und er hechelte, als wäre er sehr lange gelaufen. Trotzdem wedelte er schwach mit dem Schwanz, als Julin sich zu ihm hinunterbeugte und ihm über das buschige Nackenfell strich.

»Du ahnst nicht, wie lange ich suchen musste, bis ich die beiden endlich gefunden habe«, sagte Owidiju. »Tolin ist beinahe bis nach Tana galoppiert, als der Berg einstürzte. Zum Glück kam Jolni zurück um nach Fenja zu suchen.« Sein Gesicht wurde ernst. Plötzlich zeichneten sich die Mühen und Entbehrungen der vergangenen Tage überdeutlich in seinen Zügen ab. »Und Jug … sein Geist hat Fenja wohl über die lichte Grenze begleitet. Hier!« Er reichte Julin die Zügel. Tolin quiekte und trat mit dem Vorderhuf in die Luft. Früher hätte Julin Angst bekommen, aber nun wich er nur lächelnd aus und gab dem Pferd einen leichten Klaps auf den Hals. »Na!«, sagte er und das Jägerpferd riss den Kopf hoch und verharrte verblüfft.

Julin wandte sich an Owidiju. »Was wirst du jetzt tun?«

Sein Freund seufzte. »Mir eine Unterkunft suchen – vielleicht in einem der Dörfer. Ich werde jagen und mich, wenn der Schnee geht, nach einer Arbeit umsehen, vielleicht als Kurier. Kuriere werden immer gebraucht.«

Julin lächelte, als sich eine ganz andere Idee in seinem Kopf formte. »Komm mit in Abelinas Stube«, sagte er. »Ich glaube, ich habe eine weitaus bessere Arbeit für dich.«

Die Gruppe am Tisch starrte ihnen überrascht entgegen. Owidiju blieb ruckartig stehen, als er sich in Gegenwart der Räte sah.

»Ihr habt mir zugesichert, dass die Gefangenen frei sind«, begann Julin. »Das hier ist Owidiju. Er war mit mir in der Silbermine. Gefangen genommen wurde er, weil er sich den Rebellen anschloss, nachdem seine Familie ihn verkauft hatte. Verkauft aus Not, Yannvar.«

Darian stand auf, kam um den Tisch herum und gab Owidiju die Hand. »Ich grüße dich«, sagte er herzlich. »An dein Gesicht erinnere ich mich gut – auch wenn ich es nur durch einen Nebel gesehen habe.«

Die Räte sahen aus, als hätten sie allesamt in saure Jalafrüchte gebissen.

»Ich glaube, ich verstehe, worauf Julin hinauswill«, wandte sich Darian an die schweigende Gruppe am Tisch. »Seht euch an, wie ihr dasitzt. Drei Räte und eine Protokollantin, die über Runas Zukunft entscheiden sollen. Ich vermisse Marwan als Vertreterin der Magier hier! Und wo sind die zu Unrecht Verschleppten, die Rebellen, die Bürger? Wo die

Bergheimischen? Warum holt ihr sie nicht an den Tisch? Lom ist auch ihre Heimat.«

»Die Zauberer haben uns verraten«, murmelte Nort.

»Eine Zauberin hat euch verraten«, berichtigte Abelina. »Eine einzige, außerdem eine Minenrätin, zwei Stadträte und der Kommandant der Stadtwache. Vielleicht ist es an der Zeit, die alte Feindschaft zwischen Magiern und Räten zu begraben.«

»Die Stimme einer Bürgerin«, rief Darian und lachte. »Ihr könnt keine bessere Vertreterin in den Notrat berufen als Abelina. Und keiner kann besser für die Rebellen und die Gefangenen sprechen als Owidiju.«

Sie zögerten immer noch, aber über das Gesicht der Protokollführerin breitete sich ein zögerliches Lächeln. Bei Nort und Igred dauerte es länger, bis Darians Worte einen fruchtbaren Boden fanden. Yannvar strich sich müde über die Augen und schwieg. Mit einem Mal tat er Julin Leid, er war ein alter Mann mit einer grässlichen Bürde auf den Schultern.

Nach einer Ewigkeit räusperte sich Nort und ergriff das Wort. »So soll es geschehen«, sagte er und stand auf. »Owidiju, Abelina, wollt ihr uns in den Handelspalast folgen?«

Owidiju sah verwirrt die erwartungsvollen Gesichter der beiden Räte und der Protokollantin an, dann leuchteten seine Augen auf. Da war er wieder, der harmlos wirkende junge Mann, der, wie Julin plötzlich mit Bestimmtheit wusste, der jüngste und fähigste Stratege in Lom werden würde. »Warum nicht?«, sagte er. »Mein Pferd ist noch gesattelt.«

Yannvar seufzte und nickte endlich auch. »Nun gut«, sagte er mit brüchiger Stimme. »Wir können es versuchen. Kommt Ihr nun mit, Darian Danalonn? Seid unsere Gäste. Eure Gemächer sind vorbereitet und ...«

»Nein«, erwiderte Haliz an Darians Stelle. »Wir haben beschlossen Lom zu verlassen. Morgen reiten wir ohne Geleit

– und zwar nach Tjärg.« Sie lächelte Julin verschwörerisch zu. »Diesmal sind Darian und Julin meine Gäste. Um alles andere werden sich eure Diplomaten kümmern. Wir können hier nichts mehr tun, außer uns zur Schau zu stellen. Und dafür waren wir zu lange bei den Bergheimischen, als dass wir das Sonnenlicht der Öffentlichkeit schätzten.«

»Wie ihr wollt«, sagte Yannvar unglücklich. Ächzend erhob er sich, die Last eines ganzen Landes schien ihn niederzudrücken. Nachdenklich betrachtete er Julin, studierte jede Feuersprosse, als würde er sie zum ersten Mal sehen, und griff schließlich unter seinen Umhang. Er holte einen kleinen Gegenstand heraus und legte ihn auf den Tisch. »Eine Bergheimische hat mich gebeten dir das zu geben. Ihren Namen wollte sie mir nicht nennen.«

Julin betrachtete den Gegenstand, den Yannvar auf den Tisch gelegt hatte, und eine warme Welle umspülte seine Seele. Niemals hätte Estima zugegeben, dass es noch etwas anderes gab als Schwarz oder Weiß, Licht oder Schatten. Niemals würde sie vor anderen Menschen eingestehen, dass sie und ein Gefangener für einen Moment einfach nur Menschen gewesen waren, Estima und Julin, und dass sie sich gegenseitig gerettet hatten. Mit einem breiten Lächeln nahm Julin den Anhänger aus gediegenem Silber an sich.

Himmel ohne Sterne

Zum ersten Mal schneite es nicht, als Julin morgens zum Stall ging. Er musste grinsen, als er sah, dass ein Diener zehn Lompferde im Hof angebunden hatte. Alle waren prächtig gezäumt und warteten scharrend darauf, sich in der kalten Luft bewegen zu dürfen. Julin grüßte den Diener, der ehrfürchtig vor Jolni zurückwich, und trat in den Stall, wo er den Duft nach Heu und frischem Stroh einsog. Den Beutel mit der Stabharfe hängte er an eine Strebe an der Wand, damit keines der Pferde dem Instrument zu nahe kam. Wehmut übermannte ihn wie stets in den vergangenen Tagen, wenn er das Holz durch das Leder fühlte. Aber er schluckte tapfer und zwang sich, die Sehnsucht und die Trauer um den unendlichen Verlust nicht übermächtig werden zu lassen. Nombur wandte ihm den großen Kopf mit den grauen Nüstern zu. Ergeben wie eh und je wartete das alte Kutschpferd darauf, was sein Reiter, den er so lange nicht gesehen hatte, nun von ihm verlangen würde. Arp hatte ganze Arbeit geleistet, stellte Julin fest. Das Fell glänzte, das Mähnenhaar war geflochten und mit schwarzen Schmuckperlen verziert. Die Hufe waren mit einer glänzenden schwarzen Paste bestrichen und die bestickte Decke, die auf Nomburs Rücken lag, würde Abelina sicher im Gasthaus vermissen.

»Ist gut, Nombur«, flüsterte Julin in das große, weiche Ohr. Dann holte er das leichte Zaumzeug aus Tana und trat in die Nebenbox, wo Tolin stand. Mühsam versuchte er das widerspenstige Pferd mit nur einer Hand aufzuzäumen. Immer noch schmerzte seine Rechte und auf dem linken Handrücken trat gestochen scharf das Zeichen der Silbermine hervor.

Das Klappen der Tür und heftige Atemzüge schreckten ihn bei der konzentrierten Arbeit auf. Erstaunt sah er sich um und entdeckte Arp, der an der Tür lehnte und keuchte, als sei er vom Rabenhafen bis hierher gerannt. Sein Wieselgesicht war blass, aber er schien unendlich erleichtert zu sein, dass Nombur noch im Stall war. Ohne ein Wort zu sagen trat er zu dem großen Pferd und kraulte es an der Kehle.

Nombur senkte den Kopf und ließ genussvoll die fleischige Unterlippe hängen.

Julin grinste. »Morgen, Arp«, sagte er. »Du hast dich gut um Nombur gekümmert, ich danke dir.«

Der Junge schwieg, nur seine Blicke glitten flink wie Blitze von Nombur zu Julin und wieder zurück. Offenbar dachte er fieberhaft und verzweifelt nach. Julin konnte sich denken, dass er einen Kloß im Hals hatte. Mehrmals öffnete er den Mund um etwas zu sagen, bis er endlich, beim vierten Anlauf, seine Forderung hervorbrachte. »Wie viel willst du für ihn?«

»Wie viel zahlst du?«, konterte Julin prompt.

Hektische Flecken erschienen auf Arps Wangen. Mit einer so raschen Antwort hatte er wohl nicht gerechnet. Er runzelte die Stirn und leckte sich über die Lippen. »Ich habe einen Stallmeister gefragt«, schwindelte er schließlich. »Er meint, drei Lomar. Höchstens.«

»Neun«, erwiderte Julin automatisch. Dann musste er lachen. Arp war wirklich ein Junge aus Runa. Hier schenkte man sich nichts, man handelte. »Du hast nicht einmal drei Lomar, Arp«, gab er dem Jungen zu bedenken.

Trotzig schüttelte Arp den Kopf. »Du irrst dich. Abelina leiht mir das Geld. Sie hat gesagt, ich kann es im Sommer abarbeiten.«

»Was für ein Umweg!«, rief Julin. »Dann kannst du Nombur auch gleich mir abkaufen – für einen Gefallen, der mir drei Lomar wert ist.«

Ein Grinsen schlich sich auf Arps Gesicht. »So, was denn für einen Gefallen?«

Julin griff in die Tasche seines Mantels und fand auf Anhieb, was er suchte – den Cordalit mit Abelinas Namen. Mit der routinierten Geste eines Taschenspielers zauberte er ihn hervor und reichte ihn Arp. »Hier, der ist für deine Mutter.

Gib ihn ihr erst morgen, versprochen? Sag ihr, dass der Regenbogenmacher sie niemals vergessen hat.«

Arp nickte ein wenig misstrauisch, als befürchtete er, das verdächtig gute Geschäft könnte noch zurückgenommen werden, und fegte hinaus. Beinahe wäre er gegen Haliz geprallt, die mit mehreren vollen Satteltaschen über der Schulter in den Stall kam. Verdutzt sah sie dem flüchtenden Jungen nach, dann legte sie die Taschen in das Stroh einer leeren Box und warf einen zweifelnden Blick auf Tolin. »So, du willst dich also mit dem verrückten Jägerpferd anlegen«, stellte sie amüsiert fest. »Seltsam, ich erinnere mich an einen Julin, der sich vor allem, was vier Beine hatte, fürchtete.«

»Wir werden uns aneinander gewöhnen. Zumindest Jolni hört schon auf mich.« Mit der linken Hand wuchtete er den Sattel auf Tolins Rücken, rückte ihn zurecht und versuchte den unter dem Pferdebauch baumelnden Sattelgurt zu erhaschen.

»Lass mich das machen!«, sagte Haliz. Ohne seine Antwort abzuwarten drängte sie sich neben ihn und schob ihn mit einer liebenswürdigen, aber bestimmten Geste zur Seite. Geschickt zog sie den Sattelgurt fest und wich Tolins Vorderhuf aus. Ohne auf Julins verbundene Hand zu schauen fuhr sie fort: »Onkel Jolon ist ein sehr guter Heiler. Ich kann dir nicht versprechen, dass du jemals wieder mit dieser Hand die Stabharfe spielen wirst, aber zumindest wirst du keine Schmerzen mehr haben.«

Er seufzte tief und spürte den Verlust seines Instruments plötzlich beinahe körperlich – es war ein Freund, den er zwar betrachten, mit dem er jedoch niemals wieder würde sprechen können. »Ja, ich werde nie mehr Harfe spielen.«

Haliz zog die Stirn kraus und wischte sich mit einer barschen Bewegung eine Haarsträhne aus dem Gesicht. »Du hörst mir nicht richtig zu, Julin. Ich sagte, du wirst wahrscheinlich nicht mehr mit dieser Hand spielen können – aber du wirst lernen die Harfe mit der linken Hand zu spielen.«

»Ich kann mit links nicht mal einen Sattelgurt anlegen«, erwiderte er missmutig.

Sie lächelte hintergründig, nahm seine linke Hand in die ihre und strich über das Zeichen der Silbermine. Ihre Berührung überraschte ihn und tat ihm wohl. »Wer das hier überlebt hat«, sagte sie, »wer in Estimas Mine gearbeitet hat und wem es gelungen ist, einen alten König neu zu erschaffen, der lernt auch mit links eine Harfe zu spielen.«

Während er ihr Gesicht betrachtete, fiel ihm plötzlich etwas auf. Ihm fiel auf, dass er sie immer schön finden würde. Selbst wenn sie Zähne wie ein Kellerkriecher hätte, eine Nase wie eine Kartoffel und Haare wie Tjulstroh im Regen. Wieder spürte er dieses Band zwischen ihnen, das Band, das ihm wichtiger war als alles andere und das er, so wurde ihm klar, für keine Harfe dieser Welt eingetauscht hätte.

»Ich hatte mir deinen Vater ganz anders vorgestellt«, sagte er um das seltsam dichte Schweigen zu brechen. »Ich dachte, er sei ein riesiger Furcht erregender Waldkrieger mit Bart.«

Ihr Lachen war schöner als jede Melodie. »Natürlich, deshalb bin ich ja auch so unglaublich groß.«

»Nun, zumindest an der Narbe an seinem Mund hätte ich ihn auf jeden Fall erkannt. Er hat wirklich eine Feuernymphe geküsst.«

»Ja, die Narbe hat er heute noch, wenn sie auch inzwischen verblasst ist.«

»Das kommt davon, wenn man hässlichen Feuernymphen zu nahe kommt.«

»Oh, mir hat er gesagt, Naja war sehr schön. Nur zu aufdringlich, aber das sind sie ja alle.«

»Ach, hast du mich deshalb mit einer verglichen?«, erwiderte er spöttisch.

»Als du mich gefragt hast, ob ich dich küssen würde? O Julin. Es war ein missglückter Scherz! Du fragst mich in den schlimmsten Situationen die seltsamsten Dinge. Manchmal denke ich, du machst dich lustig über mich.« Nachdenklich betrachtete sie ihn. »Obwohl du mich eine Zeit lang tatsächlich an eine Feuernymphe erinnert hast. Du warst ebenso oberflächlich und eitel.«

»Hässliche Menschen können es sich nicht leisten, eitel zu sein«, konterte er gekränkt.

Ihre Antwort kam prompt und klang so scharf, dass er wieder einmal überrumpelt war. »Manchmal sind Menschen eitel in ihrem Unglück – und in ihrer Einbildung, hässlich zu sein.«

Ohne dass er es wollte, kroch die Wut aus einem fernen Versteck hervor und bleckte die Zähne. »Du hast mir doch eben gesagt, du findest mich hässlich«, fuhr er Haliz an.

Ihre Lippen wurden schmal, die grünen Augen blitzten. »Das habe ich sicher nicht gesagt«, erwiderte sie sehr ruhig. »Und wie kannst du dir einbilden zu wissen, was ich denke? Du hast mich nie gefragt, was ich von deinen Feuersprossen halte.«

Er schluckte und hatte mit einem Mal Angst. Das Band würde immer bestehen, das spürte er, und es war nicht ihre Freundschaft, um die er bangte. Er war Julin, egal was Haliz von ihm dachte. Nein, es war einfach die Angst, die Wahrheit würde ihm zeigen, dass es wirklich nichts anderes als diese Freundschaft gab und geben würde. Er staunte, wie viel Mut es ihn kostete, die Frage zu stellen, deren Antwort ihn vielleicht auf den harten Magranboden der Endgültigkeit schleudern würde.

»Gut, dann sage es mir, Haliz«, forderte er sie auf. »Nach

all deinen seltsamen Scherzen und Andeutungen endlich eine klare Wahrheit aus deinem Mund.« Ohne es zu wollen war er laut geworden. Tolin legte die Ohren an, Jolni gab ein jaulendes Winseln von sich und setzte sich gähnend auf.

Haliz verbiss sich ein Lachen. »Meine Güte, du siehst aus, als wolltest du mich erwürgen«, meinte sie. »Ich glaube, ich sage lieber gar nichts, bis deine Laune sich gebessert hat.« Mit diesen Worten klopfte sie Tolin auf die Kruppe und ging zur Tür.

»He!«, schrie er. »Mach dich nicht lustig über mich!«

In der Tür drehte sie sich um. Einige verirrte Schneeflocken umwirbelten sie und fingen sich in ihrem Haar. »Ich mache mich nicht lustig, Julin Hitzkopf«, sagte sie und lächelte verschmitzt. »Und ich finde, dein Gesicht ohne Feuersprossen – das wäre ... wie ein Himmel ohne Sterne!«

Inhalt

UEBERREUTER
www.ueberreuter.at

WOLFGANG UND HEIKE HOHLBEIN

GENESIS

www.hohlbein.com

Genesis 1 - EIS
ISBN: 978-3-8000-5257-8
352 Seiten
€ 14,95 / sFr 26,90

Genesis 2 - STEIN
ISBN: 978-3-8000-5266-0
416 Seiten
€ 14,95 / sFr 26,90

Genesis 3 - DIAMANT
ISBN: 978-3-8000-5267-7
400 Seiten
€ 14,95 / sFr 26,90

Einst herrschten die mächtigen Elder über die Erde, doch ein schrecklicher Krieg beendete ihre Herrschaft und ließ sie in einen jahrtausendelangen Schlaf sinken. Nun sind sie erwacht und wollen sich die Erde erneut untertan machen ... Verzweifelt versuchen der junge Ben und die Autistin Sasha sie aufzuhalten, denn in einer Welt der Elder hat die Menschheit keinen Platz mehr ...

Oisín McGann

Im Namen der Götter

Fantasy-Thriller. Aus dem Englischen von Irene Bonhorst. 320 Seiten. Serie Piper

Oisín McGann legt mit diesem Roman einen hoch brisanten Fantasy-Thriller vor, in dem zwei Welten aufeinander prallen: Der Albtraum des jungen Chamus beginnt, als er ein Massaker überlebt. Selbstmordattentäter des benachbarten Bartokhrin terrorisieren seine Heimat Altima und machen das Leben dort zu einer ständigen Gefahr. Als Chamus nach einem Flug im Feindgebiet notlanden muss, wird er von dem rebellischen Mädchen Rhiadni entdeckt. Diese verrät ihn an die Terrorgruppe Hadram Cassal. Für sie sind die Männer heldenhaft und mutig, stets bereit, für ihr Land zu sterben. Doch als sie den völlig unschuldigen Chamus töten wollen, erkennt sie, dass ihr Volk den falschen Weg geht. Sie befreit Chamus aus der Todesgefahr, und eine Hetzjagd durch die Wälder Bartokhrins beginnt.

05/2050/01/L

Sara Douglass

Der Herr des Traumreichs

Ein Weltenbaum-Roman. Aus dem australischen Englisch von Irene Holicki. 400 Seiten. Serie Piper

In einem düsteren Bergwerk bauen Sträflinge das kostbare Glomm ab, das dem Land zu Macht und Reichtum verhilft. Der Heiler Garth hat seinen jährlichen Dienst angetreten, um verletzte Gefangene zu versorgen. Dabei entdeckt er, daß einer der Sklaven auf der vernarbten Schulter eine Tätowierung trägt: das mythische Königsmal. Kein Zweifel – dieser Mann ist Maximilian, der längst für tot erklärte Kronprinz. Von Stund an kennt Garth nur ein Ziel: Er muß den Gefangenen befreien und ihm zu seinem Erbe verhelfen – um jeden Preis...

Ein neues Meisterwerk aus dem Universum des Weltenbaums – magischer Lesestoff von der Bestseller-Autorin Sara Douglass.

05/2072/01/R

SERIE PIPER

SERIE PIPER

Jules Verne

Die Jagd auf den Meteor

Roman. Die Originalfassung. Aus dem Französischen von Gaby Wurster. Einführung von Andreas Eschbach. 288 Seiten. Serie Piper

Ein Meteor aus Gold nähert sich der Erde. Staaten und skrupellose Mächtige beginnen einen fanatischen Wettstreit um das ungeheure Vermögen. Doch sie haben ihre Rechnung ohne das Gesetz des Zufalls gemacht. Und auch für zwei junge Liebende bedeutet der Meteor ihr Schicksal …
Jules Vernes faszinierender Roman endlich in der unveröffentlichten Originalfassung – neu übersetzt und komplettiert durch eine umfassende Einleitung von Andreas Eschbach.

»Jules Verne war ein Meister der technischen Phantasie. Ohne ihn sähe unsere Welt vielleicht ganz anders aus.«
Andreas Eschbach

05/2070/01/L

Heide Solveig Göttner

Die Priesterin der Türme

Die Insel der Stürme 1. 432 Seiten. Serie Piper

Die Bewohner der Stadt Caláxi werden vor einer verheerenden Katastrophe gewarnt. Doch die Menschen trauen der Überbringerin der Nachricht, dem Mädchen Lillia mit den türkisfarbenen Augen, nicht; denn sie fürchten, Lillia bringe das Ende der Zeit. Einzig Amra, die Dienerin des Totengottes Antiles, nimmt sich Lillias an. Als auch noch die kriegerischen Nraurn angreifen und Lillias Herausgabe verlangen, scheint das Unheil unabwendbar. Der Auftakt zum Zyklus »Die Insel der Stürme«, der die Leser bis zum Schluss gefangen halten wird.

Gefährliche Abenteuer, faszinierende Charaktere – eine Entdeckung für alle Freunde epischer Fantasy.

05/2071/01/R

SERIE PIPER

Monika Felten

Die Nebelsängerin

Das Erbe der Runen 1.
464 Seiten. Serie Piper

Nach der Saga um das »Elfenfeuer« der neue große Zyklus der deutschen Meisterin der Fantasy: »Das Erbe der Runen«. Finstere Mächte, Unheil und Verrat haben die Magie der Nebel gebrochen, welche die Elben einst woben. Die Nebelsängerin Ajana ist eine Grenzgängerin zwischen der realen Welt und dem Reich der Elben. Als Erbin eines uralten Amuletts, das von jeher von der Mutter an die Tochter weitergegeben wird, gerät sie unversehens in den Bann verzauberter Runen und wird hineingerissen in einen Strudel phantastischer Abenteuer. Noch ahnt sie nicht, welch ungeheure Aufgabe das Schicksal für sie bereithält.

05/2129/01/L

Monika Felten

Die Feuerpriesterin

Das Erbe der Runen 2.
528 Seiten. Serie Piper

Zwar konnte die Nebelsängerin den Untergang des Elbenlandes vorerst verhindern. Doch noch ist die Welt nicht endgültig gerettet: Die Ruhe in Nymath trügt, denn Vhara, die Priesterin des dunklen Gottes, beschwört düstere Krieger aus den Tiefen des Wehlfangs, die Nymath in einem alles verschlingenden Feuersturm zu vernichten drohen. Im Angesicht der gewaltigen Zerstörung findet sich eine Gruppe Kämpfer unter der Führung der Halbelfe Ajana zusammen. Im unwirtlichen Pandarasgebirge müssen die Gefährten der mächtigen Feuerpriesterin entgegentreten …
Nach »Die Nebelsängerin« ein neuer Roman um das Land der Elben aus der Feder der Erfolgsautorin Monika Felten.

05/2130/01/R

SERIE PIPER

Monika Felten

Die Schattenweberin

Das Erbe der Runen 3. 464 Seiten. Serie Piper

Heimgesucht von düsteren Träumen, die sie in die Menschenwelt zurückrufen, nimmt Ajana Abschied von dem geheimnisvollen Falkner Keelin und begibt sich auf die beschwerliche Reise zum fernen Weltentor. Dort aber herrschen die Schergen des Dunklen Gottes und versperren ihr den Weg. Längst ist die junge Halbelfe Spielball höherer Mächte geworden. Nur in dem alten Land Andaurien, so verkündet ihr eine Göttin, soll noch ein Tor geöffnet sein. Seite an Seite mit dem treuen Gefährten Abbas reitet Ajana hinaus in die Weite der Wüste und hofft, endlich den Weg nach Hause zu finden. Doch dann gerät sie in die Fänge ihrer ärgsten Feindin, der Feuerpriesterin Vhara …

05/2131/01/L

Michael Peinkofer

Unter dem Erlmond

Land der Mythen 1. 496 Seiten. Serie Piper

Einst war die Welt von Eis überzogen. Nach furchtbaren Schlachten besiegten die magisch begabten Sylfen die Zyklopen und Eisdrachen. Es gelang ihnen, sie in die Höhlen von Urgulroth zurückzudrängen. Das Eis des Bösen schmolz, und riesige Berge türmten sich dort auf, wo das Heer der Feinde versunken war. Ein ganzes Zeitalter lang lebten die Völker in Frieden. Doch nun mehren sich die Anzeichen, dass das Böse zurückkehrt: Von immer neuen Angriffen der Erlen, monströser Geschöpfe von übermenschlicher Kraft, wird berichtet. Der Jäger Alphart sucht Rat bei dem Druiden Yvolar. Doch um die Welt zu retten, muss Alphart ins verfeindete Zwergenreich reisen und einen drohenden Krieg verhindern … Mit »Die Rückkehr der Orks« und »Der Schwur der Orks« feiert Michael Peinkofer sensationelle Erfolge. Nun führt er mit dem »Land der Mythen« in ein faszinierendes Reich der Elfen, Zwerge, Drachen und Magier, das alle High Fantasy-Fans begeistern wird.

05/2159/01/R

Sara Douglass

Die Glaszauberin

Die Macht der Pyramide 1.
Aus dem australischen Englisch von Andreas Decker. 352 Seiten.
Serie Piper

Über das Land Ashdod breitet sich der Schatten einer gigantischen Pyramide, das Werk machtgieriger Magier und eine Brücke in die Unendlichkeit. Doch noch ist das Bauwerk nicht vollendet. Unter den Sklaven ist die junge Glaskünstlerin Tirzah, die über eine rätselhafte Begabung verfügt: Sie kann das Wispern des Glases im Innern der Pyramide hören. Und es verrät ihr ein grausames Geheimnis. Sobald der Bau vollendet ist, wird ein mächtiger Dämon aus der Unendlichkeit erwachen und Ashdod mit Tod und Zerstörung überrollen …

»Sara Douglass ist die unangefochtene Meisterin der Mythen und schillernden Fantasien.«
Publishers Weekly

05/1870/01/L

Sara Douglass

Der Steinwandler

Die Macht der Pyramide 2.
Aus dem australischen Englisch von Andreas Decker. 336 Seiten.
Serie Piper

Im Wüstenreich Ashdod wird eine gigantische Pyramide gebaut, die skrupellosen Magiern den Weg zur Unendlichkeit weisen soll. Doch als das Werk vollendet wird, erwacht ein grausamer Dämon, der alles Leben in Stein verwandelt. Die junge Tirzah und ihre Verbündeten müssen aus Ashdod fliehen. Doch es gibt kein Entkommen vor dem übermächtigen Zerstörer …

Nach »Die Glaszauberin« beginnt nun der entscheidende Kampf um die Macht der Pyramide!

»Sara Douglass sollte man für ihre vorzüglichen Romane zum Ritter schlagen.«
Bookworm

05/2011/01/R

SERIE PIPER